NOUVELLES A LA MAIN

SUR LA COMTESSE

DU BARRY

TROUVÉES DANS LES PAPIERS DU COMTE DE ***

REVUES ET COMMENTÉES

PAR ÉMILE CANTREL

INTRODUCTION PAR ARSÈNE HOUSSAYE

DEUX PORTRAITS ET UN AUTOGRAPHE

PARIS

HENRI PLON, IMPRIMEUR-ÉDITEUR

8, RUE GARANCIÈRE

—

MDCCCLXI

NOUVELLES A LA MAIN

SUR

LA COMTESSE DU BARRY

TYPOGRAPHIE DE HENRI PLON
IMPRIMEUR DE L'EMPEREUR
Rue Garancière, 8, à Paris.

Mme DUBARRY

NOUVELLES A LA MAIN

SUR LA

COMTESSE DU BARRY

TROUVÉES DANS LES PAPIERS DU COMTE DE ***

REVUES ET COMMENTÉES

PAR ÉMILE CANTREL

INTRODUCTION PAR ARSÈNE HOUSSAYE

DEUX PORTRAITS ET UN AUTOGRAPHE

PARIS

HENRI PLON, IMPRIMEUR-ÉDITEUR

8, RUE GARANCIÈRE

MDCCCLXI

AVANT-PROPOS.

Le hasard est le dieu des chercheurs ; c'est surtout le dieu des autographophiles. Ceux-ci devraient lui ériger des autels, où son image sourirait à la « Bonne Fortune ». Les autographophiles, s'ils n'étaient pas ingrats comme le sont tous les rongeurs de papier, devraient surtout élever une statue au savant bouquiniste qui se cache sous les arcades de la rue de Richelieu, au-dessous de la grande salle de la Bibliothèque impériale. Ce savant en vieux bouquins et en manuscrits impossibles, est la personnification humaine du dieu Hasard. Les chercheurs pressés, les travailleurs impatients, les avides d'autographes antédiluviens, trouvent chez lui en dix minutes ce qu'ils mettraient six mois à ne pas découvrir dans les mystères de la Bibliothèque impériale, dont le *Catalogue,* comme on sait, est le compère du *Dictionnaire de l'Académie.*

C'est là que, dans une liasse énorme de papiers, nous découvrîmes, un jour de recherches, un manuscrit portant ce titre en grosse bâtarde : *Nouvelles à la main sur madame la comtesse Du Barry.* Le savant bouquiniste n'avait pas encore eu le temps de secouer la poussière qui recouvrait les derniers feuillets de ce manuscrit. Nous nous acquittâmes de ce soin avec la joie d'un antiquaire et la complaisance d'un huissier-priseur. Nous remarquâmes que ce manuscrit avait été fermé et scellé : des deux cachets de cire qui l'avaient clos, il ne restait plus que la partie supérieure, où nous distinguâmes une couronne de comte. Du reste, ce manuscrit est bien d'une écriture de grand seigneur, — vous savez, de cette grosse écriture irrégulière, tantôt bâtarde, tantôt gothique, le plus souvent penchée et illisible, une écriture gauloise qui se moque un peu de ceux qui la lisent. C'est à ces inflexions diverses que maître Prudhomme reconnaît « l'ignorance et l'indécision calligraphiques » de ces fines mains qui ne savaient soulever qu'une épée ou des flots de malines. Une plume était un fardeau bien embarrassant pour les doigts des Richelieu, des Lauraguais, des d'Aiguillon, des Lauzun : il fallait avoir le diable au corps

pour manier une plume avec l'aisance facile d'un de Boufflers.
Mais Saint-Simon venait de faire des envieux, et plus d'un
courtisan de la Régence et de Louis XV voulut mesurer son
esprit, la plume à la main, avec le terrible esprit du chroni-
queur duc et pair de France.

Ce fut un beau temps pour la chronique : il y eut des nouvellistes secrets de toutes dignités et de toutes sortes d'allures.
L'auteur des *Nouvelles à la main sur madame Du Barry*
peut être, à première lecture, rangé dans la classe des curieux
naïfs, mais il faut y prendre garde : sa bonhomie et sa naïveté
cachent souvent la satire aiguë que doit dissimuler le courtisan. Il écrit sans parti pris ; il n'a pensé d'abord qu'à s'amuser
de la nouvelle maîtresse, dont le règne ne paraît pas devoir
durer ; puis, à mesure que grandit l'influence de madame
Du Barry, il prend au sérieux et son rôle de nouvelliste et la favorite du roi son maître. Tout en lui dévoile le courtisan, le vrai
courtisan des bons temps, ennemi-né de tout ce qui peut éloigner
ou arrêter les faveurs du maître. Or, sous Louis XV, le maître
c'est la maîtresse : notre nouvelliste courtisan fera donc sa
cour à la maîtresse avant de la faire au roi. Il s'y attachera,
il la défendra, et comme au fond c'est un bon homme, il
finira par l'aimer sans qu'on puisse trop suspecter d'intérêt
son attachement. Mais il conserve toujours cette nuance
railleuse de frondeur qui sent si bien le gentilhomme de
bonne souche. Il n'épargnera personne, pas même le roi, pas
même celle qu'il nomme son « héroïne » ; il ne s'épargnera
pas lui-même. Lorsqu'il aura tout ramassé, lorsqu'il aura tout
dit des pamphlets, des épigrammes, des ponts-neufs, des bons
mots qui courent la ville et les champs, la cour et les caba-
rets ; quand il ne trouvera plus rien qui soit digne d'être relevé pour prendre place dans son recueil, eh bien, il parlera de
lui, il se calomniera un peu lui-même. Sans le vouloir il nous
prouvera qu'il est de la famille de ces hauts et brillants seigneurs qui n'aimaient que les petites choses : un petit roi qui
se laisse aller doucement à ses petites faiblesses ; une femme
qui gouverne avec son petit esprit ; des petits sujets qui ne se
plaignent pas d'être gouvernés petitement. — Il n'y avait qu'à

la feuille des bénéfices et au livre secret des faveurs royales,
qu'on demandât d'être grands. — Mais aussi quels jolis petits
vers, quels libertins petits contes, quels petits mots piquants
on doit à cet amour des petites choses!

Notre auteur ne s'en défend pas, il est un des plus zélés
adeptes du système d'esprit de la cour de Louis XV. Il ne veut
entendre parler ni de philosophie, ni de politique, ni d'économie sociale. Au diable les grands mots! Comme tous les
vrais courtisans, il ne voit dans les encyclopédistes que des
bavards ennuyeux, dans Voltaire qu'un beau diseur de riens
philosophiques, dans Jean-Jacques qu'un fou éloquent qui ne
sait pas ce qu'il dit. N'est-ce point là l'opinion réelle de toute
la noblesse en 1770? Pas un de ces turbulents seigneurs, pas
un de ces aimables familiers du roi, pas un, quoi qu'on en
ait prétendu, qui ait vu sourdre la révolution de l'esprit de
Voltaire, du cœur de Jean-Jacques, ni même des pages brûlées
de l'Encyclopédie. Ils ne la verront même pas sous les hésitations qui déchirent la majesté royale en 1789! Ils ne pourront
encore croire, après le 10 août, à la possibilité de ce fait
inouï, fabuleux, impie, d'un roi de France arrêté, jugé, con-
damné, exécuté par *son* peuple! Et quand le fait sera devenu
une page historique, les mêmes esprits ne croiront pas encore
à la réalité. Quoi d'étonnant à cela, puisque de nos jours,
après cinq ou six révolutions, il se trouve à Paris des hommes
d'esprit qui se transportent au seizième siècle, qui réclament
la reconnaissance du droit divin et de l'autorité infaillible des
rois, comme l'ultramontain Bossuet lui-même n'eût pas osé le
faire. Ce qui prouve que rien n'est robuste comme les convictions de la vanité ou de l'intérêt personnel.

Au point de vue historique, les *Nouvelles à la main* auront
plus d'un côté curieux. Bien que j'aie relevé, dans l'*Appendice*
qui les suit, plus d'un oubli, plus d'une lacune, elles n'en
restent pas moins le document le plus complet qui nous soit
parvenu sur le règne de madame Du Barry. Si l'auteur s'est
montré trop souvent paresseux ou négligent, je crois que ç'a
toujours été avec préméditation. Quelqu'un s'en était aperçu
déjà, car entre certaines pages du manuscrit, on avait inter-

calé trois ou quatre feuillets tout remplis d'une écriture fine et
vigoureuse qui doit appartenir à la fin de la Restauration. Les
faits que ces feuillets renferment semblent puisés aux mêmes
sources que les spirituels *Mémoires* apocryphes de madame
Du Barry, publiés en 1829. Nous n'avons pas cru devoir
omettre ces feuillets dans notre publication, non plus que la
lettre anonyme qui' contient le récit du procès de madame
Du Barry. A la manière dont cette lettre avait été réunie au
manuscrit des *Nouvelles à la main,* il était bien évident que
l'auteur avait eu l'intention de la publier comme épilogue à
ses *Nouvelles.* Nous avons respecté cette intention, ainsi que
toutes celles de notre auteur. Mais si amoureux que nous fus-
sions nous-même du langage « franc du collier » qu'il avait
souvent adopté, suivant en cela l'exemple donné par les écrivains de son temps, il nous a fallu, çà et là, remplacer certains mots pris sur le vif par de pudiques réticences, — ainsi
qu'il convient au temps de chasteté publique où nous sommes.
Le public va voir danser des Rigolboche; on photographie
des jambes et des jupes plus ou moins levées; on fabrique des
pièces de théâtre exprès pour l'exhibition d'un certain nombre
de femmes plus ou moins déshabillées, — je ne vois aucun
mal à tout cela. — Mais pourquoi la même pudeur contemporaine refuse-t-elle à l'écrivain qui aime le vieux langage naïf,
franc, vrai dans son expression, le droit d'écrire certains mots
dont les uns ont servi de titres à Molière, dont les autres
ont été employés par tous les écrivains du siècle de Louis XIV?
Aujourd'hui l'honnêteté de la forme l'emporte sur l'honnêteté
du fond; ce qui n'est plus dans le cœur, on le met sur les
lèvres. Le bégueulisme de la langue fait pendant à certains
déréglements, afin de justifier, sans doute, la philosophie de
notre ami Pangloss : « Tout se fait compensation, afin que tout
soit pour le mieux dans le meilleur des mondes possibles. »

A part ces quelques retouches faites uniquement par respect
pour la chasteté contemporaine, nous n'avons rien changé ni
au fond ni la forme des *Nouvelles à la main sur madame
Du Barry.*

ÉMILE CANTREL.

LA COUR DE LOUIS XV.

LES CINQ ACTES DE LA VIE DE MADAME DU BARRY.
ÉTUDES SUR LE DIX-HUITIÈME SIÈCLE.
LA DYNASTIE DES COTILLONS.
POINT DE VUE SUR L'HISTOIRE DE L'ESPRIT HUMAIN.
LE SULTAN DU PARC AUX CERFS.
LA JEUNESSE DE MADAME DU BARRY.
LE JARDIN D'ARMIDE.
QUE LA GUILLOTINE FUT LE DERNIER LIT
DE LA COURTISANE ROYALE.

I.

Quel drame que cette histoire de la Du Barry! Au premier acte elle joue au volant — déjà avec un éventail — chez une marchande de modes. La Gourdan, ce trait d'union d'or et de boue qui fait des mariages nocturnes, l'a vue venir un jour chez elle lui portant une fanchon; elle n'a pas oublié ce joli pastel qui ne craint pas le soleil : elle va ·chez la marchande de

1

modes et surprend la belle qui dessine une robe à queue : « Le joli museau ! » dit la Gourdan. Elle la fait pirouetter et la baise sur le front.

Pauvre Jeanne ! La marchande de modes ne devait plus être qu'une marchande d'amour.

Second tableau : nous voilà dans une académie de roués et de coquins — une académie des jeux. — On joue tout ce qu'on a et tout ce qu'on n'a pas : son argent et son cœur. C'est le jeu d'enfer de la destinée. Il y a autour de la table des tireuses de cartes. « Qu'est-ce qui retourne ? demande la Gourdan. — Le roi de cœur, dit mademoiselle Lange. — Cela veut dire en toutes lettres, dit le comte Jean Du Barry, que le roi est dans ton jeu. Joue bien, et tu te retourneras dame de cœur. »

Et on rit, et on soupe, et on s'enivre. Et Le Bel, ministre du Parc aux Cerfs, salue déjà Cotillon III dans la maîtresse du comte Jean Du Barry.

Au second acte nous sommes à Versailles. C'est le petit lever de S. A. R. madame la comtesse Du Barry. Le roi Louis XV fait bouillir son café. Qui vient là ? C'est le nonce du pape. « Bonjour, monsignor, je me lève pour vous. » Et le nonce redit le mot de Fontenelle : « Et vous vous couchez pour un autre. » Elle se jette toute nue hors de son lit. « Monsignor, donnez-moi mes pantoufles. — Je n'en trouve qu'une, madame la comtesse. — Voici le grand aumônier qui va me donner l'autre. » Et les deux prélats chaussent la maîtresse du roi qui rit tout haut et qui dit avec tout l'atticisme d'un roi bien appris : « Je suis sûr que Leurs Éminences ne regardent pas de l'autre côté. »

La scène continue avec d'autres personnages. Pajou prend séance pour son buste. Le duc de Richelieu vient conter une folie. Le duc de Tresmes demande, à la porte, si le sapajou de madame la comtesse aura la faveur d'entrer. « Oui, dit-elle, s'il me promet de me faire rire. »

Sommes-nous en France ou en Chine? Il paraît que nous sommes en France, car on parle français. Écoutez. La comtesse crie au roi qui a des distractions : « Eh! prends donc garde, la France, ton café f... le camp. »

Second tableau : celui qui montera sur le trône et sur l'échafaud, sous le nom de Louis XVI, vient d'épouser une archiduchesse d'Autriche. C'est un citoyen qui aurait dû naître à Genève pour y vivre et pour y mourir en travaillant des montres. C'est un excellent horloger, mais il ne sait pas l'heure qu'il est à l'horloge des siècles. Le roi vient le surprendre à l'œuvre devant une pendule; sa jeune femme allaite son premier-né. C'est la beauté dans sa candeur. Spectacle à la Jean-Jacques et à la Greuze, que cet intérieur où l'homme travaille devant la jeune mère : toutes les vertus roma-nesques et sérieuses. Louis XV a promis de présenter à la Dauphine la duchesse de Chaulnes. Mais il vient pour faire une surprise. On annonce le roi. Louis XV entre, précédé de la duchesse de Chaulnes et ayant à son bras, qui? la comtesse Du Barry. La Dauphine court au-devant de la courtisane et dit au roi : « Ah!

1.

Sire, je ne vous avais demandé qu'une grâce et vous m'en accordez deux! »

La Du Barry se promène familièrement dans le salon et s'arrête devant le portrait de Charles Ier, par Van Dyck. Elle appelle le roi : « La France, tu vois ce tableau! Si tu laisses faire ton parlement, il te fera couper la tête comme celui d'Angleterre l'a fait couper à Charles Ier. — Qui parle de tête coupée? demande le futur Louis XVI. — Cette folle, répond Louis XV. Est-ce qu'on coupe encore des têtes? — Qui sait? » dit Marie-Antoinette. Et tout le monde se regarde. « A propos, dit le Dauphin, le docteur Guillotin, qui est un savant, m'a dit qu'il voulait, par humanité, inventer une machine de mort qui ne ferait de mal à personne. — Ah! tant mieux, » dit madame Du Barry. Et Marie-Antoinette rit à belles dents.

Au troisième acte — toujours deux tableaux — nous sommes à Rueil. Le roi est malade, il a chassé la comtesse comme il a fait autrefois pour la Châteauroux.

Madame Du Barry a encore une cour, parce qu'on croit qu'elle reviendra, c'est-à-dire que le roi en reviendra. Mais Louis XV va mourir, et les carrosses dorés ne viennent plus à Rueil; pas même celui de Richelieu, pas même celui d'Aiguillon, pas même celui du sapajou de la comtesse Je me trompe : voici encore un carrosse. C'est celui du duc de La Vrillière. « Il me reste donc un ami! » dit la délaissée en ouvrant la fenêtre.

Elle reconnaît le duc. « Pourquoi n'est-ce pas un autre? » dit-elle tristement, car cet ami-là elle ne l'aime pas. Et elle a raison. Il entre grave et solennel. « Vous êtes donc, le messager de la mort, monsieur le duc? — Oui, madame, » dit le duc en s'inclinant jusqu'à terre. Cette fois il s'incline pour se venger, car il s'était toujours incliné jusque sur les pieds de la maîtresse du roi. Et il présente une lettre. « Le roi est mort, madame la comtesse. Voici une lettre du roi Louis XVI mon maître. — Une lettre? — Oui, madame, une lettre de cachet. »

La Du Barry pâlit et chancelle. « Et voilà, dit-elle, le dernier carrosse! » Elle lit la lettre du roi et s'écrie dans son style haut en couleur : « Un beau f... règne qui commence par une lettre de cachet! »

Au second tableau du troisième acte, la comtesse est exilée au couvent du Pont-aux-Dames. Pourquoi pas plutôt chez la Gourdan? Elle pleure et elle apprend à prier. Va-t-elle comme La Vallière jouer le beau rôle de Madeleine? Non. Ce cœur n'a pas aimé encore et ne sera pas pénétré par la grâce. Elle va aux matines, mais elle ne se jette pas éperdue aux pieds de la croix. Elle écrit au roi pour redemander son doux horizon de Luciennes, où l'on respire l'air amoureux de Versailles. Le roi est bon prince : il octroie à la pécheresse non repentie deux cent mille livres de rente pour habiller en or le souvenir vivant de son aïeul.

Quatrième acte — premier tableau. Nous sommes aux jardins d'Armide — je veux dire de Luciennes.

L'amour du duc de Cossé-Brissac a refait non pas une virginité, mais une jeunesse à la Du Barry déjà pâlissante. C'est la courtisane amoureuse. Tous ceux qui l'ont aimée sont vengés, car elle aime et souffre à son tour. Le bec du vautour déchire son cœur. Les voyez-vous dans le parc devant la Diane d'Allegrain, le duc et la comtesse qui s'en vont bras dessus bras dessous, comme deux amoureux de roman? Zamore, ce joli nègre que la Du Barry a fait peindre lui présentant son chocolat, porte toujours la queue de sa robe. Mais quel est ce bruit et quelle est cette musique? Voilà des comédiens et des violons. On va donner une fête dans les jardins. Tous les Parisiens de la décadence arrivent en foule pour cette orgie romaine. Le beau monde et les belles folies! Quel sera le lendemain de cette fête?

Second tableau. Zamore ne porte plus la queue de la robe de la comtesse. Mais elle a une cour de philosophes, d'artistes et de princes étrangers; le sapajou est à son poste; Louis XV lui-même est là en peinture. Mais elle est si heureuse qu'elle a peur de son bonheur. « Pourquoi le duc n'est-il pas venu aujourd'hui? demande-t-elle à Zamore. — Citoyenne, dit le nègre, c'est qu'il y a du bruit à Versailles. — Citoyenne, dis-tu? Je te chasse. On parle français chez moi. »

A peine Zamore est-il parti, qu'il revient pour annoncer le duc de Cossé-Brissac. « Faites entrer, » dit la comtesse avec une secousse de joie au cœur et aux yeux.

On fait entrer! Elle reconnaît, au bout d'une pique, la tête coupée de son amant.

Nous sommes en pleine tragédie.

Et quel drame que ce cinquième acte de la vie de « la ci-devant maîtresse du tyran » !

Premier tableau. Le tribunal révolutionnaire. « Ton nom? lui demande le président Dumas. — La comtesse Du Barry. — Ton nom, te dis-je, le nom de ton père, si tu en as eu un? » Elle ne répond pas. Elle a si souvent pris un pseudonyme, qu'elle a oublié son nom. Fouquier-Tinville et Dumas la fustigent de leur éloquence à coups de bâton. « Tu as conseillé le despote qui t'a sacrifié le sang de ses peuples. »

Et on la condamne à la peine de mort pour avoir porté le deuil du tyran et conspiré contre la république. C'est la nuit, on la traîne presque évanouie dans son cachot. Elle a horreur des ténèbres et elle ne reverra le soleil que sur la guillotine.

Second tableau du dernier acte. Elle est sur l'odieuse charrette avec un marquis, un financier et un prêtre. Le marquis essaie un dernier madrigal, le prêtre lui parle du ciel, le financier lui demande si elle le payera là-haut, car il a été son banquier. Elle n'entend rien, elle a peur du charnier, elle croit que tout ce qu'elle voit n'est qu'un horrible songe. C'est la première fois de sa vie qu'elle s'est levée si matin. Elle a dormi une heure de cette nuit d'épouvante. Et dans son sommeil elle s'est retrouvée à Versailles dans toutes les pompes de sa beauté. Et elle s'est réveillée en jetant un cri d'effroi.

Cependant la charrette est sur la place de la Révolution. Là où était la statue de son royal amant, on a élevé la guillotine. C'est là qu'elle va monter. La reine y est montée, mais elle montait au ciel; tandis qu'elle, c'est pour être jetée, pauvre âme sans pardon, dans les ténèbres sans fin. « A moi! à moi! » crie-t-elle au peuple qui se croit au spectacle gratis. Nul ne répond à cet appel au peuple. On la saisit, on la jette sur le pavé, et on l'entraîne sur l'échafaud. Elle se défend, elle se débat, elle jure qu'elle n'a fait mourir personne, elle rappelle qu'elle a signé plus d'une grâce. « Pauvre Du Barry, dit une femme qui avait étouffé son premier-né et qui avait amené ses cinq enfants au spectacle diurne, elle m'a pourtant sauvée de la potence! »

Mais la guillotine attend. Le bourreau emporte galamment la condamnée et la jette sur la planche. « *Encore un moment, monsieur le bourreau! encore un moment.* »

C'est le dernier mot du dernier acte, la toile — je me trompe — le couteau tombe et interrompt la maîtresse de Louis XV.

Et monsieur Sanson prend la tête de la Du Barry pour la montrer au peuple. Ce qu'il faisait les grands jours pour retenir son public. « La voilà, dit-il en promenant autour de lui cette tête blanche qui pleurait du sang, la voilà celle qui est cause de tous nos malheurs. »

A cet attouchement et à cette parole du bourreau, la Du Barry ne rougit pas.

Il n'y a que les grandes vertus à la Charlotte Corday qui gardent jusqu'après la mort ce beau privilége de la femme.

II.

Le règne de Louis XV semble une page d'histoire romaine de la décadence écrite par l'auteur du *Sopha*. Après la mort de Louis XIV, le jeune roi avait été conduit à Vincennes et de là aux Tuileries, où il continua de vivre pendant toute sa minorité. Le régent Philippe d'Orléans avait fixé sa résidence à Paris, dans le Palais-Royal; ainsi le siége du gouvernement s'était déplacé. Ce changement de lieu coïncidait avec un changement de système. Le palais de Versailles ne pouvait être rempli que par l'ombre du grand roi : il ne convenait plus à ce frêle roseau ployé sous le poids de la couronne, à cette nouvelle cour plus élégante que fastueuse, à la politique et aux mœurs toutes parisiennes du régent.

Les affections du peuple se tournaient vers le jeune roi. Il était orphelin; c'était un faible enfant qui, jusqu'à sept ans, marchait avec des lisières. Après Louis XIV la royauté ne pouvait plus gagner en magnificence ni en éclat, mais elle pouvait accroître son influence sur les cœurs.

Le pouvoir du jeune Louis avait été confié au duc d'Orléans, et le soin de sa personne au maréchal de

Villeroy; sous un tel gouverneur il acquit les belles
manières de la cour précédente. Il apprit à monter à cheval, à tirer et à faire des armes. Glorieux
et timide, il intéressait par son âge ; par son air, par
sa figure, qui avait de la grâce et de la beauté. Son
temps se passait entre les exercices d'escrime et les
conversations de son précepteur, l'abbé Fleury, vieillard doux, ambitieux et circonspect. On s'occupait
d'orner son esprit. Mais la faiblesse de sa santé le
rendait incapable d'une application forte. Le régent se
chargea de l'instruire en politique et de l'initier dans
les affaires de l'État en paraissant les lui soumettre.
Philippe d'Orléans, qui prenait en pitié les longues
études, disait au jeune roi de se défier des livres :
« Sire, souvenez-vous que depuis le déluge une
demi-douzaine de vérités surnagent dans la mer des
mensonges. »

Bacon, qui savait tout, n'avait pas une plus grande
opinion des faiseurs de sentences. Il disait que l'humanité doit toutes ses lumières à quatre génies de
l'antiquité commentés par quatre mille habilleurs de
pensées.

Louis XV, non plus que Louis XIV, ne voulut pas de
bibliothèque à son usage. Comme son aïeul, il apprit
la vie armé de ces deux vérités familières aux rois :
« Un ami sur le trône, c'est un canon, — un bon lieutenant de police, c'est une maîtresse. »

Le jeune roi était encore un enfant quand on trouva
bon de le marier. La raison d'État avait disposé

de son cœur. On voulait lui donner l'infante d'Espagne, âgée de cinq ans. Les deux puissances, la
France et l'Espagne, venaient de se rapprocher par
un traité de paix. La cérémonie de la publication de
ce mariage eut quelque chose de triste et de particulier. J'emprunte à Saint-Simon la mise en scène de
cet événement : « Assis en place, tous les yeux se
portèrent sur le roi, qui avait les yeux rouges et avait
l'air fort sérieux. Il y eut quelques moments de silence,
pendant lesquels M. le duc d'Orléans passa les yeux
sur toute la compagnie, qui semblait être en grande
expectation ; puis les arrêtant sur le roi, il lui demanda
s'il trouvait bon qu'il fît part au conseil de son mariage.
Le roi répondit un oui assez sec en assez basse note,
mais qui fut entendu des quatre ou cinq plus proches
de chaque côté, et aussitôt M. le duc d'Orléans déclara
le mariage et la prochaine venue de l'infante. »

Quand le roi atteignit sa treizième année, l'âge de
la majorité nominale, il fut couronné avec splendeur.
Le cardinal Dubois étant mort, le duc d'Orléans se
chargea des fonctions de premier ministre. C'était la
première fois qu'on voyait un prince du sang occuper
ce poste dans l'État. Il mourut à l'œuvre, mais avant
l'œuvre.

Le duc de Bourbon-Condé obtint, par l'entremise
de Fleury*, la place de premier ministre. L'abbé Fleury

---

* Une lettre de Pâris-Duverney à madame de Châteauroux
explique autrement les faits. Cette lettre est trop curieuse et
trop peu connue pour que nous nous dispensions de la citer :

avait refusé pour lui-même cet honneur ; mais, en homme prudent et habile, il assistait à toutes les entrevues du duc avec le jeune roi ; par ce moyen, il exerçait une influence sur le pouvoir et s'initiait sans bruit aux affaires de l'État.

Le nouveau ministre avait terni l'honneur de sa maison par des jeux de bourse durant le règne du système de Law. Son apparence était imposante, mais fière et sombre. Il était tout entier sous l'empire de sa maîtresse, la marquise de Prie. Madame de Prie était bien la femme « commencée par le ciel et achevée par l'enfer ». C'était une figure d'ange et une âme de démon *. Elle disposait de toutes les places en faveur de ses créatures. Une querelle privée s'étant élevée entre elle et le secrétaire d'État Le Blanc, on vit alors

« Je courus chez M. le duc de Bourbon le prévenir de la mort du duc d'Orléans ; il me chargea d'aller chez le secrétaire d'État faire dresser la patente du premier ministre, et lui se rendit chez le roi, auquel il en fait la demande. Le jeune roi consulta d'un regard ce vieillard ambitieux ; M. le duc le fixant à son tour, il n'osa point faire un signe d'improbation, et le fils du grand Condé fut le maître du royaume à l'instant où le régent expira. »

* La marquise de Prie avait plus que de la beauté : toute sa personne était séduisante. Avec autant de grâces dans l'esprit que dans la figure, elle cachait sous un voile de naïveté la fausseté la plus dangereuse. Sans la moindre idée de la vertu, qui était à son égard un mot vide de sens, elle était simple dans le vice, violente sous un air de douceur, libertine par tempérament ; elle trompait avec impunité son amant, qui croyait ce qu'elle lui disait contre ce qu'il voyait lui-même.

tout ce que peut, sous un ministre dominé, une vengeance de femme. Le Blanc fut détenu à la Bastille, même après que son acquittement eut été prononcé par les juges.

Malgré une insurrection qui avait éclaté en 1716, à propos de quelques mesures fiscales, les protestants avaient été traités avec douceur par le régent. Le premier acte du nouveau ministère fut d'établir contre eux des lois pénales plus sévères et plus oppressives encore que celles de Louis XIV lui-même. La Hollande intervint en leur faveur, et ces lois de violence furent modifiées; mais l'effet n'en resta pas moins déplorable. Pàris-Duverney, un célèbre financier, fut appelé *à gouverner les revenus de l'État,* qui ne refleurirent point entre ses mains.

Le duc de Bourbon, voulant se concilier les bonnes grâces du roi, recevait magnifiquement toute la cour à Chantilly; mais les manières du jeune prince restaient froides, et ses rapports avec le ministre taciturnes. L'attention publique commençait à se porter sur le mariage de Louis : unir l'infante d'Espagne, une enfant de sept ans, au roi de France, qui en avait maintenant quinze, semblait peu raisonnable, même pour un mariage de raison. La situation malheureuse et faible de la cour d'Espagne l'exposait à toutes les insultes : on renvoya l'infante, et le duc de Bourbon, afin d'avoir sous la main une jeune reine qui lui fût attachée par les liens de la reconnaissance, maria Louis XV à Marie Leczinska ou Leczinski, fille d'un roi

sans royaume. La cour d'Espagne témoigna le plus vif
ressentiment, et renvoya de son côté la fille du régent,
qui avait contracté mariage avec l'infant don Carlos.

La grande plaie de la France, plaie alors incurable,
était le désordre des finances. Le mal se faisait plus
que jamais sentir. Les frères Pâris, à bout d'expé-
dients, firent rendre un édit par lequel une taxe d'un
quinzième était imposée sur tout le revenu net; les
classes privilégiées elles-mêmes n'en étaient point
exemptées. La noblesse, le clergé, les parlements
réclamèrent contre cette mesure, d'un bout à l'autre
du royaume; mais le roi tint un lit de justice, et l'édit
fut enregistré.

Le cardinal Fleury, déjà ministre sous le masque,
succéda en titre au duc de Bourbon. Il exerça longtemps une autorité sans bornes qui ne finit qu'avec sa
vie, en 1743. Jamais roi de France, pas même
Louis XIV, n'a régné d'une manière si absolue, si
sûre, si éloignée de toute contradiction. Il ne créait
des ministres que pour exécuter ses ordres.

Avec ses qualités et ses défauts, le despotisme
caché de l'abbé Fleury constitue la meilleure période
du règne de Louis XV. Il remit quelque ordre dans
les finances, il fit revivre le crédit et le commerce;
ses premiers actes furent des actes de justice et
d'humanité. Il remit en place les victimes du duc de
Bourbon. La débauche de la régence fut condamnée
à porter un masque; tout reprit un air moral et dévot
sous le gouvernement du vieux prêtre.

Fleury commençait son administration à l'âge de soixante-treize ans.

Les nouveaux impôts qu'avait levés le duc de Bourbon furent d'abord modérés, puis supprimés entièrement. La cour insultait tout bas à l'excessive économie du ministre; mais cette économie était un bienfait pour les peuples. La vie privée de l'abbé Fleury, celle surtout qu'il avait menée dans sa jeunesse, l'avait accoutumé à une vie dure. « C'était l'homme du monde, dit Saint-Simon, qui se souciait le moins d'avoir. » Sans être avare pour lui-même, il avait appris à se passer de tout, et montra de l'avarice pour l'État.

Son plus grand défaut était l'égoïsme, et on l'a surnommé, non sans raison, le Fontenelle des ministres. Cet égoïsme, joint à une ambition qui se cachait sous un air de douceur et de modestie, le poussa dans la guerre contre les jansénistes. Les querelles religieuses, les plus absurdes de toutes, parce que personne n'y entend rien, déshonorèrent les premières années d'un gouvernement qui, sans cela, eût été empreint de clémence. Le ministre était entraîné dans cette voie non par fanatisme, mais par vanité. Saint-Simon, qui va nous manquer, peint dans ses Mémoires le portrait de l'abbé Fleury avec des couleurs un peu sombres, auxquelles nous ajouterons les lumières. « Fleury, dit Saint-Simon, dont la science, les mœurs ni la religion n'avaient jamais fait le capital de sa vie, avait toujours évité les questions de doctrines. Peu aimé

des jésuites et lié avec la meilleure compagnie, il ne
s'était pas contraint de blâmer (dans les dernières
années du règne de Louis XIV) l'inquisition et la
tyrannie qui s'exerçaient sur le jansénisme, et avait
toujours laissé son diocèse en paix. L'idée d'être précepteur du petit-fils du roi lui fit changer de conduite.
Tellement que les derniers mois de son épiscopat à
Fréjus ne furent employés qu'à la recherche de la
doctrine, des livres, des confesseurs, et à tourmenter
le peu de religieuses de son diocèse. »

Une circonstance aigrit encore son zèle. Fleury, qui
était un homme d'esprit et un écrivain élégant, mais
un théologien léger, s'engagea imprudemment dans
une controverse avec un docteur janséniste armé de
toutes pièces, l'abbé de Quesnel, et se fit battre. Le
P. Quesnel l'accabla dans ses écrits sous un torrent
d'érudition, à laquelle se mêlait un ton d'ironie amère
et méprisante : *inde iræ.* « Fleury, ajoute Saint-Simon,
avec son air doux et modeste, était l'homme le plus
superbe en dedans et le plus implacable que j'aie
jamais connu. Il ne le pardonna pas au P. Quesnel,
et c'est la cause unique qui produisit en Fleury cette
fureur jusque-là inouïe, et qui s'est portée au dernier
excès de cruauté et de tyrannie contre les jansénistes
et les anticonstitutionnels. » Les anticonstitutionnels
(le mot a bien changé de sens) étaient alors les libé-
raux de l'Église, ceux qui refusaient de reconnaître la
bulle ou la constitution du pape.

Fleury, devenu ministre souverain de Louis XV,

désirait véhémentement le chapeau de cardinal. Pour acquérir cet honneur, il s'engagea à faire définitivement reconnaître la bulle *Unigenitus*. A peine fut-il sacré prince de l'Église, que les jésuites et les sulpiciens vinrent le sommer de tenir sa promesse. Fleury, qui n'avait point oublié son peu de succès dans la querelle avec le P. Quesnel, fit volontiers ce qu'on exigeait de lui. Les persécutions recommencèrent. L'abbé Tencin, archevêque d'Embrun, un agent et un singe de l'abbé Dubois, prétendit avoir découvert des doctrines analogues à celles du P. Quesnel dans une lettre pastorale adressée aux fidèles de son diocèse par le vieil évêque de Sénez. Fleury, pressé d'agir, convoqua, au nom du roi, un concile provincial, composé d'un petit nombre d'évêques qu'on savait être les partisans de l'abbé Tencin. Ils condamnèrent les propositions de l'évêque de Sénez; le vieillard refusa de se rétracter, et mourut dans l'indigence après avoir été chassé de son diocèse avec tous les prêtres qui adhéraient à ses convictions. Les parlements soutinrent les jansénistes. Ils avaient déjà montré leur esprit de résistance en condamnant les deux bulles venues de Rome. Fleury engagea le roi à tenir un lit de justice, et la bulle *Unigenitus* fut enregistrée sans aucune modification. Les parlements réclamèrent contre ces enregistrements qui rendaient leur puissance illusoire. Mais le roi leur défendit de délibérer désormais sur les matières ecclésiastiques.

Ainsi se préparait sur un terrain neutre et ténébreux

la guerre des parlements contre la couronne. Si l'on
regarde au jansénisme en lui-même, cette lutte était
puérile, et nul ne voudrait aujourd'hui risquer un
cheveu pour ces questions obscures de la grâce. Mais,
sous l'antagonisme des deux doctrines, il y avait la
liberté de conscience, et les parlements s'honorèrent
en la défendant.

III.

Quand Louis XV n'eut plus de maître, il se donna
des maîtresses.

Quoique l'amour eût été étranger à l'hymen du roi
de France avec la fille du roi détrôné, Louis se montra d'abord le plus exemplaire des hommes. Six ans
après son mariage il avait encore l'habitude, lorsqu'on
lui vantait à dessein la beauté de quelque femme, de
répondre par cette question délicate : « Est-elle plus
belle que la reine ? » Des enfants étaient venus consa-
crer ce mariage.

Louis n'avait pourtant point attendu la mort du
cardinal pour oublier ces habitudes régulières qui
avaient marqué le commencement de son règne. Peut-
être la froide et monotone majesté de cette cour, gou-
vernée par un prêtre octogénaire, avait-elle engendré
l'ennui dans le cœur du roi. D'un autre côté, la reine
avait cette beauté sans éclat qui exprime la douceur
du caractère et la pureté des mœurs bien plus que le

charme et la jeunesse du cœur. Timide, elle n'avait
d'ailleurs pas su s'emparer d'un esprit faible qui cherchait, au milieu de sa toute-puissance, un peu de
servitude dans l'amour.

Deux sœurs attirèrent en même temps l'attention du
roi : l'une était mademoiselle de Mailly, fille aînée de
la maison de Nesles, et madame de Vintimille, qui
mourut en couches. Le cardinal, qui connaissait le
caractère léger de ces deux femmes, ferma les yeux
sur une double intrigue dont il prévoyait le dénoûment. Mais dans la même famille était une troisième
sœur, qui avait épousé le marquis de la Tournelle.
Veuve à l'âge de vingt-trois ans, elle avait cette beauté
éblouissante et fière qui s'impose ; son esprit était
aimable et vif, son caractère ambitieux. Elle avait
pour ami Pâris-Duverney, qui avait été chargé de
liquider les dettes de l'État lors de la chute de Law.
C'était lui qui, sous le ministère du duc de Bourbon,
avait arrangé le mariage du roi avec Marie Leczinska.
Sa destinée était de donner des femmes à Louis XV.
Il avait dans son château de Plaisance, près du bois de
Vincennes, des serres chaudes plus belles que celles
du roi, et dans lesquelles mûrissait tout un été arti-
ficiel. Le roi l'ayant appris lui fit dire qu'il irait voir
ces fameuses serres. En fin courtisan, Pâris-Duverney
rassembla chez lui, le jour où Louis devait y venir,
tout ce que la cour offrait de plus agréable ; il n'oublia
point la marquise de la Tournelle. Voici le billet
d'invitation : « Madame, le roi vient à Plaisance voir

2.

mes serres chaudes; je désirerais embellir mon ermitage, vous seule pouvez y contribuer; choisissez les
personnes qui vous conviendront, et envoyez-moi la
liste. »

La marquise fit les honneurs du château. Elle était
en deuil de madame de Vintimille; ses vêtements noirs
relevaient l'éclat de son teint qui était superbe. Le
roi... Mais laissons-la raconter elle-même son triomphe : « Lorsque le roi a témoigné le désir de sortir,
tout le monde était debout et attendait avec une sorte
d'impatience le moment de connaître la personne qu'il
honorerait de sa main. Il a parcouru d'un regard le
cercle des beautés qui l'entouraient; ses yeux se sont
arrêtés sur moi; il m'a présenté la main avec infiniment de grâce. Il m'a offert les plus belles fleurs et
m'a dit des choses charmantes. »

Plus glorieuse que tendre, la marquise de la Tournelle ne cache point à Duverney les éclairs qui tra-
versent son cœur. « La grande dame (la reine) que j'ai
vue hier, m'a comblée de bontés : en scrutant dans mon
cœur, je me reprochais de lui faire ma cour; elle sera
en droit, si je réussis, de m'accuser de fausseté. Non,
vous me connaissez, je ne suis pas fausse, mais je
suis d'un sang que l'ambition gouverne. Je régnerai
sur la France; tous les courtisans seront à mes pieds
parce que j'aurai su y enchaîner leur souverain. »

Il y avait à cette intrigue d'amour un seul obstacle,
le cardinal. Fleury voulait bien que Louis XV eût une
maîtresse qui pût le distraire des affaires, mais il ne

voulait point d'une maîtresse qui pût le remplacer dans
l'esprit du roi. Quand on apprit au ministre souverain
que le roi était l'amant de madame de la Tournelle, il
fut atterré. Dans cette femme ambitieuse, il soupçon-
nait une rivale. Pour comprendre la frayeur du vieillard, croyant à son règne, il faut savoir la domination
qu'il exerçait sur son élève. La marquise va nous
donner à ce propos quelques détails que revendique
l'histoire. « Une chose que vous ignorez sans doute,
écrit-elle à Duverney, c'est la manière dont les conseils
se tiennent. Les ministres ont communiqué leur travail au cardinal qui les a ou corrigés ou approuvés. Le
roi préside, on fait les rapports; souvent deux heures
s'écoulent sans qu'il ait proféré une parole, et l'approbation qu'il donne aux différents actes n'est que l'effet
d'un regard du cardinal. »

Il fallut capituler. La marquise traita d'ailleurs de
puissance à puissance avec le cardinal. Elle posa elle-
même les conditions de paix. Par ce traité elle consentait à ne se mêler en rien des affaires de l'État et à
ne jamais s'opposer aux mesures que proposerait le
ministre. L'abbé Fleury, qui avait d'abord crié au
scandale, souscrivit enfin à ce qu'il ne pouvait empêcher. Cette fois la passion du roi était sérieuse. Il
aimait encore la reine, mais il ne craignait plus d'afficher une maîtresse. C'est encore la marquise qui
parle : « Plus de liberté avec madame de Mailly qu'avec
son illustre épouse, l'attrait du plaisir, point de reproches sur les débauches de la table, lui persuadèrent

aisément qu'il avait trouvé le bonheur.... Le roi allait
à Chantilly; là on se livrait à des orgies prolongées fort
avant dans la nuit. Le roi ne revenait quelquefois
qu'au jour, et la reine était obligée de troubler son
sommeil, après l'avoir attendu dans les larmes, pour
recevoir son auguste époux, plus ivre de vin que
d'amour. »

Ces deux femmes, madame de Mailly et madame de
Vintimille, n'avaient fait que passer. L'exemple était
inquiétant pour une sœur. « D'après cela, me direz-
vous, écrit-elle à Duverney, ainsi que je me le suis dit à
moi-même, quelle confiance avez-vous dans le roi, si
ce ne sont que les sens qui l'attachent? Une beauté
succédera sans peine à une beauté. Oui, j'en conviens;
mais j'ai dressé mon plan différemment.... J'ai de
grands projets.... » La marquise exigea avant tout le
renvoi de madame de Mailly, sa sœur; elle se fit
nommer dame du palais de la reine; bientôt elle eut un
parti à la tête duquel fut le duc de Richelieu. En vain
M. de Maurepas, qui redoutait la fermeté de son caractère, essaya contre elle une guerre de chansons et
d'adresses au roi : elle y fit répondre par des chansons, et le roi, qui avait le cœur électrisé, ne voulut
point entendre les représentations. Madame de la
Tournelle fut nommée duchesse de Châteauroux et
reçut du roi le brevet d'une pension de quatre-vingt
mille livres de rente.

Déclarée favorite, elle ne voulut point subir en
esclave les obligations de la charge : « J'ai bien

entendu gratter hier à ma porte, écrit-elle; mais le roi s'est retiré quand il a vu que je restais dans mon lit et que je feignais de ne pas l'entendre. Il faut qu'il s'y accoutume. » La marquise avait donné au cardinal la promesse de ne point s'entremettre dans les affaires de l'État; mais cette promesse était difficile à garder pour une âme ardente et fière. L'Europe s'ébranlait; la mort de Charles VI mettait en mouvement toutes les couronnes. Qui fut étonné? Ce fut à coup sûr le cardinal, quand le roi dans son conseil proposa de se coaliser avec le roi de Prusse contre la reine de Hongrie, et de faire élire empereur d'Allemagne Charles-Albert, électeur de Bavière. Le ministre combattit avec force ce projet; d'Argenson le seconda, mais, ô surprise! le roi se montra inébranlable. Le vieillard était trop fin pour ne pas reconnaître qu'une plus douce influence avait traversé la sienne.

Les de Belle-Isle étaient liées avec la duchesse de Châteauroux : ils lui persuadèrent que le moment était venu.

Au milieu de ces circonstances critiques, madame de Châteauroux rêva le rôle d'Agnès Sorel. Depuis la mort du cardinal, elle gouvernait seule l'esprit du roi. Dès l'origine, rien n'avait moins ressemblé à une faiblesse de femme que sa liaison avec Louis XV. Relever à ses propres yeux et aux yeux de l'Europe ce souverain humilié, l'arracher au repos et aux plaisirs d'une cour amollie, cela ne ferait-il point excuser le titre de favorite? « J'espère, écrit-elle à Richelieu avec triomphe, que le roi est maintenant convaincu que j'aime sa gloire autant que lui-même. Enfin, je l'ai emporté, mon cher duc : le roi commandera ses armées; c'est encore un mystère, excepté pour vous et Duverney. »

Louis XV consentit en effet à se montrer à la tête de ses armées. Madame de Châteauroux le suivit au milieu des camps. Elle n'avait donc séduit le roi que pour le grandir : cette idée l'exaltait.

Louis fut reçu avec enthousiasme par les troupes françaises qui étaient à Lille. « Hier Sa Majesté a passé l'armée en revue. Ce coup d'œil imposant m'a fait le plus grand plaisir. Les cris de *vive le roi!* étaient si unanimes, que sa musique a été obligée de cesser et de mêler ses acclamations à celles des soldats, des officiers, des généraux et de tous les assistants. »

L'arrivée du roi porta bonheur à nos armes. La fortune, qui est femme, sembla faire cause commune avec la favorite. « Il n'y a que deux jours que le roi est à l'armée, écrit-elle dans un transport de joie, et déjà Courtray est en son pouvoir. Menin a été attaquée en présence du député des États Généraux. Sa Majesté a montré le plus grand courage. La gloire du roi est à son comble; mais la victoire souvent fait répandre des larmes. Sa Majesté partage avec l'armée entière la douleur qui nous a tous accablés en apprenant la mort du marquis de Beauveau. « Mes amis, a dit ce héros aux soldats, laissez-moi mourir et allez combattre. »

Louis XV emporta successivement les villes de Menin,
d'Ypres, de Furne; mais, pendant que le roi réussissait
en Flandre, nos armées se faisaient battre en Allemagne
par le prince Charles. « Les nouvelles ne sont pas si
brillantes sur le Rhin : pourquoi? parce que le roi
ne peut être aux deux armées à la fois. » Madame de
Châteauroux persuadée que la présence de Louis XV
ranimerait le courage des troupes, lui donna le conseil
de voler au secours de l'Alsace, menacée par les
armées de la reine de Hongrie, Marie-Thérèse. Il
écouta sa favorite et partit pour la Lorraine, à la condition qu'elle le suivrait. « Je suis un peu malade,
confie-t-elle à Duverney; mais je me garderai bien de
le dire. »

A peine fut-il arrivé à Metz, le 4 août 1744, que le
roi fut attaqué d'une maladie dont les ennemis de la
favorite exagérèrent encore le danger. « Le roi est
malade légèrement, écrit-elle alors, mais l'alarme se
répand; M. de Richelieu assure que ça ne sera rien;
et comme on ne guérit pas de la peur, toutes les têtes
sont à l'envers. »

La nouvelle que les jours du roi étaient en danger
se répandit dans toute la France, et partout cette nouvelle porta la consternation. Le pays, quoique souffrant, tenait compte à Louis XV de la tranquillité dont
il jouissait depuis le commencement de son règne. La
mort du souverain, dans les circonstances où l'on se
trouvait, aurait d'ailleurs amené des complications
infinies. L'alarme fut générale. « Le danger du roi, dit

Voltaire qui avait été témoin de ce mouvement, se répand dans Paris, au milieu de la nuit. On se lève, tout le monde court en tumulte sans savoir où l'on va. Les églises s'ouvrent en pleine nuit. Paris était hors de lui-même.... Le peuple s'écriait : S'il meurt, c'est pour avoir marché à notre secours! » Pendant ce temps-là, de respectueux mais sévères conseils entouraient le malade. On pressa le roi d'aviser au salut de son âme. Madame de Lauraguais, qui se trouvait alors sur les lieux, écrit à Duverney, l'ami de la favorite : « La peur s'est emparée du roi; il a été frappé de terreurs religieuses, et il n'a pas eu le courage de résister à la cabale. »

Tout était parfaitement combiné : on annonça l'arrivée de la reine, qui venait de Paris avec le jeune Dauphin. Une solennelle réconciliation eut lieu entre Louis et Marie Leczinska : le roi reçut les sacrements de l'Église.

Madame de Châteauroux supporta sa disgrâce avec courage. Il fallait quitter Metz, il fallait partir à l'instant : c'était l'ordre du roi. Ce voyage eut tout le caractère d'une fuite. La favorite, celle qui hier encore voyait toute la France à ses pieds, se trouva dans un cruel embarras; elle n'avait pas même de voiture. « Une chose qu'on croira difficilement, écrit madame de Lauraguais, et qui prouve sans réplique l'esprit de la cour, c'est qu'on nous a refusé une voiture aux écuries du roi; une heure auparavant la duchesse de Châteauroux aurait commandé et elle aurait été obéie. »

La favorite avait déjà été accablée, dans la ville de Metz, par des témoignages de mépris. Le peuple, les soldats, l'insultaient en courant aux églises. Enfin, le maréchal de Belle-Isle lui prêta sa voiture. Sur toute la route on l'assaillit d'outrages et de menaces. Les paysans la chargeaient d'imprécations. Elle fit ainsi quatre-vingts lieues et vint se cacher à Paris.

O couronne de fleurs tombée, que tout le monde traînait maintenant aux pieds! O la vie à la cour!

Mais j'ai dit ailleurs tout le roman de cette histoire[*].

IV.

Trois cardinaux ont régné en France : Richelieu, Mazarin, Fleury; ces trois hommes d'Église ont été trois hommes d'État. Avec moins de génie que les deux premiers, Fleury eut l'art de suffire aux circonstances : sans recourir à la hache comme Richelieu, ni aux intrigues comme Mazarin, il continua d'isoler la royauté en abaissant la noblesse.

La première moitié du règne de Louis XV, à laquelle la tombe du cardinal Fleury sert de limite, ne fut troublée que par des querelles religieuses. La lutte du clergé et des jansénistes appuyés par les parlements, se ranima dans la paix. « C'étaient, dit dédaigneuse-

---

[*] *Les Femmes de cour au dix-huitième siècle,* tome VII des œuvres d'Arsène Houssaye. 1 vol. in-8°. (*Note de l'éditeur.*)

ment Voltaire, les insectes sortis du cadavre du moli-
nisme et du jansénisme qui, en bourdonnant dans la
ville, piquaient tous les citoyens. »

Le clergé s'avisa de refuser les sacrements de l'Église
aux moribonds regardés comme suspects d'hérésie.
Les parlements réclamèrent contre ces arrêts du pouvoir ecclésiastique, et les accusèrent par d'autres arrêts
non moins étranges. Ce fut une lutte sans fin sur le
bord de la tombe. Rien n'était plus commun alors que
de voir des mourants administrés par ordre du parlement : le prêtre en était quitte pour se laver les mains
comme Pilate, en disant : « Ils l'ont voulu ! »

Le moment était venu où le grand vent de la philosophie, qui soufflait déjà, allait balayer ces nuées
d'insectes invisibles dont parle Voltaire, et remuer
tous les esprits pour les orages qui devaient allumer la
révolution !

La Pompadour, en attendant, régnait à toute bride.

Marie-Thérèse, voulant recouvrer la Silésie, s'a-
dressa à toutes les cours de l'Europe, surtout aux
reines, sans oublier madame de Pompadour. Flattée,
la maîtresse du roi de France entraîna le maître dans
cette guerre de sentiment. La France avait pour alliées
la vieille Autriche et la Russie naissante; elle avait
pour ennemies la jeune Prusse et l'Angleterre, reine
des eaux.

L'état de nos finances était déplorable. Les armes,
les soldats, l'argent, tout manquait; les hommes man-
quaient plus encore que les ressources de la guerre.

Pour la première fois cette grande nation, épuisée, fut contrainte d'emprunter des généraux à l'étranger. Les ducs de Saxe et de Broglie n'étaient point Français. Richelieu n'était qu'un héros de ruelles.

Les désastres succédèrent aux désastres : la défaite de Rosbach, la défaite de Crevelt, autant de souvenirs dont saigne l'honneur de la France !

Les Anglais, maîtres des mers et conquérants de l'Inde, notre marine ruinée, nos armées vaincues, impuissantes malgré leur courage, la vieille tactique déconcertée par le génie de Frédéric qui venait de nobiliser la guerre, l'épée de France tombée aux mains des généraux étrangers, une noblesse stérile, énervée, qui n'avait plus même la force de supporter les privations de la vie des camps, une population frémissante qui voyait la lutte et qui ne pouvait y prendre part, qui payait les frais de la guerre et à laquelle il était interdit de la diriger, qui versait son sang et qui le versait en vain, tel était l'état des choses.

Il fallut conclure la paix. La guerre se termina sous le ministère de M. de Choiseul. Elle avait duré sept ans, comme les famines et les fléaux mystérieux dont Dieu frappait, aux époques bibliques, les peuples condamnés à renaître de leurs cendres.

Et la France éclairait le monde des profondeurs de sa défaite : elle rayonnait par ses blessures.

Les grandes époques de notre histoire ne sont pas toutes celles où la France a vaincu, ce sont souvent celles où la France a pensé.

L'épée rouillée de la noblesse venait de disparaître dans un nuage; mais la philosophie française flamboyait comme le glaive de l'archange. Les généraux de la nation étaient désormais les écrivains; ils regagnaient sur d'autres champs de bataille la place que le pays venait de perdre dans les plaines de Rosbach. Et ces victoires-là ne coûtaient point de larmes aux mères : rien ne devait en ternir l'éclat; aucun revers ne pouvait les effacer. La France n'est point Rome, c'est-à-dire la force aveugle et envahissante; la France c'est une idée. Quand cette idée plane sur le monde, elle couvre sous ses ailes les blessures de l'orgueil national. Quand elle s'abaisse, rien ne saurait relever la tristesse de son silence.

Ce qui avait fait la faiblesse de la nation, ce qui avait donné lieu de croire à sa décadence dans les derniers temps du règne de Louis XIV, ce n'étaient point les désastres de nos armées, c'était l'asservissement de la pensée, c'était l'absence des grands écrivains dévorés par l'exil ou par la mort, c'était l'obscurcissement, Dieu merci! passager, de notre gloire littéraire. Quand la France se tait, l'Europe se voile la face.

A la suite de ses défaites, sous Louis XV, la nation (et elle en avait le droit) bâtissait un temple à la gloire. J'ai nommé le Panthéon. Attaquée, proscrite, déchirée, souillée par les griffes des harpies, l'intelligence pouvait désormais reposer ses yeux et les élever vers le lieu d'asile de la liberté de penser. Les grands hommes pouvaient mourir : ils avaient un tombeau.

V.

Le ministre qui succéda directement au cardinal de Fleury, ce fut madame de Pompadour. Comme la duchesse de Châteauroux, elle avait montré le chemin de la gloire à son royal amant. Ils étaient partis ensemble à cette célèbre bataille de Fontenoy, qui a sauvé le souvenir de Louis XV.

On conduirait dix généraux devant une bataille de l'Empire où ils ont combattu, peinte par Gros lui-même sur des documents authentiques, ils vous diront tous : *Ce n'est pas cela.* Il n'y a que les batailles fabuleuses comme celles d'Homère qui soient peintes avec l'accent de la vérité. Je voudrais représenter avec un vif relief, avec un dessin savant, avec une couleur lumineuse, la bataille de Fontenoy, cette petite bataille qui est venue jusqu'à nous avec le fracas d'une grande bataille, parce que l'héroïsme français y reparaît dans toute sa fierté. Et quand on songe que la veille de la bataille, celui qui la commandait, le bras droit du roi, le maréchal de Saxe, qui était hydropique, se fit faire la ponction pour aller, disait-il, plus gaiement au combat; c'était là le premier trait d'héroïsme. Le second trait connu de tout le monde, car on n'a pas oublié ce beau mot de notre avant-garde : « Messieurs les Anglais, tirez les premiers. »

Il y a au musée de Versailles plusieurs batailles de Fontenoy où l'on voit le roi, le Dauphin, le maréchal de Saxe et le duc de Richelieu; un peu de fumée, un clocher, des morts et des blessés, mais il serait difficile de bien s'expliquer l'action toute chaude encore. Celle de M. Horace Vernet, d'après un dessin de Lenfant pris sur le vif du combat, n'est pas la mieux peinte, mais c'est la mieux représentée.

A Fontenoy, Louis XV visita pendant la nuit, avec le Dauphin, le champ de bataille jonché de morts, et il adressa ces paroles à son fils : « Méditez sur cet affreux spectacle; apprenez à ne pas vous jouer de la vie de vos sujets, et ne prodiguez pas leur sang dans des guerres injustes. » Excellente leçon à laquelle il ne manquait que l'exemple.

V I.

Mais c'était en France qu'il fallait livrer de vraies batailles.

Il y avait un ordre puissant par ses lumières, par ses intrigues, par ses manœuvres souterraines, par l'unité de ses desseins et par la nature des moyens qu'il employait pour les accomplir. Il tenait dans ses mains la conscience et la volonté des rois; il régnait par les femmes; il s'était mis à la place de la religion pour assurer son triomphe. « L'homme s'agite et Dieu le mène, » avait dit Fénelon. Les jésuites, eux, voulurent mener Dieu.

Pascal les avait bien jugés : « Sachez donc que leur objet n'est pas de corrompre les mœurs; mais ils n'ont pas aussi pour unique but de les réformer. Ce serait une mauvaise politique. Voici quelle est leur pensée. Ils ont assez bonne opinion d'eux-mêmes pour croire qu'il est utile et comme nécessaire au bien de la religion que leur crédit s'étende partout et qu'ils gouvernent toutes les consciences. Et parce que les maximes évangéliques et sévères sont propres pour gouverner quelques sortes de personnes, ils s'en servent dans les occasions où elles leur sont favorables. Mais comme ces mêmes maximes ne s'accordent pas au dessein de la plupart des gens, ils les laissent à l'égard de ceux-là, afin d'avoir de quoi satisfaire tout le monde. »

Les parlements avaient provoqué et soutenu une longue guerre contre la politique des jésuites; la ruse des saints pères s'était heurtée à la finesse des légistes, le poignard avait rencontré la cuirasse. Tout à coup, au milieu d'un ciel parfaitement calme, la société de Jésus, ce colosse aux pieds d'argile, s'écroula sous la main du plus faible des rois. La citadelle du système d'autorité tomba au souffle d'un enfant. A peine si les esprits distraits, affolés de plaisirs et de fêtes, entendirent le bruit de sa chute. On dansa sur les ruines de cette forteresse morale, comme on devait danser plus tard sur les ruines de la Bastille.

C'était pourtant un grave événement. En privant

3

l'Église de ses hommes politiques, peu scrupuleux sur les moyens, entièrement dévoués à la souveraineté du but, Louis XV venait de démanteler la royauté.

Il ne s'en aperçut même pas : léger, il avait sacrifié au caprice du jour, à la force de l'opinion, à cet esprit de vertige, avant-coureur de la chute des monarchies. Il crut dégager l'Église, il l'ébranla, et la secousse devait remonter jusqu'au trône.

Les parlements avaient joué le principal rôle dans cette œuvre de destruction. J'ai sous les yeux les adresses de ces cours de justice, un monceau de brochures pour et contre les jésuites, toutes les armes aujourd'hui rouillées de cette grande lutte : or, je remarque avec étonnement que les philosophes ne se mêlèrent même point dans la dispute. Les jésuites furent détruits par les catholiques les plus fervents. Ce fut une guerre de sectes. Pascal se leva du fond de sa tombe et les enveloppa dans son linceul.

Les parlements sombrèrent dans leur victoire. C'est le sort des oppositions sans portée que de se suicider par le succès. Ainsi s'usaient l'une après l'autre, au choc de luttes intestines, toutes les forces de l'autorité monarchique. Qui devait profiter de leurs mutuelles défaites? qui devait ramasser, dans les débris de ces écroulements successifs, les armes d'une opposition sérieuse? Le peuple.

VII.

Le dix-huitième siècle a deux physionomies qui contrastent. La première, enjouée et moqueuse, charmante jusque dans ses folies, est représentée par quelques figures bien connues : Philippe d'Orléans et madame de Parabère, Dufresny et Piron, Chamfort et Rivarol, Voltaire dans sa jeunesse, le roi Louis XV s'appuyant sur la duchesse de Châteauroux et sur la marquise de Pompadour, Watteau et Grétry, Voisenon, qui était abbé! Bernis, qui était cardinal! qui encore? Oserai-je la nommer après tous ces noms profanes, celle qui se consolait du trône et du roi dans sa bergerie de Trianon? N'oubliez pas quelques comédiennes célèbres : mademoiselle Guimard, qui vécut comme une reine; Sophie Arnould, qui vécut comme un philosophe; d'autres encore moins célèbres s'effaçant dans le fond du tableau. Maintenant, effacez toutes ces têtes charmantes, le dix-huitième siècle vous apparaîtra sous sa physionomie sérieuse : c'est Bayle qui annonce l'aurore du soleil nouveau; ce sont les parades sanglantes des convulsionnaires, qui osent jouer la tragédie du Calvaire; c'est Crébillon au théâtre; c'est Voltaire à Ferney; c'est Buffon en face de la nature; c'est Jean-Jacques à l'Ermitage; ce sont les économistes, les réformateurs, les philosophes, qui s'agitent

3.

comme les arbres de la forêt à l'heure de l'orage ; c'est *l'Encyclopédie,* ce premier bruit de la Révolution ; c'est Danton à la tribune ; c'est André Chénier sur l'échafaud ; c'est Bonaparte, qui domine toutes les grandes figures au tomber du rideau.

De cette comédie humaine, qui dure cent ans et qui a pour titre *le dix-huitième siècle,* bien des scènes folles, tragiques, romanesques, héroïques, sont dignes des curiosités intelligentes. Dans ce temps trop calomnié, de nobles passions se sont épanouies sous le soleil. Vous dites qu'alors on ne savait pas aimer, que l'amour n'était qu'un jeu, un sourire, une distraction : croyez-le bien, la science du cœur a été de tous les temps. Ne jugez pas si légèrement les passions d'une époque : la poudre, les mouches, les paniers, les robes à queue, n'empêchaient pas le cœur de battre chez nos aïeules. N'est-il pas daté de 1750, ce beau poëme d'amour qui s'appelle *Manon Lescaut?* Et madame Du Barry, n'a-t-elle pas versé les belles larmes de la courtisane amoureuse? Je ne parle que de celles qui avaient mis le pied dans les lupanars.

Heureusement pour l'honneur national, la France de Louis XV c'était Versailles : Versailles, un carnaval sans fin où les évêques se déguisaient en mousquetaires, les grandes dames en filles de joie, les grands seigneurs en scapins ; mais étaient-ce bien là des déguisements? Ce carnaval de la royauté et de la noblesse a eu son carême, comme tous les carnavals de la terre :

le 14 juillet 1789, royauté et noblesse se sont couvert
le front de cendres.

L'atmosphère de Versailles en chassait toutes les
grandes choses. En franchissant le seuil du château,
les hommes déposaient leurs dignités, les femmes leurs
vertus. Louis XV, suivant la maxime du duc de Richelieu,
son moraliste en matière de galanterie, était le plus
gaiement du monde « le mari de toutes les femmes,
hormis de la sienne ». Voilà à ce propos des petits vers
du roi, dignes en tous points des petits vers de Voltaire.
On chansonnait Adam dans un souper; Louis XV tourna
ainsi son couplet :

> Il n'eut qu'une femme avec lui,
>   Encor c'était la sienne !
> Ici je vois celles d'autrui,
>   Et ne vois pas la mienne !

Que de reines d'un jour et que de reines d'une nuit !
La France n'avait point assez de duchesses et de mar-
quises pour ces profanations. Il fallait que le ministre
des plaisirs du roi descendît au fond du bourbier pour
y pêcher des perles.

Le château de Versailles avait de l'écho. Le scandale
étant à la mode, le scandale éclatait dans les châteaux,
jusqu'au fond des couvents. Que de jeunes seigneurs
qui avaient leur Parc aux Cerfs ! que de jeunes religieuses qui copiaient la charmante et romanesque
abbesse de Chelles ! Dans la chapelle, l'orgue, accoutumé aux chants tristes et graves, ne résonnait plus

que pour Armide ou Orphée; un bouffe italien mêlait
sa voix toute mondaine aux voix des jeunes vierges.
Dans l'oratoire, la peinture venait sans façon s'installer
avec armes et bagages mythologiques; Boucher y méta-
morphosait ses Cupidons en enfants Jésus; l'abbé de
Chaulieu coudoyait, avec tout son laisser-aller, *la Bible*
et *l'Imitation de Jésus-Christ.*

Le souffle fatal parti de Versailles passait en France
sur tous les beaux sentiments, comme l'orage sur les
fleurs et sur les moissons : héroïsme, grandeur, vertu,
religion, tout s'altérait, tout succombait, tout s'effa-
çait. La religion expirait dans les débats de l'Église et
dans les sanglantes parades des convulsionnaires. La
vertu n'était plus qu'une robe à la Maintenon, dont
les nobles dames trouvaient superflu de s'affubler. La
grandeur, chassée de la cour, des châteaux et des
églises, la grandeur, qui ne peut mourir en France,
s'était cachée, en attendant des temps meilleurs, au
fond des provinces, dans la boutique de l'artisan, sous
le chaume du laboureur, d'où plus tard, à l'heure du
danger, on la vit tant de fois sortir pour dominer à la
tribune et commander aux armées. L'héroïsme, le
vieil héroïsme français, descendu du champ de bataille
dans les boudoirs musqués, s'énervait en frivoles distractions et en frivoles estocades. Les colonels faisaient
de la tapisserie. « Tous ces guerriers-là sont des brins
de muguet, » disait M. de Coigny. L'épée servait non
plus à venger l'honneur offensé, mais à défendre le
petit sourire et le petit chien d'une marquise. Et, pen-

dant qu'on vengeait un chien à coups d'épée, on se vengeait dans les camps à coups de bâton. Les héritiers de Turenne et de Condé s'en allaient à la guerre par distraction, non plus animés du noble amour de la France. Aussi les ennemis qui battaient les Français trouvaient sur le champ de bataille, à défaut de ces braves capitaines qui ont reparu plus tard, des comédiens, des perroquets, des parasols, des perruques, de la poudre, des parfums, et tout l'attirail des petites-maîtresses. Voilà pourquoi le roi de Prusse nous battait à Rosbach; voilà pourquoi la guerre de sept ans fut si humiliante pour la France.

La cour de France avait été jusque-là le grand théâtre du pays; c'était là surtout que se représentait le drame politique et humain. Mais, sous Louis XV, le drame se transforme en parades : autant valent celles de la foire. Les spectateurs, jusque-là silencieux, commencent à siffler et à s'agiter. Le lieu de la scène se déplace, le drame continue parmi les spectateurs; l'ancien théâtre devient une antichambre et un vestiaire dont on ne parlerait plus sans le cardinal de Bernis et le duc de Richelieu, sans madame de Pompadour et madame Du Barry.

On respectait moins que jamais le caractère national; on s'efforçait d'être Anglais à la cour, Prussien à l'armée : on ne voulait être Français nulle part. Tout le monde changeait de rôle; les hommes d'État faisaient des petits vers, les poëtes faisaient de la politique; l'aristocratie descendait chez les banquiers et

les fermiers généraux; les grands seigneurs se méta-
morphosaient en petits abbés et en laboureurs. Tout
se décomposait : la chimie, que le dix-huitième siècle
a créée, est le symbole du dix-huitième siècle. Les
prêtres prêchaient au nom du législateur des chré-
tiens, les magistrats riaient de la majesté bourgeoise
de leurs aïeux, les ministres jouaient comme des éco-
liers avec le pouvoir, et le pouvoir tomba de main en
main jusqu'à celle du peuple.

Dans son oisiveté insouciante, Louis XV laissa aux
idées le temps de faire leur chemin. On écoutait en
paix venir la liberté. La liberté, qui avait tant de fois
en vain mis un pied en France, trouvait enfin les ave-
nues favorables. Ainsi Louis XV faisait autant pour la
liberté que toute l'armée des philosophes.

Il était majestueux, mais il n'aimait point la majesté.
Rien ne l'importunait comme les grandes fêtes de la
cour, où il lui fallait jouer encore la comédie de la
royauté. Il aimait la solitude et le silence. « Enfin,
disait-il à chaque retour à Trianon, me voilà retiré du
monde! » A peine s'il voulait savoir ce qui se passait
au delà du parc. « Que messieurs les ministres se
battent à coups de clergé et de parlement, que les
Parisiens fassent des chansons, cela m'est égal en
vérité; j'ai déposé le sceptre à la porte ou plutôt à vos
pieds, n'est-ce pas, marquise? Que votre volonté soit
faite! » Et madame de Pompadour, ramassant le
sceptre, s'amusait à en tourmenter, au gré de son
caprice, le clergé ou le parlement, les Prussiens ou les

aiseurs de chansons. Dans l'éclat des fêtes, Louis XV, qui s'ennuyait toujours, était froid, sec, taciturne, silencieux; dans la vie privée, c'était le poëte aimable, amoureusement égayé, animé de cet heureux sourire que La Tour a si bien reproduit. Assez souvent il se laissait aller à faire de l'esprit. Ainsi un jour La Tour s'avisa, en faisant le portrait du roi, de parler des affaires de l'État : « Il faut bien le dire, Sire, nous n'avons pas de marine. » Louis XV ramena l'artiste à son pastel par cette réponse : « N'avez-vous pas Vernet, monsieur La Tour? » Un autre jour, le comte de Lauraguais parlait devant lui, comme d'une chose des plus graves, de son voyage en Angleterre. « Et qu'avez-vous appris par là, s'il vous plaît? dit le roi. — Sire, j'y ai appris à penser. — Des chevaux, » reprit le roi, importuné de cette ostentation *.

Louis XV ne sortait pas de cette forêt touffue des voluptés terrestres ** dont parle saint Augustin.

Quand Bouchardon a fait la statue du roi, il s'est trompé ou il a voulu tromper les spectateurs en lui jetant sur l'épaule un manteau romain, en posant sur ce front sans pensée la couronne de lauriers, en armant

* L'esprit français, ne sachant plus que faire, était tombé jusque dans le jeu de mots. Le marquis de Bièvre écrivait une tragédie, toute en calembours, sur Vercingétorix.

** On sait trop qu'à Versailles le roi avait un sérail, le *Parc aux Cerfs*. Les chroniqueurs ont écrit là-dessus des histoires scandaleuses où la vérité transperce sous mille et un romans. Les prisonnières apprenaient à lire dans les Contes de La Fontaine.

cette main sans force du bâton de l'empire. Il fallait couronner Louis XV avec des roses, armer sa main d'une coupe ou d'une ceinture, animer ses lèvres d'un sourire insouciant, lui laisser pour costume sa veste brodée et sa culotte de soie. A coup sûr, si l'artiste eût fait ainsi, la justice de 1792 n'eût point renversé la statue : elle se fût contentée de rire.

Cependant le siècle vieillissait; il avait commencé comme un joyeux fils de famille, qui jette son argent par la fenêtre et son cœur à tout venant. Il rougissait des folies de sa jeunesse; il lui fallait un abri contre le plaisir. Trop rieur encore pour se faire religieux, il aborda la philosophie comme la terre promise; il balaya du pied ses paillettes et ses oripeaux; la vérité fut élevée sur l'autel; elle eut pour temple le théâtre, le roman, l'Encyclopédie; elle eut pour grands prêtres Voltaire, Jean-Jacques, Diderot. Louis XV, qui allait bientôt mourir, survivait à son règne. Il n'était même plus roi par la grâce de Dieu, puisqu'il avait vu combattre et presque vaincre la religion sans la défendre. La France, que Louis XIV avait si bien réunie pour la mieux dominer, se redispersa en faveur de tous; il ne resta à Louis XV que le Parc aux Cerfs, « l'oreiller de ses débauches », a dit Chateaubriand. Le peuple, plus que·jamais souffrant et misérable, commençait à se plaindre en menaçant; mais Louis XV n'entendait que les chansons de Versailles. Le commerce succombait sous les entraves; les impôts dévoraient l'agriculture; l'industrie naissante, repoussée, cherchait des pays

meilleurs ; les courtisans s'abattaient sur la France
comme des oiseaux de proie ; l'armée était chassée sur
terre et sur mer ; à l'intrigue et à la lâcheté, les titres
déshonorants ; au génie et au courage, les honneurs de
l'exil et de la Bastille ; enfin, au dehors, le mépris ; au
dedans, le mépris, la misère et l'esclavage tempéré
par des chansons : voilà le fond assombri du tableau
de ce joli règne, si lumineux et si rose au premier
plan. Et que faisaient à Louis XV ce dépérissement
de la France et cette agonie de la royauté ? Il allait
mourir, et il ne voyait pas plus loin que la mort.
« Après moi le déluge, » disait Louis XV. Ce fut un
déluge de sang.

« Après moi le déluge ! » En effet, Louis XV avait
déchaîné les cataractes et les tempêtes ; mais il ne
léguait pas d'arche à son successeur.

Cette royauté de femmes et de courtisans serait
tombée d'elle-même devant le peuple, si le peuple
fatigué n'eût, aux clameurs des philosophes, levé son
épaule d'Atlas, pour lui donner le dernier coup.
Insultée par les nations voisines, tremblante devant la
France qu'elle avait ruinée, sa dernière heure était
venue : la liberté frappait à la porte du Louvre.
« N'ouvrez pas, » disait cette royauté caduque, endormie dans la volupté. Mais la liberté brisait la porte ;
mais la liberté, renversant à son passage toute la cohue
des courtisans, jetait sans pitié par les fenêtres le trône
de France où s'était couchée la Du Barry. O Blanche
de Castille ! ô Marie-Antoinette !

En recueillant la royauté pleine d'orages et pleine
de tempêtes, Louis XVI en fut le martyr. Il fallait de la
force, il eut de la vertu. A quoi bon de la vertu dans
la tempête, si ce n'est pour bien mourir? Louis XVI
mourut bien : voilà toute sa vie.

VIII.

La monarchie avait encore un pas à faire vers sa
chute. Elle avait créé le Parc aux Cerfs, mais elle
n'était pas encore descendue dans le lupanar parisien.
Elle y descendit appuyée au bras de la comtesse
Du Barry.

Madame Du Barry était la sœur de Manon Lescaut.
Au lieu d'aller se repentir à la Louisiane, elle alla
s'achever dans les tourbillons d'or de Versailles.

Les carrosses du roi valaient-ils mieux que la charrette des filles perdues?

Jeanne Vaubernier — connue dans les harems sous
le nom de mademoiselle Lange — était née à Vaucouleurs tout comme Jeanne d'Arc. Bien mieux, cette
autre Jeanne disait en plein Versailles — eût-elle osé
le dire ailleurs? — qu'elle descendait en droite ligne de
la Jeanne illustre et vénérée, notre Jeanne nationale,
notre pucelle auguste et sacrée.

« Pourquoi vint-elle à Paris? dit Léon Gozlan dans
cette histoire du château de Luciennes dont il a fait un

chapitre poétique et savant d'histoire de France. Sait-on jamais ce qu'on vient y faire ? Elle obéissait à cet énergique aimant qui attire à Paris tout ce qui en soi a un titre à la gloire, à la célébrité, à l'infortune. Elle avait son joli visage de province, claire, charmante, étonnée, ses cheveux doux et cendrés, ses yeux bleus, voilés et entr'ouverts, son teint pâle et rose : elle avait son étoile. Qui lui dit, lorsqu'elle traversait la grande ville dans sa voiture d'osier aux courroies paresseuses, aux roues massives et criantes, qu'elle aurait un jour des équipages plus beaux que tous ces équipages qui lui envoyaient de la boue en passant, et à ses bras plus de dentelles et de diamants que toutes ces dames précédées de laquais en livrée ? »

Quand la beauté quitte la province pour venir à Paris, elle retrouve son pays natal, on lui octroie droit de cité, elle s'y épanouit en toute joie comme ces plantes délicates qu'on transporte dans les serres. Jeanne Vaubernier se trouva chez elle pour la première fois, elle sentit qu'elle allait régner despotiquement sur tous ces coureurs de ruelles qui saluaient déjà sa bienvenue.

Elle apprit du même coup les modes et l'amour. La Gourdan lui fit faire un chapeau et la paya en lui donnant ses pratiques.

Mais elle était appelée à d'autres destinées.

Un jour qu'elle se promenait aux Tuileries, un fou — les fous ont la seconde vue — lui demanda la grâce d'être son ami quand elle serait la reine. Elle se dit :

Cet homme est fou. Et pourtant elle pensa à la Pompadour, rougit — ce fut la seule fois — et tourna les
yeux vers Versailles.

Mais Versailles, c'est le rivage inespéré pour une
fille comme elle qui est connue de tout Paris. Est-ce
que le roi voudrait être l'amant de celle qui a été la
maîtresse de tous ses courtisans? Qui sait! le roi s'ennuie. Ne se trouvera-t-il pas un poëte pour la comparer
à Vénus :

> O Jeanne, ta beauté séduit
> Et charme tout le monde;
> En vain la duchesse en rougit
> Et la princesse en gronde;
> Chacun sait que Vénus naquit
> De l'écume de l'onde.

Ce poëte, ce n'est pas encore Voltaire, mais c'est
déjà Boufflers.

IX.

Cependant le roi cherchait une femme — Diogène
nocturne qui fuyait les lanternes des philosophes —
il trouva Jeanne Vaubernier. Il croyait ne l'aimer qu'une
nuit, il l'aima tout un jour. « Ce n'est pas assez, lui
dit-elle, vous m'aimerez au grand jour. Que me man-
que-t-il pour être aimée à la cour? Me faut-il un blason?
j'en ai beaucoup, car j'ai été aimée par tous les grands
noms du livre héraldique. » Et elle pria le vicomte

ean Du Barry de lui donner son titre de vicom-
esse. « Bien mieux, s'écria le vicomte Jean, je vous
onnerai un titre de comtesse : mon frère est à
narier, c'est un coquin, tu es une coquine, quel
eau mariage ! »

Et ils furent bénis. Et la comtesse de fraîche date
ut solennellement présentée à la cour par une comtesse
'ancienne date, la comtesse de Béarn. Le roi Voltaire
rotesta par une satyre : *la Cour du roi Petaud*. Le
uc de Choiseul protesta, la France protesta, mais
out Versailles se jeta éperdument aux pieds de la
omtesse.

Les filles du roi elles-mêmes lui firent la cour et lui
ermirent de les appeler par leur petit nom : *Locque,*
Chiffe et *Graille.*

Le roi, jaloux de cette gracieuse familiarité, voulut
voir aussi son petit nom. La bacchante qui croyait
enir par le roi toute la France dans ses bras, l'appela
a France, comme eût fait une femme à soldats de son
mousquetaire gris.

O le beau temps ! La Du Barry et Louis XV ca-
haient leur vie — comme le sage — dans les petits
ppartements. Elle émiettait son chocolat, il broyait
ui-même son café. Et la royauté consacrait un nouveau
erbe pour le dictionnaire de l'Académie.

Et madame Du Barry disait au roi : « J'aime ton
hez toi à la folie. » Et le roi donnait Luciennes à sa
naîtresse pour pouvoir chanter la même chanson.
Roméo et Juliette des lupanars !

La Du Barry lançait ses répliques de poissarde avec une délicatesse ineffable. Elle n'ouvrait les yeux qu'à demi, même quand elle jetait sa gorge sur la rive. Le roi était ravi de ces contrastes. C'était un monde nouveau. Aussi lui disait-on : « Ah! Sire, on voit bien que Votre Majesté n'a jamais été chez la Gourdan. »

La Du Barry se fit pardonner par les poëtes et les artistes. Elle donnait à deux mains. Elle payait en vraie reine son peintre et son sculpteur. Quel chef-d'œuvre que ce portrait de Drouais si lumineux et si vif, si provoquant et si doux! Quelle merveille que ce buste de Pajou qui exprime la courtisane, mais la courtisane royale! Quels chefs-d'œuvre vivants que cette Diane et cette Vénus d'Allegrain, qui sont des Du Barry déshabillées! Dirai-je que tout Paris lui sut gré de s'être déshabillée une fois de plus pour montrer à Allegrain cette Vénus et cette Diane, qui sont aujourd'hui deux des merveilles de l'art français? Regardez au Louvre ce marbre trop nu parce qu'il est plus chair que marbre, c'est la Du Barry.

Sa beauté avait un charme pénétrant et singulier, parce qu'elle était à la fois blonde et brune. — Des sourcils et des cils noirs et des yeux bleus, — des cheveux brunissants et rebelles, — des joues d'un dessin idéal dont la pâleur rosée était toujours avivée par deux ou trois mouches, — un menton « formé par la main de l'Amour », comme dit l'Anthologie, — un nez·fin aux narines expressives, — un air de candeur enfantine et un regard voluptueux jusqu'à l'ivresse.

C'était du même coup Vénus pudique et Vénus furieuse, une Hébé et une bacchante.

Voltaire lui-même demanda bientôt grâce :

MADAME,

M. de La Borde m'a dit que vous lui aviez ordonné de m'embrasser des deux côtés de votre part :

> Quoi ! deux baisers sur la fin de ma vie !
> Quel passe-port vous daignez m'envoyer !
> Deux, c'est trop d'un, adorable Égérie,
> Je serai mort de plaisir au premier !

Il m'a montré votre portrait, ne vous fâchez pas, madame, si j'ai pris la liberté de lui rendre les deux baisers :

> Vous ne pouvez empêcher cet hommage,
> Faible tribut de quiconque a des yeux :
> C'est aux mortels d'adorer votre image,
> L'original était fait pour les dieux.

Peut-être Voltaire n'écrivait-il cette lettre que parce qu'il avait lu celle-ci écrite par le roi au duc de Choiseul, qui refusait de reconnaître Cotillon III reine de la main gauche.

MON COUSIN,

Le mécontentement que me cause vos services me force à vous exiler à Chanteloup, où vous vous rendrez dans vingt-quatre heures. Je vous aurais envoyé plus loin si ce n'était l'estime particulière que j'ai pour madame de Choiseul. Sur ce, je prie Dieu, mon cousin, qu'il vous ait en sa sainte et digne garde.

LOUIS.

Cet exil, ce fut le seul crime de la courtisane. Elle ne ferma sur aucun de ses ennemis les portes de la

4

Bastille. Plus d'une fois elle mit la plume à la main de Louis XV pour signer une grâce. « Madame, lui dit le lieutenant de police, j'ai découvert un coquin qui répand des chansons sur vous ; que faut-il en faire ? — Le condamner à les chanter et lui donner du pain. » Mais elle eut le tort de faire une pension au chevalier de Morande, pour acheter son silence.

Les plaisirs du roi et de la favorite n'étaient guère troublés que par les tireuses de cartes. Le roi et la comtesse ne croyaient pas aux prédictions des philosophes, mais ils croyaient aux devins. Un jour Louis XV trouva sur le coussin de son carrosse, au retour de Choisy, un billet où on avait transcrit cette prédiction du moine Aimonius, ce savant qui ne lisait que dans le grand livre des astres :

« Aussitôt que Childéric fut revenu de Thuringe, il
» fut couronné roi de France, et il ne fut pas plutôt
» roi, qu'il épousa Basine, femme du roi de Thuringe.
» Elle vint elle-même trouver Childéric. La première
» nuit des noces, et avant que le roi fût couché, la
» reine pria Childéric de regarder à la fenêtre du palais
» qui donnait sur un parc, et de lui dire ce qu'il y
» verrait. Childéric regarda, et tout effrayé rapporta à
» la princesse qu'il avait vu des tigres et des lions.
» Basine le renvoya une seconde fois regarder. Ce
» prince ne vit plus que des ours et des loups, et à la
» troisième, il aperçut des chiens et des chats qui se
» battaient et se déchiraient. Alors Basine lui dit : Je
» vais vous donner l'explication de ce que vous avez

» vu : la première figure vous découvre vos succes-
» seurs qui excelleront en courage et en puissance; la
» seconde représente une autre race qui sera illustre
» par les conquérants qui augmenteront votre royaume
» pendant plusieurs siècles; mais la troisième dénote
» la fin de votre royaume qui sera adonné aux plaisirs,
» et perdra l'amitié de ses sujets; car les petits ani-
» maux signifient les peuples qui, émancipés de la
» crainte des princes, les massacreront et se feront la
» guerre ensuite. »

Après avoir lu cette prédiction, le roi passa le billet
à la comtesse. « Après nous la fin du monde, » dit-elle
gaiement.

Et le roi se mit à rire.

X.

Quand l'abbé de Beauvais prêcha la cène à Versailles, après le carnaval de 1774, il osa dire dans sa
sainte colère : « Ce carnaval est le dernier; encore
quarante jours, Sire, et Ninive sera détruite. »

Le roi pâlit. « Est-ce Dieu qui parle ainsi? » mur-
mura-t-il en levant les yeux vers l'autel.

Le lendemain il alla chasser en grand équipage : il
avait peur depuis la veille de la solitude et du silence.
« C'est le tombeau, je ne veux pas m'y coucher, »
dit-il à madame Du Barry.

4.

A la chasse le duc de Richelieu parvint à l'égayer.
« C'est égal, dit-il tout à coup, comme si l'appel des
trappistes fût venu jusqu'à lui, je ne serai tranquille que
lorsque ces quarante jours seront passés. »

Louis XV mourut le quarantième jour.

La Du Barry ne croyait ni à Dieu ni à diable, mais
elle croyait à l'almanach de Liége. Elle ne lisait guère
que ce livre — fidèle à ses anciennes habitudes. — Or
l'almanach de Liége de 1774 disait aux prédictions
d'avril :

Une dame des plus favorites jouera son dernier rôle.

Et madame la comtesse Du Barry disait sans cesse :
« Je ne serai tranquille que lorsque ces quarante jours
seront passés. »

Le trente-septième jour le roi la chassa avec tous les
respects dus à son rang.

Elle pleura en silence et pria Dieu comme une
femme qui a oublié ses prières depuis longtemps.

Louis XV n'avait pas oublié ses prières, mais il donna
deux cent mille livres aux pauvres et ordonna des
prières à sainte Geneviève. Le parlement fit ouvrir la
châsse et s'agenouilla gravement devant cette relique
miraculeuse.

Le moins sérieux de tous ces bons dévots, ce fut le
curé de Sainte-Geneviève : « Eh bien, lui dit-on quand
le roi fut mort, parlez encore des miracles de votre
sainte Geneviève! — De quoi vous plaignez-vous?
s'écria-t-il gaiement, le roi n'est-il pas mort? »

Au dernier moment ce ne fut pas Dieu qui descendit

au cœur du roi, ce fut sa maîtresse. « Dites à la comtesse de venir. — Sire, vous savez qu'elle est partie. — Ah! elle est partie! Il faut donc que nous partions. »
Et il partit.

Sa fin fut saluée par des malédictions. On insulta jusqu'à ses funérailles. « Et pourtant, dit un vieux soldat, il était à la bataille de Fontenoy. »

Ce fut la plus éloquente oraison funèbre de Louis XV.

Le roi est mort, vive le roi! Avant la mort de Louis XVI on cria : *Le roi est mort, vive la république!*

Le deuil fut porté en rose dans la bonne ville de Paris. L'oraison funèbre du roi et de sa maîtresse fut prononcée par Sophie Arnould; on n'a retenu que le dernier mot de ce chef-d'œuvre d'éloquence sacrée : « *Nous voilà orphelins de père et de mère.* »

XI.

Si madame Du Barry fut un des sept fléaux de la royauté, elle mourut fidèle à la royauté. Après son exil au Pont aux Dames, elle revint à Luciennes, où le duc de Cossé-Brissac la consola presque de Louis XV; mais ce qu'elle aimait dans Louis XV c'était le roi : son vrai pays c'était Versailles, sa vraie lumière c'était le soleil de la cour.

Comme la Montespan, une coquine aussi mais de haut style, elle allait en ses jours de tristesse jeter un regard amoureux sur le parc solitaire, dans les méandres de Trianon.

Et pourtant elle fut heureuse à Luciennes. Je l'ai comparée à Manon Lescaut, je la crois aussi sœur de la Gaussin. Toutes les trois ont fini par la passion après avoir dépensé l'amour en gros sous.

Oui, la comtesse Du Barry eut aussi son heure. Dans toutes les courtisanes il y a la courtisane amoureuse. La maîtresse du roi se retrouva un jour toute jeune à Luciennes, quoiqu'elle fût à son soleil couchant. Elle aimait le duc de Brissac. Ce jour-là combien de pages de son roman elle eût voulu arracher et jeter à l'oubli! « Pourquoi pleurez-vous, comtesse? lui demanda son amant. — Mon ami, lui répondit-elle, je pleure parce que je vous aime; vous le dirai-je? je pleure parce que je suis heureuse. »

Elle avait raison, le bonheur est une fête sans lendemain.

Pour la comtesse Du Barry le lendemain de son bonheur, la révolution frappait à la porte du château de Luciennes. « Qui vient là? — Je suis la justice. Recommande-toi à Dieu. »

La reine, la vraie reine, lui fut bonne comme à tout le monde. Marie-Antoinette se souvenait que la favorite n'avait pas été méchante. On paya les dettes de la Du Barry et on lui donna assez d'argent pour qu'elle pût encore donner des deux mains. Luciennes devint un écho de Versailles. Les rois étrangers et les philosophes parisiens vinrent causer sous ses portiques.

Minerve visitait Vénus impudique. Mais la sagesse ne
prit pas pied à Luciennes.

La révolution devait abattre cette tête charmante qui
fut un instant l'idéal du beau, — du beau à la cour.
Madame Du Barry donna l'hospitalité aux blessés du
festin de la reine. « Ces jeunes blessés n'ont d'autre
regret que de n'être point morts pour une princesse
aussi digne que Votre Majesté! Ce que je fais pour ces
braves est bien au-dessous de ce qu'ils méritent. Je les
console et je respecte leurs blessures quand je songe,
madame, que sans leur dévouement Votre Majesté
n'existerait peut-être plus. Luciennes est à vous,
madame, n'est-ce pas votre bienveillance qui me l'a
rendu? Tout ce que je possède me vient de la famille
royale. J'ai trop de reconnaissance pour l'oublier
jamais. »

Mais son nègre Zamore devenait citoyen tout comme
Mirabeau. Ce fut Zamore qui lui apporta la tête de son
amant. Ce fut Zamore qui la dénonça au club des Jaco-
bins. « Foi de noir, c'est une blanche, » dit le nègre.
Et il conseilla de la teindre de son sang pour en faire
une rouge. Elle fut emprisonnée et comparut devant
Dumas. « Ton âge? — Quarante-deux ans. » Elle
en avait quarante-sept. C'était une coquetterie à la
guillotine.

L'accusateur public, Fouquier-Tinville, ne fut pas
désarmé par la douceur voluptueuse encore de cette
beauté pâlissante et déjà penchée. Il l'accusa d'avoir
trahi la nation en donnant son or aux ci-devant. Le

défenseur de Marie-Antoinette, qui défendit la Du Barry,
trouva-t-il un mot éloquent? Qu'importe, Fouquier-
Tinville était plus éloquent que Chauveau-Lagarde.
La maîtresse du roi fut condamnée à mort. Il était
onze heures du soir — l'heure où l'on soupait à Versailles quand elle était la reine !

Elle passa la nuit à prier et à pleurer, à moitié folle
d'effroi.

Le matin, elle dit qu'il était trop matin pour mourir :
elle voulut gagner du temps; elle demanda à faire des
révélations. La commune envoya des oreilles. Que dit
elle? Elle indiqua toutes ses cachettes de Luciennes :
elle détailla mot à mot tout l'inventaire des trésors
qu'elle avait enfouis, n'oubliant rien, parce que chaque
mot lui donnait une seconde. « C'est fini? dit le juge
qui écoutait. — Non, dit-elle, j'oubliais encore une
seringue en argent cachée sous l'escalier ! »

Cependant les chevaux de la charrette piétinaient,
les spectateurs frappaient à la porte de la prison.

Quand on la jeta déjà mourante sur la charrette,
elle baissa le front et pâlit.

C'est que ni ses œuvres ni ses actions n'étaient du
cortége. Elle se trouvait seule — pécheresse sans
rédemption.

Elle vit tout un peuple sur la place Louis XV. Elle se
frappa trois fois le sein et murmura : « C'est ma faute. »

Mais ce repentir tout chrétien l'abandonna quand
elle monta sur l'échafaud — là où était la statue de
Louis XV — au lieu de prier Dieu elle pria le bourreau :

« *Encore un moment, monsieur le bourreau, encore un moment!* »

Monsieur le bourreau c'était le citoyen Sanson. Il la coucha sur la planche et la jeta sous le couteau sans lui donner *encore un moment.*

Ce fut le dernier lit de la courtisane. Si l'almanach de Liége lui eût prédit que celui qui la coucherait pour la dernière fois serait le citoyen bourreau!

La reine Marie-Antoinette avait aussi parlé à l'exécuteur des hautes œuvres. Elle avait en marchant sur l'échafaud effleuré le pied sanglant du bourreau : « Je vous demande pardon, monsieur. » — « Et pourtant, dit Paul de Saint-Victor, madame Du Barry nous attendrit, lorsqu'elle tord ses beaux bras nus sur la charrette homicide et qu'elle crie à Sanson de sa voix d'enfant : « Monsieur le bourreau, ne me faites pas de mal! » Sa lâcheté nous touche comme une humiliation volontaire. Elle semble se rendre justice en s'avilissant. Une courtisane n'avait pas le droit de monter à l'échafaud du pas des reines et avec le front des martyrs. »

Marie-Antoinette avait dans sa vie réservé la part de Dieu, à sa mort Dieu la lui a rendue.

Mais pourquoi les mettre en regard ces deux femmes? L'une est morte en reine — comme elle avait vécu, — l'autre est morte comme une courtisane qui sort de son lit et qui a peur du froid. Dans l'une il y avait une mère, dans l'autre il n'y avait plus même une femme. Et pourtant elles ont toutes les deux régné sur la France de Versailles.

XII.

La Du Barry eut-elle un caractère? Oui, celui de la fille galante qui ne croit qu'à sa beauté et qui n'a d'autre horizon que son miroir. Sa politique fut d'amuser le sultan, car le sultan s'ennuyait. Combien de millions jetés par sa fenêtre! Mais elle aimait les pauvres. Elle ruinait la France parce qu'elle endormait le roi dans ses jardins d'Armide. Mais elle n'empêchait pas les ministres d'avoir du génie.

Elle savait un peu de tout, moins que rien. Elle dessinaillait, elle inquiétait son clavecin, elle écrivait sans trop se brouiller avec la grammaire, elle avait de l'esprit sans le savoir. Mais ce qu'elle savait bien, c'était le charme pénétrant dont on joue sans éventail en fermant à demi des yeux allumés, en entr'ouvrant à peine des lèvres ardentes, en cachant mal des seins « plus beaux que l'espalier de Vénus ». Et ces molles langueurs des bacchantes de sofas! Et ces airs penchés de Léda fuyant le cygne! Et ce rire harmonieux, un vrai carillon de fête! Et ce parler caressant qui captive et qui tue! Et cette douceur de colombe — anneaux de serpent — qui vous enchaîne sous l'arbre de la science! Elle prenait les plus rebelles, parce qu'il y a une heure dans la vie des saints où Madeleine joue de ses maléfices. C'est le prophète qui a dit cela.

Diderot se demandait : « Que restera-t-il de la marquise de Pompadour? Une pincée de cendres et un
pastel de La Tour. »

Que restera-t-il de la comtesse Du Barry? Une ombre
ensanglantée au charnier de la Madeleine, et un buste
de Pajou au musée du Louvre.

O destinée des femmes! C'est par l'amour qu'elles
vivent, c'est par l'art qu'elles survivent. L'amour a
ouvert à la Du Barry la porte du palais de Versailles,
le palais du roi; l'art lui a ouvert la porte du palais des
chefs-d'œuvre, le Louvre. On l'a un jour chassée de
Versailles, mais elle restera au Louvre tant que l'art
aura son palais.

J'ai lu ces *Nouvelles à la main* où la Du Barry est
peinte de face et de profil, en buste et en pied. On
voit que l'historiographe l'avait vue poser devant les
peintres et les sculpteurs, mais surtout devant Louis XV.
C'est un portrait qui parle.

L'historiographe n'est ni un Pétrone, ni un Plu-
tarque, ni un Saint-Simon. C'est un homme de cour
barbouillé de tabac d'Espagne et de philosophie cour-
tisanesque, qui dit ce qu'il voit et qui ne voit pas
au delà. Mais après tout, plus d'une de ces pages prise
sur le vif appartient à l'histoire de ce singulier règne
qui dans l'édifice de ce grand siècle, entre Louis XIV
et la Révolution, ressemble à une pagode chinoise.

ARSÈNE HOUSSAYE.

NOUVELLES A LA MAIN

SUR

LA COMTESSE DU BARRY.

GAZETTE D'UN CURIEUX.

Un nouveau règne. — Préambule. — Un ange chez la petite comtesse. — Un souper de roi. — Aurore et Tithon. — Que deviendra le Parc aux Cerfs?

15 juin 1768.

L'interrègne des favorites est fini; nous avons une nouvelle reine de la main gauche.

Ce règne promettant d'offrir de jolis scandales, je me suis engagé d'honneur, ce matin, vis-à-vis de moi-même, d'en être le fidèle historiographe au jour le jour. Je conserverai ainsi d'amusants souvenirs pour ma vieillesse : « Il faut amasser, » dit un ancien, et j'amasse. Je veux me réjouir moi-même en me relisant plus tard. Pour y arriver sûrement, je me suis

juré d'écrire à tort et à travers tout ce qui se rapportera à la nouvelle favorite : anecdotes, impressions
personnelles, petits vers, grands événements de cour
et querelles de boudoir.

Pour ne pas me faire bâiller moi-même par un plus
long préambule, je commence à inscrire ce que j'ai
appris ce matin.

La nouvelle reine s'appelle la comtesse Du Barry ;
mais M. de Richelieu m'a dit en confidence qu'il se
rappelait avoir vu cette jolie fille chez madame de
La Garde, où elle avait le nom de Vaubernier. M. de
Richelieu, qui va partout, a ajouté qu'il l'avait vue
aussi, sous le nom de l'Ange, chez la *petite comtesse.*
C'est ainsi que nous nommons cette femme utile et
agréable que les gens mal élevés appellent la Gourdan.

C'est hier soir que madame Du Barry a soupé pour
la première fois avec le roi. Outre Sa Majesté, il y avait
là M. le duc de Richelieu, le duc de La Vauguyon,
gouverneur des enfants de France, le marquis de
Chauvelin, et Le Bel, le premier du roi, qui faisait discrètement le service. C'est ce dernier qui a découvert
la nouvelle odalisque, avec l'aide d'un intrigant
d'assez scandaleuse réputation, le comte Jean Du
Barry, connu déjà sous le nom mal famé de comte de
Serre. Ce comte, que l'on dit le beau-frère de la favorite
d'aujourd'hui, fut son amant, et l'on assure qu'il
savait tirer de la belle d'assez beaux profits. S'il est
vrai qu'elle demeure à la cour, cette affaire sera le
plus beau parti qu'il en aura jamais tiré.

Le souper a été très-gai; Sa Majesté paraissait s'enflammer davantage d'heure en heure. On parlait mystérieusement ce matin d'une nouvelle Aurore et d'un nouveau Tithon.

Le Bel, huissier assermenté près les plaisirs de Sa Majesté, avait la figure rayonnante. Il n'était question, ce matin, dans les antichambres du roi, que de l'abandon prochain du royal Parc aux Cerfs, livré par Sa Majesté au pillage de ses plus intimes.

Nous verrons bien.

Un mot du duc d'Ayen. — L'odalisque à Versailles. — Aurore
et Tithon. — Le passé d'un ange.

16 juin.

J'ai fureté, j'ai interrogé. J'ai recueilli quelques
renseignements sur la nouvelle maîtresse du roi. Je
m'intéresse beaucoup à sa personne : elle est vive,
jolie, enjouée, et possède surtout un air de volupté
qui vous prend tout de suite à la gorge. Le roi est de
cet avis, car il a déclaré, hier matin, que jamais il
n'avait trouvé tant de charmes dans l'amour. Le Bel,
devant qui Sa Majesté faisait cette confidence, s'est
contenté de sourire; mais M. le duc d'Ayen, qui se
trouvait là, n'a pu s'empêcher de faire cette remarque
entre haut et bas, de façon que le roi l'entendît :
« On voit bien que Sa Majesté n'est jamais allée voir
les filles. » C'était un coup de langue à deux tranchants.

Madame Du Barry est installée à Versailles; elle y a
déjà ses appartements et son service. Je l'appelais hier
odalisque : il paraît, en effet, qu'avant le souper, elle
s'était fait baigner à l'orientale, et avait paru devant le
roi dans un déshabillé voluptueux qu'envierait la sultane
favorite du Grand Seigneur. Il faut que la nouvelle
Aurore ait ouvert de ses doigts de rose les portes d'un
ciel inconnu au nouveau Tithon, car celui-ci ne veut

plus quitter l'orient. Il assiste à la toilette de cette belle fille de la terre, et quoique sentant sa vieillesse, il prie les dieux de ne le point changer encore en cigale, comme l'ancien Tithon.

J'ai appris que le comte Du Barry ou de Serre avait fait la connaissance de mademoiselle l'Ange chez la marquise Du Quesnaye, maîtresse d'un tripot de la rue de Bourbon. On m'affirme en même temps que la l'Ange s'y faisait nommer mademoiselle de Vaubernier; qu'avant d'être la maîtresse du comte Jean Du Barry, elle vivait avec sa mère des enfants prodigues qui fréquentent ordinairement ces sortes de maisons.

Voilà qui s'annonce bien, et qui me promet pour bientôt de piquantes révélations sur la comtesse. Je me réjouis, en même temps, de savoir comment le roi prendra les choses, lorsqu'il connaîtra le passé de sa déesse.

Le roi ne s'ennuie plus. — Madame de Grammont s'ennuie. —
Comment le roi apprit l'ostéologie. — Une chanson nouvelle.

30 juin.

L'Ange vole à pleines ailes, la faveur du roi le fait
monter de plus en plus haut.

Tout à fait installée à Versailles, madame Du Barry
accapare tous les moments du roi. « Le roi ne s'ennuie
plus! » s'écrient tous les courtisans surpris. Et tous
viennent courber leur front devant la déesse qui a
opéré ce miracle. Elle est d'une bonne humeur, d'une
vivacité, d'un sans-gêne qui ravissent tout le monde.

Mais on parle déjà d'un parti qui se forme pour
combattre l'influence que cette syrène conquiert chaque
jour sur le roi. Madame la duchesse de Grammont, la
sœur de M. le duc de Choiseul, est à la tête de ce parti
des mécontents.

Madame de Grammont, qui joint à tout le mérite
d'une personne de grande noblesse toutes les ressources
d'une pensionnaire de la Gourdan, voit avec douleur
l'impossibilité absolue où elle sera, désormais, de
forcer de temps en temps la réserve que le roi voulait garder envers elle. C'est une des plus jolies histoires de ce temps-ci, que l'histoire de cette grande et

sèche femme, qui mène et tyrannise son frère. Elle
avait juré de faire de même du roi. Depuis la mort de
madame de Pompadour, elle a mis tout en œuvre pour
arriver à ses fins, et elle est allée jusqu'à se mettre de
force dans le lit de Sa Majesté. Louis XV n'est pas
un Joseph, et devant l'obstination de cette Putiphar
sur le déclin, il se gardait bien de fuir. Mais le roi,
malgré lui, conservait un peu rancune à madame de
Grammont des plaisirs dont elle le lapidait, et comme
dit M. le duc d'Ayen : « Sa Majesté était furieuse d'apprendre ainsi l'ostéologie malgré elle. »

On vient de me faire passer à l'instant la copie
d'une chanson qui bientôt va se chanter publiquement
dans les rues de Paris. Elle porte l'autorisation de la
police, en date du 16 de ce mois, et l'on assure
qu'elle a la nouvelle favorite pour objet. Les satiriques
n'ont pas perdu de temps : avec l'aide de M. de Choiseul
et de madame de Grammont, nous allons avoir de jolis
petits scandales qui vont faire rire les philosophes. En
attendant voici la chanson, qui n'est pas aussi méchante
qu'elle en a l'air.

> La Bourbonnaise
> Arrivant à Paris,
> A gagné des louis;
> La Bourbonnaise
> A gagné des louis
>   Chez un marquis.
>
> Pour apanage
> Elle avoit la beauté,

L'esprit, la volupté,
Pour apanage ;
Mais ce petit trésor
Lui vaut de l'or.

Étant servante
Chez un riche seigneur,
Elle fit son bonheur
Quoique servante ;
Elle fit son bonheur.
Par son humeur.

Toujours facile
Aux discours d'un amant,
Ce seigneur la voyant
Toujours facile,
Prodiguoit des présens
De tems en tems.

De bonnes rentes
Il lui fit un contrat,
Il lui fit un contrat
De bonnes rentes ;
Elle est dans la maison
Sur le bon ton.

De paysanne
Elle est dame à présent,
Elle est dame à présent,
Mais grosse dame ;
Porte les falbalas,
Du haut en bas.

En équipage
Elle roule grand train,

Elle roule grand train
   En équipage,
Et préfère Paris
   A son pays.

   Elle est allée
Se faire voir en cour,
Se faire voir en cour
   Elle est allée ;
On dit qu'elle a, ma foi,
   Plu même au roi !

   Fille gentille,
Ne désespérez pas :
Quand on a des appas,
   Qu'on est gentille,
On trouve tôt ou tard
   Pareil hasard.

Madame de Grammont à la recherche du passé de l'Ange. —
Mademoiselle Lançon. — Le portrait. — Déclaration. — Récit
de Duval, commis de la marine. — Le déjeuner des amoureux.
— Passion platonique de mademoiselle Lançon. — D'un perruquier et d'une comtesse anonyme.

12 juillet 1768.

On m'a raconté hier, au jeu de madame de Brionne,
une aventure de madame Du Barry qui fait honneur
à la sensibilité de son cœur, mais surtout à la justesse
de son esprit. Nous n'avons fait que parler d'elle.
Madame de Grammont, dont madame de Brionne est
pour le moment la plus *chère amie,* a prié ces jours-ci
M. de Sartines, le lieutenant de police, de mettre en
campagne ses plus fins limiers pour découvrir le passé
de madame Du Barry. Il nous est revenu, par cette
voie, une jolie collection d'anecdotes scandaleuses.
Plusieurs me paraissent mériter confirmation; aussi ne
dirai-je aujourd'hui que l'histoire de ses amours avec
un petit commis de la marine, appelé Duval.

Il paraît que, sous le nom de *Lançon,* madame
Du Barry avait été placée chez un sieur Labille, marchand de modes. Ce n'est que plus tard qu'elle a été
chez madame de La Garde. L'on prétend que c'est
pendant son séjour chez le sieur Labille qu'elle allait

PORTRAIT DE JEANNE VAUBERNIER

Dessiné par elle même

quelquefois en retraite chez l'abbesse Gourdan. Mais je ne crois pas encore à cette médisance.

Dans cette maison du sieur Labille demeurait donc un jeune commis de la marine. Sa chambre était au-dessous des chambres où couchaient les filles de modes. L'on pense bien que ce jeune homme, qui était d'assez belle tournure et d'une fortune aisée, ne passait jamais devant le magasin sans faire quelques mines agaçantes à ces demoiselles. Mademoiselle Lançon surtout l'avait remarqué.

Un soir, Duval trouve sur sa porte un dessin au crayon. Il le prend, et reconnaît son portrait. D'où lui vient ce galant cadeau? Il y rêve toute la nuit et ne peut deviner. Cependant, le matin venu, il entend un léger bruit à sa porte; il se lève et court ouvrir. Il trouve un second dessin, un second portrait.

En se penchant sur la rampe de l'escalier, il vit une jeune fille qui descendait furtivement. A cette vue un trait de lumière traverse son esprit : il se rappelle que madame Labille apprend à dessiner à celles de ses ouvrières qui lui paraissent les plus intelligentes. Plus de doute, le portrait vient de la boutique de modes.

« Mais de laquelle? » se demande le jeune commis en se recouchant pour mieux songer à cette aventure. « Si c'était de cette jolie petite brune dont les yeux sont si bleus! » s'écrie-t-il vingt fois au milieu de ses réflexions.

Cette jolie brune, qui faisait soupirer l'amoureux Duval, était précisément la demoiselle Lançon. Elle

s'était souvenue à propos de son talent, car madame
Du Barry est en tout une autre Pompadour. On répand
même déjà le bruit qu'elle est un artiste plein de
feu et de grâce, une muse et un génie : ce que
n'était pas tout à fait la défunte marquise. Je crois
la comtesse plus savante en l'art d'aimer qu'en l'art
de peindre. Ce qui est certain, c'est que, dès l'âge de
cinq à six ans, mademoiselle Marie-Louise Gomart de
Vaubernier, aujourd'hui comtesse Du Barry et reine
de France par droit de conquête, dessinait déjà, avec
son doigt, de grandes figures dans le sable du parc
de Lévignac. Au couvent de Sainte-Aure, où elle entra
quelque temps après son arrivée à Paris, c'est-à-dire
vers l'âge de huit ans, on cultiva avec soin ses heureuses dispositions. Aussi, chez madame Labille, elle
ne recevait pas de leçons de dessin, mais elle en
donnait.

Je reviens à notre jeune commis de la marine. En
voyant son portrait si bien dessiné par une jeune fille,
il se rappela l'histoire de Dibutade, dont l'amour
inventa, dit-on, l'art de sculpter. Duval se persuade
qu'il est amoureux de son portraitiste, il saute de son
lit et va écrire en grosses lettres au bas du second
dessin : « Je voudrais bien connaître l'auteur de ce
portrait », et il l'accroche à sa porte.

Le soir, en rentrant chez lui, il trouve à côté de son
portrait, une jolie figure crayonnée d'une main légère.
Au-dessous étaient écrits ces mots : « C'est moi ». Ce
portrait ravit Duval, et le ravit d'autant plus qu'il

reconnut la belle fille qu'il avait déjà remarquée dans le magasin du sieur Labille. Il prit ce nouveau portrait et se renferma dans sa chambre pour le mieux contempler.

Voici comment lui-même raconte ses impressions :

« Bien que je ne sois pas facilement inflammable, et que je fusse alors occupé d'une intrigue beaucoup plus relevée que celle que je pouvais avoir avec une fille de modes, je ne laissai pas que d'être vivement ému en contemplant ce dessin, tracé par la main d'une jolie fille. Figurez-vous une physionomie tout à la fois fine, naïve et voluptueuse. Rien n'était plus piquant que l'air de candeur répandu sur ce visage, dont chaque trait inspirait l'amour. Ces beaux cheveux noirs bouclés, relevés sur le front et tombant en tresses sur un cou blanc et onduleux, ces yeux bleus, ces longues paupières, dont les regards languissants vous pénètrent jusqu'au fond de l'âme, cette bouche moqueuse et spirituelle, tout cela était merveilleusement bien indiqué dans l'esquisse que Marie avait tracée d'elle-même. On voyait qu'elle s'était souvent étudiée devant son miroir, et qu'elle savait le secret de son charme voluptueux. Je ne pus résister à la contemplation de cette image : je la couvris de baisers, et je descendis comme un fou pour voir l'original et l'auteur de ce dessin. Je sentais couler dans mes veines une ardeur inaccoutumée. »

Ce Duval était un peu fat, comme on le verra plus

tard, mais il avoue qu'il fut amoureux pendant huit jours comme un écolier de seize ans.

Une fois qu'il se vit au beau milieu du magasin du sieur Labille, il demeura un moment interdit. Mais bientôt il reprit toute son assurance, et se commanda un nœud d'épée. Pendant que madame Labille lui faisait voir différents modèles nouveaux, il regardait attentivement les ouvrières. Il reconnut bien vite l'original du portrait, qu'il tenait encore caché dans sa poitrine. C'était la Lançon, la jolie fille dont les yeux bleus avaient déjà attendri notre commis. Un demi-sourire, mystérieux et plein de promesses, se fit voir un moment sur les belles lèvres de la petite Lançon. Ce sourire confirma tout. Sans savoir ce qu'il faisait, Duval sortit de la boutique de modes comme il y était entré, c'est-à-dire en homme ivre d'amour. Il remonta chez lui, baisa de nouveau le portrait, et alla écrire sur sa porte : « Quand donc mon charmant peintre pourra-t-il venir m'achever sur nature ? »

Le lendemain il trouva cette réponse : « Votre peintre viendra déjeuner chez vous, dimanche, à neuf heures ; laissez votre porte entr'ouverte pour l'amour de Dieu. »

Duval écrivit aussitôt sur sa porte : « Je soupire après mon peintre ; il sera fait comme il l'a ordonné : ma porte sera ouverte à l'amour, dimanche et toute la semaine. »

« J'attendis le dimanche suivant, a raconté Duval, avec toutes les craintes et les désirs qu'on n'apporte d'ordinaire, en ces sortes d'aventures, qu'au premier rendez-vous qu'on obtient d'une femme. Dès le matin de ce dimanche si impatiemment attendu, j'avais fait ranger ma chambre. Je l'ornai moi-même des plus belles fleurs de la saison. A huit heures, un bon déjeuner froid, pâté et gibier, était servi sur une table encombrée de violettes, de lilas, de jacinthes, et de toutes les fleurs dont le parfum réveille l'amour. Je laissai ma porte légèrement entr'ouverte, et j'attendis, le cœur battant à perdre haleine. Malgré mes rideaux soigneusement fermés, un rayon de soleil donnait un air de gaieté et de vie à ma chambre, et faisait épanouir toutes mes fleurs. Marie fut exacte. Quand j'entendis le frémissement de sa robe, je me sentis comme défaillir. Jamais je n'avais éprouvé pareille émotion. Elle aussi s'était mise en fête; rien n'était plus amoureux que son ajustement, quoiqu'il fût en réalité des plus modestes. Mais elle savait ce grand secret de la coquetterie, qui vous fait belle et piquante rien que par la façon dont une fleur est posée dans les cheveux, ou dont un corsage est savamment entr'ouvert.

» Je m'élançai vers elle, je lui pris la main, une jolie main de duchesse, je la lui baisai avec feu. Elle sourit et se mit à faire le tour de ma chambre avec la vivacité d'une hirondelle enfermée dans une cage.

» Tiens, dit-elle, c'est gentil ici. Voilà un déjeuner qui paraît bon, ajouta-t-elle en allant, comme un enfant, découvrir curieusement tous les plats. Vous avez bien fait de mettre des fleurs sur la table, c'est d'une belle galanterie.

» Je voulus l'attirer sur mes genoux; elle se rejeta à
l'autre bout de la table, prit un siége, et me dit d'un
air grave qui rendait sa physionomie plus séduisante :
« Voyons, mangeons d'abord, cela me donnera le
temps de vous regarder assez pour que je puisse finir
votre portrait. — Mon portrait, lui dis-je, devrait être
dans votre cœur, comme votre image est gravée dans
le mien. »

» Elle rit aux éclats de cette phrase prétentieuse. Je
vis bien que j'avais affaire à une fille originale.

» Nous déjeunâmes comme déjeunent deux amoureux : on goûte tout, mais on ne mange rien. Marie
était gaie, vive, leste à la riposte, mais je sentis qu'il
y avait en elle comme une arrière-peur. Au fond elle
était un peu effarouchée, mais ne voulait pas le laisser
paraître.

» De temps en temps elle devenait pensive, arrêtait
sur moi ses grands yeux bleus avec un air de tristesse
et de méditation : puis elle secouait la tête et soupirait.
Je lui dis en riant : « Marie, je ne veux pas que
vous me regardiez comme cela; il y a dans vos yeux un
air si tendre que je ne puis plus tenir en place. Si vous
me regardez encore, je vais aller vous prendre dans
mes bras, et vous y renfermer pour toute votre vie. »

» Elle hocha la tête et me répondit : « Je le voudrais
bien, mais ce n'est pas possible. »

» J'allai à elle, j'entourai son cou de mes deux bras,
et la regardant bien dans les yeux, je lui dis : « Pourquoi n'est-ce pas possible? je croyais que vous m'ai-

miez, Marie? Est-ce que de près je vous parais plus
laid que de loin? — Ce n'est pas cela, dit-elle, mais
je vois bien que j'ai eu tort de venir ici. — Pourquoi
regrettez-vous le bonheur que vous m'apportez? Je
vous assure, Marie, que mon cœur est à vous, pourquoi en doutez-vous? Dites-moi vos craintes, que je
les dissipe sur l'heure. »

» En lui parlant ainsi, je l'embrassais mille fois; ses
yeux reprenaient leur vivacité naturelle, son sourire
joyeux revint sur ses lèvres appétissantes. Je mis sa
tristesse précédente sur le compte de cette pudeur qui
abandonne si rarement toute femme à son premier
rendez-vous avec un nouvel amant. Marie me rendit
mes caresses; mais ce n'étaient pour ainsi dire que
les caresses d'une sœur qui retrouve un frère qu'elle
croyait perdu. Je ne pouvais, dans mon amoureux
délire, me contenter de ces témoignages de tendresse.
J'allai prendre, dans un coin de ma chambre, une
vieille bouteille de vin d'Espagne que j'avais réservée
pour le moment des hésitations : « Allons, dis-je à
Marie, je ne veux pas que vous soyez triste, ma belle
amoureuse. Le soleil brille gaiement, ces fleurs sont
gaies, mon cœur chante follement la gaieté de l'amour :
voici pour vous, Marie, à qui tout cela ne suffit pas.
Buvez un doigt de ce vin, c'est de la gaieté en bouteille. »

» Pendant que je remplissais son verre : « Je veux
bien, dit-elle, versez-moi de la gaieté, si cela en est,
mais ne m'en donnez pas assez pour que j'oublie que
la gaieté chasse l'amour. — Je ne comprends pas ce

que vous voulez dire, Marie; la gaieté n'est-elle pas la
fille de l'amour heureux? — Non, pas pour moi. Ainsi,
en ce moment, dit-elle en me prenant dans ses bras,
je t'aime, je suis heureuse, et c'est pour cela que je
ne suis plus gaie. Quand je m'ennuie, je chante; quand
j'aime, j'ai peur et je pleure; quand je suis heureuse,
comme en ce moment, je n'ose plus avoir une pensée,
tant j'ai crainte de voir que mon bonheur est faux.
Comprends-tu? — Ma foi, lui répondis-je, ce que je
comprends, c'est que tu es une belle fille, amoureuse
et un peu folle; ce qui fait de toi la plus délicieuse
créature que j'aie jamais vue. »

» Marie avait bu le verre de vin d'Espagne. Ses joues
si fraîches déjà s'étaient colorées d'un brillant ver-
millon qui faisait ressortir encore davantage la flamme
de ses yeux bleus. Pourtant elle se défendit toujours,
mais avec tant de grâce, que je lui pardonnai. Il y
avait, du reste, dans cette résistance inattendue un
charme piquant que je ne croyais pas rencontrer dans
ma liaison avec cette petite fille. Tout en elle me
prouvait son amour; ses transports, ses caresses, ses
larmes, ses sourires, et jusqu'à la manière dont elle
disait *non*.

» Je la laissai donc partir, dans l'après-midi, en tout
bien tout honneur. Comme elle n'était pas libre dans
la semaine, nous avions arrêté que le dimanche suivant elle reviendrait déjeuner avec moi. Aussitôt qu'elle
fut partie, je me sentis tout bouleversé. J'étais furieux;
la honte, la colère, l'amour, les regrets, les désirs,

tout cela formait comme autant de démons qui me rava-
geaient le cœur. Je fis mille sottises dans la semaine
pour la voir. Je la guettai le soir, le matin, dans la
journée, espérant la surprendre seule, au moment où
elle passerait devant ma porte en montant à sa chambre, qui était à l'étage au-dessus. Mais soit préméditation de sa part, soit hasard, ou précaution de sa
maîtresse, je ne la vis point une seule fois sans qu'elle
fût accompagnée de quelqu'une de ses camarades de
boutique. Je n'osais lui parler devant celles-ci ; je craignais de la compromettre à leurs yeux, et surtout je
redoutais qu'il ne revînt quelque chose de notre liaison
aux oreilles du sieur ou de la dame Labille.

» Je comptais bien me dédommager le dimanche
des maux que j'endurais pendant cette semaine ; mais
ce dimanche et les suivants furent en tout semblables
au premier. Elle se montra caressante, folle, un peu
licencieuse dans son langage, mais elle m'opposa toujours une résistance héroïque. Sans cesser de paraître
tendre, elle sut ne rien accorder à mes désirs. Cela
dura un mois. Pendant tout ce temps j'avais négligé
mes relations, mes affaires, et jusqu'aux intrigues
que j'avais ébauchées. J'étais incapable d'aucun travail ; l'amour, le dépit, la jalousie, me tenaient constamment dans un état d'apathie et de tristesse que je
n'avais jamais connu. Bref, je résolus de briser cette
liaison ; je rentrai facilement en grâce auprès de la
comtesse de ***, qui était l'intrigue dont j'ai parlé
plus haut, et je fis plus de chemin en huit jours au-

près de cette femme de qualité que je n'en avais fait
en un mois auprès de la fille de modes. La comtesse
exigea même que j'allasse demeurer dans une man-
sarde de son hôtel, ce que je fis sur-le-champ, moins
pour me rapprocher d'elle que pour m'éloigner de
Marie, pour qui je me sentais toujours une violente
passion. J'écrivis à cette dernière et ne lui cachai pas
ma nouvelle liaison de cœur. J'en reçus une lettre
très-piquante, dans laquelle elle se moquait de moi et
de ma maîtresse. Elle m'annonçait en outre qu'elle
me donnait vingt-quatre heures pour revenir à elle,
sans quoi elle prendrait pour amant un perruquier,
plus beau, plus jeune et plus aimable que moi.

» Voilà quelles furent mes relations avec la petite
fille de modes, et comment elles finirent. Je suis certain qu'elle m'a aimé. Je pouvais lui faire une plus
jolie position que son perruquier; ce n'est donc point
parce qu'elle craignait que je ne fournisse suffisam-
ment à ses caprices de coquetterie, qu'elle n'a jamais
voulu être réellement ma maîtresse. Je n'ai jamais rien
compris à l'amour de cette fille. »

Tel est le récit que le sieur Duval a eu la précaution
de mettre par écrit, et dont madame de Grammont a
obtenu une copie par les soins de M. de Sartines.
Madame de Brionne riait beaucoup en nous lisant hier
soir cette pièce curieuse.

Faut-il croire à ce perruquier et à cette comtesse?
C'est peut-être une comtesse de théâtre de la foire.
Quant au perruquier, je n'en dirai rien, car ces polis-

sons-là ne doutent de rien. L'habitude de prendre une
femme par la tête les rend habiles à faire tourner les
têtes. D'ailleurs, ne prennent-ils pas toujours l'occasion par les cheveux.

J'oubliais de me raconter un mot du chevalier d'Arc.
Il faut dire auparavant que l'on fait grand bruit ici de
l'intérêt que témoigne madame Du Barry à un Picpus
appelé le père Ange Gomart. Madame Du Barry dit
que c'est son oncle, mais on répand le bruit dans les
sociétés où dominent les Choiseul que cet oncle est le
vrai père de la comtesse. J'ai appris cela, ce matin,
par le chevalier d'Arc. « Savez-vous, m'a-t-il dit,
pourquoi madame Du Barry avait pris le nom de
l'Ange quand elle tenait la maison du comte Jean? —
Non. — Eh bien, c'est parce qu'alors elle s'est souvenue qu'elle était la fille d'un père Ange. »

La boîte aux lettres. — Le roi rit, mais Le Bel pleure. — Scrupules et confessions de Le Bel. — Sa Majesté Louis XV menace
d'être un prince des contes de fées. — Un long Mémoire de
madame de Grammont, avec pièces à l'appui.

30 juillet.

J'ai fait une importante découverte. Madame de
Brionne, par amitié pour madame de Grammont,
remue ciel et terre pour trouver des renseignements
scandaleux sur le passé de madame Du Barry. On
compte les faire parvenir au roi et le dégoûter de sa
nouvelle maîtresse. C'est pour arriver à ces fins qu'on
a tout mis en l'air dans les bureaux de la police. On
veut surtout se procurer des lettres signées de mademoiselle Lançon, de Vaubernier ou de l'Ange. On en
a déjà. J'en ai vu plusieurs ce matin chez madame de
Brionne. Le chevalier de l'Isle appelle l'hôtel de cette
dame « bureau de poste ». Authentiques ou non, j'ai
copié ces lettres, et je vais les transcrire sur ce journal.

Mais je doute que le parti Choiseul, car madame de
Grammont affecte de s'effacer derrière le nom de son
frère, arrive à obtenir le renvoi de madame Du Barry.
Cette belle syrène prend de jour en jour plus d'empire
sur le cœur du roi; nous en avons eu plus d'une
preuve depuis un mois. Ainsi le roi, qui ne peut plus

se passer d'elle, l'a fait venir à Compiègne lors du voyage de la cour à cette résidence royale. Comme Sa Majesté était encore en grand deuil de la reine, on a fait garder l'incognito à madame Du Barry; mais son influence ne s'en est pas moins fait sentir. Il y a long-temps qu'on n'avait vu le roi d'aussi joyeuse humeur. Le Bel, qui avait conduit avec le comte Jean Du Barry toute l'affaire de la première présentation au roi, a été saisi tout à coup d'un scrupule singulier, qui doit lui être né à la suite de quelque conférence avec madame de Grammont. Il est venu, il y a plusieurs jours, se jeter à genoux devant le lit du roi, un matin que Sa Majesté était seule.

« Qu'y a-t-il, Le Bel? demanda le roi, qui s'était réveillé avec de riantes idées.

— Ah! Sire, s'écria Le Bel les larmes aux yeux et le visage tout bouleversé, je suis un homme perdu; je me reconnais indigne des bontés dont m'honore Votre Majesté!

— Et pourquoi, mon pauvre Le Bel? Le feu est-il à Trianon? Y a-t-il une révolte au sérail à cause de ma jolie comtesse?

— Il y a, Sire, que je suis un misérable qui me suis laissé tromper comme un sot; il y a, que j'ai trompé moi-même Votre Majesté, et que je mourrai de douleur si je n'obtiens mon pardon et la grâce que je vais vous demander.

— Parle, Le Bel, parle! Je suis ce matin disposé plus que jamais à la clémence et à la bonté. Mais

6.

relève-toi, j'ai envie de rire en voyant la laide figure
que tu fais là, à genoux, avec tes longues jambes et ta
maigre échine. Si M. le duc d'Ayen te voyait ainsi, il
te comparerait à un faucheux dont on a coupé les
pattes. Voyons, parle! »

Le Bel obéit, et dit au roi :

« Sire, en vous présentant madame Du Barry, je
croyais qu'elle était comtesse : il n'en est rien, elle
n'est pas même mariée!

— Bon Dieu! s'écria le roi, que me dis-tu là,
Le Bel? Madame Du Barry n'est pas mariée? Et comment s'appelle-t-elle?

— Je ne sais, Sire; elle a pris déjà quatre ou cinq
noms, mais je doute qu'elle en ait jamais porté un qui
fût bien à elle.

— Diable! dit le roi en riant, c'est grave cela,
Le Bel. Cette pauvre comtesse ne peut pas rester ainsi
fille et sans nom. Il faut lui trouver un mari.

— Sire, je répète à Votre Majesté que j'ai été indignement trompé, et la grâce que je la suppliais tout
à l'heure de m'accorder, c'est d'oublier....

— Oublier quoi? demanda vivement le roi.

— Oublier madame Du Barry, acheva Le Bel en
se remettant à genoux. Que Votre Majesté se sou-
vienne que la cour, la ville, tout le royaume, a sans
cesse les yeux sur le roi, et qu'en le voyant partager
son lit avec.... »

Ici Le Bel s'arrêta, suffoqué par l'émotion.

Le roi se mit à rire comme jamais cela ne lui était arrivé de sa vie.

« Connais-tu, dit-il, les contes de fées ?

— Non, Sire ; mais....

— C'est dommage, dit le roi, tu aurais su alors qu'il n'est pas rare, parmi les princes de Perrault, d'en voir qui épousent de simples bergères. Or, j'ai toujours eu envie de faire, pendant mon règne, quelque action d'éclat comme on n'en voit que dans les contes de fées. Je suis veuf, j'ai un nom ; si je l'offrais à la comtesse, que dirais-tu ? »

Le Bel fit un geste d'effroi, et parut croire que le roi devenait fou.

Le conseiller Bonneau, qui était du secret, entra en ce moment :

« Sire, dit-il gravement, le bonheur de vos sujets, le respect que vous devez à votre rang suprême, à votre....

— C'est bon, dit le roi en prenant subitement son air le plus imposant, faites-moi grâce du reste ; mais trouvez-moi promptement ce Du Barry qui est en province, et faites qu'il se marie bien vite avec ma jolie comtesse. Sans quoi, acheva-t-il en montrant de l'œil la porte à ses conseillers intimes, on me forcera de faire quelque sottise à l'exemple des princes de contes de fées. »

Une heure plus tard toute la cour savait les détails de cette scène entre le sultan et le gouverneur de son sérail. On prétend que Le Bel veut donner sa démission, et que Bonneau veut mourir de chagrin.

Madame de Grammont est furieuse; l'Ange est aux anges.

Voici les lettres dont j'ai parlé plus haut. Chacune d'elles était accompagnée d'un petit commentaire dû à la plume, peu favorablement disposée, de madame de Grammont : j'ai eu soin de transcrire le tout.

Notes de madame de Grammont.

« Marie-Jeanne Gomart, de Vaubernier, est née en 1744 à Vaucouleurs, ni plus ni moins que la pucelle d'Orléans. C'est pour cela qu'elle veut, dit-on, sauver la France en amusant le roi.

» Son père était un petit commis aux aides, ou rat de cave. M. Billard du Monceau, se trouvant par hasard à Vaucouleurs, fut prié par la femme du directeur des aides de nommer avec lui l'enfant nouveau-né.

» Huit ans après, le père de Marie-Jeanne étant mort, sa femme vint à Paris trouver M. Billard du Monceau, à qui elle amenait sa fille. Le financier plaça sa filleule à la communauté de Sainte-Aure, et fit entrer la mère, comme femme de charge, d'abord chez la veuve d'un financier, puis chez sa maîtresse, mademoiselle Frédéric.

» C'est à l'époque où Marie-Jeanne d'Arc était à Sainte-Aure qu'elle reçut la lettre suivante de l'abbé de Bonnac, son amant, aujourd'hui évêque d'Agen.

Te voilà actuellement à Paris, ma petite reine, et l'on vient de me dire que tu en reviendras ce soir : mais comme je serais bien aise de te voir en particulier et sans que M. de Marcieu puisse, comme il le fait ici, troubler nos tête-à-tête, je t'envoye mon valet de chambre pour t'engager à remettre ton retour à demain. Je serai ce soir à Paris, Dumont ira te prendre dès que je serai arrivé. Je me réjouis de te voir en liberté. Outre le plaisir que j'aurai d'être avec toi, j'ai mille choses à te dire, qui, j'imagine, ne te déplairont pas. Il ne tiendra qu'à toi d'avoir un sort heureux. Je ne te demande que d'être peu un moins étourdie, et d'avoir la circonspection qu'exige mon état ; je saurai bien t'en dédommager. A revoir, ma petite Manon ; je suivrai de près mon billet, car je t'aime à la folie.

L'ABBÉ DE BONNAC.

» Voici ce que répondit Manon :

A l'abbé de Bonnac.

MONSIEUR L'ABBÉ.

Vous m'avez fait bien des promesses, quand vous avez commencé à m'aimer. J'étois pour vous votre petit ange, votre petit cœur, et vous me disiez que je n'aurois qu'à désirer. Cependant je vous ai demandé une petite robe de taffetas ; vous m'avez toujours dit que quand vous viendriez ici vous me la donneriez, et vous avez déjà fait trois voyages sans penser à moi. Cela n'est pas bien, monsieur ; vous m'avez trompée : si j'avois sçu tout le prix de ce que je vous ai donné, je ne me serois pas laissée aller si facilement. Vous savez que je vous ai préféré à M. de Marcieu, et je crois qu'il auroit eu plus de bonne foi que vous. Si vous ne me donnez pas ma robe dimanche, je dirai à madame ce que vous m'avez fait, et je pleurerai tant qu'elle me pardonnera et vous grondera. Adieu, monsieur l'Abbé, je suis votre très-humble servante.

MANON VAUBERNIER.

» Ce M. de Marcieu, dont parle l'Abbé dans sa lettre, est le maréchal de camp qui était alors colonel, et qui fut aussi l'un des amants de la pensionnaire de Sainte-Aure. Comme on le voit, Manon aimait déjà l'épée et la soutane, comme plus tard elle devait aimer la finance et la robe. C'est une bonne âme.

» Pour bien comprendre les lettres suivantes, il faut savoir que Manon sortit de Sainte-Aure pour entrer dans le magasin de modes d'un sieur Labille. Mais ses aventures amoureuses avec un commis de la marine et un garçon perruquier ne lui suffisant pas, elle allait chez la Gourdan, qui vendit plusieurs fois la vertu de Marie-Jeanne d'Arc, laquelle eut autant de vertus qu'elle a pris de noms.

» La grande dame dont parle Manon dans la lettre à sa mère, était la *petite comtesse,* ou pour mieux dire, cette Gourdan qui avait entendu parler de son air décidé, de son amour des parures, et de ses heureuses dispositions à tout faire.

MA CHÈRE MÈRE.

Je suis très-bien dans la maison où vous m'avez placée. M. et madame Labille me font bien des amitiés. Il vient toute la journée bien du beau monde, et je ne puis me lasser de toutes les belles choses que j'y vois. Tout ce qui me fait de la peine, c'est de ne pouvoir être aussi parée que mes camarades. Elles m'ont dit que ce métier étoit très-bon; aussi je vais bien travailler pour tâcher de pouvoir gagner de l'argent comme elles.

Il y a une grande dame qui est venue hier acheter quelque chose dans la boutique; je crois que je lui ai plu, car elle paroît s'intéresser à moi. Elle m'a donné son adresse, et m'a dit de

l'aller voir quand je pourrois. Sûrement elle me veut du bien,
et demain je tâcherai d'y aller. Vous avez bien dépensé pour me
mettre ici, mais cela ne sera pas perdu. Je suis bien sûre que
nous ne serons pas toujours pauvres; et si je puis devenir riche,
vous le serez aussi. Adieu, ma chère mère, je suis votre fille.

MANON LANÇON.

MONSIEUR L'ABBÉ.

Si je ne vous ai dit hier mon nom et mon adresse, c'est que
madame Gourdan me l'avoit défendu. Elle n'avoit pas voulu
aussi me dire qui vous étiez. Mais je l'ai su par hasard, car
vous avez laissé tomber une lettre que j'ai mise dans ma poche.
Je vous la renvoie et je profite de cette occasion pour vous assurer
de mon respect et vous prier de vouloir bien me continuer vos
bontés.

Tu m'as promis de m'entretenir et de me faire du bien : je
compte sur ta parole. Je te dirai que tu m'as fait bien du chagrin; je suis malade aujourd'hui, mais je crois que ça ne m'em-
pêchera pas de te revoir jeudi chez madame Gourdan. Je dirai
à ma maîtresse que j'irai chez ma mère. Tu m'as promis de me
donner une montre, tu me l'apporteras, n'est-ce pas? Adieu,
mon bel Abbé, je vous aime autant que vous êtes aimable, et
c'est beaucoup.

LANÇON, chez M. Labille,
Marchand de modes, rue Saint-Honoré.

» Comme on le voit par les deux lettres qui pré-
cèdent, la nouvelle pucelle de Vaucouleurs ne se
ménageait pas. Une aventure qui lui arriva bientôt
ralentit cependant l'ardeur qui la portait si souvent à
visiter la petite comtesse.

» Un jour qu'elle avait reçu le message convenu
d'avance, elle se rendit chez la Gourdan. Là, elle fut

prévenue qu'un financier désirait trouver une ingénue qui pût le consoler de la maîtresse qu'il avait tout récemment perdue. L'Ange répondit que son devoir était d'apaiser toutes les douleurs, surtout les douleurs de financiers.

» Elle entre dans un boudoir réservé, et se trouve avec son parrain. C'était le financier que la Frédérick, sa maîtresse, venait d'abandonner, après avoir fait chasser de chez elle la mère de l'Ange.

» Ce fut M. du Monceau qui, le premier, reconnut sa nièce dans la pucelle que. lui avait promise la Gourdan.

» Furieux, il leva sa canne : « Comment! c'est toi, malheureuse, que je trouve ici! »

» La Gourdan se jeta au-devant de la terrible canne.

» — Monsieur, s'écria-t-elle, vous vous trompez!

» — Retirez-vous, dit le financier, et laissez-moi punir comme il convient une filleule qui me déshonore!

» — Votre filleule! dit la Gourdan; si c'est votre filleule, il faut lui pardonner plus qu'à toute autre un moment d'erreur. Cette pauvre petite a été entraînée ici par les conseils intéressés d'une de mes femmes. Elle est innocente de toute mauvaise intention, je vous jure. C'est son ingénuité qui l'a perdue!

» — Retirez-vous, maudite entremetteuse! Laissez-moi lui payer ceci et l'arriéré, car elle a fait ses preuves au couvent de Sainte-Aure.

En disant ces derniers mots, M. du Monceau voulut frapper sa filleule.

» — Mais, mon parrain, s'écria celle-ci en reculant, y a-t-il donc du mal à se trouver dans un lieu où vous venez vous-même?

» Ici, le vieux financier ne connut plus de bornes à sa fureur; il se jeta sur sa filleule. La Gourdan intervint, et n'eut pas peu de peine à préserver l'Ange des coups de bâton dont elle était menacée. M. du Monceau sortit en maudissant tout le monde.

» Quelques jours après cette scène, la demoiselle Lançon écrivit cette lettre à son parrain :

A M. Billard du Monceau.

MONSIEUR ET TRÈS-CHER PARRAIN.

Depuis que nous nous sommes rencontrés chez madame Gourdan, et que vous avez été si fâché contre moi de m'y trouver, j'ai toujours été dans le chagrin de voir que j'avois perdu votre amitié; mais je puis vous assurer que je n'y suis pas retournée depuis. Je suis toujours chez M. Labille où l'on est très-content de moi. Voulez-vous me permettre de vous souhaiter au commencement de cette année tout ce qui peut contribuer à votre bonheur. Je vous prie aussi de me rendre votre amitié, qui m'est bien chère. Je n'ose vous aller voir, dans la crainte que vous le trouviez mauvais.

C'est ma chère mère qui vous portera cette lettre. Je vous souhaite, monsieur et cher parrain, une bonne et heureuse année accompagnée de plusieurs autres, et je prie le bon Dieu de vous conserver. Je suis avec le plus profond respect,

Monsieur et très-cher parrain,

Votre obéissante filleule.

MANON VAUBERNIER.

» La Frédérick avait fait renvoyer la mère Lançon, qu'elle considérait comme une espionne chargée par du Monceau de surveiller sa conduite. Elle était jalouse aussi de la petite Lançon, et profita du premier amant riche et jeune qui se présenta, pour abandonner le financier qui se faisait vieux et ladre.

» La lettre suivante (continue toujours madame de Grammont dans ses notes) fut écrite par la Lançon à un jeune commis de la marine, appelé Duval. Elle l'avait rendu amoureux en accrochant à sa porte son propre portrait, et en y joignant le sien un peu plus tard.

» Par suite d'une fantaisie ou d'un motif inconnu, elle ne voulut jamais se donner entièrement à lui. C'est ce qui fit naître la correspondance suivante :

De M. Duval, commis de la marine.

Pourquoi, ma chère Lançon, n'as-tu pas voulu que je parvinsse avec toi au comble de la félicité? Tu m'as dit que tu m'aimois, je t'en ai dit autant : nous sommes libres l'un et l'autre; l'heure, le lieu, tout nous étoit propice, et nous n'avons goûté que l'ombre du plaisir au lieu de la réalité. Tu n'as pas été si difficile avec ce vilain de Bonnac dont tu m'as parlé, et cependant la circonstance étoit bien plus délicate. Tu m'as promis de me dire la raison de ton refus; je l'attends, et je t'avoue que je ne puis la concevoir. Je n'ai pas dormi de cette nuit : tu étois toujours présente à mes yeux; je croyois te parler, te sentir, t'embrasser; mais tout cela, ma chère amie, ne me satisfaisoit pas. Donne ta réponse à mon domestique, et explique-toi : je l'attends avec la plus grande impatience, crois-en l'amant le plus passionné.

DUVAL.

(Ici je supprime le commentaire de madame de Grammont, ayant déjà rapporté cette histoire tout au long. Je me contente de transcrire la correspondance échangée entre Duval et Marie.)

» La Lançon répondit :

A M. Duval.

Oui, mon bon ami, je te l'ai dit et je te le répète, je t'aime de bonne foi; tu m'en dis autant, mais ce n'est qu'un caprice de ta part, et aussitôt la jouissance, tu ne penseras plus à moi. Je commence à connoître les hommes : je veux te dire ma façon de penser, écoute-moi bien.

Je ne veux plus rester fille de boutique, je veux être un peu ma maîtresse, et je désire trouver quelqu'un qui m'entretienne. Si je ne t'aimois pas, je chercherois à te tirer de l'argent; je te dirois de commencer par me louer un appartement et de le meubler. Mais comme tu m'as dit que tu n'étois pas riche, tu n'as qu'à me prendre chez toi; il ne t'en coûtera rien de plus pour ton loyer, ta table et le reste du ménage. Il n'y aura que mon entretien et ma coëffure qui coûteront; pour cela, donne-moi cent francs par mois, et je te tiendrai quitte de tout. Par ce moyen, nous vivrons heureux l'un et l'autre, et tu ne te plaindras plus de mes refus : si tu m'aimes, accepte ce parti; si tu ne m'aimes pas, cherchons fortune ailleurs chacun de notre côté. Bonjour, je t'embrasse de bon cœur.

LANÇON.

De M. Duval.

Tu as dû, ma petite, être fort surprise de mon déménagement, lorsque tu l'as appris. L'obstination avec laquelle tu as refusé de faire complétement mon bonheur m'a mis dans le cas de te préférer une femme qu'avec un peu plus de complaisance tu m'aurois engagé à te sacrifier. Tu sauras donc que j'ai fait la conquête d'une personne dont le rang flatte beaucoup ma vanité, et qu'il est entré dans nos arrangements que je prendrois un appartement chez elle. Sois sûre, mon petit bijou, que si les moments que j'ai passés avec toi n'ont pas été assez séduisants pour te conserver mon amour, ils ont du moins été assez agréables pour que tu puisses compter sur l'amitié que t'a vouée pour la vie,

DUVAL.

A M. Duval.

Tu m'apprends que tu me quittes pour une personne de qualité, pour une grande dame, avec qui tu vas vivre. Il me semble que ta vanité se complaît à me faire part de cette nouvelle. Je ne sais si ton cœur est d'accord, mais j'en doute. Je sais que l'amour ne connoît pas de pareilles distinctions, qu'il divise toutes les femmes en deux classes, les belles et les laides. Je sais encore qu'une jeune fille de seize ans a toujours mieux valu, vaut et vaudra toujours mieux qu'une grosse *Coche* de quarante ans, fût-elle issue du sang des Bourbons. Penses-y; je te laisse vingt-quatre heures pour le temps de la réflexion, et compte que tu ne trouveras pas deux fois la même chose. Ne crois pas au moins que je sois embarrassée : j'ai un autre amoureux qui vaut mieux que toi pour la figure; il est plus jeune, plus frais; il est beau comme Adonis. Tu vas dire *Fi!* quand je t'annoncerai que c'est mon coëffeur. Mais les grandes dames, qui se piquent de s'y connoître, préfèrent souvent leurs laquais à leurs maris. Demande à la tienne : si elle regardoit au rang, serois-tu dans son lit? Celui-ci m'offre la foi du mariage; je n'en veux pas, parce que je serois tentée de le tromper le lendemain : sinon, il consent à me mettre dans mes meubles, à manger avec moi tout ce qu'il a amassé, et nous verrons de plus loin. Tant que nous nous aimerons, cela ira toujours bien. Adieu, songes-y, j'ai du foible pour toi dans ce moment; il sera bientôt passé, et c'est en vain que tu voudras y revenir, quand tu seras dégoûté de ta femme de qualité; le perruquier t'aura supplanté, et tu enrageras, et j'en rirai. Je suis ta servante.

LANÇON.

» Après cette lettre, il paraît curieux de citer la lettre suivante, que la demoiselle Lançon écrivait un mois plus tard à son bon ami Lamet, perruquier, alors retiré à Londres. Elle avait vécu avec lui et l'avait puissamment aidé à manger le peu d'argent qu'il avait amassé à coiffer les filles. C'est ce qui peut expliquer la conduite réservée que tint la nouvelle vierge de Vaucouleurs avec le sieur Duval.

A M. Lamet, à Londres.

Nous voilà donc bien loin l'un de l'autre, mon pauvre ami, et tous deux dans une fichue position ! Tu t'es ruiné avec moi, je le sais, et tu sais aussi que dans notre opulence j'ai refusé d'être entretenue par M. Monoye, qui consentoit de quitter la grosse madame Laurens pour moi. Quel beau nom il avoit pourtant ! mais je t'aimois bien, et je m'imaginois que notre bonheur n'auroit pas de fin. Quand nous nous désolerons, il n'en sera ni plus ni moins ; ainsi prenons courage. Tâche de gagner beaucoup d'argent à Londres ; je tâcherai de ruiner ici quelque vieux fou qui voudra m'entretenir, et le premier de nous deux qui s'enrichira aidera l'autre. Qu'en penses-tu ? Je te dirai pour nouvelle que je suis retournée chez ma mère, qui n'en a pas plus qu'il faut, et pour nous soutenir, nous allons tous les soirs au Palais-Royal et aux Tuileries. Quelquefois nous y gagnons nos dix-sept ou dix-huit livres, quelquefois moins, mais enfin nous vivons. Au reste, j'espère que ce genre de vie ne durera pas toujours, et que nous y ferons quelque bonne connaissance qui nous dédommagera de toutes les peines que nous souffrons. Adieu, mon cher Lamet ; prends patience, aime-moi toujours, et donne-moi de tes nouvelles. Je t'embrasse et suis pour la vie ta bonne amie

LANÇON.

« Ce Lamet était un perruquier voisin du sieur Labille. Ses sœurs tenaient un magasin de modes. Il s'attira les bonnes grâces de la demoiselle Lançon en prenant soin de ses cheveux, qu'elle avait fort beaux. Cela donnait lieu souvent à des scènes fort comiques; plusieurs garçons perruquiers se rassemblaient, et, à l'instar des bergers amoureux, ils se livraient des combats, mais c'étaient des combats capillaires, dont la tête de l'Ange était le champ clos. C'était à qui imaginerait la plus belle coiffure, l'édifice le plus hardi, les tours les plus ingénieux pour faire ressortir l'air voluptueux de la fille de modes. Le sieur Lamet obtenait souvent la victoire, un baiser était sa récompense. Bientôt, pour avoir plus de loisir d'être bien coiffée, la Lançon alla demeurer chez le perruquier. On est redevable, dit-on, à cette union clandestine, de plusieurs découvertes importantes dans l'art de la coiffure, découvertes dont se sont emparées les filles, qui seules peuvent oser en faire usage.

» Lorsque les deux ou trois mille livres que possédait le sieur Lamet furent mangées en compagnie de Marie-Jeanne d'Arc, les deux amoureux se séparèrent pour aller faire fortune chacun de son côté. Lamet alla à Londres, où il est encore; l'Ange descendit chez sa mère, rue de Bourbon; ce fut alors qu'elles allaient, comme elle le dit elle-même dans sa lettre au perruquier, tous les soirs au Palais-Royal et aux Tuileries.

« Madame Du Quesnaye, qui tenait un tripot dans la rue de Bourbon, ne tarda pas à remarquer la beauté provocante de sa voisine; elle la fit venir chez elle pour amorcer les joueurs. Tout le monde y gagna.

» Peu de temps après, le comte Jean Du Barry, l'un des plus assidus visiteurs de la marquise Du Quesnaye, enleva mademoiselle l'Ange de Vaubernier, qui ne fit pas beaucoup de difficultés, ainsi qu'on peut le voir par les deux lettres suivantes :

Du comte Du Barry.

Je vous ai déjà parlé plusieurs fois en particulier, ma belle Demoiselle, pour vous engager à venir demeurer avec moi. Mais je n'ai pu vous faire sentir toutes les raisons qui doivent vous y déterminer et tous les avantages que vous pouvez en tirer. Je vais donc m'expliquer plus ouvertement. Vous serez d'abord la maîtresse de mon cœur, et en cette qualité la souveraine de mon hôtel, où vous commanderez à tous mes gens, qui seront désormais les vôtres. Comme je suis répandu dans tout ce qu'il y a de mieux, tant à la cour qu'à la ville, vous ne serez pas étonnée de voir chez moi, ou plutôt chez vous, des marquis, des ducs, des princes même, qui se feront honneur de vous présenter leurs hommages. Vous paroîtrez sur un ton imposant, et pour cet effet, vous ne manquerez ni de robes ni de tout ce qui pourra vous égaler aux femmes du premier rang. Je tiens chez moi, une fois par semaine, une assemblée brillante; vous y régnerez, vous en ferez les honneurs, et vous recevrez les vœux et les adorations de tous ceux qui vous approcheront. Une fois avec moi, je vous instruirai de la manière dont il faudra vous conduire pour bien gouverner votre barque; mais ce sera pour vous l'affaire d'un moment. Avec tous les talents et les grâces qui vous accompagnent, vous ne pouvez manquer de plaire à tous ceux qui vous verront. Faites vos réflexions et consentez. J'irai demain chez la marquise Duquesnaye pour y recevoir votre réponse. Je suis, en attendant, avec le plus inviolable attachement,

Ma belle Demoiselle,

Votre bel ami,

COMTE DU BARRY.

7

A madame Lançon.

Mon suisse, ma chère maman, vous a dit hier que je n'y étois pas. Cela ne seroit pas arrivé, si j'eusse été prévenue que vous dussiez venir. Mais l'assemblée d'avant-hier a été prolongée si avant dans la nuit, que je me suis levée hier beaucoup plus tard qu'à mon ordinaire. Je n'ai jusqu'à présent qu'à me louer de mon nouvel établissement : le comte paroît m'être très-attaché ; il ne me refuse rien et s'empresse de satisfaire tous mes désirs. Vos assemblées sont très-brillantes ; l'accueil que j'y reçois, le nombre et la qualité des personnes que j'y vois, tout me donne lieu de croire que, s'il prenoit fantaisie au comte de se raccommoder avec celle que j'ai remplacée, ou que si quelque autre événement venoit à rompre notre union, je pourrois facilement, et sans perdre au change, trouver un autre établissement. Au reste, je ne veux pas m'occuper de l'avenir ; les réflexions m'ennuyent, et je ne sais que jouir du présent. Adieu, ma chère maman, le porteur de cette lettre vous remettra six louis. Venez me voir demain, à onze heures ; ne dites pas que vous êtes ma mère, et demandez-moi sous le nom de Mademoiselle l'Ange, que je porte à présent.

VAUBERNIER L'ANGE.

» La jeunesse de madame Du Barry est une vie des plus compliquées, où la police même n'a pas toujours vu clair. Ainsi, je sais qu'avant d'entrer chez madame Du Quesnaye, elle a passé quelque temps chez madame de La Garde, où, comme elle l'a écrit, elle se fit aimer des deux fils de cette dame ; mais je manque de détails à ce sujet, j'espère m'en procurer bientôt. »

A quoi servira le Mémoire de madame de Grammont. — Un mariage dans l'air. — Avénement de la nouvelle reine.

31 juillet 1768.

Tel est le dossier formidable qu'a déjà rassemblé madame de Grammont avec l'aide du lieutenant de police. Elle compte bien ne pas s'en tenir là; ses amis sont à l'affût de tout ce qui peut augmenter cette collection de lettres plus ou moins apocryphes, de récits vrais ou faux, d'épigrammes et de calomnies. On espère que le roi, en recevant un jour ce redoutable recueil, n'osera pas affronter les jugements de la ville et de la cour. Malgré la faiblesse bien connue de Louis XV, je crois que l'on se trompe.

En attendant, le mariage de madame Du Barry est le sujet de toutes les conversations. Les affidés du roi jurent qu'il va être fait prochainement; ceux des courtisans qui ignorent la scène de Le Bel sont persuadés que les Choiseul obtiendront bientôt le renvoi de l'Ange; toute la cour s'attend à des intrigues, toute la ville annonce l'avénement de la nouvelle reine.

Une histoire racontée par madame Du Barry. — Portraits. —
Les deux frères amoureux. — Les deux frères ennemis. —
Deux lettres qui ne sont pas du conte de madame Du Barry.

15 août 1768.

Sans être aidé par la police, sans être mû par le
ressentiment d'une jalousie de femme, comme madame de Grammont, je sais tous les secrets de la vie
de madame Du Barry chez madame de La Garde.

C'est elle-même qui nous a raconté cette partie de
sa vie, hier soir, chez le roi. Nous venions de souper
en petit comité; Sa Majesté venait de dire un mot sur
madame de Grammont. Je crus devoir avertir madame
Du Barry, devant le roi, des recherches que faisait la
sœur de M. de Choiseul, avec l'aide du lieutenant de
police.

« Je sais tout cela, a-t-elle dit en riant, aussi ai-je
pris les devants : depuis trois jours je raconte au roi,
pendant la soirée, les événements de ma jeunesse. Je
lui dis tout le temps perdu avant d'avoir eu la gloire
de plaire à Sa Majesté. »

Nous priâmes tous la comtesse de nous faire participer à ces récits; elle y consentit de bonne grâce.

— Je veux bien, dit-elle, si le roi y consent.

— Je l'exigerais même, dit Sa Majesté, si vous

n'étiez pas ici la maîtresse absolue ; mais en parlant devant ces messieurs, vous ne ferez que réaliser un projet que je nourrissais depuis trois jours : plus vos récits auront trouvé d'auditeurs, ma chère comtesse, moins les calomnies de vos ennemis trouveront de crédules.

·Madame Du Barry s'inclina, et voici à peu près le récit qu'elle fit au roi :

« J'ai dit hier à Votre Majesté comment je sortis de chez le sieur Labille, où mon oncle, le père Ange Gomart, ne voulut pas me laisser plus longtemps. Il était alors aumônier chez madame de La Garde, et allait dire la messe tous les dimanches à la chapelle de son château de Cour-Neuve. Il résolut de me faire entrer chez cette dame, qui était l'une de ses meilleures paroissiennes, car mon oncle était aussi prêtre à Saint-Eustache. Un jour donc, il nous prévint, ma mère et moi, qu'il nous présenterait à madame de La Garde, et qu'il espérait me faire agréer comme demoiselle pour accompagner.

» Le lendemain, j'arrivai fort émue. Jamais je n'avais été reçue par un si grand personnage, et cette idée me faisait trembler. J'en ris encore.

» Je vis une grande femme sèche, pointue, bizarre dans ses ajustements, une sorcière vêtue en jeune fille. Ma figure plut sur-le-champ à cette dame, et j'entrai aussitôt chez elle, non sans avoir subi les recommandations prévoyantes de ma mère et un beau discours de mon oncle.

» En sa qualité de veuve d'un fermier général, madame de La Garde tenait bonne maison, et attirait chez elle une société choisie. Ses bizarreries étaient sans pareilles, et amusaient beaucoup nos philosophes. C'est là que je connus les bonnes manières et les mauvais systèmes, le bon ton et l'égoïsme perfectionné, l'esprit et la sottise habilement dissimulés par la politesse.

» Là venaient d'Alembert, Grimm, Diderot, Marmontel, La Harpe. Pour faire un peu compensation à l'ennui que donnaient quelquefois leurs discours, il y avait là des seigneurs et des hommes du monde dont la galanterie était comme le sel qui devait relever la fadeur philosophique. C'était vous, M. le duc de Richelieu, qui veniez avec le prince de Soubise, le duc de la Trémouille, le duc de Brissac; puis encore le comte de Lauraguais et le marquis de Chimène, qui avaient le défaut de faire de mauvais vers et d'être jaloux l'un de l'autre comme de vrais poëtes. Quelle galerie d'originaux! Si j'étais peintre de portraits comme M. de La Bruyère! »

— Essayez, dit le roi en riant, il me semble que vous peindrez bien.

— Avec votre permission, Sire, je vais au contraire me hâter d'achever, sans m'arrêter aux figures secondaires. A quoi bon en effet ralentir mon récit en vous parlant d'originaux que tout le monde connaît? Je n'aurai rien appris à Votre Majesté, ni à aucun de ces messieurs, quand j'aurai dit que Grimm est un Alle-

mand laid et maigre, ce qui le rend encore plus laid
que tous les Allemands, qui d'ordinaire sont gros et
carrés. Quoique laid, et quoique Allemand, Grimm
est une petite maîtresse française, qui se farde et
qui s'aime comme s'il était beau. Au fond, ce philosophe à grands sentiments est un tyran qui rapporte
tout à soi; aussi ses amis, qui connaissent bien le
blanc dont il couvre son visage et son égoïsme, l'appellent-ils *Tyran le Blanc,* ce qui le fait enrager.

— Là, voyez-vous, dit le roi, voilà un jugement
qui prouve la complète liberté d'esprit que vous mettez
en toutes choses. Pour Dieu, madame, continuez-nous
ce récit.

Il est inutile de dire qu'en voyant rire le roi, nous
nous étions mis à rire.

Madame Du Barry reprit ainsi :

« Je ne dirai qu'un mot de Diderot, l'ami de Grimm
et de d'Alembert. C'est un philosophe bourru; il veut
passer pour un bourru bienfaisant, mais c'est par-
dessus tout un bourru artiste! Que d'art il met dans
ses brusques enthousiasmes, et que d'habileté dans sa
bonhomie! Mais là où l'art lui fait défaut, c'est quand
son amour-propre se trouve froissé; alors l'artiste dis-
paraît, il ne reste plus qu'un bourru irrité. Au fond
c'est un bonhomme.

» Mais je n'en dirai pas autant de d'Alembert.
Celui-ci est un chat philosophe, un chat bien élevé,
avec de jolies petites façons et toutes sortes de grâces
minaudières. Mais gare aux griffes! elles sont aiguës,

acérées, et n'épargnent personne, pas même l'ami Diderot, le gros dogue dont le chat est souvent jaloux. Ce qui faisait dire quelquefois à madame de La Garde en parlant de l'Encyclopédie, que « Diderot et d'Alembert étaient le chien et le chat de la maison. » D'Alembert parle bien, en prêchant un peu ; il lui manque le costume pour en faire l'abbé le plus onctueux, le plus faux et le plus galant du monde.

» M. de La Harpe, qui commençait de se faire connaître, était alors ce qu'il est encore aujourd'hui, c'est-à-dire un tout petit homme gonflé de malice et de fiel. Jaloux, arrogant et envieux, il détestait de tout son cœur son maître Voltaire, et le chevalier Dorat, dont la bonne grâce musquée écrasait sa lourdeur pédante. Le chevalier disait toujours, quand La Harpe ouvrait la bouche pour parler de Voltaire : Gare à nous, voici M. de La Harpe qui va passer son éponge à fiel sur l'œuvre de son maître.

» Mais la pédanterie de M. de La Harpe n'est rien auprès de la gravité de M. de Marmontel ! On dirait que ce dernier a toujours plusieurs crimes sur la conscience. En effet, il a plus d'une mauvaise action à se reprocher ; il a surtout ses attentats sur moi : il me poursuivait du matin au soir pour m'assassiner de ses vers. Quel feu ! quelle déclamation ! quelle vivacité ! Quand Marmontel récitait ses vers, il était véritablement pris du mal des ardents. »

En écoutant tout ce bavardage, le roi souriait : nous faisions tous naturellement comme le roi.

Madame Du Barry continua :

« Je ne ferai pas les portraits des gentilshommes qui venaient chez madame de La Garde. Beaucoup de vous, messieurs, n'ont qu'à se regarder dans les glaces. Je parlerai encore moins des femmes : si j'étais amusante, on m'accuserait de méchanceté. D'ailleurs, un portrait de femme est trop long et trop difficile.

» Madame de La Garde a deux fils; l'aîné est fermier général comme son père, l'autre est maître des requêtes.

» Le fermier général est un vrai financier... »

Ici madame Du Barry s'arrêta, et jetant sur nous un malin regard : « Il n'y a pas, messieurs, de financier parmi vous? — Non. — Alors je reprends :

» Le fermier général est un vrai financier, c'est-à-dire qu'il est court et tranchant, impertinent et sot comme un fermier général. Le maître des requêtes, qu'on appelle M. Dudelay, est le bel esprit de la maison : il est un peu maigre, mais toujours frisé, poudré, soigné dans sa tenue, et il parle avec la douceur et la politesse d'une précieuse ridicule de Molière. Au fond, c'est un égoïste ambitieux, roide et revêche. Mais à la surface il a de si douces façons, des chatteries si coquettes, que je me sentais un petit faible pour lui, car il me faisait bien mieux rire que son gros frère.

» J'eus le chagrin de les voir tous deux tomber amoureux de moi. »

Ici Louis XV regarda la comtesse d'un air étonné.

« Mon Dieu, oui! continua madame Du Barry, je

dis que ce fut un chagrin, car, depuis ma première
aventure avec le jeune abbé de Bonnac, au couvent de
Sainte-Aure, je n'étais plus aussi facile à tromper par
des démonstrations et des serments. Ce qui me tour-
menta davantage, c'est que je ne pouvais, par respect
pour ma protectrice, et pour éviter tout scandale, re-
pousser brusquement ces frères soupirants et faire
connaître à madame de La Garde les poursuites dont
ils m'accablaient. Ils ne me laissaient aucun instant
de repos. Si j'étais seule au salon, arrivait le fermier général, qui voulait me combler de riches
présents et qui me disait impertinemment toutes les
sottises qui lui passaient par l'esprit. Si je fuyais au
jardin, espérant m'y trouver seule un moment, je
voyais bientôt accourir le brillant maître des requêtes,
qui m'accablait de ses fadeurs, qui se jetait à mes
genoux et me conjurait, avec de grands gestes et de
grosses larmes, d'avoir pitié de son tourment. Je me
défendais des deux autant que ma jeune expérience le
permettait, mais je n'osais tout à fait les rebuter. Je
résolus enfin de leur jouer un tour qui, en les cou-
vrant l'un et l'autre de ridicule, les empêcherait de
m'importuner de nouveau.

» Feignant donc, un jour, d'être sensible au présent
d'une boîte de laque du Japon, contenant une parure
de perles, que m'offrit le fermier général, j'eus l'art
de rougir beaucoup en lui disant que la nuit suivante,
vers onze heures, ma porte serait entr'ouverte.

» Puis, comme honteuse d'un pareil propos, je me

délivrai de ses transports, et courus au jardin. J'étais
sûre d'y voir bientôt accourir M. Dudelay. Il n'y manqua
pas : il arriva tout triomphant, et me mettant une
superbe montre à diamants entre les mains, il me dit :

« Acceptez ce bijou, ma chère enfant. Je sais que
le matin vous avez peine à vous lever à l'heure qu'exige
ma mère. Au moyen de cette répétition, vous saurez
toujours au juste l'heure qu'il est; ainsi vous ne vous
tiendrez pas éveillée, comme vous faites, une heure
ou deux d'avance. »

» Et il ajouta, en me baisant tendrement les mains :

« Puisse cette répétition sonner bientôt pour moi
l'heure ineffable où je pourrai vous entretenir en
toute liberté! »

» Entre nous, le maître des requêtes avait deviné
juste. J'étais paresseuse, le matin : il m'arrivait souvent de m'éveiller deux heures trop tôt et de rester
inquiète, pendant tout ce temps, à attendre qu'on vînt
m'avertir que madame de La Garde me demandait.
J'avais tant peur de ne pas être prête et de m'attirer
des quolibets! Aussi je pris la montre à répétition avec
une joie véritable, et je dis à M. Dudelay :

« Je vous suis reconnaissante, monsieur, du joli
cadeau que vous m'offrez, mais surtout de l'intention
qui vous a fait me choisir cette montre. Aussi, ce
soir, à onze heures moins le quart, je la ferai sonner
en pensant à vous. Si vous voulez en être assuré,
trouvez-vous alors à ma porte, elle sera entr'ouverte
pour que vous entendiez mieux! »

» Je me sauvai, après avoir donné si clairement rendez-vous à mon deuxième amoureux, que je laissai à genoux sur le sable du jardin.

» Le soir venu, je me retirai dans ma chambre, à dix heures, comme d'habitude. A dix heures et demie, j'allai entr'ouvrir légèrement ma porte. Je ne tardai pas à entendre quelqu'un monter doucement dans l'escalier : c'était M. Dudelay, le doucereux maître des requêtes, qui se gardait bien de manquer au rendez-vous que je lui avais donné.

» Je combinai bien mon plan, et je laissai mon amoureux attendre encore quelques instants à la porte. Il n'osait pas entrer avant d'avoir entendu le signal, c'est-à-dire avant d'avoir entendu sonner la montre. A onze heures moins le quart, je donnai le signal; aussitôt il entra chez moi, sur la pointe des pieds. J'allai au-devant de lui, et lui dis :

« Vous voyez, monsieur, que la petite Marie pense à vous; mais elle ne vous avait pas dit d'entrer dans sa chambre.

» — Ah! Marie, s'écria-t-il, ne vous jouez pas de mon amour! Pour l'amour de Dieu, écoutez-moi!

» — Je le veux bien, monsieur le maître des requêtes, lui répondis-je, mais à condition que cette porte va rester entr'ouverte.

» — Soit! dit-il en soupirant, mais j'espère que bientôt vous allez me laisser la fermer.

» En disant ces mots, il se jeta à mes pieds, et me conjura, avec les mots les plus doux, les protestations les plus vives, de faire son bonheur en le laissant passer la nuit dans ma chambre. — « Nul n'en saura rien, disait-il, je repartirai demain matin avant que personne soit éveillé dans la maison; mais s'il est vrai, Marie, que vous ayez quelque pitié de mes tourments, laissez-moi ici : ma reconnaissance n'aura pas de bornes. » Il ajouta encore mille beaux discours que je ne me rappelle plus. »

— Eh bien! dit le roi avec empressement, qu'advint-il?

« Sire, répondit madame Du Barry, j'avais eu, comme vous devez le penser, l'idée de me divertir en donnant ainsi rendez-vous aux deux frères. Je n'y manquai pas. Voici ce qu'il advint.

» Au moment où le brillant maître des requêtes était le plus pressant, et où je faisais semblant de céder, un pas léger se fit entendre, comme je m'y attendais bien, au bas de l'escalier qui conduisait à ma chambre. Ce pas montait toujours; il ne tarda pas à retentir faiblement dans le corridor.

« Ciel! m'écriai-je comme égarée, voici quelqu'un qui vient par ici : si on allait vous voir! Ah! monsieur, je serais perdue! »

» Le maître des requêtes s'était relevé, et lisant sur ma figure un effroi sans pareil, il cherchait déjà des yeux la porte ou la fenêtre par où il pourrait fuir.

» Mais j'avais mon plan bien arrêté : « Éteignons cette bougie, » dis-je précipitamment à voix basse.

» La bougie fut éteinte. Le pas qui nous troublait si

fort, quoiqu'il fût le plus léger possible, s'arrêta
presque au même moment devant ma porte.

« Pourquoi diable, belle Marie, éteignez-vous votre
lumière? dit une voix basse.

» — Votre frère! » dis-je à l'oreille de M. Dudelay,
en le poussant vers la porte.

» Celle-ci s'ouvrit et livra passage au fermier général :

« Il fait noir ici comme dans un four! dit ce dernier
à demi-voix : pourquoi n'avoir pas gardé votre lumière,
Marie? j'aurais pu admirer vos charmes à mon contentement! »

» Tout en parlant, M. de La Garde saisit la main de
son frère, et il y déposa un baiser passionné :

« Enfin! » s'écria-t-il, et il prit M. Dudelay dans ses
bras.

» Mais en même temps que celui-ci se dégageait
brusquement, l'autre reconnaissait qu'il tenait un
homme dans ses bras; moi, je riais comme une folle.

« Que veut dire ceci? demanda M. de La Garde
d'une voix furieuse.

» — Cela veut dire, mon frère, que vous arrivez
trop tard, répondit M. Dudelay.

» — Mon frère!... Depuis quand êtes-vous ici? Qui
vous a dit d'y venir?

» — Je suis ici depuis un quart d'heure. Mais vous,
que venez-vous faire ?

» — Sortons! répondit le fermier général. Cette fille
nous trompe, ou vous êtes venu ici malgré elle. Il faut
nous expliquer.

» — Sortez, messieurs, leur dis-je alors en riant, et si vous revenez, ne revenez jamais que tous les deux à la fois. »

» Ils partirent comme deux frères ennemis ; j'entendis qu'ils avaient une bruyante explication dans l'escalier. Le lendemain madame de La Garde me fit appeler de grand matin et m'ordonna de quitter sa maison le jour même.

» Et voilà comment, Sire, mes ennemis ont saisi l'occasion de dire que j'avais été la maîtresse des deux fils de madame de La Garde. Dieu merci, je n'ai jamais été de celles qui prennent deux amants, sous prétexte que l'un fait aimer l'autre. »

Le roi avait ri pendant tout ce récit, que je n'ai pu rapporter avec cet enjouement, cet air de raillerie et de malice qui le rendait si amusant dans la bouche de madame Du Barry. Sa Majesté, après avoir ri, nous dit d'un air convaincu :

« Vous voyez, messieurs, comme l'innocence est souvent accusée, et comme les meilleures intentions tournent à mal ! »

Ce fut la morale du roi, mais ce n'est pas la mienne : madame Du Barry avait trop intérêt à ne pas tout dire. Je reste convaincu qu'elle a été femme devant la jolie figure du maître des requêtes.

Les deux lettres suivantes que l'on m'a procurées ce matin me raffermissent dans cette conviction, que madame Du Barry sait bien arranger une histoire.

A M. de La Garde, maître des requêtes.

De la Cour-Neuve, 11 août 1764.

Vous avez trouvé, Monsieur, le moyen d'entrer furtivement dans ma chambre lundi dernier, et la crainte où j'étais, tant pour vous que pour moi, ne m'a pas donné la force de vous renvoyer ni de crier. Il m'a donc fallu vous recevoir en mon lit. Que de promesses ne m'avez-vous pas faites dans ce moment! Mais l'illusion est dissipée; j'ai vu avec douleur que le lendemain même vous ne faisiez plus attention à moi. Vous faisiez une cour assidue à cette femme de fermier général qui, mère de quatre enfants, fait encore ridiculement la belle. C'étoit pour cacher votre jeu, m'avez-vous dit. Ah! Monsieur, je m'y connois; vous mettiez trop de feu, trop de désir et trop de passion enfin, pour qu'il n'y eût pas de naturel dans votre conduite. Vous avez abusé de ma foiblesse pour me séduire et m'abandonner ensuite, du moins je le crains. Si cela n'est pas, détrompez-moi : faites-moi part de vos véritables intentions, et vous me rendrez la vie. J'attends une réponse de vous demain par Saint-Louis; si je n'en reçois pas, j'irai à Paris uniquement pour vous voir et vous faire les reproches les plus vifs. Je suis en attendant, Monsieur,
Votre,

DE VAUBERNIER.

Et le lendemain, Marie écrivit à son ami Lamet :

A M. Lamet, à Londres.

De la Cour-Neuve, 12 août 1764.

Te voilà donc placé, mon cher Lamet, chez un Lord, aux appointements de cinquante livres sterling par an. Je t'en félicite; tâche de t'y conserver jusqu'à ce que la fortune plus heureuse m'ait favorisée. Je suis actuellement chez Madame de La

Garde, fermière générale, pour lui servir de compagnie; je commence à entrer dans le grand monde, comme tu vois. Elle a deux fils, l'un dans la robe, l'autre dans la finance; tous deux me font la cour; je ne sais lequel est le plus généreux, mais je ne rebute ni l'un ni l'autre, et je veux qu'il y en ait un des deux qui m'entretienne. Je fais un peu la vertueuse pour leur donner plus d'appétit. Adieu, mon cher ami; quand il y aura quelque chose d'intéressant, je t'en ferai part. Donne-moi souvent de tes nouvelles, et crois-moi pour la vie ta meilleure amie.

Lançon de Vaubernier.

Vous voyez que la bonne déesse travaillait pour avoir des adorateurs et des sacrifices.

Un mariage. — Les priviléges d'un notaire. — Les sobriquets
ridicules. — Le café de la France.

1er septembre 1768.

Ce matin a eu lieu à la paroisse Saint-Laurent le
mariage de mademoiselle de Vaubernier avec le comte
Guillaume Du Barry. Le roi a paru très-satisfait de ce
mariage : on dirait qu'il est délivré d'une grande
inquiétude. C'est le notaire Le Pot, d'Auteuil, qui a passé
le contrat. On raconte que, pour user du privilége
usité parmi ses confrères, il a voulu embrasser la nouvelle mariée. Celle-ci opposa une certaine résistance;
mais le comte Jean, qui est maintenant le vrai beau-
frère, l'engagea à se laisser embrasser par l'officier
public; en même temps il s'adressa à ce dernier et
lui dit : « Souvenez-vous bien, monsieur, de cette
faveur dont un roi serait jaloux. » Le malheureux
notaire est au désespoir depuis qu'il a appris ce que
voulaient dire ces paroles. C'est un baiser de notaire
qui lui coûte gros; à moins que son insistance ne
l'ait bien placé dans l'esprit de la comtesse.

Le comte Guillaume est un gros garçon, l'air assez
spirituel, mais qui a dû passer sa jeunesse dans la
débauche et les mauvaises compagnies. C'est le puîné
du comte Jean.

On avait pensé d'abord à donner pour mari à mademoiselle de Vaubernier le cadet de la famille : c'est un jeune homme intègre et sage, qu'on nomme le comte d'Hargicourt, et qu'on commence déjà à appeler à Versailles *l'honnête homme*. Il va sans dire que le comte Jean a compris bien vite qu'il refuserait l'honneur qu'on voulait lui réserver. Le comte Guillaume n'a fait que peu de difficultés.

Toute la famille de madame Du Barry est arrivée à Versailles. En plus du comte Jean qu'on appelle le *Grand Roué,* du comte Guillaume surnommé par quelques-uns le *Sac à vin,* et du comte d'Hargicourt, cette famille se compose encore de deux belles-sœurs, assez provinciales, à peine assez jolies, mais très-vives. Ce sont deux Gasconnes parisiennes, ou qui ne tarderont pas à le devenir. Elles sont bien moins jolies que madame la comtesse Du Barry leur belle-sœur, mais elles ont le charme agréable de la jeunesse et de l'esprit. Le roi, qui aime les sobriquets ridicules, et qui a donné le nom de *Loque* à madame Victoire, le nom de *Graille* à madame Adélaïde, et le nom de *Chiffe* à madame Sophie, le roi a eu bientôt fait de trouver des surnoms pour les demoiselles Du Barry. L'aînée, qui s'appelle Isabelle, a été surnommée *Bischi,* je ne sais trop par quelle fantaisie du maître. La cadette, qui se nommait Fanchon, est maintenant appelée la *petite Chon* ou la *grande Chon*, selon les circonstances. Cette dernière surtout a apporté de sa province une diplomatie instinctive, une finesse d'esprit, une malice

8.

d'observation qui la rend précieuse aux yeux du roi.
Sa Majesté la fait déjà sauter sur ses genoux, et s'amuse
beaucoup à lui faire réciter des vers patois de son pays.

C'est une rage dans la maison que les sobriquets.
En femme habile, madame Du Barry a voulu flatter la
manie du roi, et elle lui a donné le nom de *La France,*
ce qui est une double flatterie.

Rien n'égale d'ailleurs la liberté de langage qu'a su
conquérir la comtesse. Le roi a l'habitude de faire son
café lui-même après dîner; il y a trois jours, pendant
que la cafetière était sur le feu, Sa Majesté était à
papillonner, lui qui n'a plus d'ailes, autour de madame Du Barry; elle se posait des mouches devant sa
psyché, lorsqu'on entendit le bruit du café qui bouil-
lait et tombait dans le feu : « Eh! *La France,* cria
la comtesse en riant, va donc voir, voilà ton café qui
f... le camp. »

Qu'aurait dit le grand roi, si madame de La Vallière
ou madame de Montespan eussent parlé ainsi? Les
temps sont changés : nous ne sommes plus au règne
de Louis le Grand, mais bien au règne de Louis le
Bien-Aimé.

Le comte Guillaume est reparti pour Toulouse, ce
soir même, jour de son mariage : il emporte une
jolie dot. C'est le roi qui a sa procuration pour la fin
de la noce.

Intrigues. — Faiblesse de volonté d'un grand roi. — Après nous
la fin du monde. — Le *greluchon*.

15 octobre 1768.

Il n'est toujours bruit que des intrigues qui se forment, qui se nouent et se dénouent, pour empêcher
que madame Du Barry ne soit présentée à la cour.
Mais elle a aussi ses partisans enthousiastes. Tous les
ambitieux qui savent le profit qu'on peut retirer des
faiblesses d'une jolie femme, viennent faire leur cour
à la nouvelle maîtresse. Le duc d'Aiguillon, le duc de
Richelieu, le duc de La Vauguyon, le prince de Soubise, le marquis de Chauvelin, le nouveau chancelier
Maupeou, et jusqu'au comte de Montbarrey, petit fat
sans talents, toute la cohue de l'OEil de bœuf, tous les
roués qui jouent à la Régence viennent offrir leurs
serments et leurs services à la favorite. Le parti Choiseul, recruté parmi les amis de la sœur du ministre et
qui ne compte que les créatures du ministère, est un
parti petit par le nombre, mais qui présente une
grande résistance. Il tient toutes les places importantes
du royaume, et les faveurs jusqu'ici pleuvent par ses
mains.

D'un autre côté le roi est faible et n'aime pas

à résister. Il est habitué au Choiseul, qu'il regarde comme l'homme indispensable, l'appui et le sauveur du royaume; il craint les représentations de Mesdames Royales, qui s'indignent hautement de l'obligation où on veut les mettre de recevoir une fille. Mais cette faiblesse du roi fait la force de madame Du Barry et de ses partisans. Jamais maîtresse n'a su prendre autant d'influence sur l'esprit et les sens de notre vieux monarque. Elle l'a rajeuni, transformé, métamorphosé. « C'est une fontaine de Jouvence pour les blasés, » a dit quelqu'un. Aussi le *Grand Roué*, le chef, la tête de toutes les intrigues, compte-t-il beaucoup sur l'ascendant de sa belle-sœur. Tout en affectant de paraître rarement à la cour, c'est-à-dire dans les appartements réservés de la comtesse Du Barry, le comte Jean n'en reste pas moins son conseiller intime. Les plus petites choses ne lui échappent pas. Un service journalier de courriers est organisé entre sa belle-sœur et lui. Souvent la comtesse va lui rendre visite à Paris.

Le roi oublie tout, néglige tout, brave tout les yeux fermés. « Après nous la fin du monde! » dit-il souvent en embrassant la comtesse. Et celle-ci d'applaudir en riant : « Tu as bien raison, La France. »

Cependant, malgré l'empire qu'exerce déjà sur l'esprit du roi la comtesse Du Barry, beaucoup de personnes bien en cour affirment que le roi n'osera pas la faire présenter. Des paris s'ouvrent chaque jour. « Je parie mille louis, dit l'un, que l'Ange emportera la

Loque et la *Chiffe.* — Je tiens, répond un autre, que
Graille mettra l'Ange à la porte. »

Le duc de Richelieu me disait ce matin : « Ce
Choiseul est un nigaud, il oublie la Pompadour. Un
moment viendra où il tombera : le gros ballon de sa
vanité sera crevé par les coups de *greluchon.* » Le
greluchon est une espèce d'épingle employée dans une
coiffure inventée, dit-on, par madame Du Barry, quand
elle était la maîtresse du perruquier Lamet. Les filles
seules se servent de cette coiffure et du greluchon.

Un roi voyageur. — Émoi à la ville et à la cour. — Une question
    d'étiquette. — Le *Credo* de M. de Jarente.

25 octobre 1768.

On ne parle ici que de Sa Majesté Christian VII, le
roi de Danemark. Le roi de France, qui ne comprend
pas qu'un roi se dérange pour aller visiter les autres
royaumes, a vu d'un mauvais œil le voyage de Sa Majesté
Danoise. Louis XV garde toujours rancune aux rois
voyageurs, depuis que Pierre le Grand, qu'il appelle
Pierre le Sauvage, a eu la hardiesse de le prendre dans
ses bras et de l'embrasser, comme il eût fait d'un
enfant de bourgeois. Le roi de France avait alors cinq
ans, et il y a de cela plus d'un demi-siècle, mais les
rois comme le nôtre n'oublient jamais les atteintes
portées à leur majesté chancelante. Aussi Louis XV
a-t-il en horreur secrète les écrivains, les rois voyageurs et philosophes, et tout particulièrement Voltaire
et le roi de Prusse. Il y a longtemps que ce dernier
désire visiter la France, mais le roi de France a toujours su faire échouer les projets du César prussien.

Le roi Christian est un jeune homme de vingt ans,
nouvellement marié, et dont la réputation de galanterie
est grande déjà, aussi grande que sa réputation de

bel esprit. Lorsqu'on apprit sa prochaine arrivée à Paris, toutes les filles célèbres perdirent la tête. Plusieurs sont allées à sa rencontre; beaucoup ont été lui faire un cortége à la barrière, et deux autres, les demoiselles Gradi et Laprairie, se sont fait peindre et lui ont envoyé leurs portraits. Jusqu'à présent, il ne paraît pas que le roi de Danemark ait été sensible à ces prévenances.

Si le monde galant a été mis en émoi, la cour n'a pas été moins bouleversée. Il y a eu conseil extraordinaire pour arrêter le cérémonial de la réception qui devait être faite au jeune roi voyageur. Les flatteurs appuyèrent beaucoup sur ce point : que pour établir une distinction entre le souverain d'un petit État et celui d'un grand royaume comme la France, il fallait que le premier attendît quelque temps l'audience accordée par le second. Jamais peut-être le roi n'eut une figure aussi sérieuse que celle qu'il garda pendant ce débat.

Le duc d'Ayen, qui a partout son franc parler, ne put se taire : « Vive Dieu! dit-il, on croirait que Sa Majesté traite de la paix avec le roi Frédéric, ou qu'elle vient d'apprendre une infidélité de sa maîtresse. »

Le roi Christian a été reçu à Versailles; il y vint dans les voitures de la cour, et attendit, comme il était convenu, que le roi de France fût visible.

Ce furent le duc de Choiseul, le duc de Praslin, le comte de Saint-Florentin, M. de Jarente, évêque

d'Orléans et ministre de la feuille des bénéfices, et
quelques autres, qui reçurent Sa Majesté Danoise. Pendant qu'on l'attendait, le duc de Choiseul vint à M. de
Jarente : « Monseigneur, lui demanda-t-il en riant, que
venez-vous faire près d'un hérétique?

— Guetter le moment de la grâce, répondit l'évêque
en souriant.

— Mais que deviendriez-vous s'il fallait lui ensei-
gner le *Credo?* »

M. de Jarente montra du regard le duc de La Vauguyon, l'un des grands affiliés des jésuites, et il répondit tranquillement :

« Voilà quelqu'un qui le sait de reste; il me le
soufflera, et même au besoin le *Veni Creator.* »

Il est de fait que le duc connaît mieux son *Euco-
loge* que l'évêque distributeur des canonicats et des
bénéfices.

Mots du roi de Danemark. — Un pays où l'on ne vieillit pas.
— L'incognito en famille.

28 octobre 1768.

Il pleut des mots attribués au roi de Danemark.
Louis XV lui ayant dit, en parlant de la disproportion
de leurs âges : « Je pourrais être votre père. —
C'est ce qui manque à mon bonheur », répondit-il ;
et il ajouta avec effusion : « Toute ma conduite envers
vous sera celle d'un fils. »

Ce prince est aventureux et romanesque, comme un
héros de vingt ans. Il s'est montré d'une grande courtoisie. Deux fauteuils égaux avaient été préparés, lors
de sa réception solennelle, pour lui et le roi de France.
Christian VII ne voulut jamais s'asseoir, et dans le
souper qui lui fut donné le soir même, il eut encore
occasion de faire preuve de cette politesse aimable
qu'on ne s'attendait pas à trouver dans un monarque
du Nord. On avait appelé à ce souper vingt-quatre
femmes des plus célèbres à la cour par leurs charmes
ou leur esprit. Le jeune roi ayant paru remarquer surtout madame de Flavacourt, Louis XV lui dit :

« Quel âge donnez-vous, mon frère, à madame de
Flavacourt ?

— Mais, trente ans, répondit Christian VII.

— Trente ans! monsieur mon frère; elle en a bien cinquante, s'écria le roi en riant.

— Sire, cela me prouve, comme je le pensais, qu'on ne vieillit point à votre cour. »

Aussi Louis XV charmé n'a-t-il pu s'empêcher de dire plus tard à madame Du Barry : « Ce petit roi est tout Français; je serais fâché qu'il me quittât mécontent. »

C'est ce petit roi qui, lors de son passage en Hollande, fut sollicité par un seigneur de ce pays, lequel lui présenta une généalogie constatant qu'ils étaient de la même famille.

« Mon cousin, lui répondit Christian VII, je suis ici incognito; pour Dieu, faites de même. »

Bataille de rois.

29 octobre 1768.

Le roi de Danemark est allé incognito visiter aujour-d'hui madame la comtesse Du Barry, dans son hôtel particulier de la rue de la Jussienne. L'entrevue a duré plus de deux heures. Sa Majesté Danoise est partie enchantée, laissant la comtesse ravie. On prétend que Louis XV a eu un moment de jalousie, et qu'il s'en est pris au duc de Duras. Mais cela n'a été qu'une nuée sur un beau soleil d'été.

« N'ayez pas peur, a dit en riant la comtesse, les roitelets ne chantent pas si haut. »

Si haut ! Voilà une antiphrase.

Les gens de lettres et le roi de Danemark. — Un quatrain de
mécontents. — Celui qui sait ce que deviennent les vieilles
lunes. — Une gazette et une chanson sous la protection du
lieutenant de police.

16 novembre 1768.

On parle toujours du roi de Danemark. Sa Majesté,
conduite par MM. de Duras, qui font ce qu'ils peuvent
pour l'amuser, a été à la Comédie, à l'Opéra, dans
toutes les promenades célèbres. Elle a reçu beaucoup
de littérateurs, de poëtes et de savants; on cite surtout
d'Alembert, Diderot, La Harpe et le comte de Buffon,
comme ayant été les mieux accueillis.

Mais tout le monde n'est pas content. On s'en prend
au duc de Duras, esprit lourd et sans invention, qui
n'a pas su procurer au roi voyageur tous les plaisirs
qu'il pouvait avoir à Paris. On ajoute que le duc s'est
bien gardé de réaliser toutes les espérances qu'avait
fait naître la visite du roi danois, dans le cœur d'une
foule de beaux esprits et de belles coquettes.

Les premiers, pour se venger, font déjà courir sous
main le petit quatrain suivant, qu'ils attribuent à
Christian VII lui-même :

> Frivole Paris, tu m'assommes
> De soupers, de bals, d'opéras !
> Je suis venu pour voir des hommes :
> Rangez-vous, monsieur de Duras !

L'auteur de cette petite épigramme est un de mes bons amis, le chevalier de Boufflers. Dans quinze jours tout Paris saura ces quatre vers par cœur, et dans un mois on les imprimera tout vifs dans les gazettes.

Ce duc de Duras n'est pas méchant, mais il est bête à faire cuire. Le père et le fils sont l'amusement de la cour. Dernièrement, le roi demanda au fils ce que l'on faisait des vieilles lunes.

« Je n'en sais rien, Sire, répondit le duc avec humilité, je n'en ai jamais vu; mais si Votre Majesté le désire, je le ferai demander à M. de Cassini. »

L'affaire de la présentation de la comtesse occupe toujours les esprits. On en parle non-seulement à la cour, mais aussi à la ville et même dans les lieux les plus bas. On me remet à l'instant le dernier et plusieurs numéros du *Gazetier cuirassé,* espèce de libelle permanent, rédigé par un chevalier de Morande. Ce chevalier est assurément quelque escroc de bas étage soutenu par le parti opposé à madame Du Barry. Il est certain que la police a eu connaissance de ce libelle et le laisse circuler librement. Je me souviens même d'avoir entendu le lieutenant de police en railler devant moi. Voici quelques extraits de ces feuilles :

« Il a paru à Compiègne une comtesse *Du Barry,*
» qui a fait grand bruit par sa figure. On dit qu'elle
» plaît à la cour, et que le roi l'a très-bien accueillie.
» Sa beauté et cette prompte célébrité ont excité les
» recherches de beaucoup de gens. On a voulu remonter
» à l'origine de cette femme, et si l'on en croit ce qu'on

» en public, elle est d'une naissance très-ignoble ; elle
» est parvenue par des voies peu honnêtes, et toute sa
» vie est un tissu d'infamies. Un certain *Du Barry,* qui
» se prétend des Barimore d'Angleterre, et qui l'a fait
» épouser à son frère, est l'instigateur de cette nou-
» velle maîtresse. On prétend que le goût et l'intelli-
» gence de cet aventurier dans le détail des plaisirs le
» font aspirer à la confiance du roi pour les amuse-
» ments de Sa Majesté, et qu'il succédera au sieur
» *Le Bel* en cette partie. »

On conçoit qu'il est difficile qu'on eût répandu un
pareil bulletin dans Paris, si le gazetier n'eût été excité
sous main par un protecteur puissant. Il ajoutait dans
un autre, en date du 15 octobre 1768 : « Depuis
» quelque temps il court ici une chanson, intitulée
» *la Bourbonnaise,* qui a été répandue avec une rapi-
» dité peu commune ; quoique les paroles en soient
» fort plates, et que l'air en soit on ne peut pas plus
» niais, elle est parvenue aux extrémités de la France ;
» elle se chante jusque dans les villages. On ne peut
» se transporter nulle part sans l'entendre : les gens
» qui raffinent sur tout ont prétendu que c'était un
» vaudeville satirique sur une certaine fille de rien,
» parvenue de l'état le plus crapuleux à jouer un rôle
» et à faire une sorte de figure à la cour. Il est certain
» qu'on ne peut s'empêcher de remarquer, dans l'af-
» fectation à la divulguer si généralement, une inten-
» tion décidée de jeter un ridicule odieux sur celle
» qu'elle regarde. Les gens à anecdotes n'ont pas man-

» qué de la recueillir et d'en grossir leurs portefeuilles,
» avec tous les commentaires nécessaires à son intelli-
» gence, et capables de la rendre précieuse pour la
» postérité... »

Enfin dans son numéro de ce jour, 16 novembre 1768,
voici ce qu'il dit : « *La Bourbonnaise* est une chanson
» répandue dans toute la France. Sous les paroles
» plates et triviales de ce vaudeville, les courtisans
» malins découvrent une allégorie relative à une
» créature qui, du rang le plus bas et de la fange
» de la débauche, est parvenue à être célébrée et à
» occuper d'elle et la ville et la cour. On ne saurait
» mieux rendre l'avilissement dans lequel est tombé
» le contrôleur général *Laverdy* depuis sa chute,
» que par l'association que le public semble en faire
» avec cette femme perdue, en le chansonnant avec
» elle. »

Il cite ensuite un couplet contre ce ministre sur l'air
de *la Bourbonnaise.*

Voici du reste l'original de *la Bourbonnaise,* c'est-
à-dire la vraie *Bourbonnaise :*

Dans Paris, la grand'ville,
Garçons, femmes et filles
Ont tous le cœur débile,
Et poussent des hélas! ah! ah! ah!
La belle Bourbonnaise,
La maîtresse de Blaise,
Est très-mal à son aise! aise! aise! aise!
Elle est sur le grabat! ah! ah! ah!

N'est-ce pas grand dommage
Qu'une fille aussi sage,
Au printemps de son âge,
Soit réduite au trépas! ah! ah! ah!
La veille d'un dimanche,
En tombant d'une branche,
Se fit mal à la hanche, hanche! hanche! hanche!
Et se démit le bras, ah! ah! ah!

On chercha dans la ville
Un médecin habile
Pour guérir cette fille,
Il ne s'en trouva pas, ah! ah! ah!
On mit tout en usage,
Médecin et herbage,
Bon bouillon et laitage, age! age! age!
Rien ne la soulagea, ah! ah! ah!

Voilà qu'elle succombe;
Elle est dans l'autre monde.
Puisqu'elle est dans la tombe,
Chantons son *libera,* ah! ah! ah!
Soyons dans la tristesse,
Et que chacun s'empresse
En regrettant sans cesse, esse! esse! esse!
Ses charmes et ses appas, ah! ah! ah!

Pour qu'on sonnât les cloches,
On donna ses galoches,
Son mouchoir et ses poches,
Ses souliers et ses bas, ah! ah! ah!
Et à sa sœur Javotte,
On lui donna sa cotte,
Son manteau plein de crotte, otte! otte! otte!
Avant qu'elle expirât, ah! ah! ah!

En fermant la paupière,
Elle finit sa carrière,
Et sans drap et sans bière
En terre on l'emporta, ah! ah! ah!
La pauvre Bourbonnaise
Va dormir à son aise,
Sans fauteuil et sans chaise, aise! aise! aise!
Sans lit et sans sofa, ah! ah! ah!

Et voilà comment chante le peuple le plus spirituel
de la terre.

Une chanson à double dard.

20 novembre 1768.

Je parlais dans ma dernière note, de mon ami le chevalier de Boufflers; il vient de me faire passer une
très-jolie chanson sur madame Du Barry. Cette petite
poésie a ce double mérite qu'elle plaira à la comtesse,
autant qu'elle va plaire à ses ennemis : les Choiseul
comme les Du Barry y trouveront lieu de s'applaudir.

Comtesse, ta beauté séduit
    Et charme tout le monde.
En vain la duchesse en rougit
    Et la princesse en gronde,
Chacun sait que Vénus naquit
    De l'écume de l'onde.

En vit-elle moins tous les dieux
    Lui rendre un juste hommage?
Et Pâris, le berger fameux,
    Lui donner l'avantage
Même sur la reine des cieux
    Et Minerve la sage?

Dans le sérail du Grand Seigneur,
    Quelle est la favorite?

C'est la plus belle au gré du cœur
   Du maître qui l'habite.
C'est le seul titre en sa faveur,
   Et c'est le vrai mérite.

Que Grammont tonne contre toi,
   La chose est naturelle.
Elle voudrait donner la loi,
   Et n'est qu'une mortelle :
Il faut, pour plaire au plus grand roi,
   Sans orgueil être belle.

Une lettre. — Louis XV et Pharamond. — La bête enragée et le talon de l'Ange. — La succession de madame de Pompadour.

25 novembre 1768.

On a fait circuler hier au cercle de Mesdames une lettre attribuée à madame Du Barry. Cette lettre aurait été écrite dans le temps que la comtesse demeurait chez le comte Jean.

Mesdames ont été fort scandalisées; madame Adélaïde surtout jetait les hauts cris, pour mieux faire oublier sans doute que nous avons sous les yeux une preuve visible de sa chasteté.

Cette lettre ayant donné lieu au duc d'Ayen de dire au roi un de ces mots cruels comme il s'en permet si souvent, je la considère comme historique, et je la copie tout au long.

A M. Radix de Sainte-Foix, trésorier général
de la marine.

6 décembre 1767.

Je suis, mon cher Sainte-Foix, dans le plus grand désespoir; vous n'imagineriez jamais jusqu'où Du Barry pousse les mauvais procédés à mon égard. Je suis lasse d'être en butte à ses emportements et même à sa brutalité. Si j'ai trouvé chez lui quelques agréments, ils sont si fort éclipsés par les caprices dont je suis la victime, que je suis totalement décidée à m'y soustraire et à rompre avec lui. Dans le nombre des hommes que j'ai eu occasion de voir dans sa maison, vous êtes un de ceux que j'ai le plus distingués : vous m'avez paru doux et d'un commerce facile. S'il y a quelque sincérité dans toutes les belles choses que vous m'avez dites, et dans les propositions que vous m'avez faites, voici une belle occasion de me le prouver. Mais songez que je veux un arrangement sérieux : sans cela plus d'intimité entre nous. Je ne suis embarrassée que du choix, vous le savez; mais je vous aime, profitez-en. Nous y gagnerons tous deux, puisque vous aurez le plaisir de posséder exclusivement une maîtresse qui peut passer pour agréable, et que j'aurai de mon côté la joie de n'être plus l'esclave de mon tyran. Adieu; mettez autant de promptitude dans votre réponse que dans vos réflexions. Je suis, si vous le voulez, toute à vous.

LANGE.

Ce matin, au petit lever du roi, on fit plus d'une allusion à cette lettre. Le roi saisit quelques mots; il se tourna vers le duc d'Ayen, qui tenait, comme toujours, le dé de la raillerie.

« Ne parlez-vous pas de succession?

— Oui, Sire, je dis qu'il faut bien qu'un roi de France succède à quelqu'un.

— J'entends, reprit le roi, vous voulez dire que je succède à Sainte-Foix?

— C'est cela, Sire, absolument comme Votre Majesté succède à Pharamond. »

Madame Du Barry n'a pas tort d'appeler le duc d'Ayen « la bête enragée »; quand il mord, les blessures sont mortelles. Heureusement que, comme

Achille, l'Ange n'est vulnérable qu'au talon, et qu'il n'y a que le roi qui puisse atteindre là.

La comtesse Du Barry succède à tous les titres et à toutes les prérogatives de feu madame de Pompadour. Aujourd'hui le roi a fait déloger le comte de Noailles, gouverneur du château, pour donner son appartement à madame Du Barry. Cet appartement est celui de la dernière favorite. Jusqu'à présent la comtesse habitait chez Le Bel, ce qui faisait dire au duc de Richelieu que quand la Poisson n'était plus là, il y avait encore du poisson.

Une histoire du chevalier de L'Isle. — Un directeur. — Un ami
  qui revient de Corse. — Coup de théâtre de Manon, devenue
  grande dame. — Une leçon écrite.

15 décembre 1768.

Hier, dans une petite assemblée d'amis de la Gourdan (car je vais un peu partout, par métier de curieux), on m'a conté une anecdote que je trouve
amusante. Toutes les personnes présentes ont connu
mademoiselle l'Ange, et m'ont affirmé que la *petite
comtesse* n'était pas une inconnue pour la nouvelle
comtesse.

C'est le chevalier de L'Isle qui nous conta l'histoire :

Madame Du Barry va souvent dans la rue des Petits-
Champs rendre visite au comte Jean Du Barry, qui
lui sert de conseiller intime et la dirige, dit-on, au
milieu des intrigues de la cour. N'est-il pas juste qu'il
soit son directeur spirituel après avoir si bien été son
directeur corporel ?

Mardi dernier, la comtesse se trouvait seule dans
l'appartement de son beau-frère, qu'elle attendait avec
impatience, pour lui demander quelques instructions
savantes sur la manière de vaincre les difficultés qui
s'opposent à sa présentation. Tout à coup la porte du
salon où elle se tenait s'ouvrit et apparut un étranger.

C'était une façon d'Italien, teint hâlé, vêtu à la
mode de l'an passé. — En apercevant la comtesse, il
s'élance vers elle, les bras grands ouverts, en faisant
entendre une exclamation joyeuse. La comtesse recule
effrayée.

« Eh! quoi, ma belle Manon, le soleil m'a-t-il
donc tant défiguré que tu ne reconnaisses plus le
meilleur de tes amis?

— Monsieur, je ne vous ai jamais vu, ce me
semble?

— Tu n'as jamais vu ton petit de Coigny? ce pauvre
Coigny qui t'a quittée il y a un an pour aller payer ses
dettes en Corse? Ah! ma chère Manon, tu n'as pas la
mémoire du cœur!

— M. de Coigny? Ah! oui, je me rappelle... Mais,
monsieur, nous ne devons plus nous revoir : je suis
mariée; ne le saviez-vous pas?

— Mariée! s'écrie le duc de Coigny. Eh bien, tant
mieux! l'union fait la force, nous serons trois à être
heureux, nous serons donc trois fois heureux! »

Le jeune fou, en répétant ce tant mieux, se rap-
procha de la comtesse avec une pantomime de plus en
plus expressive.

Madame Du Barry échappa encore à l'étreinte qui
la menaçait; elle tira violemment le cordon d'une
sonnette : un valet parut aussitôt.

« Appelez les gens de M. le duc, et avertissez-les
que M. le duc veut s'en aller. »

Le duc de Coigny salua cérémonieusement la sévère

Manon, et sortit tout émerveillé. Mais il le fut bien davantage quand il apprit que la jolie Manon, l'amoureuse si gaie, cet ange si démon qu'il avait connu l'année dernière, était devenue une grande dame, marchant presque sérieusement dans la vie, en donnant la main droite au comte Guillaume Du Barry, et la main gauche au roi de France.

Le duc s'est hâté de réparer autant qu'il le pouvait sa légèreté et son impertinence. Il a écrit une lettre à madame Du Barry; personne n'a vu cette lettre, mais on fait courir une réponse de la comtesse; la voici :

Paris, 11 janvier 1769.

J'ai reçu votre lettre d'excuse, monsieur le duc, et je veux bien vous pardonner. Je suis bonne, et ne conserve jamais de rancune; mais rappelez-vous le proverbe : « Ne touchez pas à la hache. »

COMTESSE DU BARRY.

Pourquoi n'a-t-elle pas dit : *Ne touchez pas à la reine?*

Le lieutenant de police et le nouvelliste Ledoux. — Tout le monde,
excepté moi, fait son devoir, même le roi.

26 décembre 1768.

M. de Sartines, « ce fier alguazil de madame de
Grammont », comme dit le duc d'Ayen, M. de Sartines,
lieutenant de police à la discrétion de M. de Choiseul,
vient de faire sa soumission aux pieds de madame
Du Barry.

Depuis quelques jours on avait répandu à la cour des
exemplaires des *Nouvelles à la main,* lesquels contenaient des articles violents sur la nouvelle favorite.
Madame Du Barry ne fut pas la dernière à trouver sur
sa cheminée les exemplaires en question. Le roi les
lut et les jeta au feu, en s'emportant contre la police
de son royaume « qui ne savait pas prévenir de pareilles
sottises ». Le duc de Duras fut témoin de la colère du
roi; il se hâta d'en faire avertir son cher ami le lieutenant de police, qui entourait d'une surveillance
paternelle une petite grisette que le duc protégeait de
très-près.

Avant-hier, M. de Sartines s'est rendu chez madame
Du Barry; il a confessé sa négligence, et il a juré que
désormais ses agents sauraient toujours bien découvrir

les coupables. Il a avoué que l'auteur des *Nouvelles à la main* lui était connu. C'était un nommé Ledoux. Ce Ledoux, qui longtemps se sentit fort de l'approbation tacite du ministre et du lieutenant de police, sera le bouc émissaire chargé de racheter les péchés de la faction Choiseul. Le roi a fait renfermer ce pauvre nouvelliste à Saint-Lazare; Dieu sait quand il en sortira. En cette circonstance tout le monde, depuis Sa Majesté jusqu'au duc de la Vrillière, chargé de l'arrestation du malheureux drôle, tout le monde a fait vigoureusement son devoir, ce qui est un fait des plus remarquables.

Un de mes amis qui lit les *Nouvelles à la main* me dit que le roi, dans un accès d'humeur tyrannique, pourrait bien m'envoyer rejoindre Ledoux; j'en mourrais de douleur, car ce serait la dernière des humiliations. Je ne suis pas gazetier, Dieu merci! je n'écris que pour moi.

Le conseiller intime de la favorite. — Les directeurs spirituels.
— M. de Maupeou. — Ambassade malheureuse de la Guimard.
— Le prince de Soubise. — Les ânes et les adorateurs du veau
d'or.

25 décembre 1768.

Le neveu du duc de Richelieu, M. le duc d'Aiguillon,
est, comme le savent toutes les personnes de la cour
bien informées, le conseiller intime de madame Du
Barry. C'est-à-dire qu'il est le rival en influence, et
l'on ajoute en amour aussi, du comte Jean surnommé
le *roué* et le *bravo* de la famille.

Mais plus d'un se dispute ce haut emploi de conseiller de la favorite. Le chancelier, le gouverneur des
Enfants de France, le gouverneur honoraire du harem
royal (j'ai nommé le duc de Richelieu), le prince de
Soubise et bien d'autres, se vantent d'être les directeurs spirituels de la seule reine de France. La vérité,
c'est qu'après le comte Jean et le duc d'Aiguillon, le
conseiller le plus en faveur auprès de la belle comtesse,
c'est M. de Maupeou, le grave, l'austère, le *nébuleux*, comme dirait l'Aminte des *Femmes savantes.*

M. le prince de Soubise est l'un de ceux qui se sont
mis sur les rangs avec le plus d'acharnement. Mais

pour se faire recevoir conseiller au lit, il s'y est pris d'une manière originale et malheureuse.

Pour ambassadrice il choisit sa maîtresse, mademoiselle Guimard, « la grande et pointue camarde », comme l'appelle le duc d'Ayen, qui est en tout une langue à double dard. Mademoiselle Guimard parla de la protection de son prince, des avantages qu'il y aurait à suivre ses conseils, que sais-je? Elle se montra si maladroite, que madame Du Barry, toute franche et toute vive qu'elle soit, sut ce jour-là jouer mieux la comédie que la fameuse comédienne.

Cette entrevue se termina peu après comme la visite du duc de Coigny. C'est-à-dire que madame Du Barry fit jeter mademoiselle Guimard à la porte.

Le prince de Soubise demanda et obtint le lendemain une audience particulière : il chercha à faire oublier les sottises de son ambassadrice, mais il n'y parvint pas. Madame Du Barry lui déclara qu'elle ne croirait à sa vive amitié que s'il déterminait le roi à la faire présenter. Le prince promit et ne put tenir sa promesse. Tout fut dit pour lui.

C'est une énorme affaire que cette affaire de la présentation de la comtesse; elle tient en suspens tous les esprits. Beaucoup de courtisans sont comme cet âne dont parle je ne sais plus quel philosophe, lequel âne placé entre deux boisseaux d'avoine ne savait où s'attabler. Les ânes de la cour hésitent entre la nouvelle favorite et le ministre déjà un peu vieilli dans la faveur d'un monarque capricieux. Mon ami le chevalier de Boufflers prétend que ces courtisans sont les âmes transmigrées des fabricateurs du veau d'or.

En attendant, le comte Guillaume, mari de la Du Barry, a fait ses preuves de noblesse, et il a établi sa filiation aux *Barimore* d'Angleterre. C'est la même famille que les *Barry-Renaudée* du Périgord. Qu'importe le tonneau si le vin est bon !

Deux lettres de Voltaire. — Une réponse de madame Du Barry.
— Trois mensonges publics.

30 décembre 1768.

M. de Voltaire, le patriarche, comme l'appellent
quelques-uns de ses admirateurs enthousiastes, vient
lui-même de faire, à deux genoux, amende honorable
aux pieds de la favorite régnante.

Le roi de France n'aime pas « le roi de la république
des lettres », comme dit l'abbé de La Chapelle, un fou
qui a la prétention de marcher sur l'eau. Le roi de
France a d'assez bonnes raisons pour ne pas aimer
Voltaire. Madame Du Barry, de son côté, avait trouvé
dans *la Cour du roi Petaud* d'excellents motifs de
haïr le dieu Voltaire; mais M. d'Aiguillon lui fit sentir
tous les désavantages que lui donnerait une persécu-
tion. Une lettre a donc été écrite par le duc conseiller
au patriarche philosophe, et celui-ci a répondu ainsi
aux protestations de la comtesse aiguillonnée. (Ce dernier mot n'est pas de moi, il est du chevalier d'Arc,
un jeune libertin fort spirituel, mais trop voltairien.)

MONSIEUR LE DUC,

Je suis un homme perdu, un homme mort. Si j'avais assez de
force pour fuir, je ne sais où j'aurais le courage de me réfugier.

10

Moi! grand Dieu! je suis soupçonné d'avoir attaqué ce que je respecte avec toute la France! Lorsqu'il ne me reste qu'un pauvre filet de voix, tout au plus bon pour psalmodier un *De profundis*, je l'emploierais à hurler contre la plus belle et la plus aimable des femmes! Croyez-moi, monsieur le duc, ce n'est pas au moment où il va rendre l'âme qu'un homme bien élevé outrage la divinité qu'il adore.

Non, je ne suis pas l'auteur de *la Cour du roi Petaud*. Les vers de cette rapsodie ne valent pas grand'chose, il est vrai : cependant ils ne sont pas de moi. Ils sont trop méchants, et d'un trop mauvais ton. Toutes ces turpitudes que l'on répand sous mon nom, ces pamphlets sans esprit, me font perdre le mien, et maintenant je ne m'en trouve plus assez pour me défendre. C'est au vôtre, monsieur le duc, que je me confie. Ne refusez point d'être l'avocat d'un malheureux que l'on accuse injustement. Veuillez bien dire à cette jeune dame que l'on m'a déjà brouillé autrefois de la même manière avec madame de Pompadour, pour laquelle je professais la plus haute estime ; dites-lui qu'aujourd'hui surtout l'amie de César est sacrée pour moi, que ma plume lui appartient comme mon cœur, et que je n'aspire qu'à vivre et mourir sous sa bannière.

Quant aux rogatons que vous me demandez, je n'en ai point de présentables. On ne sert que des mets choisis à la table des déesses. S'il m'en venait de quelque part, je me hâterais d'en faire hommage à la personne dont vous me parlez. Assurez-la qu'un jour le plus grand mérite de mes vers sera d'avoir été récités par sa bouche ; et suppliez-la, en attendant qu'elle me donne l'immortalité, de me permettre de me prosterner mourant à ses jolis pieds.

Je ne finirai point cette lettre, monsieur le duc, sans vous remercier un million de fois de l'avis que vous avez bien voulu me donner. Cette preuve de votre bienveillance augmentera, s'il se peut, l'attachement sincère que je vous porte. Je vous salue avec le plus profond respect.

Je ne crois pas beaucoup, moi qui ne suis pourtant

pas un voltairien entêté, à l'authenticité de cette lettre.
Je ne crois pas davantage à la réalité de celle-ci,
adressée directement à la comtesse, et dont M. d'Aiguillon m'a donné copie.

MADAME LA COMTESSE,

Je me sens poursuivi par le désir extrême d'avoir une explication avec vous, depuis la réception d'une lettre que m'écrivit
la semaine dernière M. le duc d'Aiguillon. Ce seigneur, neveu
d'un homme aussi recommandable par le nom qu'il porte que
par sa propre gloire, et qui est mon ami depuis plus de soixante
ans, m'a communiqué la peine que vous a faite une certaine
pièce de vers sortie de ma fabrique, à ce que l'on affirme, et
dans laquelle on reconnaît mon style. Hélas! madame la comtesse, depuis que le penchant le plus sot du monde m'a conduit
à jeter des billevesées sur le papier, il ne se passe pas de mois,
de semaines et peut-être de jours où l'on ne me déclare atteint
et convaincu
        « D'énormité de buverie, »

c'est-à-dire malin auteur de toutes les turpitudes et de toutes
les extravagances possibles. Eh, mon Dieu! la vie entière de dix
hommes suffirait-elle à écrire tout ce dont on me charge, à mon
grand désespoir dans ce monde, et à ma damnation éternelle
dans l'autre?

C'est sans doute beaucoup de mourir dans l'impénitence
finale; quoique l'enfer contienne tous les honnêtes gens de l'antiquité et une bonne partie de ceux du temps présent, et que le
paradis ne soit pas trop à rechercher, si l'on doit s'y trouver face
à face avec MM. Fréron, Nonotte, Patouillet, Abraham Chau-
meix et autres saints de même étoffe. Mais combien plus encore
votre colère serait dure à supporter! La haine des Grâces porte
malheur à l'homme de lettres, et quand il se brouille avec Vénus
et les Muses, il est perdu, comme, par exemple, M. Dorat, qui
ne cesse de médire de ses maîtresses et qui n'écrit plus que des
puérilités.

Je me suis bien gardé, dans ma longue carrière, de commettre une telle faute. Si parfois je suis gaillardement tombé sur de plats rimailleurs ou sur des pédants qui ne valaient guère mieux, je n'ai cessé de brûler mon encens sur l'autel des dames, et j'ai chanté toujours celles-ci, lorsque, par cas, je n'ai pu mieux faire. A part, madame, le respect général que je porte à votre sexe, j'en professe un particulier pour toutes les personnes qui s'approchent de notre souverain et qu'il investit de sa confiance ; en cela je me montre non moins fidèle sujet que galant Français, et je vénère le dieu que je sers dans ses amitiés constantes comme je le ferais dans ses caprices. Ainsi, j'étais loin de vous outrager et de l'insulter plus grièvement encore, en composant un odieux ouvrage que je déteste de tout mon cœur et qui me fait verser des larmes de sang lorsque je songe qu'on ne rougit pas de me l'attribuer.

Croyez à mon respectueux attachement, madame, non moins qu'à ma cruelle destinée, qui me rend odieux à ceux dont je voudrais être aimé. Mes ennemis, dont une partie est au nombre des vôtres, très-certainement, se relaient avec une constance affreuse pour me tenir en haleine. Voilà que tout à l'heure encore ils viennent de publier presque sous mon nom des sottises contre le pauvre président Hénault, que je chéris avec une sincère affection. Que ne m'ont-ils pas attribué pour me brouiller avec mes amis, avec mes protecteurs illustres, M. le maréchal duc de Richelieu et Leurs Majestés le roi de Prusse et la czarine de Russie !

Je les excuserais encore de faire sous mon nom la guerre aux étrangers, quoique ce soit là un métier de forban ; mais s'attaquer, en portant ma bannière, à mon maître, à mon souverain seigneur, voilà ce que je ne leur pardonne pas, et ce qui me fera toujours élever contre eux une voix mourante ; surtout lorsque l'on vous frappe des mêmes coups, vous qui aimez la bonne littérature, vous qui me faites l'honneur de charger votre mémoire de mes faibles productions. C'est une infamie que de prétendre que je tire sur mes propres troupes.

De toutes façons, madame, je suis vis-à-vis de vous dans une position bien délicate. Il y a dans Versailles une famille qui me comble des marques de son amitié. La mienne lui doit être acquise à perpétuité; et il me revient qu'elle a l'infortune de ne pas goûter votre mérite, et que des envieux, des tracassiers se placent entre vous et elle. J'apprends qu'il y a une sorte de guerre déclarée : l'on affirme que j'ai fourni des munitions à ce camp dont j'aime et j'estime les chefs. Plus sage, plus soumis, je me tiens hors de la portée des coups, et ma révérence pour le maître suprême est telle que je détourne même les yeux pour ne point être le témoin de la bataille.

Ne croyez donc pas, madame, qu'aucun sentiment d'affection m'ait mis ou me mette jamais les armes à la main contre vous. Je refuserais toute proposition qui me serait faite par vos ennemis, si leur générosité naturelle pouvait s'oublier jusque-là. Ils sont incapables, en réalité, de commander une mauvaise action, comme je le suis d'écouter ceux qui se montreraient assez dépourvus de sens commun pour me la proposer.

Je me persuade que vous m'avez compris et que je suis pleinement blanchi à vos yeux. Il me serait très-agréable d'en obtenir la certitude. Je charge M. le maréchal duc de Richelieu de vous expliquer à ce sujet mes inquiétudes, et la grâce que j'attends de vous, de vous qui commandez à la France, tandis que moi, je dois, pour mourir en paix, ne mécontenter personne et vivre sagement avec tous. J'achève, madame la comtesse, cette longue et stupide épître, qui est, au reste, moins une lettre qu'un véritable factum.

VOLTAIRE,
GENTILHOMME ORDINAIRE DU ROI.

Ferney, ce 28 avril 1769.

P. S. Mes ennemis disent partout que je ne suis pas chrétien. Je viens de leur donner un démenti en forme, en faisant mes pâques publiquement; par là, je prouve à tous mon vif désir de terminer ma longue carrière dans la religion où je suis né; et j'ai rempli cet acte important à la suite de douze accès de fièvre consécutifs, qui me faisaient craindre de mourir sans vous avoir assurée de mon respect et de mon dévouement.

Ces deux lettres ne me paraissent pas plus être « du malin vieillard », que la lettre suivante attribuée à madame Du Barry. Cependant je les transcris ici, comme des exemples des curiosités de notre temps.

MONSIEUR,

Seriez-vous coupable par trop d'amitié pour ceux que vous chérissez, je vous pardonnerais en récompense de la lettre que vous m'adressez. A plus forte raison celle-ci doit-elle me charmer, puisqu'elle me donne la certitude que l'on vous avait calomnié indignement. Auriez-vous pu dire, sous le voile de l'anonyme, des choses désagréables à un grand roi, pour lequel, comme toute la France, vous professez un sincère amour? Cela est impossible. Auriez-vous, de gaieté de cœur, blessé une femme qui ne vous a jamais fait de mal et qui admire votre beau génie? Enfin, ceux que vous nommez vos amis seraient-ils descendus assez bas pour ne pas craindre de vous compromettre en vous faisant jouer un rôle indigne de votre haute réputation? Toutes ces hypothèses étaient déraisonnables; je ne pouvais les admettre, et vos deux lettres ont achevé de vous justifier. Je puis maintenant me livrer sans regret à mon enthousiasme pour vous et pour vos ouvrages. Il m'aurait été trop cruel d'acquérir la certitude que celui que je regardais comme le premier écrivain du siècle s'était rendu mon détracteur sans motifs. Cela n'est pas, j'en rends grâces à la Providence.

M. le duc d'Aiguillon ne vous a pas trompé quand il vous a mandé que je me nourrissais de vos sublimes poésies. Je suis en littérature une franche ignorante, et cependant je suis sensible aux vraies beautés dont vous semez vos ouvrages. Je compte parmi les pierres qui s'animent au gré d'Amphion; c'est là un de vos triomphes, mais vous devez y être accoutumé.

Croyez aussi que tous vos amis ne sont pas dans le camp ennemi. Il y en a autour de moi qui vous chérissent sincèrement, M. de Chauvelin, par exemple, MM. de Richelieu et d'Ai-

guillon ; ce dernier ne cesse de faire votre éloge, et si tout le
monde pensait comme lui, vous seriez ici à votre place. Mais de
funestes préventions, que ma franchise ne me permet pas de vous
dissimuler, sont à détruire. Il y a quelqu'un qui se plaint de vous,
et ce quelqu'un est à ménager, dans votre intérêt. Il voudrait
que vous montrassiez plus de vénération pour ce qu'il vénère
lui-même, que vos attaques ne fussent pas aussi véhémentes et
aussi multipliées. Vous est-il donc impossible de le satisfaire sur
ce point? Soyez certain que vous seul, en ne gardant aucune
mesure vis-à-vis de la religion, vous vous faites à vous-même
un mal énorme auprès de la personne en question.

Il vous paraîtra bizarre que je vous tienne un pareil langage,
je ne le fais que pour vous servir; ne prenez pas mes réflexions
en mauvaise part. J'ai à présent une grâce à vous demander, ce
sera de me compter au nombre des initiés auxquels vous envoyez
les premiers les fleurs brillantes de votre poésie. Il n'en sera
pas qui vous soit plus dévoué et qui garde un plus vif désir de
vous en donner la preuve.

Je suis, monsieur le gentilhomme ordinaire, avec un réel
attachement, etc....

Comme il y a loin de cette lettre aux lettres de
Manon, de l'Ange et de Marie Vaubernier! Aussi suis-
je de l'avis de Gentil-Bernard, le filleul poétique de
Voltaire, qui me disait en parlant de ces trois lettres
qui courent le monde :

« Ce sont trois lettres de cour qui devraient faire
mettre leur auteur à la Bastille, pour crime d'attentat
à la crédulité publique. »

Un poëme épique en douze chants. — Sommaire des quatre
premiers chants. — Fin en prose non épique de la *Recherche
d'une marraine.* — Ce qu'il en coûte pour être présentée à
la cour.

10 mars 1769.

L'Ange à la recherche d'une marraine : tel est le
titre d'un poëme épique en douze chants que je ferais
si j'étais Gentil-Bernard, ou plutôt si j'étais le chevalier de Boufflers.

Voilà trois mois que dure cette odyssée tragi-
comique, et voilà trois mois que je regrette de ne
savoir pas rimer comme mes amis. Mais je n'ai jamais
pu me décider à apprendre : Boufflers m'a dit, du
reste, que cela ne s'apprenait pas.

J'écrirais ce poëme en vers de dix pieds, comme *la
Pucelle,* et voici comment j'établirais le sommaire de
mes douze chants :

Chant premier. Le cabinet de toilette de l'Ange.
Mademoiselle Chon, sa sœur, fait semblant de fabri-
quer une nouvelle toile de Pénélope. Une vieille
majesté joue du clavecin sur le dossier de son fauteuil ;
L'Ange regarde tristement le foyer d'une cheminée où
la bouilloire fait entendre une chanson monotone.
Intérieur royal, mais soucieux. Le roi, qui sent l'ennui

lui tirer la mâchoire, s'informe de la santé de mademoiselle Chon. « Eh! Sire, je suis désolée de la désolation de ma famille. — Qu'est-il donc arrivé? » demande le roi.

L'Ange se jette aux genoux de la vieille majesté : « Sire, on m'insulte, on m'outrage; je suis la risée des femmes, un objet de pitié pour les hommes, parce que Votre Majesté refuse de faire voir à ses sujets qu'elle est la maîtresse. »

La majesté se lève en courroux : « Qui donc a dit cela? qui faut-il emprisonner? qui faut-il exiler? Parlez, afin que ma royale volonté se montre!

— Ah! Sire, répond l'Ange avec douceur, si vous m'aimiez, si vous me protégiez réellement, je ne craindrais personne.

— A votre place, dit le roi déjà revenu de sa soudaine colère, celle qui vous a précédée aurait voulu la pendaison ou l'exil de la moitié de mon royaume.

— C'est que la vengeance lui était plus chère que la félicité de son roi.

— Mais si nous ne pendons ni n'exilons personne, à qui et comment ferons-nous peur? demande la majesté en souriant.

— Je ne veux pas faire peur, s'écrie l'Ange, mais je veux faire mourir de jalousie toutes les duchesses à trente quartiers qui ont le tabouret à votre cour. Je veux faire pâlir le fard des plus vieilles, et rougir la poudre de riz des plus jeunes. Je veux être présentée!

— Eh quoi! s'écrie le roi, c'est pour avoir le droit

d'aller vous ennuyer solennellement, que vous prenez
tant d'ennui?

— C'est pour avoir le droit, Sire, de répondre qu'ils
mentent, à ceux qui affirment que vous ne m'aimez
qu'en passant. »

Le vieux roi soupire; mademoiselle Chon, qui est dis-
crète, a déjà disparu en voyant la conversation tourner
au sentimental. Invocation pathétique aux habitants
ailés de Cythère et de Paphos. Le poëte les invite avec
enthousiasme à venir réchauffer le corps fatigué du
vieux roi, et à le couronner de guirlandes de roses et
de verveine.

Chant deuxième. La chambre à coucher du roi.
Un seigneur, un peu plus âgé que son maître, revient
du pays de la gasconnerie. Ce seigneur a tout crédit
sur l'esprit de son maître; ce crédit ne lui vient pas
seulement de quelques batailles gagnées, de quelques
siéges célèbres, mais surtout de ce que, comme le roi
son maître, il a été un grand conquérant de cœurs et
un grand pourfendeur de vertus. Il joint l'emploi de
gouverneur honoraire du sérail du roi, à la charge
de maréchal commandant les armées du royaume. Ce
vieux maréchal a un neveu qui est ministre et amoureux de l'Ange. Lorsque le maréchal entre dans la
chambre, le roi bâille, ce qui lui arrive souvent, parce
qu'il s'ennuie d'être vieux et de faire depuis cinquante-
quatre ans son métier de roi.

« Eh bien! mon cher duc, s'écrie joyeusement le
monarque en apercevant son cher maréchal, quelles

bonnes histoires me rapportez-vous de votre gouvernement?

— Hélas! Sire, je ne rapporte que l'histoire d'un
roi qui se raconte là-bas, mais c'est une histoire à
laquelle je ne donne aucune créance.

— Voyons? dit la majesté qui s'ennuyait, mise en
bonne humeur par la promesse d'une histoire de roi.

— Sire, les menteurs de ce pays de mensonge d'où
je viens, racontaient l'histoire d'un haut et puissant
roi qui, ayant coupé les ailes d'un ange, l'avait appri-
voisé, car les anges sont sauvages, dit-on. Mais ce
puissant roi n'osait pas laisser aller son ange dans les
grands appartements du palais, devant les princesses
ses filles, ni devant les femmes de sa cour. On disait
que ce n'était pas par jalousie, mais par peur, et ils
ajoutaient en riant, les drôles : « L'Ange aimé du roi
se cache dans les petits appartements, tandis que toutes
les diablesses que le roi n'aime pas se prélassent dans
les grands; ce qui prouve que notre pauvre sire n'a
plus guère de volonté. »

— Holà, s'écrie le roi, d'où venez-vous, monsieur
le maréchal?

— Je viens, Sire, d'une petite ville où tous les bourgeois sont l'écho des sottises qui se débitent dans votre
cour et dans votre capitale.

— Hélas! dit le vieux roi en soupirant, tous ces
gens-là, mon pauvre duc, sont mes tyrans. Et l'on prétend que c'est moi qui gouverne! »

Chant troisième. Portrait d'un grand chancelier,

grave, austère, et l'ennemi né des parlements. Expliquer pourquoi, s'il se peut. Pour abattre un parlement, tout est bon : telle est la devise de ce chancelier. Il est venu, depuis longtemps, déposer sa barrette aux pieds de l'Ange. Un jour, il dit au vieux roi : « Sire, si les princesses vos filles, si votre premier ministre lui-même, s'opposent à ce que l'Ange soit présentée solennellement à la cour, c'est qu'ils tiennent pour les parlements, ces éternels ennemis du pouvoir de Votre Majesté. » On ne s'attendait pas à voir les parlements en cette affaire.

Conversation sérieuse entre le vieux roi, son maréchal-duc, son chancelier et divers autres grands personnages. Le roi donne sa parole royale que l'Ange aura le droit de s'ennuyer dans les soirées de la cour. Mais il faut une marraine à l'Ange pour lui donner le baptême. L'eau bénite est toute trouvée ; c'est le duc, protecteur des jésuites, qui la possède. Il la prêtera à condition que l'Ange couvrira de ses blanches ailes les longues robes noires exilées du royaume. Son sourire doit leur ouvrir l'entrée d'un de leurs paradis perdus.

Réflexions courtes mais philosophiques du poëte, sur les moyens secrets de la Providence, qui fait servir la vanité d'une courtisane et le libertinage d'un vieux monarque à l'intérêt des jésuites.

Chant quatrième. Départ de l'Ange à la recherche de sa marraine. Les pilotes qui conduisent son vaisseau sont indécis sur la route à suivre. Les filles du roi, déguisées en syrènes et en océanides, effrayent les compagnons de l'Ange.

Ma foi, le souffle poétique m'abandonne dès le début du voyage. Je ne me sens pas la force d'être poëte plus longtemps, quoique ce ne soit qu'en prose et en sommaire.

« Ne forçons point notre talent », a dit, il y a déjà assez longtemps, un bonhomme qui n'était pas si bête qu'il nous en donnait l'air.

Je reprends donc mes nouvelles à la plume et à main levée.

Madame Du Barry, à la recherche de sa marraine, se trouva fort empêchée. Les femmes de la cour craignaient d'encourir, en la présentant, la défaveur de Mesdames Royales, et plus d'une calculait que, le roi étant bien vieux, cette défaveur pouvait devenir bientôt une disgrâce complète.

La marquise de Castellane, à qui on en parla des premières, demanda tout simplement, pour remplir ce rôle d'introductrice auprès des princesses royales, une bagatelle de cinq cent mille livres, et le titre de duchesse. La comtesse d'Aloigny, vers ce même temps, fut présentée à la cour. Les conseillers de madame Du Barry avaient pensé que la nouvelle venue serait heureuse de se ménager la protection de la favorite, en acceptant le marrainage. Cette dame, en effet, eut des prétentions assez modestes : elle ne demanda que quatre-vingt mille livres et les frais de la cérémonie. Mais Mesdames Royales ayant su qu'elle devait servir

de marraine à madame Du Barry, la reçurent si mal
lors de sa présentation, qu'on se vit obligé de renoncer
à elle. On la consola en lui donnant vingt mille livres.

Enfin, il est décidé que ce sera madame de Béarn
qui remplira cette importante fonction de marraine. Il
s'est fait, à ce sujet, plus de mensonges et de négociations qu'il n'y en a eu pour les traités de Paris et
d'Hubertzbourg.

Madame de Béarn, dont le mari a été garde du corps,
et dont le fils vient de sortir des pages du roi, avait
d'abord demandé deux cent mille livres, un régiment
pour son fils, le gain d'un procès qu'elle soutient
contre la maison de Saluces, dont elle réclame trois
cent mille livres. Enfin, cette dame, un Harpagon
doublé d'une Escarbagnas, demandait pour elle une
place dans la maison de la future Dauphine. On parle
beaucoup du mariage de monseigneur le Dauphin, mais
ce mariage fait encore moins de bruit que la présentation de la comtesse. Il y a eu de nombreux pourparlers au sujet des présentations de madame de Béarn.
Le roi, le chancelier, M. d'Aiguillon, un sieur Morand,
ancien courtier d'amour des valets du roi, mais qui
a monté de grade depuis qu'il a aidé, dit-on, le comte
Jean à séduire Le Bel, le chevalier de Coigny, tout le
monde enfin s'en est mêlé. On est parvenu à obtenir
quelques accommodements de madame de Béarn. Elle
se contentera de cent mille livres et d'un régiment
pour son fils, mais elle exige un écrit du roi.

Le roi joue la comédie, mais il ne signe pas. — Héroïsme d'une plaideuse qui veut gagner son procès. — Mauvais mot du duc de Richelieu.

15 mars 1769.

On a fait dîner madame de Béarn chez madame Du Barry. Le roi est venu après le repas. Sa Majesté a joué parfaitement la comédie. Le roi a félicité madame de Béarn d'être la marraine de madame Du Barry, mais il n'a rien promis; encore moins a-t-il donné d'écrit.

Après un entretien avec M. de Roquelaure, l'évêque de Senlis, qui est fort attaché à M. de Choiseul ou à madame de Grammont, madame de Béarn s'est brûlé le pied afin de se dispenser du marrainage. Où va se fourrer l'héroïsme? Cette dame a craint le mécontentement de *Mesdames*. Le maréchal de Richelieu disait hier à madame Du Barry : « Vous le voyez, madame, partout vous allumez le feu : la discorde a aussi un flambeau. »

Le roi déclare sa volonté. — L'Ange, qui veut rire, se fait jésuite pour rire. — Le coup de foudre.

20 mars 1769.

Le roi, à qui on ne manque pas de faire connaître, jour par jour, les propos désobligeants que tiennent sur madame Du Barry les princesses royales et leur entourage, est allé hier visiter *Mesdames*. Excité par les sarcasmes voilés du duc de Richelieu, par les remontrances du chancelier qui le menace toujours des parlements, et surtout par les larmes de la comtesse, qui a juré de ne plus rire qu'après sa présentation, le roi a déclaré hautement à *Mesdames* sa volonté royale. Les princesses ont promis de faire bon accueil à l'Ange. Il faut dire que M. de La Vauguyon est pour beaucoup dans cette promesse. Forcé d'obéir aux ordres formels du roi, et gagné d'avance par madame Du Barry, qui s'est faite jésuite avec ce jésuite, il a pris par son côté faible madame Adélaïde, celle des princesses qui faisait le plus de difficultés. Madame Victoire et elle s'entendent à merveille. Madame Louise est une créature céleste qui n'écoute aucun de tous ces bruits de la cour, et qui fera toujours la volonté de son père. M. de La Vauguyon a dit à madame Adélaïde que

L'Ange était un ange déchu, mais repentant, et qu'il fallait lui aider à remonter au ciel. Cela a touché madame Adélaïde, qui se pique d'être déjà à la porte du paradis.

Madame de Bercheny, l'une des dames pour accompagner madame Victoire, a été avertie par M. Bertin que le roi savait les conseils qu'elle donnait à la princesse royale, et que, si elle ne se taisait, il la chasserait de Versailles. Madame de Bercheny, effrayée, est allée en province passer un mois. Cet exil volontaire a fait quelque impression sur *Mesdames*. Aussi les plaisants appellent-ils déjà la présentation de madame Du Barry « une présentation à coups de foudre », mais ils disent cela tout bas, car ils ont peur de l'orage.

Le cotillon triomphe.

21 avril 1769.

Le pied brûlé de madame de Béarn est guéri depuis quelques jours. Tout est préparé. Ce soir des courriers partent dans toutes les directions pour annoncer à la France inquiète que la présentation de madame Du Barry se fera demain samedi 22 avril. Les politiques à longue vue appellent cela le triomphe des jésuites, la mort des parlements, le signal de la chute du ministère Choiseul. Moi qui n'y vois pas de si loin, je suis de l'avis du duc d'Ayen, qui dit, à propos de ce grand événement, que c'est le triomphe d'un cotillon.

La présentation. — Les diamants du roi. — La soirée intime.
— Comment madame Du Barry retourne au duc d'Ayen son
épigramme du temps de Pharamond.

23 avril 1769.

Hier a eu lieu la présentation. Madame Du Barry
n'avait jamais été plus belle. Beaucoup de ses envieuses
ont été surprises et confondues en voyant ses manières
empreintes d'une grande noblesse et d'une superbe
dignité. Personne ne voulut reconnaître la petite
L'Ange dans cette grande dame, que n'intimidèrent
point les mille regards fixés sur elle avec mille sentiments différents. *Mesdames* ont caché sous beaucoup
de bienveillance apparente le dépit qu'elles ressen-
taient du succès inouï qu'a eu la comtesse. Madame
Du Barry avait une parure de plus de cent mille livres,
donnée il y a trois jours par le roi. « Voilà Sa Majesté
qui sourit à ses diamants », me dit quelqu'un en me
montrant le roi dont les yeux étaient amoureusement
attachés sur la comtesse.

Après la soirée d'étiquette, il y a eu soirée intime
chez madame Du Barry. Là sont venus : le chancelier,
le duc de Richelieu, le prince de Soubise, le duc de
Fronsac, le duc de La Trimouille, l'évêque d'Orléans,
le duc de Duras et le duc d'Aiguillon. Il y avait tous les

11.

conseillers et tous les intimes de la comtesse; il y avait même le duc d'Ayen, dont la favorite s'est bien vengée.

M. d'Ayen joignait ses félicitations à celles que nous offrions à la comtesse et au roi qui venait d'entrer. Le duc vantait surtout la bonne grâce et le grand air de madame Du Barry : « Ah! monsieur le duc, lui dit-elle, que de belles manières n'ai-je pas eu le temps d'apprendre depuis le roi Pharamond jusqu'à son successeur, Sa Majesté Louis XV! »

Le duc de La Vauguyon n'était pas présent : il était à faire sa paix avec les princesses et le duc de Choiseul. Mais on lui gardera longtemps rancune d'avoir si bien servi à « l'exaltation de L'Ange ».

Mais si M. de La Vauguyon n'était pas des nôtres, il était remplacé avantageusement par M. le comte de La Marche, fils du prince de Conti, et prince du sang. Je m'attendais bien à voir ce prince, qui n'est jamais le dernier à flatter les goûts du roi.

Cette soirée chez madame Du Barry fut très-gaie. Tout le monde était ravi du succès de la comtesse, et les bons mots pleuvaient sur ses ennemis, dont la confusion s'était grandement manifestée à la présentation. Le roi surtout était enchanté, aussi fut-ce lui qui trouva le meilleur trait pour peindre le triomphe de la nouvelle élue :

« Messieurs, dit-il, nous ne saurions trop féliciter madame la comtesse Du Barry d'avoir si bien prouvé, ce soir, aux grands seigneurs comme aux philosophes, que la grâce et la beauté sont toujours les vraies reines. »

De la politique. — La vraie politique est celle d'Épicure et de
   madame la maréchale de Mirepoix. — Le roi chez le prince
   de Condé, à Chantilly.

5 mai 1769.

Un de mes amis, qui lit quelquefois ces notes, me
reproche de ne jamais dire un mot de la politique. Cet
ami est un élève des philosophes : il admire Voltaire,
mais il est surtout enthousiaste du républicain Jean-
Jacques. Je congédierai cet ami-là un jour ou l'autre.
De la politique? Vive Dieu! pourquoi faire? Je suis
trop de l'avis du duc d'Ayen, qui dit que : « La politique est le grand mot des pauvres mécontents », pour
vouloir jamais songer à cette théorie du *Contrat
social* dont l'ami en question me rebat les oreilles. Je
n'ai pas le moindre sujet d'être mécontent, grâce à
Dieu. Je vis sous un roi d'humeur facile, qui a pris
pour devise : « Après nous la fin du monde. » J'ai
l'honneur d'être assez bien venu de la favorite de ce
roi; je mange mon fonds avec le revenu, ainsi que le
conseille, m'a-t-on dit, un ancien philosophe du
nom d'Épicure. — Je suis encore dans cet âge heureux
où l'on peut aimer, suivant l'expression de Gentil-
Bernard, un poëte dont la philosophie est fort de mon
goût. J'occupe une position assez « indépendante, »

comme on dit dans le monde des philosophes. Je puis
rire incognito des choses et des hommes. De quoi
irai-je donc me préoccuper? Non, mon cher ami, vous
êtes un sot : je ne connais pas cette nouvelle erreur
appelée politique. Je laisse cela à ces pauvres diables
qui n'ont ni d'autres ressources ni d'autres plaisirs en
ce monde que les mots qu'ils inventent. Du reste, tout
va bien, et je ne vois pas en quoi les esprits chagrins
ont raison de s'occuper de l'avenir des peuples.

Madame la maréchale de Mirepoix, qui comme moi
ne veut rien inventer, est venue rendre visite à madame
Du Barry. Elle avait précédemment fait sonder les
dispositions de la comtesse par le grand chancelier.
Madame Du Barry ayant laissé entendre qu'elle serait
heureuse de voir madame la maréchale, cette ancienne
confidente de madame de Pompadour s'est empressée
de venir faire sa cour à la nouvelle favorite. Pour mon
compte, j'en suis satisfait, car la comtesse prenait de
l'humeur de n'avoir pour amie que la plaideuse et
avaricieuse de Béarn. Les dames de la cour gardent
encore rancune à madame Du Barry de son élévation
et de la grâce avec laquelle elle la supporte. Sans
cette bonne femme de maréchale, madame Du Barry
demeurerait presque seule avec le roi et avec les amis
du roi. Et encore, en ce moment, n'aurait-elle près
d'elle que les amis du roi, car Sa Majesté est à Chantilly, chez M. le prince de Condé.

Il y a eu tout un procès à propos de ce voyage.
Quand on a su que M. le prince voulait donner une

fête au roi, Mesdames Royales ont déclaré qu'elles
ne feraient pas le voyage si madame Du Barry accom-
gnait le roi. Les princesses étaient en cela menées par
certains mécontents qui ont encore sur le cœur la
fameuse présentation. Le prince, en galant prince qu'il
est, a rendu visite à madame Du Barry : « Je désirais,
lui a-t-il dit, vous avoir ces jours-ci à Chantilly, pour
la fête que je donne au roi. Mais tant de belles jalouses
ont intrigué auprès de Mesdames, que je viens vous
prier de leur faire grâce de votre beauté, qui les éclip-
serait. Cependant je serais trop malheureux de votre
absence, si vous ne me promettiez pas de venir à une
deuxième fête que je donnerai en votre honneur et à
laquelle le roi m'a promis d'assister. » Madame Du Barry
a promis d'aller à cette deuxième fête, mais le roi voulait la voir à la première. Quand la fantaisie en prend
au roi, c'est un père tyrannique. Madame Du Barry,
qui veut ménager les princesses, prétexta d'une indis-
position pour ne pas s'y rendre. Le roi y est donc allé
seul, mais le roi n'y a pas oublié la comtesse. Le
roi s'ennuie, et, pour se distraire, il a écrit à madame
Du Barry une longue lettre, mais je n'ai pu m'en
procurer de copie.

Madame Du Barry inventeur. — La vengeance d'un ange et la
  vengeance d'une femme. — Trois lettres de madame Du Barry
  et un billet du roi. — Dissertation sur l'intimité du ministre
  et de la favorite. — Le souper de Bellevue. — Un bulletin.
  — Quel pays est la cour. — Le parapluie du maréchal duc
  de Richelieu.

3 juin 1769.

Madame Du Barry, qui n'aime pas beaucoup les
intrigues politiques dont on veut lui remplir l'esprit,
cherche souvent à se distraire des préoccupations
que lui donnent, malgré elle, toutes les cabales qui
l'entourent. On retrouve toujours dans les distractions
qu'elle invente les traces de ces imaginations un peu
folles des filles qui s'ennuient. Elle jette l'argent à
pleines mains par les fenêtres, mais l'argent n'est pas
perdu pour cela; il y a toujours quelqu'un pour le
ramasser. Elle invente des parures, elle s'ingénie à
trouver des costumes impossibles, elle se crée un
véritable travail d'inventeur de modes et de coiffures.
Elle passe des journées entières à ce travail, et il
arrive souvent que le roi l'attend plus d'une heure
pour souper. Mais la bonté de son cœur ne s'est
jamais mieux montrée : c'est surtout dans des actes
de bienfaisance qu'elle cherche à oublier ses ennuis
et ses ennemis de la cour.

Il y a peu de temps qu'en cherchant à qui elle pourrait faire du bien, elle s'est souvenue d'une de ses compagnes d'atelier, quand elle était chez le sieur Labille. Elle l'a fait venir devant elle, et cette fille est maintenant dans la position qu'elle ambitionnait. Samedi dernier, c'était au tour de M. du Monceau, le parrain de madame Du Barry, dont le souvenir lui était revenu. Elle lui écrivit un billet pour l'inviter à se rendre un matin à l'hôtel de madame Du Barry, rue des Petits-Champs.

M. du Monceau est maintenant un vieillard, peu au courant des affaires de la cour. Il fut surpris de cette invitation, et se demanda avec terreur s'il ne lui était pas échappé quelques méchants propos sur la favorite, et si ce n'était point pour lui en demander compte qu'on le faisait venir chez cette comtesse Du Barry qu'il n'avait jamais vue. Lorsqu'il fut en présence de la comtesse, la peur qu'il ressentait l'empêcha de reconnaître sa filleule. Celle-ci s'amusa à accroître l'embarras du bonhomme en lui demandant ce qu'il avait fait de sa filleule, qu'elle avait beaucoup connue chez le marchand de modes Labille. Le parrain avoua qu'il ignorait ce que sa filleule était devenue ; qu'après l'avoir vu commencer à se perdre, il n'avait plus voulu en entendre parler. La comtesse lui fit une belle morale à ce sujet, lui disant qu'il était peut-être cause que cette malheureuse était perdue tout à fait. Enfin, elle se fit reconnaître de son parrain, et l'assura qu'elle ne se souvenait que des

bienfaits qu'elle avait reçus de lui. Le vieux financier
sortit de cette entrevue dans le ravissement. Il vante
surtout la bonne grâce et la bonté de la comtesse, qui
s'est mise tout entière à sa discrétion pour les œuvres
généreuses qu'il voudrait faire.

Madame Du Barry, après s'être vengée en ange des
anciennes fureurs de son parrain, s'est vengée en
femme des dédains passés de madame de La Garde.
Elle s'est rendue chez cette financière dans ses plus
beaux atours et dans son carrosse le plus doré. Elle a
eu le plaisir de mortifier l'orgueil de la vieille folle,
comme on l'appelle, et surtout de l'humilier par ses
protestations de dévouement aux intérêts de ses fils,
et de gratitude envers elle. Madame de La Garde est
venue lui rendre sa visite ; n'ayant pas trouvé madame
Du Barry, elle lui a laissé un billet dans lequel elle
lui demande humblement sa protection. Madame Du
Barry a répondu tout de suite par le mot suivant :

Versailles, 30 mai 1769.

Je suis fâchée de ne m'être pas trouvée chez moi, Madame,
quand vous vous êtes donné la peine d'y venir. Vous n'avez pas
besoin de me demander ma protection, elle vous êtes acquise, et
vous pouvez y compter, ainsi que sur mon estime. Je suis toute
à vous.

COMTESSE DU BARRY.

Je collectionne avec ardeur les billets autographes
ou copiés de la comtesse, puisque j'en ai fait l'héroïne
de mon journal. Cette collection me le rendra plus

intéressant par la suite. J'ai en main une lettre adressée par la comtesse au comte de Stainville, et j'ai la copie d'un billet du roi à madame Du Barry. Cette copie est de la main de la comtesse. Voici l'une et l'autre :

A M. le comte de Stainville.

31 mai 1769.

J'ai reçu votre lettre, Monsieur le comte, et j'y réponds avec d'autant plus de plaisir que je vous annonce en même temps que Sa Majesté vous accorde la survivance du gouvernement de Strasbourg, et que moi-même je l'en ai sollicitée. Vous voyez par là que je suis bien éloignée de vous en vouloir. Je suis flattée des sentiments que vous me témoignez. Si monsieur le duc et madame votre sœur pensaient comme vous, nous serions les meilleurs amis du monde, mais je ne puis y mettre que du mien. Je suis toute à vous.

COMTESSE DU BARRY.

Du roi.

Au lieu d'attendre à demain, venez ce soir, j'ai quelque chose à vous dire qui vous fera plaisir. Bonjour, croyez que je vous aime.

LOUIS.

Ce que le roi voulait dire à madame Du Barry, c'était qu'il lui faisait cadeau du château de Luciennes; le duc de Penthièvre, qui l'avait reçu du roi, n'a pas voulu le garder après y avoir vu périr son fils le prince de Lamballe.

On m'apporte une copie d'une lettre écrite hier

par madame Du Barry à madame de Béarn. La comtesse remercie sa marraine de cour et lui rend la liberté. C'est à elle-même que madame Du Barry rend la liberté, car la *plaideuse* ne laissait plus la comtesse libre de ses affections depuis le fameux service de la présentation. Elle était jalouse de chaque nouvelle amie qui venait faire sa cour à madame Du Barry, et elle proclamait à chaque moment l'étendue de ses services, qu'elle a pourtant bien fait payer. Madame Du Barry la remercie avec beaucoup de grâce.

A madame la comtesse de Béarn.

3 juin 1769.

Je ne saurais assez vous remercier, Madame, de vos bontés, de votre complaisance et de votre assiduité. Je croirais en abuser, si je ne vous rendais incessamment à la liberté que vous aimez et dont vous vous privez depuis longtemps en ma faveur. Ce serait enfin trop exiger de votre amitié. Vous m'avez fait part plusieurs fois du dégoût que vous éprouviez dans un pays pour lequel vous étiez plus faite que moi, et où cependant nous avons en quelque sorte débuté ensemble. Vous avez des affaires qui vous rappellent à Paris : le voyage de Marly fini, je vous demande en grâce de ne pas vous gêner. Allez au Luxembourg y vaquer, et abandonnez-moi au tourbillon de Versailles. Mais soyez persuadée que je ne vous y oublierai jamais.

COMTESSE DU BARRY.

Comme le dit madame Du Barry dans sa lettre au comte de Stainville : Elle ne peut qu'y mettre du sien.

De son côté, le roi voudrait bien que son ministre fût en bonne intelligence avec sa favorite; le duc de Choiseul ne demanderait peut-être pas mieux, mais sa sœur, qui le gouverne comme lui-même gouverne le roi, sa sœur ne souffrira jamais un accommodement. Madame de Grammont est une ambitieuse qui a tous les défauts des tyrans, et la rancune, comme on sait, n'est pas le moindre de leurs défauts. Jamais madame de Grammont ne pardonnera à madame Du Barry d'avoir pris à elle toute seule l'affection du roi, la puissance d'une favorite et l'influence d'un ministre. Elle profite de toutes les occasions pour blesser la vanité ou le cœur de madame Du Barry. Tantôt ce sont ses amies qui insultent la favorite; tantôt c'est elle-même qui témoigne hautement de son mépris pour celle qu'elle nomme *la créature*. C'est ainsi que l'autre jour elle a refusé d'aller souper à Bellevue, parce que la comtesse Du Barry devait s'y trouver avec le duc de Choiseul. Le roi cherche tous les moyens de réconcilier son ministre et la comtesse. Celle-ci n'oppose aux dédains, aux insultes, aux chansons, aux épigrammes qui la poursuivent, qu'une belle humeur inaltérable, et très-souvent qu'un éclat de rire bien franc et bien sonore. Mais le chancelier et le duc d'Aiguillon, qui veulent abattre les parlements et le duc de Choiseul, répriment trop fréquemment cette belle humeur par leurs discours politiques qui empoisonnent la gaieté de la comtesse.

Je parle de tout cela, car tout le monde en parle,

jusqu'aux feuilles publiques. Ainsi, à propos du
souper de Bellevue, voici ce que dit un bulletin particulier, qui a été imprimé je ne sais comment :

« On a ramassé avec le plus grand soin les détails du fameux
souper de jeudi, si important par les suites qu'il peut avoir, et
le thermomètre véritable d'où les courtisans partiront à coup
sûr pour mesurer le degré du chaud ou du froid à mettre dans
leurs assiduités respectives. On raconte que madame la maréchale de Mirepoix et madame de Flavacourt, arrivées les premières, se promenoient dans les jardins de Bellevue, lorsque
M. le duc de Choiseul est entré avec sa suite, et a formé un
groupe opposé à celui-là ; que les arrivants tournoient à droite ou
à gauche suivant leur inclination, et grossissoient l'un des deux
partis ; qu'on ne s'épargnoit pas les sarcasmes d'aucune part,
lorsque le roi a paru ; que Sa Majesté est allée à madame
Du Barry, lui a dit mille choses gracieuses, s'est félicitée de la
posséder pour la première fois dans ce beau lieu, s'est offerte à
lui en faire voir tous les détails ; que dans cet intervalle M. le
duc de Choiseul restoit à l'écart avec sa compagnie, qui dimi-
nuoit à mesure, au point qu'il se promenoit seul, lorsque l'heure
du souper étant arrivée, le roi avoit fait placer la favorite à côté
de lui, en faisant mettre auprès M. le comte de la Marche,
comme ayant de l'amitié pour cette dame, a-t-il ajouté, et il a
déclaré que le reste se placeroit comme il voudroit ; que le souper
avoit été fort gai de la part du roi et du grand nombre des
convives, mais que le duc de Choiseul n'avoit pas déployé cette
sérénité qu'il porte d'ordinaire dans les fêtes ; qu'il s'étoit con-
centré avec ses voisins ; que la comtesse s'y étoit comportée avec
la même aisance qu'elle avoit déjà eue lors de sa présentation ;
qu'elle avoit fait briller autant d'esprit que de grâces et de
légèreté ; qu'après souper, le roi ayant annoncé le jeu, avoit
demandé un vingt et un pour madame la comtesse Du Barry,
jeu qu'elle aime beaucoup ; que madame de Flavacourt s'étoit
écriée qu'elle en seroit, M. le maréchal de Richelieu aussi, en

ajoutant qu'il étoit tout entier à madame Du Barry; que le roi
avoit fait un whist, dont M. le duc de Choiseul avoit été suivant
l'usage; que le lendemain Sa Majesté s'étant habillée, avoit été
avec son capitaine des gardes et son premier gentilhomme à la
toilette de madame Du Barry, où cet auguste amant étoit resté
une heure; que le jeune Du Barry, neveu de la comtesse, sorti
depuis quelque temps des pages de la chambre du roi, avoit
l'honneur d'être de ce souper. »

Deux jours après ce souper, M. de Choiseul est
allé à sa terre de Chanteloup, d'où l'on dit qu'il ne
reviendra pas de sitôt. Mais le duc reviendra; le roi
est trop persuadé qu'il est l'homme indispensable.

Toutes ces cabales feraient de la cour le séjour le
plus ennuyeux de la terre, si la cour n'était pas aussi
le pays des anecdotes et des bons mots, des bons
petits scandales et des grosses aventures galantes.
Aussi, moi qui adore particulièrement ces excellentes
choses, j'espère bien vivre et mourir dans ce pays
sans le quitter d'une minute.

En fait d'anecdotes, j'en tiens une très-jolie.

C'était à notre premier voyage de cette année à
Marly; un dimanche qu'il pleuvait, le duc de Richelieu se rendit à la messe du roi. Le maréchal avait
son parapluie; il rencontre le duc de Choiseul, qui
n'en avait point; il lui offre de partager l'abri de
son parapluie. Le ministre accepte et dit en riant :
« Que vont penser les courtisans, en nous voyant
ainsi accouplés? — Que nous sommes deux têtes
dans un bonnet! » répondit le maréchal. Pendant la

messe l'orage se passe, et au moment de sortir le
ciel était serein. Le duc de Choiseul, que sa place
avait tenu éloigné du maréchal, lui fait signe qu'il le
remercie, qu'il fait beau, et qu'il va s'en aller d'un
autre côté. Le maréchal lui crie : « Vous avez raison,
monsieur le duc, le temps est devenu serein, vous
n'avez pas besoin de moi ; mais s'il survient quelque
orage, comptez sur mon parapluie ! »

Vénus et le soleil. — Huit vers d'un savant sur deux autres astres.

6 juin 1769.

Lorsque nous avons été à Saint-Hubert pour observer le passage de la planète Vénus sur le soleil,
madame Du Barry était avec le roi, qui lui donna
plusieurs leçons d'astronomie. Toute la cour s'était
transformée en académie des sciences, et messieurs les
savants académiciens s'étaient déguisés en courtisans.
On me fait passer ce matin des vers inspirés à un des
malins de l'Académie des sciences par la présence de
madame Du Barry au télescope. Ce sont des vers de
savant, mais ils prouvent que les savants ne sont pas
des ignorants dans l'art de flatter. J'enregistre dans
ma collection de pièces à interroger ces huit vers d'un
astronome :

> Que nous diront ce télescope,
> Cette Vénus et ce soleil?
> Amis, sans ce vain appareil,
> Cherchons un plus sûr horoscope.
> En ces délicieux jardins
> Brillent nos astres véritables :
> C'est dans leurs regards adorables
> Que nous trouverons nos destins.

Voyage. — Tout est couleur de rose. — La comédie à Choisy.
— Un mot d'un Caton de la ville. — L'étui du roi.

20 juin 1769.

Nous ne faisons que voyager; les mauvaises langues
prétendent que nous ne faisons que déplacer notre
ennui; c'est un méchant propos. La cour s'amuse; il
me semble que le roi ne s'ennuie pas, ni madame
Du Barry. Celle-ci est surtout charmée des victoires
qu'elle remporte sur ses ennemis. Dans tous nos voyages, beaucoup de dames se sont détachées du parti de
Choiseul et sont venues faire leur cour à la favorite;
aussi la comtesse est-elle radieuse. Pour moi, je
m'amuse beaucoup, ce qui me fait voir tout couleur
de rose, et je crois fermement que tout le monde est
comme moi. Il n'y a que le ministre et sa sœur qui
n'ont pas toujours sujet d'être enchantés. A Marly, le
roi et le duc de Choiseul ont eu une explication très-
vive au sujet de la comtesse. Le duc a assuré le roi
qu'il respectait les volontés de Sa Majesté, qu'il n'était
pour rien dans les hauteurs et les dédains de sa femme
et de sa sœur, qu'il avait tout fait pour les amener à
une réconciliation avec madame Du Barry, mais qu'il
désespérait d'y parvenir; que pour lui, il était le

plus dévoué des admirateurs de la comtesse. Et depuis ce temps-là le duc recherche madame Du Barry avec le même soin qu'il mettait à l'éviter; il l'a accompagnée dans trois voyages qu'elle a faits à Triel, où elle voulait acheter une terre du fermier général Roussel, qui a fait banqueroute.

A Choisy, nous avons eu la comédie par les acteurs des trois théâtres. On s'est fort diverti à la représentation d'un opéra-comique, *Alix et Alexis*, pièce très-gaie, et même un peu trop polissonne. Madame Du Barry y prit un grand plaisir, ainsi que le roi, ce qui a fait dire à un Caton de la ville : « On voit bien qu'en écoutant ces turpitudes, le roi et sa favorite étaient dans leur élément, heureux comme des poissons dans l'eau. » Je ne sais pas si les poissons sont aussi heureux qu'on le prétend, mais j'avoue que ce soir-là nous étions tous très-gais et très-heureux, n'en déplaise au censeur de la ville.

Nous ne voyons devant nous qu'un avenir de fêtes et de plaisirs, car nous allons avoir une Dauphine. Ce sera l'archiduchesse d'Autriche qu'épousera le jeune prince. Son aïeul, le roi Louis XV, se réjouit d'avance des occasions qu'il aura d'instruire son petit-fils dans un art où il est passé maître, l'art d'aimer.

A ce propos, voici un fait qui s'est passé devant plusieurs courtisans, et qui montre jusqu'à quel point le roi est galant et amoureux. Sa Majesté causait debout avec la comtesse, lorsque l'étui du roi vint à tomber. Madame Du Barry s'empressa de le ramasser

12.

et le présenta au roi, en ayant encore un genou en
terre. A cette vue, Louis XV se jeta aux pieds de la
comtesse en lui disant : « C'est à moi, madame, à
prendre cette position, et pour toute la vie ! »

Madame Du Barry jouit de tous les priviléges de
madame de Pompadour; elle a ses relais commandés
aux postes, comme le roi, et elle habite, dans toutes
les résidences royales où va séjourner la cour, les appartements de la défunte marquise. Tous ces appartements ont été remeublés et décorés pour la comtesse.
Le roi lui fait une pension de trente mille livres par
mois, et je crois savoir que cela ne suffit pas toujours
à contenter ses goûts pour le luxe et la dépense. Mais
elle est si jolie, vraiment, qu'on ne saurait la blâmer
de ne vouloir pour elle et autour d'elle que les plus
jolies choses de la terre.

Une bonne action de madame Du Barry. — Histoire d'une
paysanne et de son curé. — Le mousquetaire noir. — Lettres
de madame Du Barry et de M. de Maupeou. — Un cousin
par alliance.

8 juillet 1769.

La comtesse Du Barry est véritablement une âme
charitable, quoi qu'en disent les mauvaises langues.
Voici une histoire qui le prouve bien.

Une jolie petite paysanne de Liancourt, en Picardie,
devint enceinte des œuvres de son directeur spirituel,
le curé de Liancourt. Peu de temps avant sa délivrance,
son curé mourut subitement. Il laissait ainsi la pauvre
fille sans ressources et sans secours. La paysanne
accoucha d'un enfant mort. Comme elle avait grande
honte d'avoir eu pour amant le curé de sa paroisse,
elle n'osa déclarer son enfant. Elle l'enterra sans plus
de formalités, et sans en donner avis au bailliage,
ainsi que le veut formellement la loi. La justice picarde
fut plus cérémonieuse. Ayant appris tout cela par je ne
sais quelle déposition de voisine jalouse de la pauvre
fille, le bailly rendit une sentence par laquelle la
paysanne fut condamnée à être pendue. Cette sentence
fut confirmée par le parlement.

Mais un brave gentilhomme qui servait dans les

mousquetaires noirs, M. de Mandeville, ayant su toute
cette affaire, prit sur lui de sauver la pauvre fille-
mère. Peut-être se croyait-il pour quelque chose dans
le fait; peut-être après tout cette supposition est-elle
une calomnie de ma part, et n'agit-il que par pure
humanité. Quoi qu'il en soit, il vint à Marly où se tenait
alors la cour, je veux dire où se tenait la cour de
madame Du Barry. Il envoya sur-le-champ à la comtesse ce billet assez adroit :

Madame la comtesse, il est impossible que la beauté ne soit
pas la compagne inséparable de la bonté. C'est à celle-ci que je
m'adresse pour solliciter de vous une prompte audience. Il ne
s'agit pas d'obtenir une faveur, mais bien de sauver la vie à une
créature infortunée qui n'a été coupable que d'ignorance. J'attends
à votre porte avec une vive anxiété votre réponse, qui, je l'espère,
sera favorable.

J'ai l'honneur d'être avec un profond respect,

Madame la comtesse,

Votre très-humble et très-dévoué serviteur,

De Mandeville,
MOUSQUETAIRE NOIR, AU SERVICE DE SA MAJESTÉ.

La comtesse fut préoccupée de ce billet, qui la flatta
singulièrement. Aussi nous le montrait-elle hier avec
un petit air de contentement qui lui allait à ravir. Elle
fit introduire près d'elle M. de Mandeville. Celui-ci se
présenta comme un vrai mousquetaire qui va faire une
bonne action. Son élégance, la sensibilité qu'il montra,
ses manières de bonne maison, hautaines et respec-

tueuses en même temps, lui attirèrent tout d'abord les
bonnes grâces de la comtesse. Il sut si bien parler de
la pauvre paysanne, que madame Du Barry en avait
encore les larmes aux yeux en nous contant cette
histoire :

« Figurez-vous, nous disait-elle, un galant mousquetaire me racontant avec des détails pleins de sensibilité et de noblesse, l'aventure de cette malheureuse
fille qui voulait cacher sa faute à tous les yeux et
sauver la mémoire de son curé. C'était tout à la fois
burlesque et attendrissant. »

Après avoir assuré le beau mousquetaire de la part
qu'elle prenait à cette affaire, madame Du Barry a écrit
au chancelier cette belle lettre qui ferait honneur à une
élève de Jean-Jacques. Pour marquer le cas qu'elle
faisait du mousquetaire, c'est lui-même qu'elle a
chargé de porter cette lettre à M. de Maupeou.

6 juillet 1769.

MONSIEUR LE CHANCELIER,

Je n'entends rien à vos lois. Elles sont injustes et barbares ;
elles sont contraires à la politique, à la raison, à l'humanité,
si elles font pendre une jeune fille accouchée d'un enfant mort,
sans l'avoir déclaré. D'après le mémoire ci-joint, la suppliante
est dans ce cas. Il paraît qu'elle n'est condamnée que pour avoir
ignoré la règle, et pour ne pas s'y être conformée par une
pudeur bien naturelle. Je renvoie l'examen de l'affaire à votre
équité ; mais cette infortunée mérite de l'indulgence. Je vous
demande au moins une commutation de peine, votre sensibilité
vous dictera le reste.

COMTESSE DU BARRY.

M. de Maupeou répondit aussitôt, toujours par l'entremise du sensible mousquetaire :

6 juillet 1769.

MADAME ET CHÈRE COUSINE,

Je ne puis vous dire combien je vous sais bon gré de m'avoir procuré une occasion de vous prouver mon parfait dévouement. Je saisirai toutes celles qui se présenteront, avec un zèle qui ne vous permettra jamais aucun doute sur tous les sentiments que je fais gloire de vous avoir voués. Je viens d'ordonner un sursis sur l'affaire à laquelle vous vous intéressez. Aussitôt que les pièces m'en auront été communiquées, je ferai avoir la grâce à l'accusée. Il ne conviendrait pas trop au chef de la magistrature d'approuver hautement vos déclamations contre des lois que sa place le met dans la nécessité de faire observer. Je ne puis cependant, ma chère Cousine, m'empêcher de convenir qu'elles seraient infiniment supérieures, si elles avaient été dictées par un génie aussi éclairé et aussi bienfaisant que le vôtre. Vous en donnez une preuve bien éclatante par l'humanité que vous montrez aujourd'hui, et je n'aurais pas besoin de ce nouveau trait de votre sensibilité, pour être convaincu que notre maître ne pouvait faire un choix plus glorieux. Adieu, mon adorable Cousine, souvenez-vous toujours que vos moindres désirs seront des ordres pour moi.

Je suis avec respect, votre cousin tout dévoué,

DE MAUPEOU.

Ce titre de cousine que M. de Maupeou donne à madame Du Barry, est un véritable coup de maître en courtisanerie. Comme les comtes Du Barry ont prouvé qu'ils tenaient aux Barimore d'Angleterre, M. de Maupeou s'est dit allié à cette grande famille. Il part de là pour nommer madame Du Barry sa cousine. C'est un cousinage d'outre-mer. Le roi en est enchanté. Le grand chancelier oublie tout pour cette nouvelle parenté. Un jour qu'il rendait visite à madame Du Barry, tous ceux qui se trouvaient là s'étant levés pour rendre honneur à sa dignité : « Ne vous dérangez pas, messieurs, dit le grand chancelier, je ne suis ici qu'un cousin qui vient baiser la belle main de sa cousine. »

Des dettes et de la justice. — Le comte et la comtesse de Louerne
condamnés à mort. — Comment le chancelier fit obtenir leur
grâce.

20 juillet 1769.

Les philosophes prétendent dans leurs déclamations
que la justice n'existe pas pour les gens de qualité ;
nous venons d'avoir la preuve que la justice d'à présent est plus rigoureuse pour les grands seigneurs que
pour le menu peuple. Je suis encore tout indigné de
ce qui vient de se passer. Les gens de robe se mêlent
de philosophie et de politique ; j'espère bien que cela
tournera à leur confusion, et qu'ils se perdront un jour
ou l'autre.

Voici l'histoire qui m'émeut si fort, car moi aussi
je fais des dettes, et j'y suis bien forcé. Les dépenses
que nous avons à faire pour soutenir dignement notre
rang, deviennent chaque jour plus considérables. Ce ne
sont pas les subsides volontaires du petit peuple qui
nous aideront : le peuple lit les philosophes et se croit
d'Athènes. L'avarice du roi, car S. M. Louis XV n'est
prodigue que par la main de ses maîtresses, nous vient
bien rarement en aide ; aussi faisons-nous tous des
dettes. Pour moi, je n'ai pas trop à me plaindre de
mes créanciers ; je les paye avec le fonds quand je n'ai

plus de revenus, mais il est de plus grands princes que moi qui n'en peuvent faire autant. L'esprit envieux des parlementaires profite de tout, et ils se garderaient bien de ménager un gentilhomme endetté. M. de Maupeou, qui ne perd jamais l'occasion d'attaquer les parlements, a bien su profiter de l'occurrence pour les blâmer devant Sa Majesté, mais leur jour n'est pas encore venu.

Voici à propos de quoi je me permets cette déclamation, qui ne fera pas plaisir à mon jeune ami, l'élève des philosophes.

Le comte et la comtesse de Louerne, qui sont de grande maison, avaient fait quelques grosses dettes depuis leur mariage. Leurs créanciers, tous gens de peu, prirent leur mal en patience pendant plusieurs années, et ne se plaignirent point trop haut. Mais depuis l'établissement de madame la comtesse de Moyan, fille du comte de Louerne, ces gens réclamèrent à cor et à cri les sommes qui leur étaient dues. Ils allèrent jusqu'à envoyer des huissiers. Le comte et la comtesse reçurent ces marauds comme ils le méritaient : on les chassa à coups de bâton. Je ne sais même pas trop si, dans l'ardeur de leur poursuite, les gens du comte ne jetèrent pas par une fenêtre l'un des gens de loi. En tout cas, le mal n'eût pas été grand ; ces gens-là sont comme les chats, ils retombent toujours sur les pattes.

Mais la justice, qui veut qu'on respecte ses plus petits acolytes, entama une grande procédure contre le comte et la comtesse de Louerne, et, chose incroya-

ble, qui nous reporte aux temps barbares, on con-
damna ces nobles personnes à avoir la tête tranchée
pour crime de rébellion envers la justice du royaume.
La maison de Louerne a de puissantes alliances; plusieurs personnes d'un très-haut rang sollicitèrent la
grâce, ou plutôt la justice qui était due au comte et à
la comtesse de Louerne. Le chancelier est un habile
homme : il voulut pousser cette affaire à la dernière
extrémité, afin de bien faire voir la ténacité féroce des
gens de robe, et en même temps il voulut ménager à
sa cousine l'occasion d'un grand triomphe sur le roi et
sur les parlements. Il répondit donc à tous les solli-
citeurs qu'il fallait respecter les arrêts rendus au nom
de la loi, que le roi seul avait le droit de faire grâce,
mais que le roi ne céderait qu'aux sollicitations de
madame Du Barry. « C'est la seule personne, ajoutait
le rusé chancelier, qui puisse en sa faveur faire passer
le roi par-dessus les lois du royaume. » En attendant
la décision du roi, le chancelier accorda un sursis à
l'exécution.

Sur la réponse de M. de Maupeou, la fille et la
belle-fille du comte de Louerne, la comtesse de Moyan
et la baronne d'Heldorf, vinrent à Choisy, où était
alors madame Du Barry. Leurs larmes et leurs suppli-
cations attendrirent la comtesse. Elle sut leur ménager
une entrevue avec le roi. Mais Louis XV ne voulut
rien entendre; il fallut que la comtesse Du Barry se
jetât à ses genoux. « Je ne puis rien contre la loi,
répondit d'abord Sa Majesté. — Eh quoi! sire, s'écria

madame Du Barry, vous me refuseriez la première
grâce que j'ose vous demander? » Le roi ne put résister : « Mesdames, dit-il aux deux belles-sœurs, vous
devez la vie de vos parents à la générosité de madame
la comtesse Du Barry. »

Ce fut ainsi que le chancelier sut avec beaucoup
d'à propos rendre encore le roi plus hostile aux gens
de robe et faire éclater à tous les yeux la faveur dont
jouit la comtesse.

Une nouvelle amie de madame Du Barry. — Une mine d'anecdotes. — Le gazetier modèle. — Une femme rare. — Deux
histoires de madame de l'Hôpital : *l'échelle et la cloche.*

30 juillet 1769.

Nous avons été à Compiègne, nous avons retourné
à Chantilly, chez M. le prince de Condé. Chaque
semaine voit s'accomplir un nouveau voyage, et
chaque voyage amène à madame Du Barry une nouvelle recrue d'amies et de courtisans. Parmi les nouvelles amies de madame Du Barry, il en est une que
je suis très-satisfait d'avoir vue venir à nous, je dis
nous, car je suis de toutes les parties du roi et de la
comtesse, qui a la bonté de me témoigner quelque
affection.

Cette dame dont je veux parler, c'est la comtesse
de l'Hôpital, une charmante femme; un peu trop
aventureusement galante peut-être, mais je ne m'en
plains pas, car cela lui permettra d'être pour moi
une vraie mine à puiser des anecdotes. Elle en sait,
prétend-elle, de quoi conter pendant cinq ans, à
raison de trois heures par jour. Et on ajoute qu'elle
est l'héroïne de toutes ses histoires, toujours un peu
scandaleuses. Tout cela me réjouit; je donnerais ma
femme, si j'en avais une, pour une bonne petite his-

toire bien bourrée de scandale, voire même pour un simple mot bien aiguisé, bien malicieux et bien méchant. C'est mon faible. Le duc d'Ayen partage ce joli faible, aussi nous voit-on toujours bras dessus, bras dessous, médisant du prochain et cherchant des renseignements. Si je n'étais pas noble, je me ferais gazetier, mais gazetier poli, honnête, et surtout véridique; bref, je serais un gazetier modèle.

Pour me passer cette fantaisie, comme je n'ai rien à dire de nouveau sur madame Du Barry, je copie deux histoires que j'ai entendu raconter hier par madame de l'Hôpital, qui est une femme rare, sachant rire et médire de tout, même d'elle-même. Je lui laisse la parole :

« Lorsque j'étais à la campagne, M. le chevalier de Cussy, mon cousin, était obligé pour me voir d'escalader une terrasse sur laquelle donnait ma chambre à coucher. Il était accompagné d'un grand diable de valet qui, pour passer le temps pendant que mon cousin était avec moi, avait conquis le cœur de ma femme de chambre. Pour l'entretenir, il grimpait sur la terrasse, laquelle touchait à la fenêtre de ma femme de chambre. Tout cela se faisait, comme vous pensez bien, avec précaution, pour ne pas réveiller M. de l'Hôpital, qui couchait dans une pièce voisine.

» Mais voilà qu'une nuit, au moment où M. de Cussy allait entrer dans ma chambre par la fenêtre, nous entendons un grand bruit de carreaux cassés. Le chevalier court à son échelle, mais plus d'échelle !

Il revient vers moi, et, plus effrayée que lui, je le
pousse dans ma chambre. A peine avait-il passé la
fenêtre que M. de l'Hôpital était à sa croisée ; dix
autres fenêtres sont ouvertes, tout le château se réveille : on crie au voleur. On commence les perqui-
sitions ; on trouve une échelle renversée dans la cour,
au bas de la terrasse ; personne ne doute d'une tenta-
tive nocturne ; on court après les voleurs. On ne
trouve aucune porte ouverte ; les voleurs sont donc
dans le château. On s'arme de flambeaux et on commence une battue dans les appartements. On constate
que M. de Cussy n'est pas dans sa chambre. Un ami
qui se trouvait au château va à la recherche de mon
cousin.

» Tout ce tapage était produit par le laquais de
M. de Cussy, qui avait renversé l'échelle sous lui et
brisé plusieurs vitres. Sans relever l'échelle, le ma-
raud s'était enfui sans plus de souci de son maître.

» J'étais très-inquiète, surtout quand on eut découvert l'absence de mon cousin. Cependant il me
vint tout à coup une idée : j'entraînai M. de Cussy dans
la chambre de ma femme de service, et je fis appeler
mon mari. « Monsieur, lui dis-je, cette esclandre n'a
pas été causée par des voleurs, mais bien par l'audace
d'un homme indigne de son nom et de son rang.
C'est le chevalier de Cussy qui a fait tout ce bruit
pour venir auprès de ma femme de chambre : on le
trouvera dans le lit de cette servante. Je suis indignée,
et j'espère que vous partagerez mon ressentiment. »

» M. de l'Hôpital mit tous ses efforts à apaiser ma colère; il alla lui-même tirer le chevalier de sa cachette et le fit sortir par son appartement. Le lendemain le chevalier m'écrivit une lettre dans laquelle il s'excusait d'avoir séduit ma femme de chambre. Je mis Javotte à la porte, mais elle pleura, elle se jeta aux pieds du marquis, qui sollicita mon pardon. Je l'accordai avec une répugnance visible, ainsi que les cent louis que je remis secrètement à Javotte pour la dédommager de sa réputation perdue aux yeux de M. de l'Hôpital.

» Un autre jour, nous a encore conté madame de l'Hôpital, à l'heure du dîner, j'errais avec mon cousin dans le parc, et nous oubliâmes d'écouter la cloche d'appel. On vient au-devant de nous, nous nous séparons, et M. de l'Hôpital me cherche querelle de ce que je me fais attendre. Je réponds que je n'ai pas entendu la cloche; le marquis soutient que c'est une chose impossible, et bref, cela en reste là. Mais, deux ou trois jours après, comme nous nous promenions tous les trois, M. de l'Hôpital, M. de Cussy et moi, nous arrivâmes à un ermitage d'où j'avais prétendu n'avoir pas entendu la cloche du dîner. M. de l'Hôpital recommença la querelle, en voulant prouver que de cet endroit la cloche s'entendait quel que fût le vent. Tout à coup je me mis en colère, et je lui dis : « Eh bien, monsieur, retournez au château et faites aller vous-même la cloche, notre cousin restera avec moi pour savoir s'il

est possible d'en entendre le son d'ici. » M. de l'Hôpital ne se le fait pas dire deux fois, il court au
beffroi, le met en mouvement et carillonne le plus
fort qu'il peut. Pendant ce temps-là nous n'écoutions
pas seulement que le bruit de la cloche. Cependant
quand nous n'entendîmes plus le carillon de M. de
l'Hôpital, nous allâmes au-devant de lui. « Eh bien,
mon cousin, lequel de nous deux a raison? — C'est
vous, monsieur, qui êtes dans votre droit, car nous
avons entendu parfaitement le son de la cloche. — Je
le savais bien! » dit M. de l'Hôpital avec satisfaction.

Voilà comment raconte madame de l'Hôpital, ce qui
réjouit singulièrement madame Du Barry.

Lettre de madame Du Barry au nouveau commandant des chevau-légers du roi. — Les deux portraits. — Vers sur le double
portrait. — Un projet de mariage pour se faire une amie.

6 août 1769.

Le duc d'Aiguillon vient de recevoir de madame
Du Barry la lettre suivante :

Vous êtes trop mon ami, Monsieur le duc, pour que je ne
saisisse pas avec empressement toutes les occasions de vous
rendre service. J'ai donc demandé au roi son agrément pour la
charge de commandant des chevau-légers de sa garde que vous
voulez acheter : « Mais, m'a-t-il dit, le duc de Choiseul la
demande pour le vicomte de Choiseul. — En ce cas, lui ai-je
répondu, c'est une raison de plus pour me l'accorder, parce
qu'il faut un peu le punir de son animosité et de sa méchanceté
à mon égard. » Sa Majesté a souri et m'a dit qu'elle ne pouvait
me rien refuser. Ainsi vous voilà content et moi aussi. Mes compliments à ma bonne amie madame d'Aiguillon. Je vous souhaite
le bonjour, monsieur le commandant des chevau-légers de la
garde du roi.

COMTESSE DU BARRY.

Ce dernier triomphe de la comtesse rend les Choiseul
furieux. Ils voient bien que la favorite est la souveraine, que d'ici à peu ils seront délogés de leurs
places et de leurs titres. Tout le monde s'empresse de

13.

rendre à la comtesse les honneurs dus aux souverains. Dernièrement elle était allée visiter le salon de peinture; lorsqu'elle y arriva, elle fut reçue en grande pompe par M. de Saint-Florentin, qui fit sortir tout le monde. La comtesse fut d'abord stupéfaite de cette expulsion faite pour elle; mais elle se remit en voyant nos plus célèbres peintres et sculpteurs qui l'accompagnèrent dans sa visite, et qui lui firent leur cour en briguant ses suffrages.

Ce qui attira le plus les regards, à ce salon de 1769, ce sont les deux portraits de madame Du Barry, peints par le sieur Drouais. Cet artiste avait merveilleusement peint madame de Pompadour, mais on trouve généralement qu'il a manqué deux fois madame Du Barry.

Néanmoins ces deux portraits ont donné lieu à un poëte de mes amis de faire des vers; mais il est juste de dire que ce qui les a inspirés, c'est bien moins le talent du peintre que l'heureuse idée qu'il a eue de peindre son modèle en homme et en femme.

> Sur ton double portrait le spectateur perplexe,
> Charmante Du Barry, veut t'admirer partout.
>   A ses yeux changes-tu de sexe,
>   Il ne fait que changer de goût :
>   S'il te voit femme, dans l'âme
>   D'être homme il sent tout le plaisir;
>   Tu deviens homme, et d'être femme
>   Soudain il aurait le désir.

Tout le monde ici voit combien la faveur de madame Du Barry est solidement établie. Voici une lettre de

madame la marquise de Montmorency qui prouve jusqu'à quel point les meilleures familles du royaume
tiennent à s'attacher, de près ou de loin, à la nouvelle
favorite.

4 août 1769.

J'ai, mon aimable Comtesse, une singulière idée dans la tête.
Vous connaissez un certain duc de Boutteville : il commence à
n'être plus jeune, il a fait bien des sottises en tout temps, mais
il prétend qu'il est décidé à devenir raisonnable. La première
preuve qu'il m'en donne, c'est qu'il veut se remarier : il m'a
demandé une femme. J'ai d'abord ri de sa résolution, mais
quand j'ai vu qu'elle étoit sérieuse : « Il vous faut, lui ai-je dit,
une personne raisonnable, spirituelle, et qui puisse vous servir
de mentor ; j'en connois une qui feroit bien votre affaire, mais
je ne sais si elle voudroit de vous. » Il m'a alors beaucoup ques-
tionné, et j'ai nommé mademoiselle Du Barry, votre sœur et votre
amie. Si c'est une imprudence, mon aimable Comtesse, le désir
que j'ai de devenir votre alliée sera mon excuse. Parlez-en toujours à mademoiselle votre sœur. Si cette affaire a lieu, tant
mieux ; si elle n'a pas lieu, je n'en serai pas moins votre amie
pour la vie.

MARQUISE DE MONTMORENCI.

Je ne sais si ce projet réussira ; quoi qu'il en soit,
le tour est fait, la marquise de Montmorency s'est
attiré l'amitié de madame Du Barry.

Vive le roi! vive l'amour! — Extraits de deux journaux. — Le
cuisinier Choiseul. — La comtesse du Tonneau.

5 octobre 1769.

On chante sur tous les tons depuis deux mois le
bonheur de la favorite et la confusion prochaine de ses
ennemis. Voici un couplet sur l'air du *Déserteur,* que
l'on vient de m'apporter.

> Vive le roi! vive l'amour!
> Que ce refrain soit nuit et jour
> Ma devise la plus chérie!
> En vain les serpents de l'envie
> Sifflent autour de mes rideaux,
> L'amour lui-même assure mon repos,
> Et dans ses bras je la défie.

A ce couplet étaient joints deux journaux qui m'ont
paru curieux, parce qu'ils montrent la préoccupation
publique; j'en fais quelques extraits :

« Le jeudi 28 septembre, Sa Majesté avant de chasser dans la
forêt de Senart est allée au pavillon du roi : elle est arrivée à
plus de midi, et est partie avant une heure. On a remarqué
qu'elle a paru inquiète et soucieuse. Madame la comtesse
Du Barry ne s'y est rendue qu'à près de deux heures, avec beaucoup de dames de la cour, entre autres madame la maréchale de
Mirepoix, madame la duchesse de Montmorenci, madame la
duchesse de Valentinois, madame la comtesse de l'Hôpital, etc.,

ainsi que beaucoup de seigneurs qui les accompagnoient. Le sieur Bouret a conduit cette dame dans tout le château : elle a été enchantée du lieu. Il y a eu ensuite un splendide dîner : le repas fini, la favorite est montée en calèche avec les dames, et a assisté à la défaite d'un cerf qu'on a pris sous Croix-Fontaine, et dont Sa Majesté lui a présenté le pied. Un second cerf a été forcé de la manière la plus curieuse et la plus rare. Après tous les détails capables d'amuser les spectateurs et de varier une pareille scène, on eût dit qu'il eût été exercé à toutes ces manœuvres différentes. Outre la cour, très-nombreuse, la beauté du jour avoit attiré un monde étonnant du voisinage.

» On s'attendoit à quelque galanterie particulière du sieur Bouret, dont le génie est plein de ressources pour de pareilles fêtes, et il n'a pas manqué de remplir l'attente des curieux. On y a trouvé une Vénus, modelée d'après celle de Coustou, pour le roi de Prusse. L'adroit courtisan y avoit fait adapter une tête, sculptée d'après celle de madame Du Barry, et en a présenté le coup d'œil à Sa Majesté, flattée de la manière dont on divinisoit ainsi son goût.

» Madame Du Barry étoit à cette chasse précisément dans le même habillement d'homme sous lequel elle est représentée au salon, mais infiniment plus leste et plus séduisante.

» Les courtisans continuent à avoir les yeux ouverts sur ce qui se passe à la cour, et cherchent à démêler les suites des événements actuels. Ils ont été surpris que M. le duc de Choiseul n'ait pas obtenu la place de capitaine-lieutenant des chevau-légers de la garde du roi pour M. le vicomte de Choiseul, auquel il vouloit la faire tomber. D'une autre part, on remarque une diminution dans la faveur de ce ministre, qui est parti pour Metz avec toutes les bonnes grâces du maître. Il a eu, avant de s'y rendre, une conférence de trois heures tête à tête avec madame Du Barry; entrevue qui a donné lieu à une infinité de spéculations : c'est la première de cette espèce qu'il ait eue avec la favorite.

» On ne sait non plus que penser de la détention du sieur Génée de Brocheau, en qui le beau-frère de la comtesse avoit cru reconnoître les qualités propres au ministère des finances, et qu'il avoit voulu porter à la place de contrôleur général par la protection de sa belle-sœur. Lui-même semble enveloppé dans cette disgrâce, puisqu'il va prendre les eaux, quoique ce n'en soit pas la saison. Les gens mystérieux veulent qu'on ait cherché à l'exclure du voyage de Fontainebleau, où se frappent ordinairement les grands coups de politique, où s'opèrent les révolutions importantes.

» Du reste, tout le monde s'accorde à louer la bonté d'âme de madame la comtesse Du Barry; la douceur de son caractère est égale à celle de son visage. On revient de plus en plus des impressions défavorables qu'on avoit prises sur son compte d'après les bruits injurieux qu'une cabale puissante et ennemie ne cessoit de répandre et d'accréditer, qu'ont toujours démentis ceux qui avoient connu cette femme aimable, mais qui, en trop petit nombre et trop obscurs, ne pouvoient balancer une rumeur générale. Aujourd'hui que plus de célébrité la met plus en spectacle, qu'éclairée continuellement par les yeux de la jalousie et de l'envie, la moindre action, le moindre mot, le moindre geste de sa part, susceptible de critique, seroit observé, relevé, envenimé, on ne lui reproche rien, ni dans sa conduite ni dans ses propos. Apologie d'un grand poids pour ceux qui connoissent la cour, et qui répond de la façon la plus victorieuse à toutes les fables absurdes qu'on a débitées sur son compte. »

C'est au chevalier de Boufflers que je dois d'avoir ce couplet et ces deux journaux, dont le dernier est d'hier, 4 octobre.

Le pavillon du roi, dont parlent ces journaux, a été bâti par Bouret, dans l'espérance que le roi, après l'avoir vu, le lui achèterait. De fait, le roi aurait bien dû en agir ainsi, car ce pavillon est trop beau pour un fermier général; mais le roi, même quand il est question d'une maîtresse, regarde à deux fois pour la dépense.

Hier, madame Du Barry, en descendant de sa chambre, rencontre par hasard un de ses cuisiniers. Cet homme lui était attaché depuis deux jours par son intendant. La comtesse l'examine et voit qu'il ressemblait un peu au duc de Choiseul. Elle s'arrête devant lui : « Êtes-vous à mon service ? — Oui, Madame. — Eh bien, dites à mon intendant que je ne veux plus vous voir, vous avez la figure trop sinistre. » Et le malheureux cuisinier fut renvoyé le jour même. Ce matin la comtesse raconta cela au roi, et elle ajouta en riant : « Vous le voyez, Sire, je n'ai pas hésité d'une seconde à renvoyer mon Choiseul; quand renverrez-vous le vôtre ? »

Madame Du Barry se vengeait ainsi d'une épigramme sanglante qui est encore l'objet des conversations de toute la ville après avoir occupé la cour. Le comte de Lauraguais, qui n'a pourtant jamais eu à se plaindre de la favorite, a eu l'idée d'aller prendre une maîtresse chez la Gourdan. Il l'a installée dans un hôtel monté sur le plus haut ton, puis il l'a présentée à tous ses amis sous le nom de *comtesse du Tonneau.* Cela fit un bruit d'enfer. Le duc de Richelieu, instruit des premiers de cette sanglante épigramme en action, s'est empressé d'écrire à la comtesse Du Barry la lettre suivante :

Du duc de Richelieu.

MON ADORABLE COMTESSE,

Vous ne sauriez trop tôt faire cesser l'insolence du comte de Lauraguais. Il vient de prendre une fille de la rue Saint-Honoré, lui a donné une maison qu'il a meublée, et l'a fait appeler hautement la *comtesse du Tonneau*. Vous sentez la grossière épigramme d'une pareille impertinence. Si elle duroit encore quelques jours, tout Paris la sauroit, et il faut l'arrêter dans son commencement. Le comte de Lauraguais est ami du duc de Choiseul, ainsi vous voyez d'où part le coup. Je suis avec respect, mon adorable Comtesse, le plus dévoué de vos serviteurs.

DUC DE RICHELIEU.

Madame Du Barry avait ri d'abord de l'extravagante invention du comte de Lauraguais; mais excitée par les discours de ses amis, elle eût peut-être fini par s'en inquiéter. Le comte n'attendit point les résultats de la colère du roi, il partit prudemment pour Londres, pendant que l'on mettait à la Salpêtrière la malheureuse comtesse du Tonneau.

* Les étrennes de madame Du Barry.

2 janvier 1770.

Hier matin, madame Du Barry est entrée chez le roi : « Sire, lui a-t-elle dit d'un ton de bonne humeur, je viens vous demander mes étrennes. — Vous les avez, répondit le roi. — Eh bien, sire, donnez-moi les *loges de Nantes,* je les ai promises à madame la maréchale de Mirepoix, et je désire tenir ma promesse. — Voilà qui est bien fâcheux! dit le roi, je ne puis accorder les loges à madame de Mirepoix; depuis hier elles sont données. — Ah! mon Dieu! mais à qui? — A une belle dame. » La comtesse prit un air boudeur : « Eh bien, voilà qui est beau! c'est la quatrième faveur que je sollicite et que vous me refusez; le diable m'emporte si j'y reviens jamais! — Là, là, dit le roi en riant, vous commencez bien mal l'année. — Et vous bien plus mal! répond madame Du Barry, que le rire du roi met en courroux. — Encore un coup, je ne puis rien changer à ma résolution, dit le roi; j'admire votre zèle pour votre amie, mais je ne veux pas priver de ses étrennes la belle personne à qui je les ai données sans qu'elle les eût demandées. — Mais qui est-ce donc? » dit la comtesse impatientée. Le roi lui

répondit en l'embrassant : « C'est la vilaine comtesse
Du Barry, qui me cherche querelle dès le premier jour
de l'an. » Le roi ajouta : « Ce sont vos étrennes, je
veux que vous les gardiez; nous dédommagerons madame la maréchale. » La comtesse enchantée raconte
depuis hier, à qui veut l'entendre, le procédé du roi,
et les courtisans s'extasient sur la généreuse amitié de
madame Du Barry.

Voilà un commencement qui annonce une mauvaise
année pour les Choiseul.

Les amours du duc de Villeroi. — Une lettre de madame Du Barry.

3 février 1770.

Il n'est bruit depuis deux jours que de la disgrâce
arrivée au duc de Villeroi. Ce pauvre duc était depuis
longtemps amoureux d'une femme de chambre de la
comtesse appelée Sophie. Cette fille est devenue grosse,
et le duc l'a mise dans ses meubles et l'a déclarée sa
maîtresse en titre. Dernièrement, M. de Choiseul re-
prochait au duc ses assiduités auprès de la favorite :
« Moi ! s'écria le duc de Villeroi, aller chez cette créature pour elle ! vous vous trompez étrangement; je n'y
suis jamais allé que pour Sophie. » Ce qui n'empêchait
pas le duc de revenir le lendemain chez la comtesse.
Mais celle-ci ayant déjà appris le propos tenu par lui
la veille, car la favorite a ses espions chez le ministre,
de même que le ministre a les siens chez la favorite,
elle lui fit dire qu'elle le priait de ne jamais paraître
devant elle.

Le duc a eu le tort de lui écrire pour s'excuser, et
voici le billet que la comtesse lui a envoyé :

Votre lettre, Monsieur le duc, bien loin de servir à vous
excuser, ne fait que m'irriter encore plus. Je ne veux ni vous
voir ni vous entendre : je craindrais qu'on ne me crût complice
de votre indignité. Toute explication devient inutile.

Madame Louise se fait carmélite. — Un mot du roi. — Un mot
de madame de Mirepoix. — Une épigramme du duc d'Ayen.

12 avril 1770.

Toute la cour est mise en émoi par cette nouvelle,
qui a éclaté hier comme une bombe : « Madame Louise
est aux Carmélites de Saint-Denis. » On raconte qu'il y
a plus de quinze ans que la princesse avait le désir de
se retirer du monde ; que le roi son père avait toujours
combattu ce dessein ; que la fuite de Madame Louise était
résolue depuis longtemps déjà, mais que, pour éviter
tout appareil, on avait voulu profiter des retraites de la
semaine sainte. Aussi hier, mercredi saint, la princesse
est partie à sept heures du matin, dans un carrosse
que le roi avait mis à sa disposition dès la veille. Elle
partit sans prendre congé de personne, pas même
de ses sœurs. Elle était accompagnée de madame de
Ghistel. Arrivée aux Carmélites de Saint-Denis, la
princesse a renvoyé madame de Ghistel avec des lettres pour le roi et Mesdames Royales. Tout le monde
se plaint de ce que la princesse ait cru devoir effec-
tuer son projet en secret, comme si sa retraite était
une mauvaise action. Ses sœurs sont très-affligées de
ce départ, et le mystère qu'y a mis Madame Louise
donne un peu de colère à leur affliction.

On ne parla que de cette résolution hier et aujour-
d'hui ; ce sera demain au tour de la ville, et dans huit
jours personne n'y pensera plus. Hier, chez madame
Du Barry, on ne manqua pas de s'occuper de la fuite
de la princesse. Le roi dit qu'il n'avait pu s'y opposer
plus longtemps : « Mais, Sire, s'écria madame Du Barry,
la princesse Louise sera très-malheureuse ! — N'en
croyez rien, répondit le roi, elle sera la plus tranquille
de la famille. Les dévots n'ont pas inventé le quiétisme
pour rien. » La maréchale de Mirepoix a eu son mot
aussi : « C'est une folle, a-t-elle dit à madame Du
Barry, nous ne sommes plus au temps des couvents
et des cloîtres. Que va-t-elle faire là, sinon tracasser
la cour au nom du ciel ! »

Il était certain que le duc d'Ayen ne laisserait pas
passer un si gros événement sans lancer une épigramme : « Si Madame Louise, a-t-il dit, veut tant se
dépêcher d'aller en paradis, c'est tout exprès pour
être certaine qu'elle ne passera pas l'éternité avec sa
famille. »

Craintes de madame Du Barry. — Une lettre du maréchal duc de
 Richelieu. — Conversation du roi et de sa favorite. — Le souper
 de la Muette. — Mot de la Dauphine. — Portrait de la Dauphine. — Fameuse affaire du menuet. — Mot de la maréchale
 de Mirepoix. — Madame L'Étiquette.

25 mai 1770.

Nous avons une Dauphine. Mais avant de parler de
cette princesse, il faut que je remonte un peu dans mes
souvenirs. Lorsque le bruit courut, il y a plusieurs
mois, du mariage de M. le Dauphin, madame Du Barry
s'était montrée d'abord très-inquiète de l'ascendant que
pourrait prendre sur l'esprit du roi une Dauphine
jeune, belle, et devant avoir dans l'esprit un peu de
cette force de volonté qui caractérise Marie-Thérèse,
et en général toutes les princesses de la maison
d'Autriche. Ceux qui avaient intérêt à faire peur à la
favorite, l'entretinrent le plus possible dans ces sentiments, et lui persuadèrent qu'elle devait aller à
Baréges pendant les fêtes données à la Dauphine.
Les ducs de Richelieu et d'Aiguillon lui firent sentir
que s'éloigner de la cour au moment de l'arrivée de
la Dauphine, c'était laisser le champ libre aux manœuvres des amis de la princesse. C'était, dirent-ils,
abdiquer toute influence sur les volontés du roi, qui,

faible et irrésolu comme il est, ne tarderait pas à se laisser mener par les ennemis de madame Du Barry. Le duc de Richelieu a écrit à la comtesse une lettre très-adroite à ce sujet, dont il m'a donné copie. La voici :

> Gardez-vous bien, mon adorable Comtesse, de suivre l'idée que M. le duc de Noailles vous a mise dans la tête, d'aller aux eaux de Baréges pour ne vous point trouver à l'arrivée de madame la Dauphine, sous le prétexte que vous figureriez mal à des fêtes qui ne seroient que pour elle, et que cette princesse pourroit vous donner quelques mortifications. M. le duc de Noailles, qui vous a ainsi conseillée, ne peut être votre ami : il a été aposté par le duc de Choiseul, qui voudroit profiter de votre absence pour vous faire perdre tout l'ascendant que vous avez sur le roi. Vous êtes sa divinité, ne le quittez pas d'un instant. Jeune et belle comme vous êtes, vous ignorez les dangers de l'absence. Que ne ferait-on pas alors pour le distraire d'une passion qui fait tout son bonheur, et qu'on lui représenteroit bien différemment? L'âge affaiblit les désirs, s'ils ne sont pas continuellement excités. Je ne vous en dirai pas davantage, ma divine Comtesse ; mais sachez que vous risquez tout si vous vous absentez.

> DUC DE RICHELIEU.

Tous les vrais amis de la comtesse se sont joints aux ducs de Richelieu et d'Aiguillon, et nous sommes parvenus à lui donner beaucoup de résolution. Aussi, comme on avait fait courir le bruit que Marie-Thérèse avait demandé, comme cadeau de noces, que madame Du Barry ne fût pas présentée à la Dauphine, la comtesse résolut de s'en expliquer clairement avec le roi.

14

Précisément, un jour le roi vint à la comtesse le front
soucieux : « Eh bien, lui dit-il, nous allons avoir une
nouvelle princesse. Elle va vouloir tout mener à Versailles, comme sa mère à Vienne. Pour son mari, elle
en fera ce qu'elle voudra, mais moi, nous verrons.
— Eh quoi! Sire, redouteriez-vous l'influence de madame la Dauphine? — Sa mère a bien envie de faire
de la France une province autrichienne; elle a donné à
sa fille, l'archiduchesse, de minutieuses instructions
pour prendre sur nous l'ascendant le plus haut, mais je
ne suis pas encore Autrichien. — Sire, moi je ne crains
qu'une chose, c'est que l'on ne cherche à me nuire dans
l'esprit de Votre Majesté; mais si vous n'êtes pas Autrichien, je puis espérer que la France me restera. » Le
roi sourit à ce jeu de mots; la comtesse continua :
« Pourtant j'ai bien peur que cette archiduchesse ne
vous prenne toute votre affection.—Je l'aimerai comme
un père, répondit le roi, mais si elle cabale, si elle
intrigue, si elle complote, si elle veut faire la reine,
je saurai bien la ramener au rôle de Dauphine. Ne
craignez rien, ma belle amie, vous m'êtes aussi nécessaire que le ministre de Kaunitz peut l'être à
l'impératrice. — Cependant, Sire, on fait courir le
bruit que je ne serai pas présentée à la Dauphine?
— Et pourquoi cela, s'il vous plaît? — Parce que
l'impératrice l'a exigé comme condition du mariage
de sa fille. — Voilà des bruits bien absurdes, s'écria
le roi avec colère; est-ce qu'on s'imagine que je me
laisserai imposer de pareilles conditions? Cette sottise

me paraît être née à Versailles, et les Parisiens aiment
tant les extravagances qu'ils l'auront acceptée comme
parole d'Évangile; mais je ne permets à personne la
satisfaction de dire que je me laisse mener par l'étranger et l'étrangère, et je jure que vous serez la première femme de la cour présentée à ma petite-fille.
— Sire, ce sera pour moi un vif plaisir; j'ai hâte de
voir madame la Dauphine. — Soyez certaine que vous
lui ferez votre cour la première, après moi toutefois,
car je veux, dès son arrivée, lui donner mes instructions. »

Cette conversation fut tenue en petit comité, et fut
un véritable triomphe pour la comtesse et ses amis. Et
le roi tint parole. La veille de l'arrivée de la Dauphine,
il dit à madame Du Barry : « Faites-vous bien belle demain. Vous souperez avec nous à la Muette. — Sire,
je me ferai belle pour vous. » Et, en effet, elle se fit
si belle, ou plutôt la nature a eu soin de donner tant
d'attraits à madame Du Barry, que la Dauphine elle-
même ne put s'empêcher de lui faire compliment. Le
roi prit la comtesse par la main et la présenta lui-
même à madame la Dauphine. Celle-ci la reçut avec
beaucoup de grâce. Pendant le souper, le roi demanda
à sa petite-fille comment elle trouvait la comtesse Du
Barry : « Madame la comtesse, répondit la Dauphine,
me paraît une femme charmante, adorable, et je ne
suis pas surprise de l'attachement qu'elle inspire. »
Ce propos enchanta le roi, et la comtesse, dont les
ennemis n'eurent ce jour-là aucun mot à dire.

14.

Cet éloge de la comtesse est d'autant plus remarquable que madame la Dauphine est une beauté sans pareille, mais dans un autre genre que madame Du Barry. L'archiduchesse n'a pas seize ans ; ses cheveux blonds sont magnifiques, sa peau est d'une blancheur éblouissante. Elle a un front superbe, une bouche admirable, des yeux pleins de vivacité, une taille déjà parfaite ; mais ce qui est beau surtout en cette jeune princesse, c'est sa démarche. Dans l'intimité, ses gestes ont un abandon inconnu à nos fières duchesses ; mais aussi, quand la princesse représente, rien n'est plus majestueux ni plus imposant que son air. On ne peut que reprocher à cette beauté l'avancement de sa lèvre inférieure, signe distinctif des princes de la maison d'Autriche, et qui donne un air trop dédaigneux et trop hautain.

Au sujet des fêtes qui vont célébrer le mariage de monseigneur le Dauphin, je ne puis passer tout à fait sous silence la grande affaire du menuet. La famille des Lorraine, dont la souche est commune avec l'empereur François d'Autriche, a demandé, à l'occasion du mariage de la fille de l'empereur, leur parente, à recevoir une marque de distinction qui pût leur servir de titre comme princes étrangers, et les distinguer ainsi des simples sujets de la couronne. L'impératrice en a écrit au roi. Sa Majesté trouva la demande légitime, mais, pour ne pas mécontenter la noblesse de son royaume par une distinction trop importante, il a décidé que mademoiselle de Lorraine serait la seule

:mme non princesse française qui danserait au pre-
iier quadrille du bal royal. Mais les ducs et pairs,
'un côté, ne voulurent pas reconnaître de prééminence
la maison de Lorraine; d'un autre côté, les Rohan-
oubise et les Bouillon ne voulurent pas admettre d'é-
alité avec la famille de Lorraine. Les ducs et pairs
rent une requête au roi; les gentilshommes se joigni-
ent à eux. Le roi se mit fort en colère. Louis XV craint
)ujours une fronde : « Si avec les robes noires j'ai en-
ore les gentilshommes sur les bras, dit-il, ce sera re-
enir à la fronde. » Le roi donna une déclaration, si-
née par M. de Saint-Florentin, dans laquelle il dit :
qu'il ne peut refuser à l'impératrice l'espèce de grâce
u'elle lui a fait demander pour sa parente; que la
anse, au bal, étant une chose qui ne pouvait tirer à
onséquence, puisque le choix des danseurs dépendait
e sa volonté, il espérait que les grands et la noblesse
e son royaume ne feraient rien qui pût lui déplaire,
ans une circonstance où il désirait marquer à l'impé-
atrice sa reconnaissance pour le présent qu'elle venait
e lui faire. » Mais tout cela ne servit de rien. Malgré
es menaces de disgrâce que le roi avait souvent fait
ntendre pour celles des dames qui ne suivraient pas
a volonté, on résolut de ne pas donner ce triomphe à
a maison de Lorraine. On s'était rassemblé d'abord
hez l'évêque de Noyon, comme étant le plus ancien
air du royaume; ce fut même cet évêque qui remit au
oi la supplique de la noblesse; on se réunit ensuite
hez le duc de Duras, et là on arrêta définitivement

que ni hommes ni femmes ne paraîtraient au bal de Versailles.

Ce fut un moment critique que l'ouverture du bal. Trois dames seulement se présentèrent d'abord, savoir : mademoiselle de Lorraine, la vraie héroïne, l'Hélène de cette « bataille féodale », comme disait madame la maréchale de Mirepoix; puis madame de Bouillon et mademoiselle de Rohan. A six heures, personne n'était encore venu. Le roi était furieux; il envoya dire aux dames qui logent dans le château d'avoir à se présenter : presque toutes refusèrent, madame de Grammont en tête. Enfin arrivèrent mesdames de Mailly, de Duras, de Donissan, de Polignac, du Pujet, de Trans, de Dillon, de Ségur, et en dernier lieu madame Du Barry. La première contredanse fut dansée par le Dauphin, la Dauphine, le comte de Provence, Madame, le comte d'Artois, la duchesse de Chartres, le duc de Chartres, la duchesse de Bourbon, le prince de Condé, la princesse de Lamballe, le duc de Bourbon et la triomphante mademoiselle de Lorraine.

Ce fut pendant huit jours un sujet de caquets, de médisances, de querelles entre les soumises et les récalcitrantes : « Hélas! disait la maréchale de Mirepoix, autrefois cette dispute aurait été vidée par les armes; aujourd'hui nos maris osent à peine se montrer rebelles dans une salle de bal. » Cette bonne vieille maréchale a du bon, mais après tout, la chose ne valait pas peut-être tout le bruit qu'elle a fait. Pour moi, bien que j'en aie pris un peu ma part, comme tout le monde, je crois qu'il aurait mieux valu jouir tout simplement des fêtes de Versailles, sans tant se donner de dépit pour une question d'étiquette dont les philosophes rient à gorge déployée. Mais, grâce à Dieu, l'étiquette est sauvée, voilà la comtesse de Noailles satisfaite. Elle est dame d'honneur de la Dauphine, et elle est si passionnée pour les règles de l'étiquette qu'elle en perd le boire et le manger. La Dauphine, qu'elle fatigue sans cesse avec ses remontrances, l'a déjà plaisamment surnommée *madame l'Étiquette.*

Il me revient aujourd'hui même une parodie en vers de la supplique des pairs et gentilshommes du royaume. Je n'ai pas pris copie de cette supplique, parce qu'elle est assez longue et ne touche guère mon héroïne, mais je donne la parodie, qui a le mérite d'être courte :

> Sire, les grands de vos États
> Verront avec beaucoup de peine
> Une princesse de Lorraine
> Sur eux au bal prendre le pas.
> Si Votre Majesté projette
> De les flétrir d'un tel affront,
> Ils quitteront la cadenette
> Et laisseront les violons.
> Avisez-y, la ligue est faite ;
> Signé : l'évêque de Noyon,
> La Vaupalière, Beaufremont,
> Clermont, Laval et de Villette.

Les deux derniers vers surtout sont d'une grande méchanceté ; car avoir mêlé ainsi les noms de Clermont, Laval et Beaufremont, de grands noms de France, avec ceux de La Vaupalière et de Villette, c'est faire injure aux beaux noms du royaume. On n'ignore pas que MM. de Villette et de La Vaupalière sont de petite origine bourgeoise, et mal lavés encore malgré leur savonnette.

Les fêtes du 30 mai. — Le prévôt des marchands. — L'étiquette
de la police. — Générosité de la Dauphine.

1er juin 1770.

Le roi, le Dauphin, la Dauphine et toute la cour sont
dans la désolation. L'événement funeste d'avant-hier est
regardé comme un mauvais présage ; près de mille personnes ont été tuées, et parmi celles-là, ainsi que parmi
les blessés, on compte un grand nombre de personnages
de rang. Cet affreux accident est venu des mauvaises
mesures prises par le prévôt des marchands et l'architecte de la ville. Si la police avait été mieux faite,
rien de fâcheux ne serait arrivé. Mais Bignon, le prévôt des marchands, à l'exemple de *madame l'Étiquette*,
n'a pensé qu'à maintenir son droit de police ; il a négligé d'avoir recours à M. de Sartines, qui, sans cette
réquisition, ne pouvait prendre sur lui aucune mesure.
Les gazetiers, en rappelant ce fait, n'oublient pas de
faire souvenir que le roi Philippe III d'Espagne mourut
aussi par étiquette, le gentilhomme de la chambre
chargé du maniement des pincettes n'étant pas là pour
retirer le feu qui suffoquait le roi : « Et voilà, disent-
ils, comme cette maudite étiquette tue les peuples et
les rois. » Ma foi, je me sens moi-même en courroux ;

j'ai manqué d'être écrasé. M. le maréchal de Biron,
colonel des gardes françaises, a été aussi mal pris que
moi : sans deux sergents de son régiment, nous tom-
bions dans le fossé de la rue Royale. Je crois que ces
braves sergents y sont tombés à notre place; mais cela
n'arrivera plus, aujourd'hui on fait combler le fossé.
On cache au roi les vraies causes du désastre; on ne
l'attribue qu'à la grande quantité de peuple qui s'est
porté sur la place Louis XV. Madame la Dauphine et
Mesdames, qui étaient parties de Versailles pour aller
voir l'illumination de la place, ont rebroussé chemin;
aujourd'hui le Dauphin et son auguste femme envoient
à M. de Sartines l'argent de leur mois pour le soula-
gement des malheureux qui ont souffert dans cette nuit
funeste.

Mot de madame la Dauphine. — Les billets d'invitation de
madame Du Barry. — Madame de Grammont exilée. — Saute,
Choiseul! Saute, Praslin! — Zamore et M. de Maupeou. — La
perruque de M. le chancelier. — Une lettre du 20 août. —
Le colin-maillard. ,

25 août 1770.

Madame Du Barry est au mieux avec la Dauphine.
Au dernier voyage que nous fîmes à Compiègne, le roi
invita un jour sa petite-fille à souper avec lui au petit
château. La princesse le pria d'en mettre la duchesse
de Chaulnes, pour qui elle a une grande affection. Le
roi y consentit gracieusement, mais il amena madame
Du Barry. Madame la Dauphine, qui ne s'y attendait
pas, s'écria en voyant entrer la comtesse : « Ah! Sire,
je ne vous avais demandé qu'une grâce, et vous m'en
accordez deux! » Le souper fut très-gai. Le lendemain,
la comtesse donna à dîner dans ses appartements, et
l'on put lire au bas de ses billets d'invitation ces mots,
qui disent bien l'empire qu'elle possède sur le roi :
« Sa Majesté m'honorera de sa présence. »

Malgré tout, les plus fermes amis de la comtesse
craignent pour elle quelque cabale : la Dauphine est
entourée des ennemis de la favorite, et surtout de ses
ennemies. Je citerai entre autres la comtesse de Gram-

mont, qui est, avec la duchesse du même nom, la plus
acharnée à la perte de la favorite. D'un autre côté,
M. de Choiseul a l'oreille de la petite-fille de Louis XV ;
le roi se fait vieux, et les courtisans songent déjà à se
tourner vers le soleil levant.

Cependant madame Du Barry n'en poursuit pas
moins la ruine de ses ennemis et le triomphe de ses
amis. Je parlerai un autre jour du duc d'Aiguillon, dont
les affaires vont de mal en pis devant les parlements,
mais de mieux en mieux dans l'esprit du roi. Je me
contenterai de dire que la duchesse de Grammont a si
bien fait, qu'elle a forcé le caractère un peu faible du
roi. Chaque jour amenait de la part de cette dame ou
de la part de ses créatures une nouvelle insulte à
madame Du Barry. Le roi fit mander la duchesse près
de lui. Il lui signifia qu'elle avait à demeurer loin de
la cour pendant deux ans. Ni la duchesse, qui voulut
rappeler au roi ses anciennes faveurs, ni le duc de
Choiseul, son frère, n'ont pu obtenir la révocation de
cet arrêt.

Depuis que madame de Grammont est partie, madame Du Barry, qui se sent plus forte, passe la moitié
de ses matinées à faire sauter des oranges dans sa
main, en disant devant le roi : Saute, Choiseul ! saute,
·Praslin !

Nous avons bien ri, à ce voyage de Compiègne,
d'une aventure de M. de Maupeou. Il faut dire qu'après
le roi et sa belle-sœur, et avant ses amis, les affections de la favorite appartiennent à une petite chienne

qu'on appelle Dorine et à un jeune négrillon qu'on
nomme Zamore. Le négrillon est un affreux mauricaud, sauvage, gâté, tracassier, mal instruit, mais
superbe avec ses plumes de couleur, ses bracelets,
ses colliers et ses pendants d'oreilles. La chienne est
un animal détestable, qui ne connaît que sa maîtresse
et ne respecte que le roi. Pour bien faire sa cour à
madame Du Barry, il faut d'abord plaire à Zamore,
rassasier Dorine de gimblettes et mériter les égards
de mademoiselle Chon. Tout cela n'est pas toujours
facile.

L'autre jour, M. de Maupeou résolut de faire une
galanterie à Zamore. M. de Maupeou poursuit de toutes
les manières possibles sa grande querelle avec les parlements, et rien ne lui coûte pour s'assurer l'appui
de madame Du Barry, sans qui il ne pourrait vaincre
l'irrésolution du roi. Il envoya donc, devant dîner le
soir chez la favorite, un magnifique pâté de Strasbourg; mais on n'y eut pas plutôt mis le couteau,
qu'un essaim de hannetons sortit du pâté et se prit à
voler de ci de là. Zamore, qui n'avait jamais vu de
ces insectes, était aux anges et riait bêtement comme
un nègre qu'il est. Il se mit à faire la chasse aux hannetons, sans respect pour personne. Ceux-ci, pour
punir sans doute le chancelier de les avoir mis à pareille fête, vinrent tous se réfugier sur sa perruque.
Sans souci des égards qu'il devait à une tête aussi
vénérable, le négrillon arracha la perruque de M. de
Maupeou et s'en fut dans un coin, comme un avare,

contempler son trésor de hannetons. Tout le monde
se mit à rire de la belle manière, le chancelier tout le
premier. « Voici donc le premier crâne de la magistrature mis à nu! » disait la comtesse en riant aux éclats.

« La justice sans perruque n'est pas une belle chose! »
dit mademoiselle Chon. « C'est pour cela que tant de
perruques cachent la justice, » dit le duc d'Ayen. Chacun dit son mot, même le chancelier. « J'espère bien,
dit-il, que ce n'est pas la première perruque qu'on
enlèvera à la justice. » M. de Maupeou n'oublie jamais
qu'il veut décoiffer les parlements. Pour cela il ne
néglige rien, pas même de faire rire le roi et d'amuser
la favorite, ainsi qu'on le dit dans cette lettre du
20 août, écrite par un de mes amis :

Vous croyez à Paris que le chancelier est fort intrigué du sou-
lèvement général de la magistrature, et des croupières que lui
taillent de toutes parts les divers parlements. Il n'y paroît pas à
l'extérieur : il ne s'en réjouit pas moins avec la simplicité et
l'innocence d'un enfant. Le bruit général de la cour est, que le
roi, étant entré ces jours derniers brusquement chez madame
Du Barry, a trouvé cette dame, qui est fort polissonne, jouant à
colin-maillard avec de jeunes courtisans, et au milieu d'eux
tous, le chancelier en simarre faisant le colin-maillard; ce qui
réjouit beaucoup Sa Majesté.

Les procès du duc d'Aiguillon. — Le lit de justice du 3 septembre. — Vers conciliateurs. — Une lettre anonyme.

1er octobre 1770.

Le roi s'est enfin montré homme de résolution. Il vient de faire un vrai coup d'État dont les parlementaires sont tout étourdis. Le duc d'Aiguillon est tiré de leurs griffes ; voici l'histoire de ce fameux procès que la volonté du roi vient de terminer. Le duc d'Aiguillon, partisan des jésuites, fut accusé devant le parlement de Bretagne d'excès de pouvoir. Ce fut La Chalotais qui fut mis à la tête du mouvement par le duc de Choiseul, qui lui avait promis le ministère des finances. Le parlement fit grand tapage, il fut mandé en corps à Versailles, et donna sa démission le 22 mai 1765. Toute la Bretagne était bouleversée par cette querelle. Le parlement fut dissous, plusieurs membres furent emprisonnés, et les deux La Chalotais exilés à Saintes. En 1768, un acte du conseil suspendit toute affaire pendante, et le parlement fut rappelé en 1769. Les états de Bretagne n'ont cessé, depuis l'année dernière, de faire des instances près du roi pour obtenir la liberté des La Chalotais. Le roi, poussé par le chancelier et le duc d'Aiguillon, qui lui font voir sa puissance menacée ou méconnue par les parle-

mentaires, le roi a voulu que le combat qu'il avait à
soutenir eût lieu à Paris. Le duc d'Aiguillon a donc
présenté une requête au conseil privé, pour que son
procès avec le parlement de Bretagne fût renvoyé devant la cour des pairs séant au parlement. Il fut décidé
que le roi présiderait la séance. Le 4 avril dernier,
la séance eut lieu dans l'antichambre de la reine, où
l'on avait placé des bancs recouverts de draps fleurde-
lisés, un trône et un parquet. Le roi s'y rendit sans
gardes, accompagné des princes du sang. M. de
Maupeou ayant pris les ordres du roi, déclara que Sa
Majesté entendait respecter la liberté des opinions,
et voulait qu'on ne s'écartât d'aucune des règles
reçues. On lut les pièces de la procédure faite contre
le duc d'Aiguillon par le parlement de Bretagne; on
ordonna leur remise au greffe, et on enjoignit au
procureur général d'en prendre connaissance et de
faire des poursuites s'il y avait lieu.

Le 7 avril suivant, le procureur général requit des
poursuites contre le duc d'Aiguillon, et demanda que
la procédure du parlement de Bretagne fût cassée
comme illégale, vu son incompétence à juger l'affaire
d'un pair. Le roi donna son avis, demandant qu'on
n'usât point de monitoires, selon la forme accou-
tumée; Messieurs se rangèrent tout d'une voix à l'avis
du roi, ce qui l'enchanta. Il parlait déjà de présider
souvent la cour des pairs, et disait avec naïveté qu'il
voulait faire comme son aïeul saint Louis, qui rendait
si bien la justice.

Mais, dans ces derniers temps, les fêtes et les préoccupations du mariage du Dauphin chassèrent de l'esprit du roi l'idée de suivre les traces du bienheureux saint Louis. Le chancelier et M. d'Aiguillon, le duc de Richelieu et madame Du Barry surent bien le convaincre que s'il se mettait du côté des parlements c'en était fait de sa puissance royale. Le roi envoya donc simplement l'ordre de cesser les poursuites injustes dirigées contre le duc d'Aiguillon, qui, dans toute sa conduite, n'avait fait qu'exécuter les volontés du roi. Le parlement regarda cet ordre comme non avenu. Le roi ordonna qu'un lit de justice serait tenu à Versailles, le 27 juin. Toute la cour assista à cette imposante cérémonie; M. de Maupeou déclara à la compagnie combien le roi était mécontent d'elle, qu'elle avait manqué de respect au souverain du royaume, et que Sa Majesté prétendait abolir, de sa pleine autorité, l'affaire du duc d'Aiguillon, qui n'était qu'un prétexte pour outrager le roi.

Le même soir nous allâmes à Marly, où le roi fit souper avec lui le duc d'Aiguillon, qui ne partageait pas la joie générale; il sentait que le parlement ne se tiendrait pas pour battu. En effet, le 2 juillet, pendant que les amis du roi se réjouissaient à Marly, les parlementaires rendaient un arrêt déclarant le duc d'Aiguillon entaché; en conséquence, ils le suspendaient des fonctions de la pairie jusqu'à ce qu'il se fût soumis au jugement définitif de la cour des pairs.

Il serait impossible de peindre la colère de la cour,
et particulièrement la fureur du roi et de madame
Du Barry. Comme celle-ci, un peu plus tard, donnait
au roi un mémoire (je sais que c'était un mémoire
du défunt Dauphin contre les parlements, adressé au
roi), voici la conversation qu'ils eurent ensemble, et
qui décida peut-être le coup d'État du 3 septembre.

« Eh bien, ma chère comtesse, que vous semble
de tout cela? — A moi? je ne me connais pas en
pareille matière, mais je voudrais que le diable em-
portât ces robes noires qui vous mettent de si méchante humeur. Si j'étais le roi, si je craignais comme
vous pour ma vie ou ma puissance, je ne les conser-
verais pas vingt-quatre heures à mon service. — Mais
je ne suis pas le maître de les renvoyer : ils ont la
nation pour eux; leur chute m'entourerait de dangers,
sans parler des chansons, des épigrammes, des pamphlets, des nouvelles à la main qui ne m'épargne-
raient pas plus que vous-même. — Je m'en ficherais
bien, à votre place! Ah! vous n'êtes pas le maître!
Mais si vous le vouliez, toute cette canaille-là se cache-
rait sous terre. Est-ce que votre aïeul Louis XIV ne
les gouvernait pas avec une cravache? — Oh! oh!
dit Louis XV, il était jeune, tandis que moi je suis
vieux.... — Oui, Sire, vous êtes vieux, mais vos
cheveux blancs sont bien cachés sous les lauriers de
Fontenoy. — Il y a bien longtemps. — Tout le monde
s'en souvient, il n'y a que vous et votre parlement
qui l'oubliez. — Vous êtes une flatteuse, » dit le roi.

Puis il demanda sérieusement : « Ainsi vous croyez qu'un acte de fermeté réussirait? — Sans doute; faites le maître, et vous verrez comme ils se tairont tous! — Ma foi, dit Louis XV, j'ai envie d'essayer. Je ne vois rien de mieux à faire; au reste, après nous la fin du monde! »

Le 2 septembre, au moment où le roi allait quitter son conseil, il revint tout à coup sur ses pas : « Messieurs, dit-il, je sortais en oubliant de vous annoncer ce que je compte faire demain. Le parlement a lassé ma patience. Il ne lui plaît pas de finir l'affaire du duc d'Aiguillon, eh bien, je la finirai. De bonne heure je me transporterai de ma personne au palais, et je me flatte que Messieurs plieront en ma présence. »

Le lendemain, 3 septembre, les divers corps de la maison du roi, sous les ordres du maréchal de Villeroy, étaient aux postes qui leur avaient été désignés la veille; les compagnies rouges occupaient le palais de justice. Tous les membres, convoqués le matin pour une séance extraordinaire de lit de justice, s'étaient rendus au palais; les pairs y vinrent aussi. Louis XV se contenta de saluer et de dire : « Messieurs, mon chancelier va vous expliquer mes intentions. » M. de Maupeou prit la parole et rappela en peu de mots les griefs du roi. Puis il déclara que Sa Majesté, voulant rappeler le parlement à l'obéissance, ordonnait que toutes les pièces du procès lui fussent remises. Le chancelier appela au nom du roi les gref-

15.

fiers du parlement, et leur ordonna de lui apporter
toutes les pièces qu'il venait de désigner. Cela étant
fait, il reprit son discours, et dit que le roi ordonnait :
Que toutes les pièces fussent supprimées des registres ;
que toute assemblée où il serait question de rétablir
en tout ou en partie les procédures supprimées, devrait être rompue par tout président ou officier qui la
présiderait. Enfin le chancelier fit entendre diverses
autres défenses et prohibitions au nom du roi, qui
parurent scandaliser Messieurs de la robe noire. Toute
la populace du royaume s'est émue ; madame Du Barry
a reçu des lettres dans lesquelles on la menace d'une
façon humiliante ; les pamphlets et les chansons courent la rue, ainsi que le roi l'avait bien prévu. Il n'est
pas jusqu'au maréchal duc de Brissac qui n'ait dit
que si madame Du Barry avait sauvé la tête du duc
d'Aiguillon, ce n'avait été qu'en lui tordant le cou.

Il y a eu d'abord un vaudeville, toujours sur l'un
des airs du *Déserteur,* dans lequel on fait dire au duc
d'Aiguillon :

> Oublions jusqu'à la trace
> De mon procès suspendu.
> Avec des lettres de grâce,
> On ne peut être pendu.
> Je triomphe de l'envie,
> Je jouis de la faveur ;
> Et grâce aux soins d'une amie
> J'en suis quitte pour l'honneur.

M. le duc d'Aiguillon ayant offert, peu de temps

après, un magnifique vis-à-vis à madame Du Barry, on fit courir les vers suivants :

> Pourquoi ce brillant vis-à-vis ?
> Est-ce le char d'une déesse
> Ou de quelque jeune princesse,
> S'écrioit un badaud surpris ?
> Non... de la foule curieuse
> Lui répond un caustique, non,
> C'est le char de la blanchisseuse
> De cet infâme d'Aiguillon.

Madame Du Barry ne se servit jamais de ce superbe carrosse, qui n'avait pas coûté moins de cinquante-deux mille livres à M. d'Aiguillon. Rien n'était plus riche ni plus galant que l'ordonnance de cette voiture. Les carrosses de la Dauphine n'étaient que de grossières charrettes à côté de ce vis-à-vis; aussi le roi ne voulut-il pas, par crainte de soulever le peuple qui l'allait voir en foule, que la comtesse s'en servît.

Le duc de Choiseul, sentant bien que le triomphe du duc d'Aiguillon est le précurseur de sa chute, a tâché de se rapprocher de la comtesse. On a envoyé à celle-ci des vers qu'on attribue au patriarche de Ferney, dans lesquels on lui fait entendre délicatement qu'il y va de sa gloire d'être bien avec le ministre. Mais je sais de source certaine que ces vers sont de mon ami le chevalier de Boufflers. Du reste, ce n'est pas de sa meilleure encre :

> Déesse des Plaisirs, tendre mère des Grâces,
> Pourquoi veux-tu mêler aux fêtes de Paphos

> Les noirs soupçons, les fâcheuses disgrâces,
> Et pourquoi méditer la perte d'un héros?
> Ulysse est cher à la patrie,
> Il est l'appui d'Agamemnon;
> Sa politique active et son vaste génie
> Enchaînent la valeur de la fière Ilion.
> Soumets les dieux à ton empire,
> Vénus, sur tous les cœurs règne par ta beauté,
> Cueille, dans un riant délire,
> Les roses de la volupté;
> Mais à nos vœux daigne sourire,
> Et rends le calme à Neptune agité.
> Ulysse, ce mortel aux Troyens formidable,
> Que tu proscris dans ton courroux,
> Pour la beauté n'est redoutable
> Qu'en soupirant à ses genoux.

Ces vers n'ont pas du tout amené de réconciliation, tandis que la lettre suivante, déposée par une main inconnue sur le bureau du roi, a fortement impressionné Sa Majesté :

SIRE,

Je suis votre meilleur ami, et peut-être vous ne le savez pas; je vous avertis donc que les projets du mois de mai sont repris. Il faut à M. de Choiseul une autorité sans partage. Vos jours sont moins en sûreté que jamais. Il entend à présent régner sous un jeune monarque, et la Dauphine lui est entièrement dévouée.

. Depuis qu'il a vu cette lettre, le roi a quelque chose de sombre dans son air; on voit bien qu'il rêve à la perte du duc de Choiseul, mais qu'il craint les conséquences d'un pareil coup de maître.

Principes de politique et de littérature. — Une lettre de madame
Du Barry. — L'histoire d'un prophète. — Lettre d'un sorcier.
— Le beau marquis mousquetaire.

12 octobre 1770.

Que le diable soit de la politique ! je viens de relire
ce que j'ai écrit l'autre jour : c'est mortellement ennuyeux ! La faute en est à ce petit fat de philosophe
qui me dit sans cesse : « Mais, mon cher gazetier, vous
ne dites jamais un mot, pas même un mauvais mot, de
toutes nos querelles politiques ; jamais vous ne parlez
des grands événements littéraires, philosophiques ou
même académiques de notre temps. Vous ne soufflez
mot non plus de nos théâtres. Pour un homme de
plaisir comme vous prétendez l'être, c'est manquer de
reconnaissance à nos danseuses et à nos chanteurs.
Vous êtes un gazetier incomplet ! »

Voilà ce qu'il me rabâche toujours, mon petit ami,
en se moquant de moi. J'ai voulu hier faire de la gazette
politique ; c'est stupide de ma part. J'en ai été puni :
madame Du Barry m'a envoyé ce matin un petit billet
contenant un bon sur la caisse de l'abbé Du Terray et
de plus ces quelques mots :

Je sais, mon cher historiographe, que vous ne manquez pas
d'inscrire, jour par jour, les événements heureux ou funestes

qui m'arrivent. Je sais que vous le faites galamment et sans
parti pris. Permettez-moi de vous en témoigner ma reconnaissance, et acceptez le petit mot ci-joint que le roi adresse pour
vous à son contrôleur général des finances. Venez ce soir : je
vous conterai une aventure vraie.

                                  COMTESSE DU BARRY.

Le « petit mot ci-joint » de la comtesse était un bon
de vingt mille livres, qui est, ma foi, arrivé bien à
propos. Vive Dieu! pourquoi oublierais-je que je me
suis fait de mon plein gré l'historiographe de la comtesse? Pourquoi me mêlerais-je de l'Académie, des parlements, du ministère, de l'Opéra, des philosophes et
des jésuites? Au diable tout cela! C'est bon pour les
gazetiers de métier, pour les libellistes qui n'ont d'autre avenir certain que l'hôpital ou la Bastille. Le billet
de la comtesse ne vaut-il pas mieux que toute l'Encyclopédie? L'histoire qu'elle nous a racontée après souper ne vaut-elle pas mieux que la *Veuve du Malabar,*
la nouvelle tragédie de M. Lemierre? La comtesse
Du Barry n'est-elle pas plus jolie que mademoiselle
Dervieux, la danseuse de l'Opéra? Ses aventures ne
sont-elles pas plus gaies mille fois que le discours
qu'a prononcé M. Thomas pour la réception de M. de
Brienne à l'Académie française? Pourquoi parlerais-
je de la statue de Voltaire, ce philosophe que je
n'aime pas, malgré ses Contes? Pourquoi m'inquié-
terais-je de ce qu'écrit un M. Grimm ou un M. Diderot, de petits Caton en herbe, des critiques bour-
souflés que je ne connais point et que je ne lis

jamais? Non, je me suis promis de ne m'occuper dans mes notes que de la favorite, et je me tiendrai parole. Si j'ai raconté tout au long l'histoire du procès du duc d'Aiguillon, c'est que le cher duc est dans les confidences les plus secrètes de mon héroïne, et que c'est celle-ci qui l'a délivré des robes noires.

Madame Du Barry, au souper, nous a dit ce soir une histoire merveilleuse, que j'ai retenue mot à mot; la voici telle qu'elle nous l'a racontée :

« C'était dans le temps où je demeurais chez mon beau-frère; je traversais un jour les Tuileries, lorsque je m'aperçus qu'un jeune homme me suivait. J'allais faire une visite rue du Bac; il m'accompagna discrètement et s'arrêta devant la maison où j'entrai. Quand je sortis, je le retrouvai où je l'avais laissé; sans me dire une parole, il marcha près de moi jusqu'à la porte de ma maison de la rue des Moulins. Je me mis à la fenêtre et je le vis qui se promenait de long en large devant notre demeure. Le lendemain, comme je sortais, je l'aperçus encore. Je l'examinai avec plus d'attention que la veille. C'était un beau jeune homme de vingt-deux à vingt-quatre ans; sa tournure était élégante, mais n'était pas d'une grande richesse. Sa physionomie très-jolie avait cependant quelque chose de sombre et de mystérieux qui me fit frémir. Je le regardais avec étonnement et je me demandais pourquoi il me suivait ainsi sans me parler. Ce jour-là, il marcha près de moi comme la veille. Comme la veille, il me suivit où j'allais et me reconduisit jusque chez moi. La curiosité

qu'il me fit éprouver fut si grande, qu'en arrivant chez
moi je dis à ma femme de chambre : « Tiens, Henriette, voici un jeune homme qui me suit depuis hier ;
je voudrais bien savoir ce qu'il me veut. — Ne vous
l'a-t-il pas dit, madame? — Lui! il a toujours marché
près de moi, sombre et silencieux comme la statue du
Commandeur. — En tout cas, ce serait un Commandeur bien jeune, dit Henriette en regardant mon
inconnu par la fenêtre. Mon Dieu! madame, il est bien
facile de savoir ce qu'il vous veut : il n'y a qu'à le lui
demander. — Veux-tu bien te taire! lui dis-je, mais de
façon à lui faire entendre que c'était là mon plus ardent
désir. — Eh bien, je vais, moi, le faire parler, ce héros
silencieux! » Et Henriette descendit immédiatement,
pendant que je riais de son exclamation. J'étais si
impatiente de savoir le résultat de sa démarche que
j'allai au-devant d'elle : « Eh bien, a-t-il parlé? »
demandai-je à ma femme de chambre. Elle haussa les
épaules : « Madame, c'est un fou ou un homme dangereux. En tout cas, c'est un menteur, car il m'a dit
qu'il ne vous suivait pas et qu'il ne pensait même pas
à vous. Pourtant il a la voix bien douce! — C'est
un fou! » dis-je en soupirant un peu je ne sais trop
pourquoi.

» Le surlendemain, je profitai d'une belle matinée
d'octobre pour aller aux Tuileries. Je retrouvai mon
ombre, toujours silencieuse. Après avoir tourné inu-
tilement dans le jardin du roi, espérant que mon
bel inconnu me parlerait, je me dirigeai vers les

Champs-Élysées. J'entendis marcher tout près de moi.
Je me retournai; c'était encore lui : « Monsieur,
m'écriai-je, pourquoi me suivez-vous? que me
voulez-vous? » Il prit ma main, la baisa avec respect, et me répondit avec un doux sourire : « Mademoiselle, promettez-moi de m'accorder la première
grâce que je vous demanderai lorsque vous serez reine
de France. — Reine de France! » m'écriai-je en riant,
et je me dis aussitôt : Henriette avait raison, c'est un
fou. Mais il devina ce que je pensais, car il me répondit
d'une voix ferme, quoique d'une grande douceur :
« Oui, reine de France. Vous croyez que je suis fou,
mais je vous prie d'avoir de moi une autre opinion.
Oui, mademoiselle, vous serez par le fait reine de
France, et, après votre élévation, il n'y aura rien de
plus extraordinaire que votre fin. Adieu, mademoiselle;
n'oubliez pas ma requête. — Monsieur, je vous accor-
derai ce que vous me demanderez quand je serai reine
de France, de fait ou de nom. » En lui disant cela,
je ne pouvais m'empêcher de rire un peu. Il secoua
la tête, me salua, et partit en murmurant : « David
aussi ne crut pas à la prophétie qui lui disait qu'il
serait roi. »

» Or, messieurs, continua la comtesse, j'ai revu mon
prophète. C'était peu de temps après le premier voyage
que j'eus l'honneur de faire avec Sa Majesté au château
de Compiègne. Je me trouvais, un dimanche, à la
messe, ici, dans la chapelle de Versailles, lorsque
j'aperçus mon prophète placé derrière l'autel. Il m'exa-

minait avec beaucoup d'attention; son regard semblait
lire sur ma figure. Je me sentis rougir et trembler à sa
vue. Il sourit et il passa sa main en cercle autour de
sa tête avec un regard qui voulait dire clairement :
N'êtes-vous pas reine de France? Je fis un léger mouvement qui voulait dire : Mais non, pas tout à fait. Je
racontai ces deux entrevues à ma belle-sœur. Mademoiselle Chon, qui est, comme vous le savez, un
esprit des moins crédules, se mit à rire : « A votre
place, me dit-elle, je conterais tout cela à M. de Sartines;
il ne tarderait pas à vous faire connaître au juste le
nom et la profession de votre sorcier. — Non, lui
répondis-je; il ne m'a fait aucun mal, je ne voudrais
pas le mettre aux prises avec la police. Mais je voudrais bien cependant, ajoutai-je avec un soupir,
retrouver ce sorcier-là et pouvoir l'entretenir. »

»Dans le but de m'être agréable, ma belle-sœur écrivit à M. le lieutenant de police pour le prier de faire
les plus actives diligences pour retrouver mon inconnu.
M. de Sartines mit ses plus adroits limiers en campagne, mais il ne découvrit rien. Dans le même temps,
je reçus cette lettre, fermée, comme vous voyez, de
trois grands cachets noirs. Écoutez ce qu'elle contient :

MADAME LA COMTESSE,

On me poursuit en votre nom, et la justice n'épargne rien
pour connoître ma demeure, et savoir qui je suis. Ma demeure!
personne ne souhaite de m'y rencontrer; car quand on y entre,
on n'en peut plus sortir. Qui je suis? on ne le sait qu'en recevant

la mort. Je vous engage à ordonner de faire cesser des recherches inutiles qui compromettent votre bonheur. Je vous ai prédit votre heureuse fortune, je ne me suis pas trompé; je vous ai annoncé des revers, je ne me trompe pas encore. Vous me reverrez, et alors vous direz adieu aux vivants.

» J'avoue, continua madame Du Barry après nous avoir lu cette lettre menaçante, que ma frayeur fut extrême; Chon elle-même fut prise de peur, et m'avoua la démarche qu'elle avait faite auprès de M. de Sartines. J'écrivis le jour même à M. le lieutenant de police pour le remercier de ses premières recherches, et pour le prier de les suspendre immédiatement, ce qu'il fit le jour même. »

« Et depuis, avez-vous entendu parler de votre prophète? demanda-t-on à madame Du Barry. — Non, nous dit-elle, mais j'éprouve autant de désir de le revoir que de peur à le retrouver sur mon chemin.

— En sorte, dit le duc de Richelieu, que vous voilà, madame la comtesse, avec un sorcier sur la conscience? Je le dirai au roi. — Sa Majesté le sait, et lui-même m'a recommandé de ne pas inquiéter mon prophète. »

Je ne sais pas si ce prophète aux sombres allures sait l'histoire que je vais raconter, mais je sais bien qu'elle n'est connue jusqu'à présent que de la comtesse, de sa femme de chambre, qui est toujours Henriette et qui est toujours aussi folle et aussi bonne âme, du comte Jean qui a mis les mains au dénoûment, et enfin de moi à qui Henriette l'a racontée. Je ne

parle pas du héros de l'aventure, je suis certain que
celui-là n'ira pas la dire à Paris.

Un marquis d'Aubuisson, mousquetaire, envoya à
la comtesse une demande d'audience, en ayant soin de
lui rappeler qu'il avait eu le bonheur de la connaître il
y a quelques années. La favorite lui fit dire qu'elle le
recevrait. Elle choisit un jour et une heure d'audience
publique, c'est-à-dire un jour qu'elle reçoit les mille
suppliants qui viennent s'adresser à son bon cœur et
à son influence sur le roi. Ces jours-là, les visiteurs
attendent dans une antichambre et sont introduits un
à un dans la chambre de la comtesse, qui a toujours
avec elle une de ses belles-sœurs ou quelqu'un de ses
amis. Le mousquetaire fut donc reçu de cette façon,
malgré qu'il eût fait entendre dans sa demande qu'il
désirait un entretien particulier. Il parut d'abord dé-
concerté, mais il reprit bientôt son allure dégagée :
« Madame, dit-il, ce que j'ai à vous confier ne peut
l'être devant témoin. — Approchons-nous de cette
croisée, monsieur, ma belle-sœur n'écoutera pas. —
Madame la comtesse, dit le marquis d'Aubuisson,
j'ai longuement balancé à venir vous parler d'une passion qui existe depuis longtemps, et que vous n'avez
pas dédaignée jadis. La comtesse l'interrompit : « Savez-vous bien, monsieur, où vous êtes, et à qui vous
parlez? — Quoi! madame, vous ne vous souvenez pas
de moi? — Monsieur, je ne comprends rien à vos discours; et comme mon temps est précieux, permettez
que je ne l'emploie pas plus longtemps à une conver-

sation sans but. » En disant ces mots, la comtesse tira
un cordon de sonnette, ce qui était le signal pour
faire entrer un autre solliciteur. Le lendemain, le
comte Jean fit expédier au beau mousquetaire un ordre
d'aller aux îles Sainte-Marguerite se mettre à la disposition du gouverneur *pour le service du roi.*

Le *Pater* des Choiseul. — Mademoiselle Raby. — La Dauphine rousse et le Dauphin malade. — Le mariage d'une femme de chambre. — Les faveurs de famille. — Retour de madame de Grammont.

20 novembre 1770.

On fait courir une nouvelle prière que les Choiseul, à bout d'espoir, ont inventée pour attirer sur eux les bienfaits de notre père non céleste. Voici ce nouveau *Pater,* qui n'a rien de bien méchant, et qui ne fera pas accorder à ceux qui le récitent le pain parlementaire qu'ils demandent :

Notre Père, qui êtes à Versailles. Votre nom soit glorifié. Votre règne est ébranlé. Votre volonté n'est pas plus exécutée sur la terre que dans le ciel. Rendez-nous notre pain quotidien, que vous nous avez ôté. Pardonnez à vos Parlements qui ont soutenu vos intérêts, comme vous pardonnez à vos ministres qui les ont vendus. Ne succombez plus aux tentations de Du Barry. Mais délivrez-nous du diable de Chancelier. Ainsi soit-il.

Si les Choiseul prient, ils agissent aussi. Le marquis de Choiseul, fils du feu capitaine de vaisseau connu par sa *vision du cardinal de Bernis,* a épousé, il n'y a pas longtemps, une jolie créole appelée mademoiselle Raby. La nouvelle marquise de Choiseul est très-jeune, très-fraîche, très-gracieuse; elle possède tous les dons

qui séduisent, joints à tous les talents qui enchantent.
On l'annonça avec grand bruit, et l'on alla jusqu'à dire
que le jour de la présentation de la belle créole serait
le dernier jour du règne de madame Du Barry. La
maréchale de Mirepoix, la bonne amie de la comtesse,
ne manqua pas de l'en prévenir. Mais le roi rassura la
comtesse, qui n'était pas sans crainte : « Je sais trop
bien, lui dit-il, qu'il y a madame de Grammont derrière tout cela : prendre une maîtresse de sa main, ce
serait lui livrer mon royaume. » Le jour de la présentation de la belle créole, le roi la salua, lui fit un fort
joli compliment sur sa taille de nymphe et sur ses
grâces de déesse, mais il ne la regarda même pas.
Cette conduite, si peu ordinaire à notre souverain,
ne fit qu'augmenter la haine des ennemis de madame
Du Barry et l'amitié de ses amis.

Tout irait bien, si la comtesse Du Barry ne s'était
pas laissé emporter, par une jalousie de femme, à mal
parler de la beauté de madame la Dauphine. « C'est
une rousse! dit-elle; qui peut vanter ses attraits?
On ne parlerait pas de celle qui possède tout cela, si
elle n'était de la maison d'Autriche! » Ce propos fut
rapporté à la Dauphine; ce sont de ces crimes qu'une
femme ne pardonne pas. Il y avait eu déjà des difficultés
entre la favorite et la Dauphine, qui soutient le duc de
Choiseul. Madame la Dauphine protége aussi mademoiselle Clairon, et on fit jouer *Athalie* à cette vieille
actrice qui n'en peut mais, au détriment de mademoiselle Dumesnil. Madame Du Barry fit jouer *Sémiramis*

16

à mademoiselle Dumesnil. Elle lui fit présent d'une robe de cinquante louis, lui prêta ses diamants et organisa une cabale. Le succès de cette actrice fut complet. Madame la Dauphine fut indignée de ce procédé, et monseigneur le Dauphin dit que « s'il était certain que la Dumesnil se fût prêtée à l'intention de la Du Barry, il ferait fouetter l'actrice en présence de la comtesse. » A quoi celle-ci répondit que ce serait le premier acte de virilité de monseigneur le Dauphin, faisant ainsi allusion à l'impuissance prétendue de ce prince. Madame Du Barry a été exclue des invitations aux bals donnés par madame la Dauphine. Le roi s'est mêlé de toutes ces querelles comme à son ordinaire, c'est-à-dire passivement. Mais le crédit de la comtesse ne diminue en rien, malgré toutes ces sourdes menées. Le roi ne vit que pour elle et ne s'occupe guère que d'elle. Il y a quelques jours qu'il lui a pris fantaisie de faire le mariage d'une des femmes de chambre de la comtesse. Cette fille, qui fut la maîtresse du comte Jean Du Barry et qui était tombée dans la misère, d'où l'a tirée la comtesse, a épousé un nommé Langibeau. Le roi lui a donné quarante-cinq mille livres et de très-beaux diamants pour présent de noces, plus un emploi de dix mille livres par an au nouvel époux.

Madame Du Barry n'oublie pas les siens dans la distribution des faveurs du roi; les membres de la famille de son mari, surtout, y ont une large part. Le comte Jean puise à pleines mains dans les coffres du trésor; ses bons sont reçus comme argent comptant par le con-

ôleur général Du Terray, et Dieu sait le bon usage ue fait le *Roué* de ses richesses. Le chevalier Du Barry, n autre frère du roi, qu'on a découvert au camp de ompiègne, a donné l'exemple d'une magnificence eu ordinaire à un simple officier.

A notre deuxième voyage à Chantilly, lors du retour e Compiègne, M. de la Tour du Pin, colonel du égiment de Beauce, s'est attiré une réprimande du inistre, pour avoir fait rendre les honneurs mili- ires à madame Du Barry, qui avait donné un grand epas à tous les officiers. La comtesse n'a pas oublié ette réprimande, et elle le fait voir toutes les fois u'elle en trouve l'occasion. Le neveu de Du Barry, le icomte Adolphe, a été nommé cornette surnuméraire ans la compagnie de chevau-légers du duc d'Aiguillon, la place du duc de Pecquigny, depuis duc de Chaul- es. Bref, toute la famille se ressent du bon cœur et e la haute position de la favorite, mais un des mem- res de cette famille mérite réellement peu les grâces ui tombent sur eux.

Après tout, où est le mal? N'en a-t-il pas été de ême sous tous les règnes et sous toutes les favorites? n'y aura que les créatures des Choiseul qui pourront e plaindre. Mais ce qu'on ne pourra jamais dire, c'est ue la comtesse Du Barry ait volontairement fait pleu- er quelqu'un. Si l'argent va vite dans ses mains, c'est u'elle fait des heureux; aucun philosophe ne pourra accuser, jusqu'ici, d'avoir été la cause du malheur 'un des sujets du roi. Quel plus bel éloge peut-on faire

16.

d'une favorite, surtout quand on se souvient du règne
de madame de Pompadour, si haineuse et si despo-
tique? Si madame Du Barry n'était pas mêlée malgré
elle dans toute la politique des d'Aiguillon et des Maupeou, elle serait véritablement, comme dit de Boufflers, « une fille bon enfant. »

J'apprends à l'instant que madame Du Barry a sollicité du roi le retour de madame de Grammont à la
cour. Le roi, qui ne lui refuse rien, a donné les ordres
nécessaires pour ce retour. Je devine là-dessous quelque embûche dressée par le chancelier à M. de Choiseul. Il est clair qu'on s'attend à quelque algarade de
la sœur du ministre, laquelle algarade donnera un
motif de plus pour abattre le ministère. Ma foi! tant
mieux; nous serions délivrés des parlements, des Au-
trichiens, et de tous ces philosophes qui marchent sur
les talons du ministre, en aboyant après tous les honnêtes gens qui en approchent.

26 décembre 1770.

Si ces notes étaient des Mémoires bien écrits, avec itres, index, réflexions, commentaires, tables et *rrata,* j'intitulerais ce chapitre-là : *les Lettres.* Je n'ai ujourd'hui à parler que de lettres, mais de lettres à ffet.

Il y avait longtemps déjà que madame Du Barry oyait avec une certaine inquiétude un grave person- age venir régulièrement chez le roi certains jours, à ertaines heures. Ce personnage avait toujours au bras n grand portefeuille à l'air mystérieux, car il ne res- emblait en rien aux portefeuilles ordinaires des minis- res. Ces derniers portefeuilles sont entr'ouverts, éven- rés, laissant voir les papiers qu'ils contiennent; ce ont des portefeuilles étourdis et bavards, tapageurs, ots et importants, comme la plupart de leurs maîtres. Iais le portefeuille qui inquiétait madame Du Barry tait un portefeuille discret, sournois, prudent, muet omme le personnage qui le portait gravement, et jui n'était pas ministre. Puis, une fois ce person- age parti, le roi s'enfermait avec le portefeuille, et jamais madame Du Barry n'avait pu parvenir à savoir ce qu'ils se disaient. Enfin, le 23 de ce mois, ce grand mystère a été pénétré. Comme toujours, c'est le hasard seul qui l'a découvert; madame Du Barry était chez elle, où elle attendait le roi, M. de Maupeou, le duc de La Vrillière et le prince de Soubise, qui devaient souper. Le roi alla chez la Dauphine avant de venir chez la comtesse. Pendant ce temps le personnage mystérieux vint chez le roi; les gens de service lui dirent que Sa Majesté était chez madame Du Barry. L'homme et le portefeuille se dirigèrent vers madame Du Barry. Celle-ci s'impatientait de ne pas voir arriver son premier convive, lorsqu'on lui annonça M. le baron d'Oigny, intendant général de la poste aux lettres. C'était l'homme au portefeuille inconnu. En voyant la comtesse seule, il voulut se retirer, mais madame Du Barry lui prit son portefeuille, moitié de gré, moitié de force, en lui disant : « Monsieur, le roi va venir, attendez-le ici; je serai charmée, quand Sa Majesté sera là, de voir ce qu'il y a dans ce portefeuille qui me préoccupe depuis si longtemps. » Le roi entra, le baron d'Oigny lui dit : « Sire, voilà le portefeuille que j'apportais et que madame a bien voulu se charger de remettre elle-même à Votre Majesté. » Il salua avec grâce et se retira. Quand il fut parti : « A nous deux, dit gaiement la comtesse, nous allons nous amuser à lire ce gros travail. — Non , madame, moi tout seul, s'il vous plaît. Il y a là des secrets d'État que je ne puis laisser compromettre. — Les fichus secrets que des imbéciles confient à la poste! » En disant ces mots, la comtesse fit si bien sauter le portefeuille qu'il s'ouvrit et laissa tomber sur le tapis une nuée de lettres et de notes. « Voilà qui est beau, dit le roi. — C'est moi qui ai fait la sottise, c'est à moi de la réparer. » Madame Du Barry s'agenouille pour ramasser toutes les lettres, le roi l'imite, et les voilà tous deux à genoux, riant et entassant les papiers sur une petite table. Enfin on dépouilla toute cette correspondance; la comtesse ne perdait pas un mot de ce qui lui tombait sous les yeux. Elle trouva plusieurs lettres adressées à des membres de parlements de province. Elles étaient remplies d'injures contre le roi, d'éloges de M. de Choiseul, et d'anecdotes scandaleuses sur la favorite. Celle-ci lisait à haute voix les passages qui lui paraissaient les plus durs. « C'est vraiment insupportable, dit le roi, que cette rage des robes noires de me calomnier au profit de mon ministre. — Tant pis pour vous, puisque vous aimez tant votre ministre. » La comtesse lut entre autres ce passage d'une lettre : « Malgré les *on dit,* je ne crois pas possible la disgrâce de M. de Choiseul; il est trop nécessaire au roi, qui, sans son secours, ne saurait comment mener les affaires. — Vive Dieu! dit le roi, le Choiseul s'est si bien mis devant son maître, que mes sujets ne me voient plus derrière lui. »

Quand ce travail fut terminé, le roi était de fort méchante humeur. Il en laissa paraître quelque chose devant les convives de madame Du Barry, qui ne tardèrent pas d'arriver. Ils l'entretinrent si bien dans ces bonnes dispositions qu'après souper M. de La Vrillière écrivit, sous la dictée du roi, les deux lettres de cachet suivantes, adressées à MM. de Choiseul et de Praslin :

MON COUSIN,

Le mécontentement que me causent vos services, me force à vous exiler à Chanteloup, où vous vous rendrez dans vingt-quatre heures. Je vous aurois envoyé beaucoup plus loin, si ce n'étoit l'estime particulière que j'ai pour madame la duchesse de Choiseul, dont la santé m'est fort intéressante. Prenez garde que votre conduite ne me fasse prendre un autre parti. Sur ce je prie Dieu, mon Cousin, qu'il vous ait en sa sainte garde.

MON COUSIN,

Je n'ai plus besoin de vos services. Je vous exile à Praslin, où vous vous rendrez dans vingt-quatre heures.

Ces deux lettres furent remises le lendemain avant midi. Ce fut M. de La Vrillière qui les porta et qui reprit les portefeuilles des ministres exilés. Le vieux Praslin, malade d'une goutte montée à la tête, ne dit pas un mot, mais M. de Choiseul reçut vertement M. de La Vrillière, qui crut devoir lui tourner un compliment de condoléance.

Pendant deux jours, malgré la défense du roi, ce ne fut qu'une file continuelle de voitures et de piétons allant rendre visite à M. de Choiseul. Le duc de Chartres força toutes les consignes et s'alla jeter dans ses bras en pleurant. Lorsqu'il partit, son carrosse passa entre deux haies de curieux, d'équipages et de carrosses de toute espèce. On eût dit que la monarchie était perdue, et pourtant ce n'était qu'un ambitieux et un faux philosophe de moins! Toute la cour ou peu s'en faut est allée à Chanteloup. Dieu sait les épigrammes et les vaudevilles qui pleuvent sur nous!

En voici un qu'on m'a apporté ce matin, et qui n'est ni le plus bête ni le plus méchant :

> Le bien-aimé de l'almanach
> N'est pas le bien-aimé de France;
> Il fait tout ab hoc et ab hac,
> Le bien-aimé de l'almanach;
> Il met tout dans le même sac,
> Et la justice et la finance :
> Le bien-aimé de l'almanach
> N'est pas le bien-aimé de France.

Mais tout le monde n'est pas de l'avis des parlementaires, des philosophes, des poëtes, des ambitieux et de la cabale de madame la Dauphine. Ainsi, on prétend que monseigneur le Dauphin aurait dit en apprenant cet événement : « La Du Barry m'épargne la peine que j'aurais eue à chasser cet homme-là plus tard. »

Deux quatrains à M. de Choiseul. — Une des causes de sa chute.
La nuit des mousquetaires. — Le cordon du chancelier. —
Lettres de Voltaire et de madame Du Barry. — M. de Voltaire
en girouette.

                                22 janvier 1771.

Jamais on n'a vu un ministre disgracié par son roi
en si grande faveur auprès du public, ainsi qu'il
arrive à M. de Choiseul. Tout le monde fait le pèlerinage de Chanteloup. Il y a quelque temps on avait
gravé le portrait du ministre avec ces mauvais vers :

> Dans ses traités et dans sa vie,
> Règnent la droiture et l'honneur ;
> L'Europe connut son génie,
> Et les infortunés son cœur.

Un de ses flatteurs à gages a remplacé ce quatrain
par celui-ci :

> Comme tout autre dans sa place,
> Il dut avoir des ennemis ;
> Comme nul autre en sa disgrâce,
> Il s'acquit de nouveaux amis.

Boileau trouverait, dit-on, beaucoup à reprendre
sur les rimes de ce quatrain ; je m'en inquiète peu
pour ma part, la poésie ne me regarde en rien ; mais

ce qui m'indigne, comme tous les sincères amis du roi, c'est qu'on fait semblant d'ignorer que la vraie cause de la chute du duc de Choiseul est sa correspondance secrète, d'après laquelle il est certain qu'il voulait nous brouiller avec l'Angleterre pour avoir la gloire de faire un nouveau traité après une guerre désastreuse. Ce n'est pas à l'âge qu'a le roi qu'on se dispose à soutenir une guerre. Ce Choiseul, pourvu qu'il fût bien avec les souverains étrangers, se souciait peu de notre tranquillité. Maintenant que, grâce à madame Du Barry et à ses amis, nous en sommes délivrés, l'on poursuit l'extermination des robes noires. Dieu merci, le roi de France ne verra plus dans son royaume un pouvoir s'élever audacieusement en lutte avec le pouvoir royal. Dans la nuit du 19 au 20 de ce mois, on a mis bon ordre aux affaires du parlement. Deux mousquetaires du roi sont allés rendre visite à Messieurs; ils étaient porteurs d'une déclaration de respect et d'obéissance aux ordres du roi, et d'une lettre de cachet et d'exil. On a donné à Messieurs le choix entre ces deux pièces. Beaucoup ont préféré la lettre d'exil; ces robes noires sont des esprits si arrogants qu'ils signeraient leur condamnation à mort plutôt que leur soumission. Tous les rebelles ont été conduits en exil. Quand on a connu dans le public cette nouvelle opération du chancelier, on n'a pas manqué d'en faire grand bruit. Les pasquinades et les vaudevilles vont courir les rues plus que jamais. Déjà, à propos de la nomination de chevalier des ordres du roi qu'a reçue M. de Maupeou au 1ᵉʳ janvier dernier, on a fait sur lui cette épigramme :

> Ce noir vizir, despote en France,
> Qui pour régner met tout en feu,
> Méritait un cordon, je pense;
> Mais ce n'est pas le cordon bleu.

Ce qui préoccupe tous les esprits en ce moment, c'est le nom des nouveaux ministres. Depuis le départ de M. de Choiseul, il y a une véritable chasse, une chasse aux portefeuilles. Les amis de madame Du Barry, le duc d'Aiguillon et l'abbé Du Terray, sont les vrais maîtres du pouvoir.

Mais je m'aperçois que je me perds dans la politique embrouillée de ce temps-ci. Je ne dirai plus un mot des ministres nommés ou à nommer; je m'en soucie peu, moi qui n'ai jamais rêvé de portefeuille. Je reviens à mon héroïne.

M. de Voltaire, qui est plus courtisan qu'il ne veut en avoir l'air, s'est hâté, aussitôt qu'il a appris la chute de son protecteur, d'écrire à madame Du Barry. Par une coquetterie de philosophe repentant, il a écrit cette lettre de sa main, d'un bout à l'autre, ce qui sort des habitudes connues du comte de Ferney :

MADAME LA COMTESSE,

La renommée aux cent voix m'annonce dans ma retraite la chute de M. de Choiseul, et votre triomphe. Cette nouvelle ne m'a point surprise. J'avois toujours pensé qu'il est impossible de résister à la beauté. Mais, vous l'avouerai-je, je ne sais si je dois me féliciter du succès que vous avez obtenu. M. de Choiseul étoit plein de bontés pour moi, sa bienveillante protection me soutenoit seule contre mes nombreux ennemis. Puis-je me flatter de trouver en vous l'appui qu'il m'accordoit à moi chétif? Lorsque le dieu Mars n'est plus là, il est tout naturel que je m'adresse à Pallas, la déesse des beaux-arts. Refuserait-elle de protéger de son égide l'un de ses plus dévots adorateurs?

Permettez-moi, Madame, de profiter de la licence de cette époque pour déposer à vos pieds l'assurance de mon respectueux dévouement. Je n'ose vous dire les souhaits que je forme, parce qu'on pourroit, en un certain lieu, m'accuser d'infidélité; mais je vous promets d'être fidèle à l'avenir. A mon âge, il est temps de se fixer. Soyez assurée que je ne m'occupe que de vous, que je ne songe qu'à vous, et qu'il n'est pas un écho des Alpes à qui je n'apprenne à répéter votre nom.

VOLTAIRE.

Madame Du Barry a répondu avec tout son esprit au redoutable patriarche :

MONSIEUR,

En lisant votre aimable lettre, j'ai presque été affligée de la disgrâce du duc de Choiseul. Soyez persuadé que lui et les siens se sont conduits de telle façon qu'il a fallu en venir là. Les regrets que vous exprimez touchant le malheur de vos amis, sont bien dignes de votre cœur généreux; mais croyez que vos anciens amis ne sont pas les seuls à reconnaître votre beau talent, et les égards qu'on lui doit. Vous protéger est une gloire dont on ne peut manquer d'être jaloux; et quoique je ne sois point Pallas, qui peut-être n'étoit guère plus sage que les autres, je serai toujours fière de vous servir de mon crédit.

Je vous remercie des vœux que vous m'exprimez et de l'attachement que vous professez pour moi. C'est trop m'honorer que de faire répéter mon nom aux échos des Alpes. Soyez sûr qu'on répète souvent le vôtre dans les salons de Versailles. S'il m'était loisible, j'irois le faire retentir près des seules montagnes qui soient dignes de l'entendre, au pied du Pinde et du Parnasse.

COMTESSE DU BARRY.

Des âmes charitables de la cour n'ont pas manqué
d'aller colporter à Chanteloup l'histoire des relations
épistolaires du comte de Ferney et de la comtesse
Du Barry. M. de Choiseul, à qui l'exil n'a rien fait perdre de son esprit railleur, a imaginé, pour se venger de
la défection de Voltaire, de faire peindre le portrait de
ce philosophe sur la plus élevée des girouettes du château de Chanteloup, avec cette exergue au bas :

Du nord au sud et de l'est à l'ouest.

Le roi de Suède Gustave III à Paris. — Séance de l'Académie des sciences. — Mademoiselle Biheron. — Le jeton d'or et le jeton d'argent de l'Académie française.

8 mars 1771.

Il n'est bruit, depuis huit jours, que du nouveau roi de Suède, Gustave III. Ce prince est arrivé ici il y a quelques semaines, sous le nom de comte de Haga. Il est accompagné de son frère, le prince Frédéric-Adolphe. Le 1er de ce mois, un courrier est venu de Suède annoncer au prince royal la mort du roi son père. Cette nouvelle inattendue a tellement impressionné les deux princes qu'ils en sont encore indisposés, et qu'ils sont demeurés cachés aux regards du public jusqu'à présent. Cependant, avant-hier, le nouveau roi s'est rendu seul à la séance de l'Académie des sciences. M. d'Alembert a fait un discours philosophique au roi, puis on a écouté les rapports de trois savants. Tout cela m'a paru mortellement ennuyeux; les académiciens avaient été d'avance de cet avis, car pour récréer le roi de Suède, ils ont fait terminer leur séance par des démonstrations anatomiques, données par mademoiselle Biheron. Cette demoiselle est une pauvre fille de cinquante ans, qui passe sa vie en actes de dévotion et en études d'anatomie. Elle a imaginé de faire des morceaux d'anatomie artificiels. Ces morceaux imitent si bien les cadavres préparés, que le chevalier Pringle, lorsqu'il vint à Paris, dit en voyant quelques-uns de ces ouvrages : « Mademoiselle, il n'y manque que l'odeur. » Pouah! je ne sais pourquoi je parle de cela.

Le roi de Suède, comme les autres rois voyageurs, veut tout voir et tout entendre. Il est allé hier à la machine de Marly, puis à Saint-Germain et à Rueil, où il a soupé chez madame d'Aiguillon, la duchesse douairière. M. le duc de Nivernois a lu des vers, ce qui ne pouvait manquer d'arriver. Il en avait déjà lu le matin, à la séance de l'Académie française où le roi de Suède et le prince son frère s'étaient rendus. Ces académiciens! Ne se sont-ils pas imaginé de présenter à Sa Majesté Suédoise un jeton en or, et un autre en argent au prince Frédéric-Adolphe, à qui on a déclaré que les rois seuls avaient droit au jeton académique en or! Voilà une fière sottise! Madame Du Barry en a bien ri ce matin : « Ces messieurs de l'Académie, a-t-elle dit, sont des gens équitables : ils payent l'ennui qu'ils donnent, en or aux têtes couronnées, en argent aux simples princes. » Je ne sais pas si le roi et son frère se sont trouvés payés, mais j'ai bien dormi à la lecture d'une comédie qu'a faite M. Marmontel.

Le lit de justice. — Mot du duc de Nivernois. — Les épigrammes.
— Le portrait de Charles Ier et les *nouvelles à la main*. — La
chasse à la FEUILLE.

16 avril 1771.

Le dernier coup est donné à la vieille magistrature;
M. de Maupeou est enfin parvenu à se faire un parlement docile. Il y a encore parmi les pairs des rebelles
que soutiennent les princes du sang, mais avec du
temps et des faveurs on les mettra à la raison. Le 13 de
ce mois, le roi a tenu un lit de justice dont on se sou-
viendra longtemps. Le chancelier a lu trois édits, l'un
cassant de droit l'ancien parlement, qui l'était déjà de
fait; l'autre portant arrêt de dissolution de la cour des
aides; et enfin le troisième établissant l'ancien conseil
en parlement nouveau. Après la lecture de ces édits,
le roi se leva et dit : « Vous venez d'entendre mes
intentions. Je veux qu'on s'y conforme. Je vous ordonne de commencer lundi; mon chancelier vous in-
stallera. Je vous défends toutes délibérations contraires
à ma volonté, et toutes représentations en faveur de
mon ancien parlement, car je ne changerai jamais
d'avis. »

Madame Du Barry était présente à cette grave cérémonie; en sortant, elle rencontra M. de Nivernois, qui

17

s'est mis du côté des pairs protestants : « J'espère, monsieur le duc, que vous vous départirez de votre opposition aux ordres du roi ; vous avez entendu que Sa Majesté a déclaré qu'elle ne changerait jamais ? — Oui, madame, mais en disant cela le roi vous regardait. »

On chansonne mieux que jamais le brave chancelier ; les Français n'ont pas changé depuis Mazarin. On m'a déjà apporté cette épigramme-acrostiche sur M. de Maupeou :

> Mauvais ami, plus mauvais citoyen,
> Ardent au mal, de glace pour le bien,
> Vil instrument, rebut de la nature,
> Pétri de fiel, d'orgueil et d'imposture.
> Ennemi-né des soutiens de la loi,
> On reconnoît à semblable peinture
> Un traître infâme à la France et au roi.

On chansonne aussi le secrétaire du chancelier, M. Lebrun, un jeune homme qui fera son chemin. C'est lui qui a rédigé les édits, aussi on l'arrange de la belle sorte :

> De deux coquins qu'on alloit pendre,
> L'un étoit blond, l'autre étoit brun ;
> Mais le bourreau n'avoit de corde que pour un :
> Laissons le blond, il peut attendre,
> Amusons le public qui vient ici se rendre
> Pour avoir le plaisir de voir pendre le brun.

Le parlement en corps n'est pas plus respecté que son chef :

Quand je vois ce tas de vermine
Que l'on érige en parlement,
Je les pendrois tous sur la mine,
Disoit le bourreau gravement;
Mais en vertu d'une sentence
De ce conseil irrégulier,
Je ne pourrois en conscience
Pendre même le chancelier.

J'ai choisi ce que j'ai trouvé de plus spirituel dans tout ce qu'on m'a envoyé depuis janvier. Il y a des vaudevilles dont les auteurs devraient être pendus pour crime de langage empesté, mais le roi, qui n'aime pourtant pas beaucoup les gens de lettres, est encore mille fois trop bon pour eux.

Dans les *nouvelles à la main* du mois dernier, on a donné jour à une atroce calomnie sur madame Du Barry. L'auteur de ce libelle, qui se lit sous le manteau de la cheminée, mais qu'on devrait jeter au feu, l'auteur prétend que le chancelier a fait acheter par madame Du Barry, à la vente des tableaux du comte de Thiers, un portrait du roi d'Angleterre Charles Ier. Ce portrait aurait été placé dans la chambre de la comtesse, auprès de celui du roi Louis XV, pour que madame Du Barry pût toujours ramener le roi aux mesures rigoureuses envers les robes noires, en lui rappelant l'exemple du roi Charles égorgé par son parlement.

La vérité, c'est que le beau-frère de la comtesse voulut qu'on achetât ce tableau et qu'on le plaçât auprès du roi, pour rappeler à Sa Majesté Louis XV que

17.

les Du Barry de France étaient alliés aux rois Stuarts par les Barimore d'Angleterre. C'est une petite vanité du comte Jean, qui n'a guère coûté plus de vingt-quatre mille livres à la comtesse. Il est vrai que le roi, la première fois qu'il vit le portrait du malheureux Charles Iᵉʳ, n'écouta guère l'explication généalogique que lui donnait la favorite. Il demeura pensif devant le portrait, puis il dit tout à coup, en interrompant madame Du Barry : « Vous avez bien fait, madame, de mettre ici le portrait de ce prince infortuné : en le voyant, je me rappellerai que c'est bien plus sa faiblesse qui l'a tué que son parlement. »

Il n'est question que de nominations et d'avancements, de faveurs et de grâces. Je n'en dirai qu'une parce qu'elle touche à madame Du Barry. Le plus jeune des frères du comte Jean a été nommé colonel-lieutenant du régiment de la Reine, cavalerie.

Il y a eu une grande chasse à courre à la *feuille* des bénéfices, M. de Jarente ayant été renvoyé dans son diocèse pour y étudier son bréviaire qu'il n'a jamais lu. M. Bertin, le nouveau ministre, voulait faire nommer son frère, M. de Vannes ; le duc de La Vrillière-Phelypeaux voulait faire nommer l'archevêque de Bourges, son parent ; le chancelier voulait faire nommer M. d'Arles ou M. de Luçon ; madame Du Barry présentait M. de Roquelaure, évêque de Senlis, qui lui rend quelques bons offices auprès de Mesdames Royales. En pareil cas, le roi ordinairement ne nomme personne, afin de contenter tout le monde. Malheureu-

sement la *feuille* des bénéfices ne peut rester sans
titulaire : il s'est donc décidé pour son grand aumônier, dont l'âge avancé est une espérance pour les
contendants.

Cette pauvre *feuille* a été bien rongée sous M. de
Jarente. Mademoiselle Guimard, sa maîtresse, savait
en tirer de beaux profits, ce qui faisait dire à l'une des
rivales de cette beauté si maigre : « Cette chenille-là
devrait pourtant être grasse ; elle se nourrit sur une si
bonne feuille ! »

La cour à l'envers. — Un quatrain. — L'ennui. — Extrait d'une
gazette. — Lettre d'un juif.

10 mai 1771.

Cette diable d'affaire du parlement et ses suites font
qu'on ne s'amuse guère dans le pays où nous sommes.
Tous les esprits sont à l'envers. On s'occupe des protestations, on intrigue pour ou contre les princes, on
cabale avec ou sans le chancelier, qui est l'homme
indispensable du moment; bref, on s'occupe de tout,
si ce n'est de s'amuser. On perd toute galanterie et
toute pudeur, en voici pour exemple un quatrain qui
a passé par toutes les mains de la cour avant d'être
remis à madame Du Barry :

> France, quel est donc ton destin,
> D'être soumis à la femelle?
> Ton salut vint d'une pucelle,
> Tu périras par la catin.

C'est au commencement du mois dernier qu'a couru
cette vilenie, eh bien! on ne sait pas encore qui l'a
faite. En revanche les gazettes l'ont publiée. Ce n'est
pas du temps de madame de Pompadour que les choses
se seraient passées ainsi! Il y a de beaux jours que
l'auteur du quatrain serait connu et embastillé.

Nous allons avoir un mariage de prince royal, mais nous n'aurons pas d'amusement. Ce mariage, en fait de plaisirs, ne nous procure déjà que des querelles entre ceux et celles qui prétendent à faire partie de la maison du comte et de la comtesse de Provence.

Voici une histoire de Juif qui seule nous a réjouis ; comme les gazettes l'ont déjà racontée, je me contente de mettre ici un extrait de journal, avec la copie d'une lettre.

7 mai 1771.

« Il est beaucoup question dans le public de l'espièglerie d'un juif vis-à-vis madame la comtesse Du Barry. Cette dame lui devoit trente mille écus depuis longtemps, dont il ne pouvoit se faire payer. Un de ces jours derniers il s'est présenté chez elle avec un bijou, qu'il a jugé propre à la contenter ; il n'a point fait le difficile sur le prix, et l'on est convenu de deux mille écus. Elle a voulu d'abord le remettre à quelque temps pour toucher cette somme ; il a fait entendre qu'il ne pouvoit accepter le délai, et qu'il avoit un besoin d'argent urgent. Il n'a pas même fait mention de celui qui lui étoit déjà dû. Eh bien, lui a dit la comtesse, faites un mandat de cette somme sur Beaujon (le banquier de la cour) que je signerai. C'est où le drôle attendoit la dame. Il dresse à la hâte ce chiffon, et fait un mandat de soixante-six mille livres, qu'elle signe aveuglément dans son lit. Le sieur Beaujon, accoutumé à cette signature, paye ; mais la première fois qu'il voit la favorite, il se plaint vaguement que ses mandats deviennent fréquents. Comme elle comptoit que celui-ci n'étoit que de deux mille écus, elle traita cela de misère, de bagatelle. Le lourd financier prétend qu'une somme de soixante-six mille livres n'est pas si peu de chose. Il s'ensuit une explication, qui fait rire la comtesse comme une folle, et bien loin de se fâcher, elle trouve que le juif a bien fait; elle l'applaudit, et n'a rien de plus pressé que de conter le tour au roi et de l'en amuser.

» Il paroît, ajoute l'historien, que tous ces petits traits amusent beaucoup en effet Sa Majesté. Elle soupe presque tous les soirs chez madame Du Barry, et se plaît de plus en plus dans sa société. Celle-ci, en conséquence, pressure davantage le sieur Beaujon. L'honneur qu'elle a de posséder ainsi le roi la constitue dans des dépenses effroyables, et l'on évalue que depuis peu elle a touché un million deux cent mille livres comptant de ce banquier de la cour. Tout cela s'écoule comme l'eau entre les mains de cette comtesse magnifique, qui ne connoît l'usage de ce métal que pour le prodiguer noblement. »

Voilà comme ces gazetiers se permettent de parler des choses de la cour, qu'ils jugent de leur ruisseau. Le Juif a écrit une lettre d'excuses à madame Du Barry; du moins on fait circuler cette copie, qui m'a paru divertissante :

                                        7 mai 1772.

        MADAME LA COMTESSE,

On vient de me dire qu'il y avoit une lettre de cachet contre moi, pour me faire renfermer à cause du mandat de soixante-six mille livres que vous avez signé en dernier lieu. Madame, je vous supplie de ne pas me perdre. Vous savez que je ne vous ai fait aucun tort. Vous me deviez anciennement soixante mille livres qui, jointes aux six mille livres de votre dernier achat, font les soixante-six mille livres du mandat. Comme j'ai eu l'honneur de vous dire que j'avois un extrême besoin d'argent, vous m'avez ordonné de faire ce mandat, que vous avez eu la complaisance de signer. Il est vrai que vous n'en comptiez signer qu'un de six mille livres, et mon tort a été de ne vous pas avoir dit que j'y joignois les soixante mille livres d'ancienne date. Mais pour cela je ne suis pas criminel. J'ai cru, au contraire, faire en même temps votre bien, puisque sans vous en apercevoir je vous libérois d'une dette dont vous auriez toujours été tenue. Ainsi j'espère de votre bonté que s'il y a effectivement un ordre contre moi, vous voudrez bien le faire lever. Je ne cesserai de faire des vœux au ciel pour la conservation de vos jours précieux.

MICHEL OULIF.

L'ennui nous réduit à nous divertir de cela.

Le mariage de M. le comte de Provence. — Les fêtes à Versailles.
— Toujours l'ennui. — Une nouvelle Maintenon.

30 mai 1771.

Le mariage de M. le comte de Provence avec la princesse Louise de Savoie a été, comme je le prévoyais,
d'une grande tristesse. Le roi a toujours martel en tête
à propos du grand coup d'État du chancelier. Nous
n'avons eu, pour toutes récréations, qu'un insipide petit
feu d'artifice du sieur Torré. Le festin et le bal ont été
conformes à l'étiquette ; on avait pensé que la grande
affaire du menuet reviendrait sur le tapis, mais il n'en
a rien été. Mademoiselle de Lorraine n'a pas paru au
bal. Hier, nous avons eu le plaisir de faire tomber *les
Projets de l'amour,* un mauvais opéra qui a fait bâiller
le roi plus que de raison. On doit reprendre cette
pièce et jouer aussi une tragédie de M. de Belloy,
appelée *Gaston et Bayard.* Tout cela me paraît bien
ennuyeux ; j'ai envie de m'en aller à Potsdam. Ouf ! je
m'endors moi-même !

A propos de mariage, on se chuchote que madame
Du Barry pourrait bien prendre le rôle qu'a pris madame de Maintenon après la mort de la reine. On se
dit tout bas que des démarches vont être faites pour

obtenir le divorce avec le comte Guillaume, et la dispense du pape pour faire un *mariage de conscience.* Ma foi! tout ceci n'est décidément pas gai! si nous sommes sérieusement menacés de revenir au temps de madame de Maintenon, je pars pour Berlin.

Les événements de cette année. — Les portraits. — Luciennes.
— Le roi jardinier. — *La vérité dans le vin.* — Vers de
Voltaire. — Leur parodie.

25 décembre 1771.

Voilà une mauvaise année qui finit. On l'a commencée d'une façon si sérieuse qu'on a bien de la
peine à la terminer gaiement ; mais enfin on a l'air
de s'y disposer. Je n'ai rien écrit depuis sept à huit
mois. Qu'aurais-je dit ? que madame Du Barry a eu
plusieurs portraits d'elle exposés au salon de cette
année ; que l'un d'eux était une petite miniature qui
a fait naître ces vers :

> Quels yeux ! quel attrait ! qu'elle est belle !
> Est-ce une divinité ?
> Non, c'est une simple mortelle
> Qui en emprunte la beauté.
> Entre vous qui décidera,
> Beau cavalier, aimable Flore ?
> L'Olympe jaloux se taira,
> Le cœur surpris admire et doute encore.

J'aurais dit que nous avions vécu pendant tout
l'été comme des héros d'opéra-comique. Le roi allait
tous les jours de Marly à Luciennes. Sa Majesté
s'habillait en veste blanche et jardinait ; madame

Du Barry le regardait, riait, folâtrait, et quelquefois se promenait gravement sous les ombrages. C'était comme un vrai décor, quand elle apparaissait au bout d'une allée, vêtue de blanc et de rose, et suivie de Zamore, le nègre doré, qui portait un parasol rouge ; je me croyais toujours dans le château du prince Charmant ou dans celui de la Belle au bois dormant. Madame Du Barry a fait de Luciennes un petit paradis terrestre. Pour se désennuyer, elle a pris le parti de protéger les artistes ; elle a trouvé, je ne sais où, un petit architecte nommé Ledoux, qui lui a bâti un pavillon délicieux. Tous les peintres et les sculpteurs célèbres y ont travaillé ; c'est un petit bijou. C'est à ce beau travail que la plus belle partie de l'année s'est écoulée. Je ne parle pas des affaires politiques, j'ai tout oublié à Luciennes.

Si j'avais écrit mes notes, j'aurais dit encore que nous avons voyagé comme on a coutume de le faire tous les ans ; que plus le roi vieillit, plus il s'ennuie et plus il recherche le mouvement des voyages ; que l'autre semaine nous étions à Choisy, où pour la première fois de l'année nous avons ri à perdre haleine. Ce fut une jolie pièce un peu grivoise, *La vérité dans le vin,* de M. Collé, qui nous procura ce bonheur de rire. Je crois qu'elle nous a un peu désensorcelés, on recommence à rire autour de moi.

Mais ce que j'aurais dit surtout, c'est que si madame Du Barry puise à pleines mains dans le trésor, comme l'avancent ses ennemis, il ne lui en reste rien,

que son pavillon de Luciennes, ses peintures, ses
meubles et ses magots. Aucune maîtresse de roi de
France n'a montré pareil désintéressement.

Si M. de Maupeou a subi de violentes attaques,
il s'est élevé dans ce temps-ci une voix en sa faveur,
une voix que le public n'écoute que trop bien. Mais
ce n'est pas le moment de s'en plaindre.

Le patriarche a fait de beaux vers pour le chancelier, dont il partage la haine pour les parlements ;
ces vers ne sont pas encore publiés, mais ils le seront
bientôt :

> Je veux bien croire à ces prodiges
> Que la fable vient nous conter,
> A ces héros, à leurs prestiges
> Qu'on ne cesse de nous citer ;
> Je veux bien croire à ce fier Diomède
> Qui ravit le *palladium,*
> Aux généreux travaux de l'amant d'Andromède,
> A tous ces fous qui bloquaient Illium :
> De tels contes pourtant ne sont crus de personne !
> Mais que Maupeou, tout seul, du dédale des lois
> Ait pu retirer la couronne,
> Qu'il l'ait seul rapportée au palais de nos rois :
> Voilà ce que j'ai vu, voilà ce qui m'étonne.
> J'avoue avec l'antiquité
> Que ses héros sont admirables ;
> Mais, par malheur, ce sont des fables,
> Et c'est ici la vérité.

Quoique ces vers ne soient pas encore connus du
public, il s'est trouvé cependant quelqu'un pour en
faire une parodie, qu'on livrera au public bien

certainement avec les autres, sinon plus tôt. Voici la
parodie qu'on m'a donnée ce matin :

> Je veux bien croire à tous ces crimes,
> Que la fable vient nous conter,
> A ces monstres, à leurs victimes,
> Qu'on ne cesse de nous vanter ;
> Je veux bien croire aux fureurs de Médée,
> A ses meurtres, à ses poisons ;
> A l'horrible banquet de Thyeste et d'Atrée,
> A la barbare faim des cruels Lestrigons.
> De tels contes pourtant ne sont crus de personne !
> Mais que Maupeou tout seul ait renversé les lois,
> Et qu'en usurpant la couronne,
> Par ses forfaits il règne au palais de nos rois :
> Voilà ce que j'ai vu, voilà ce qui m'étonne.
> J'avoue avec l'antiquité,
> Que ces monstres sont détestables ;
> Mais, par bonheur, ce sont des fables,
> Et c'est ici la vérité.

Le premier de l'an. — La pension de M. de Choiseul. — Vers.
— La fête de madame de Valentinois. — Madame Du Barry
chez Vernet.

15 janvier 1772.

Cette année, au premier jour de l'an, les receveurs
généraux ont eu la galanterie de venir complimenter
madame la comtesse Du Barry. Un des leurs a fait un
petit discours auquel madame Du Barry a répondu
comme un ange qui aurait été fermier général.

M. le duc de Choiseul, qui a des dettes énormes,
désirait vendre sa charge de colonel général des suisses.
Le roi, qui est souvent avare, demanda la démission
du duc. Madame Du Barry, en ennemie généreuse, se
mêla de cette affaire, et elle a su si bien tirer parti de
son ascendant sur le roi, que Sa Majesté a consenti
une pension de soixante mille livres sur la tête de la
ducheses, et trois cent mille livres une fois versées. On
n'a pas manqué, aussitôt que cette belle action a été
connue du public, d'en faire le sujet de différentes
pièces, en vers ou en prose. En voici une qu'on a
trouvée charmante :

> Chacun doutait, en vous voyant si belle,
> Si vous étiez ou femme ou déité,
> Mais c'est trop sûr; votre rare bonté

N'est pas l'effet d'une simple mortelle.
Quoi qu'ait jadis écrit, en certain lieu,
Un roi-prophète en sa sainte démence,
Quoi qu'un poëte en ait dit, la vengeance
N'est que d'un homme, et le pardon d'un Dieu.

Il y a eu, ces temps derniers, une grande fête à Passy chez madame de Valentinois. On y a donné une pastorale avec la musique de Monsigny et les acteurs de la Comédie italienne. Puis on a chanté un petit opéra de Favart. Madame Du Barry, qui n'était pas attendue, fut l'héroïne de cette fête, donnée à madame la comtesse de Provence. Comme Son Altesse Royale se retirait, sa dame d'honneur lui demanda comment elle avait trouvé la fête qu'elle avait eu l'honneur de lui donner : « Une fête à moi ! répondit la princesse ; je sais que vous en avez donné une, dont j'ai pris ma part, mais je ne vous en remerciais point, parce que j'ai cru qu'elle était pour madame Du Barry. » Cela fait encore une princesse ennemie de ma pauvre comtesse, qui a été très-mortifiée de ce propos. Mais elle tâche d'oublier l'inimitié de la famille royale, en amusant le roi, et en cherchant pour elle-même des distractions. Elle s'est mise en tête d'être une protectrice des sciences et des arts. Ce fut aussi l'une des ambitions de madame de Pompadour. Un de ces jours-ci, madame Du Barry s'en va donc, pour jouer au vrai son rôle de protectrice, visiter l'atelier de Vernet, un de ses peintres de Luciennes. Elle y trouve deux tableaux finis, qu'on allait emporter : l'un représentait

18

une tempête, l'autre une mer calme. « Voilà deux
beaux tableaux, je les prends. » En vain Vernet
répond qu'ils sont vendus, madame Du Barry prend
une plume et griffonne sur un bout de papier une
ordonnance de cinquante mille livres payable par
Beaujon, notre banquier.

20 mai 1772.

Le roi est triste ; le roi est superstitieux, le roi a soixante-deux ans, et je ne sais quel prophète de malheur lui a dit que l'année prochaine, 1773, et la soixante-troisième de son âge, lui serait une année funeste. Ils l'appellent l'année climatérique ; du diable si je sais ce qu'ils entendent par là ; je doute fort qu'ils le sachent bien eux-mêmes. Mais ces médecins et ces prophètes sont la cause de la tristesse générale qui règne dans ce pays-ci. Les prophètes font peur pour l'an prochain, les médecins font peur pour l'an présent. Le roi a été un peu malade : on s'est hâté de lui représenter que le bien de ses peuples exigeait qu'il se ménageât davantage : « Oui, a dit le roi à La Martinière son chirurgien, je vois bien qu'il faut que j'enraie. — Dites plutôt qu'il faut dételer, » a répondu le brutal.

Au mois de février dernier, nous avons vu mourir le duc de La Vauguyon, gouverneur des enfants de France. Quoique voué aux jésuites, c'était un bon homme. Le roi a eu bientôt fait de prononcer son oraison funèbre : « C'était un ambitieux déguisé, a-t-il

18.

dit; que Dieu ait son âme! il ne me fera plus tourmenter par Mesdames pour avoir un portefeuille. » Le
cœur du roi devient chaque jour plus sec et plus indif-
férent pour ses amis : aussi bon nombre vont-ils en
secret faire leur cour au Dauphin; ce sont des amis
prévoyants.

Madame Du Barry a souffert un peu de cet état de
maladie et d'inquiétude du roi. Un jour qu'elle lui re-
prochait en riant les grands éloges qu'il faisait souvent
des charmes de madame la princesse de Lamballe :
« En seriez-vous jalouse? demanda-t-il brusquement.
— Oui, Sire, car on prétend que vous voulez l'épouser. » La comtesse croyait plaisanter en répétant ce
bruit qui avait effectivement couru les antichambres,
mais le roi lui repartit avec une certaine vivacité :
« Eh! madame, je pourrais plus mal faire! » Ce compliment arrêta court les plaisanteries de la favorite.

Ses ennemis ont appris cela, on sait tout ici, et ils
se sont empressés de faire faire de nouvelles remontrances au roi. Ils espéraient que la mauvaise humeur
royale persisterait. Pour que leurs remontrances fussent plus favorablement reçues, ils eurent la sottise de
les faire faire en vers, ce qui était le vrai moyen
d'empêcher le roi d'y prendre garde. En voici un
échantillon :

> Diane, Bacchus et Cythère,
> De ta vie abrégent le cours :
> Renvoie, il en est temps encore,
> L'impure qui te déshonore,
> Chasse tes indignes amours.

Ce printemps s'annonçait mal. Malgré la prodigalité
es comédiennes qui se sont fait traîner à Lonchamps
ans des conques d'ivoire avec des chevaux harnachés
'or; malgré les folies ruineuses que nous imaginons
our suivre de loin les splendeurs de la comtesse;
algré que nous ayons tous le diable au corps pour
aire croire que nous nous amusons, le printemps a été
onstamment « au nébuleux », comme dit cette vieille
oquette de madame de Langeac. Nous n'avons commencé à nous amuser qu'à Marly. Le roi a repris ses
romenades quotidiennes à la chapelle de madame Du
Barry, je veux dire au pavillon de Luciennes, plus
oquet encore que l'an passé. Le « séjour des champs »,
our employer une expression que l'abbé Delille a
nise à la mode dans un certain monde, a refait la
anté du roi. Avec la santé sont revenus le calme, la
érénité et la gaieté du maître. Hier, dans la matinée,
e roi venait de déjeuner à Luciennes, et Sa Majesté
aisait sa sieste dans le petit salon tendu de perse, dont
l'ameublement vient d'être renouvelé en secret par les
oins du roi. Zamore, le laid négrillon, jouait avec
Phénix, un petit singe du Brésil, et le nègre luttait de
rimaces et d'agilité avec le singe. Pendant ce temps
a comtesse bavardait avec une perruche couleur feu.
Le roi ne dormait pas, il contemplait ce tableau et
iait souvent des singeries de Zamore, qui l'emportaient
ur les singeries du singe. « A propos, Sire, dit tout
coup la comtesse, j'ai une grâce à vous demander.
— Mon Dieu! que le métier de roi est ennuyeux! s'é-

cria Sa Majesté, on n'a jamais le temps de rire; et si par hasard on vous voit sourire, on en veut profiter pour vous arracher des grâces et des faveurs. » Mais en parlant ainsi, le roi riait, et ses yeux semblaient dire à la comtesse : Demandez et vous obtiendrez.

« Ce n'est pas pour moi que je sollicite, répondit madame Du Barry, c'est pour un pauvre être dont tout le monde s'amuse, mais que tout le monde repousserait si je n'étais plus là. — Bon, dit le roi, j'y suis, vous voulez parler de Dorine, votre épagneul, qui mourra bien certainement d'une indigestion de gimblettes. Que voulez-vous pour elle, une pension? — Non, Sire, ce n'est pas cela. — Alors vous craignez pour l'avenir de Phénix, ce petit ouistiti qui est plus méchant encore que Dorine? — Non, Sire, ce n'est pas encore cela. J'aurai toujours bien, j'espère, des gimblettes et des noix pour Dorine et Phénix. Mais je crains pour l'avenir de Zamore. Le voilà grand garçon maintenant, car il a ses douze ans, et je voudrais lui voir un emploi. — Soit, dit le roi en riant, je le nomme premier singe du roi de France. — Non, Sire, la mode n'est plus aux bouffons royaux; je désire quelque chose de sérieux. — Voulez-vous un gouvernement? je l'enverrai en Guyenne à la place de M. de Richelieu. Ce me serait une occasion de punir les Gascons de leurs mauvais propos sur moi. — Zamore leur apprendrait comment on fait respectueusement la grimace au roi, répondit la comtesse. Mais je désire ne pas m'en séparer. — Eh bien! dit le roi, j'érige Luciennes

n fief souverain, en province du roi, et je nomme
1. Zamore gouverneur à vie avec les appointements de
ix cents livres. Est-ce cela ? — Oui, Sire, vous êtes
e meilleur des rois. » Et la comtesse se tourna vers
'amore et lui dit : « Venez çà, monsieur le mauricaud,
t remerciez Sa Majesté de ses bienfaits. » Le négrillon
int se mettre à genoux devant le roi, et pour remer-
ier Sa Majesté, il lui fit sa plus belle grimace.

Aujourd'hui le chancelier a reçu l'ordre d'expédier
e brevet du singe Zamore. Ce maraud-là a plus de
hance qu'un honnête gentilhomme. Je le déteste, je
'ai jamais bien su pourquoi, c'est peut-être parce
[u'il mord mieux que le duc d'Ayen, mon si méchant
mi.

Le comte Guillaume à Paris. — Projets de mariage et de divorce.
— Le cardinal de Bernis. — Affaire Billard. — Les comédiens
de bois de Sa Majesté. — Les donneurs de pantoufles. — Mot
du roi. — Madame de Murat.

15 septembre 1772.

Au commencement de l'été, le comte Guillaume
Du Barry, mari de la favorite, est venu s'installer à
Paris. Il a monté une maison sur un grand pied, où
l'on a soupé, dansé et joué gros jeu. Finalement le
comte s'en est retourné dans sa province après un
séjour d'environ deux mois.

On a tout dit et tout imaginé sur cette apparition,
tout, moins la vérité.

Madame Du Barry poursuivait alors ses projets
de mariage avec le roi, ou pour parler juste, ses
amis s'en occupaient, car pour elle, je pense qu'elle
n'a jamais songé sérieusement à jouer le rôle de
Maintenon. Pour commencer à mettre ce beau projet
à exécution, il fallait faire annuler le présent mariage
de la comtesse, c'est pour cela qu'on a mandé le comte
Guillaume. Mais le cardinal de Bernis ayant échoué
à Rome, l'abbé du Terray, qui prend en main la
direction des affaires de la comtesse, au grand dépit du
chancelier, l'abbé s'est retourné vers le divorce. Il en
a montré la nécessité à la comtesse, qui ne pouvait

sans son mari faire aucune acquisition. La séparation
de corps et de biens a été prononcée par les tribu-
naux. Le comte Guillaume s'en est retourné à Toulouse, et, comme l'a dit le duc d'Ayen, « il n'a pas
perdu son temps à Paris. »

On persiste à dire à madame Du Barry que son
divorce sera autorisé par la cour de Rome, mais il
est clair que non, puisque le mariage vient d'être
reconnu par le tribunal qui a prononcé la séparation.
Si le cardinal de Bernis avait bien voulu obtenir l'as-
sentiment du pape en temps utile, je crois qu'il
l'aurait pu, mais toute cette affaire n'est qu'apparente.
Le duc d'Aiguillon et l'abbé du Terray, qui en sont
les principaux meneurs, ne cherchent qu'à gagner
ainsi une plus grande influence sur l'esprit de la
favorite. Le cardinal, notre ambassadeur à Rome,
avait donc reçu des ordres secrets en conséquence.
A propos du cardinal de Bernis, on m'a rappelé
hier ce joli mot de sa jeunesse.

Le cardinal était venu à Paris, comme tant d'autres
petits abbés de province, avec une jolie figure, de
l'esprit, une grande ambition et le diable dans sa
bourse; comme tant d'autres aussi, il débuta par de
petits vers. Un jour qu'il sollicitait de M. de Mirepoix,
ministre de la feuille, un bénéfice qui l'aidât à vivre,
le ministre, qui n'aimait point les vers de l'abbé
de Bernis, lui répondit brusquement : « Vous n'aurez
point de bénéfice tant que je serai en place. — Monseigneur, j'attendrai. »

L'abbé du Terray fait des miracles; il a offert au mois
de juillet le remboursement de leur charge à tous les
vieux parlementaires en exil ; tous ceux qui l'ont
accepté ont été payés, le prix des autres a été déposé
chez les notaires pour être distribué aux hôpitaux à la
fin de l'année. Ce tour de force, car c'est un tour
de force dans l'état où l'on dit que sont nos finances,
a valu à l'abbé la bienveillance capricieuse du public
et la mauvaise volonté du chancelier. Ce qui augmente
la colère de celui-ci, c'est de voir l'abbé devenir
indispensable à madame Du Barry. En contrôleur
dévoué et en abbé galant, il laisse ses coffres tout
grands ouverts pour la comtesse et les siens, qui ne
se font faute d'y puiser. Ce beau procédé l'a mis au
mieux avec la favorite, qui commence à avoir des
griefs contre le chancelier. En effet, celui-ci, malgré
les pressantes recommandations de madame Du Barry,
a laissé condamner au carcan et à la déportation le
banqueroutier Billard. Ce Billard est neveu de M. Bil-
lard-Dumonceau, le parrain de la comtesse. Elle a
tout fait pour éviter cette douleur à son bonhomme
de parrain, mais M. de Maupeou s'est bien gardé de
l'aider à attendrir le roi. Sa Majesté n'était pas du reste
disposée à la faveur. Le jour du supplice de Billard,
le roi fit la remarque « que le temps était superbe
pour la représentation du banqueroutier ». Ce mot a
rappelé celui du roi lors de l'inhumation de la marquise de Pompadour : « Cette pauvre marquise aura
beau temps pour son dernier voyage! » L'esprit du

roi est quelquefois cruel, madame Du Barry ne l'ignore pas; elle sait aussi que l'ennui rend les rois méchants, aussi fait-elle tout au monde pour amuser le roi.

A Choisy, nous avons encore eu la comédie, mais cette année madame Du Barry s'est imaginé de nous faire voir les spectacles de la foire. Elle a mandé le sieur Audinot et ses petits enfants. Toute la troupe est venue; on a joué les pièces de Collé, on a ri surtout aux représentations de *Il n'y a plus d'enfants*, de *la Guinguette*, de *la Fricassée*. Le roi même riait de ces farces au gros sel. Pendant ce temps, Audinot faisait afficher sur la porte de son théâtre à Paris : *Les comédiens de bois de Sa Majesté donnent aujourd'hui relâche au théâtre pour aller à la cour.*

On me fait passer à l'instant une grossière calomnie répétée partout par les ennemis de la comtesse. On prétend dans ce libelle « que le notaire Le Pot d'Auteuil venant un matin prendre les ordres de madame Du Barry, trouva cette dame au lit. Le roi était chez elle, ainsi que le nonce et le cardinal de la Roche-Aymon. Comme il s'agissait de se lever pour signer une pièce importante, les deux graves personnages se seraient empressés de s'agenouiller et de présenter chacun une pantoufle à la comtesse, sortant de son lit comme Vénus sortit de l'onde. Le tout au grand amusement du roi et au grand ébahissement du notaire. » Tout cela est absurde. Il est vrai que la comtesse reste souvent au lit pendant toute la matinée et que le roi et quelques amis intimes, parmi lesquels sont les deux prélats, viennent la visiter, mais l'invention des donneurs de pantoufles est ridicule. On suppose au roi plus de faiblesses qu'il n'en a, et quel que soit le caractère badin de la comtesse, elle n'a jamais donné droit à personne, depuis qu'elle est à la cour, de l'accuser d'un pareil oubli de soi-même.

Le comte Jean Du Barry est en ce moment le héros d'une nouvelle qui nous a fait tous rire, à commencer par sa belle-sœur. Le *Roué*, comme on l'appelle quelquefois encore, avait pour maîtresse la femme d'un chevalier de Saint-Louis appelé comte de Murat. On dit même qu'il avait connu cette dame avant son mariage. Quoi qu'il en soit, le *Roué* vivait en paix avec M. le comte et madame la comtesse de Murat, lorsqu'il fut troublé par un ordre du roi lui enjoignant d'aller rendre une visite de quelques mois à son comté de l'Ile que Sa Majesté venait de lui engager. Cet ordre était une petite disgrâce, amenée par l'éclat qu'avait fait le comte Jean, au comité des fermes, pour faire nommer le sieur Dessaint receveur général, bien que le comité eût déjà nommé et installé un autre receveur. Le *Roué* partit, essayant de mettre en pratique le conseil qui lui avait été donné « de tourner sa langue sept fois dans sa bouche avant que de parler ». Pendant qu'il était absent, son ami, le sieur Dessaint, reçut cette lettre de madame de Murat :

A M. Dessaint, directeur des fermes de Paris.

Paris, 15 août 1772.

Je vous prie, monsieur, d'apprendre à M. le comte Du Barry ma résolution de me séparer d'avec lui. Qu'il ne regarde pas mon évasion comme une perfidie, ou comme une ingratitude. Je ne l'ai jamais aimé, et il n'a jamais été que mon tyran. J'ai éprouvé ses caresses, sans lui en faire, et ses bienfaits, sans les désirer. Sa violence, ses emportements, m'ont forcée à recevoir les unes et ne m'ont fait payer les autres que trop cher. Je profite du premier moment, où je puis m'expliquer librement, pour lui apprendre que je le déteste, et que c'est dans ces sentiments que j'ai toujours vécu. En un mot, c'est un monstre que j'ai en horreur.

Pardon, monsieur, de la commission que je vous donne; mais vous êtes son ami : vous êtes au fait de nos tracasseries; et à ce titre j'aime mieux vous adresser cette lettre qu'à tout autre.

Le receveur général se hâta d'envoyer cette lettre à son ami le comte Jean; celui-ci écrivit pour qu'on le laissât venir à Paris chercher sa maîtresse. Il en reçut la permission et accourut; mais jusqu'à présent il n'a pu parvenir, malgré l'aide des limiers de la police, à retrouver les traces de madame de Murat. On fait courir, comme de raison, mille suppositions plus romanesques et plus invraisemblables les unes que les autres. Le pauvre *Roué,* qui aimait beaucoup, à sa manière, l'ingrate fugitive, est au désespoir, et sa mine

piteuse nous amuse tous, nous qui l'avons vu l'œil si
fier et la parole si haute. Le roi même s'est récréé de
cette aventure et n'a pas dédaigné de lui demander,
hier, chez la comtesse Du Barry, si quelque nouvelle
et jeune beauté ne le consolait pas de l'ingratitude de
madame de Murat.

Le décintrement du pont de Neuilly. — Un mot de philosophe.
— Le pont du Diable.

7 octobre 1772.

Hier a eu lieu la cérémonie du décintrement du pont
de Neuilly. On y avait invité toute la cour, moins les
princes et princesses du sang, qui boudent toujours la
comtesse Du Barry. Le comte de la Marche seul est
venu en sa qualité de fidèle. On avait dressé une loge
pour madame Du Barry, qui est arrivée avant le roi.
Mesdames de Mirepoix et d'Aiguillon étaient dans son
carrosse; le comte de la Marche était sur le devant,
aux côtés de la belle comtesse, plus belle et plus en
faveur que jamais. Le roi vint ensuite. A l'arrivée de
Sa Majesté, les ouvriers seuls crièrent *Vive le roi!* Les
échafauds, qui contenaient une foule immense, ne
firent entendre qu'un léger murmure. On se montrait
madame Du Barry, on ne s'occupait que d'elle, et Dieu
sait si les médisances allaient bon train. On me raconte
que l'ambassadeur du roi de Naples ayant témoigné la
surprise qu'il éprouvait de l'accueil fait au roi par les
spectateurs, on lui répondit : « Que voulez-vous, monseigneur, quand le prince est sourd, les peuples sont
muets. » Ce mot n'a pu être dit que par l'un de ces
enragés encyclopédistes, ou l'un de ces furieux écono-

mistes qui veulent tout démolir pour tout réédifier à
leur fantaisie.

Pendant qu'on était allé chercher les plans que le
roi avait demandé à voir, Sa Majesté s'amusa à feuilleter un grand carton contenant les plans des plus
fameux ponts de l'Europe. Tout à coup le roi s'écria :
« Ah ! en voilà un qui a été bâti par le diable ! »
Madame Du Barry regarda le plan que le roi lui montrait : c'était celui du pont Saint-Esprit. « C'est là le
pont du Diable? demanda la comtesse. — Du moins,
répondit le roi, on prétend dans le pays que c'est le
diable qui l'a bâti en une nuit. — Alors le diable est
un architecte qui fait vite et mal, car le pont est laid :
aussi je ne voudrais pas passer sur ce diable de pont. »

Le roi demeura près de madame Du Barry pendant
toute la fête, et le soir il alla souper à Luciennes. Pendant ce temps-là, Mesdames Royales faisaient dire une
messe à Versailles pour la défunte reine, et M. le Dauphin venait chasser jusqu'à Ruel.

La maison de M. le comte d'Artois. — Mademoiselle Raucourt.
— Soumission des princes du sang.

25 décembre 1772.

On s'occupe beaucoup de la maison de M. le comte
d'Artois. Le roi a laissé toute puissance à madame
Du Barry. Son beau-frère par alliance, le chevalier
Du Barry, a été nommé capitaine-colonel des Suisses
de la garde de M. le comte d'Artois. On prétend que
le prince aurait écrit à ce sujet une lettre au roi, sous
l'inspiration de sa tante, Madame Adélaïde ; mais je
n'en crois rien, car je n'en ai rien vu.

Il y a en ce moment une jeune actrice qui fait un
bruit d'enfer, ou plutôt tous les diables de la cour et de
la ville font du bruit pour elle. On la nomme Raucourt.
C'est un phénix : on prétend qu'elle repousse tous les
hommages. Il est vrai que son père, un bonhomme
d'avant le déluge, a déclaré qu'il tuerait impitoyablement le premier qui attenterait à l'honneur de sa fille.
Le premier, c'est très-bien, mais le deuxième, monsieur Raucourt ? n'aurez-vous pas un peu de faiblesse
pour lui ?

Madame Du Barry a voulu que le roi vît cette curiosité. Sa Majesté a donc assisté à la représentation de

19

Didon. Après la pièce, la jeune comédienne a été présentée au roi, qui lui a fait bon accueil. On est parti de là pour débiter plus d'un propos grivois. Hélas! le roi de France est bien vieux, et madame Du Barry bien puissante! on devrait se taire.

Je dis que madame Du Barry est bien puissante : en effet, nos seigneurs les princes tombent, un à un, aux genoux de la divine comtesse. Elle appelle M. le duc d'Orléans son *gros père,* et le prince est heureux. Elle appelle le comte de La Marche son *lévrier,* et le comte de La Marche est fier de ce nom. Le prince de Conti, le prince de Condé, le duc de Bourbon, le duc de Chartres, ont fait leur soumission au roi en termes très-respectueux. Ils sont tous venus aux pieds de la comtesse déposer cette soumission, et la comtesse a tout pardonné. Il n'est pas jusqu'à ce contrefait duc de Tresmes qui ne vienne plusieurs fois la semaine offrir ses hommages à madame Du Barry. Quand il ne la trouve pas, il laisse invariablement un billet où il dit « que *le sapajou* de madame la comtesse Du Barry est venu lui rendre ses devoirs ». Il sait bien que la favorite ne peut jamais regarder sa laideur sans rire, et le bon duc en est enchanté. Mon ami le jeune philosophe fait là-dessus des réflexions dignes du sage Mentor, mais je me garderai bien de les répéter; ce sont les réflexions d'un idiot qui ne fera jamais fortune.

6 février 1773.

La faveur de madame Du Barry est si bien établie, que les libellistes et les pamphlétaires se taisent : aussi e n'ai presque plus rien à recueillir. Tout le monde st aux genoux de la favorite; c'est un concert de ouanges à vous dégoûter de la faveur.

Au premier janvier, messieurs les fermiers généraux nt suivi, cette année, l'exemple donné l'an passé par es receveurs. Messieurs les fermiers sont donc venus résenter à madame Du Barry leurs compliments et leurs ouhaits de nouvelle année. Sa Majesté était présente orsqu'ils furent introduits. Le roi était d'une humeur ort gaie. Après avoir écouté le petit discours de M. Beau-on : « Parbleu, a dit Sa Majesté, vous êtes plaisants de venir complimenter la plus grande contrebandière de mon royaume! Messieurs, je vous dénonce madame la comtesse comme entretenant des relations frauduleuses avec la Hollande et l'Angleterre, et je crois que vous feriez bien de l'appréhender au corps. — Sire, a

19.

répondu M. Beaujon, qui n'a pas toujours autant de
présence d'esprit, nous sommes indignes de nous
rendre maîtres de ce beau corps, qui ne peut être
appréhendé que par un dieu ou un héros. » Je crois
que mon ami Boufflers a soufflé ce compliment-là à
notre gros Beaujon. Le roi n'en fut pas moins satisfait
que moi.

Le mois de janvier de cette année doit être mis au
rang des moïs heureux, puisque l'abbé du Terray, qui
est un homme adroit, a trouvé le moyen de déclarer la
Compagnie des Indes débitrice envers l'État d'une
petite somme de trente millions de livres. Pour s'acquitter de cette dette, la fameuse Compagnie a cédé
au roi ses plus belles propriétés particulières, savoir :
le port de Lorient et les îles de France et de Bourbon.
Ce sont là les étrennes de notre contrôleur général,
ministre de la marine. Si tous les ministres en offraient
autant au roi, Sa Majesté serait le plus riche monarque
des deux mondes.

Ce mois de janvier sera célèbre dans les fastes de
Versailles par la mort du sieur Langibeau, qui s'est
jeté par la fenêtre. On prétend que c'est le doux caractère et le tempérament chaste de son épouse qui ont
été la cause du désespoir de ce malheureux. Cette mort
a bien attristé madame Du Barry, qui a pu voir de sa
fenêtre le cadavre de cet infortuné mari, dont la
femme est toujours chambrière de la comtesse.

Pour distraire madame Du Barry, M. le duc d'Aiguillon a imaginé de donner une fête en l'honneur du

roi et de sa favorite. Mais comme le futur ministre (car le duc d'Aiguillon sera bientôt ministre de la guerre), ne néglige aucun moyen de nuire à M. de Maupeou, son ancien allié, il a fait représenter un petit opéra, où il est question d'un *serpent noir*. Il y a même là-dedans des vers très-mordants, que je ne me rappelle pas, et qui sont dirigés contre cet horrible *serpent noir*. Ce serpent est une affreuse bête dont on dit pis que pendre. Pour moi je n'ai pas compris l'allusion, mais les malins prétendent que le chancelier est désigné par ce serpent abominable.

J'aime mieux la fête que madame Du Barry a donnée quelques jours plus tard. On y a imaginé une multitude de surprises galantes et agréables. Ainsi, à un certain moment, on a appelé la comtesse pour lui faire voir un œuf d'autruche qui se trouvait dans le grand salon. Aussitôt qu'elle s'en est approchée, l'œuf s'est ouvert, et un beau Cupidon en est sorti armé de son arc, de ses flèches, et le fatal bandeau à la main. Cela voulait dire qu'un seul regard de la comtesse faisait éclore l'amour : non pas l'amour aveugle, comme le représentaient les anciens, qui n'entendaient rien aux choses du sentiment, mais bien l'amour clairvoyant, l'amour sage et éclairé des modernes, qui n'aiment point à l'aveuglette.

Ce mois de janvier n'a pas été fécond en grands événements : cependant en voici un qui s'est passé dans les derniers jours du mois et qui a fait beaucoup de bruit.

Madame la marquise de Rozen faisait assidûment sa cour à madame Du Barry. Tout à coup son amitié se refroidit à un tel point, qu'on ne la vit plus du tout paraître chez la comtesse. Madame de Rozen était dame pour accompagner chez madame la comtesse de Provence; on a prétendu que la princesse l'avait sévèrement réprimandée sur ses relations avec la favorite. Madame Du Barry parla au roi de ce refroidissement subit. « Bon, dit Louis XV, il ne faut pas faire attention à cela : madame de Rozen est une enfant qui mérite encore souvent de recevoir le fouet. » Madame Du Barry prit ou fit semblant de prendre au sérieux le mot du roi. Donc, le surlendemain, madame de Rozen étant venue voir la favorite, celle-ci retint à déjeuner la jeune dame de compagnie. On se fit des confidences, on plaisanta comme deux amies inséparables. A la fin du déjeuner on passa dans un boudoir. Là, la scène changea subitement. Quatre femmes de chambre s'emparèrent de la jeune marquise et la fouettèrent avec un entrain qu'animait encore la gaieté de la comtesse. La fouettée alla sur-le-champ porter plainte au roi. Le roi vint réprimander la comtesse : « Moi! coupable d'une injuste violence? je n'ai été que l'exécutrice des ordres de Votre Majesté, répondit la comtesse avec un grand sérieux. —Comment, madame, je n'ai jamais donné l'ordre de fouetter madame de Rozen. — Votre Majesté a la mémoire d'un juge, répondit madame Du Barry en souriant; ne m'avez-vous pas dit que madame de Rozen était une enfant qui méritait

souvent le fouet? Pour satisfaire votre justice, je le lui
ai fait donner une fois pour toutes. » Le roi fut désarmé, et Sa Majesté s'occupa elle-même de la réconciliation.

Tel est le récit qui a couru ces jours derniers par
toutes les bouches, mais je ne raconte que sur la foi
d'autrui, n'ayant point été témoin oculaire.

Le commencement de ce mois de février a été signalé
par une affaire aussi grave que la flagellation de madame
de Rozen. Madame Du Barry avait commandé un bec
de diamants aux Roettiers, orfévres du roi. Madame la
Dauphine en ayant été instruite, et voulant venger la
dame de compagnie de sa belle-sœur, résolut de jouer
un tour de pensionnaire à la favorite.

Elle fit mander l'un des orfévres; ce fut Roettiers fils
qui vint. Madame la Dauphine lui demande un bec de
diamants, le plus beau, le plus élégant qu'il pourra
faire. Le jeune homme répond qu'il a un modèle, le
plus riche qu'on puisse voir. Il court chez lui et en
rapporte le bijou commandé par madame Du Barry.
C'est là où l'attendait la Dauphine. Elle essaie ce bec
de diamants, le trouve à son goût et déclare qu'elle le
veut garder. Le pauvre Roettiers est à la torture, mais
peut-il refuser à madame la Dauphine? Cependant il bal-
butie, il se trouble, il avoue que ce bijou est destiné à
madame Du Barry : « Qu'à cela ne tienne, dit la Dauphine, je prends sur moi de faire agréer à la comtesse la fantaisie que j'éprouve de garder son bec de
diamants. »

Elle va chez le roi et lui demande son avis sur cette
nouvelle parure. « Mais elle vous sied à ravir », répond
Louis XV. La Dauphine raconte au roi que ce bec de
diamants a été commandé par madame Du Barry;
qu'elle a désiré l'avoir, « car après tout, dit-elle, puisqu'il me va si bien, la comtesse ne trouvera pas mauvais que je me fasse belle à ses dépens. Elle est assez
belle d'elle-même pour se passer d'un bijou. » Le roi
rit, et va taquiner la comtesse sur ses malheurs en
joaillerie. Madame Du Barry comprit à la gaieté du
roi qu'il fallait faire bon cœur contre fortune, et elle
déclara qu'elle était trop heureuse de savoir que son
goût fût celui de madame la Dauphine, pour ne pas
être charmée de voir son bijou en de si belles mains.

Les vers et les épigrammes deviennent rares, mais
les mauvais plaisants sont de plus en plus grossiers;
la police, dit-on, ne peut empêcher ces scandales.
J'ai choisi, dans la foule des vers orduriers ceux-ci,
qui sont les moins détestables :

> Vous verrez le doyen des rois
> Aux genoux d'une comtesse
> Dont jadis un écu tournois
> Eût fait votre maîtresse.
>
> . . . .
>
> Au premier bobo qu'il aura,
> Notre bon Sire, en prière,
> Pieusement la logera
> A la Salpêtrière....

Dans ces vers on parle du duc d'Aiguillon comme

de l'amant de la comtesse. Il y a longtemps que ce bruit a cessé d'occuper la cour, mais la ville et les gazetiers s'en sont emparés. Je ne puis jurer que c'est une calomnie, car moi-même j'ai failli être convaincu de la vérité de cette assertion.

J'aime mieux l'épigramme du *Gaulois*, qui a du moins le mérite de paraître naïve, ce qui est un mérite dans un temps où le nom de *roué* est encore un éloge.

> Un bon Gaulois, éperdu, consterné,
> De son pays déplorait la ruine :
> Il en cherchait vainement l'origine ;
> Elle échappait à son esprit borné.
> De sa bêtise un plaisant étonné,
> Lui dit : Viens ça, benêt, je veux t'instruire.
> Écoute-moi : dans ce siècle tortu,
> Lorsqu'une nymphe, au comble du délire,
> Tient dans ses mains les rênes d'un empire,
> Comme elle, ami, cet empire est fichu.

Seulement ce Gaulois me paraît être un pessimiste ; notre pays n'est pas en ruine, et le royaume n'est pas encore perdu.

En fait d'inventions de gazetier, je préfère par-dessus tout l'idée du Pascal qui a inventé le baromètre de cour. Il prétend que ce baromètre, placé chaque matin sous les yeux du roi, indique ainsi depuis plusieurs mois les degrés de faveur : madame la comtesse Du Barry, au beau fixe ; M. le duc d'Aiguillon, à trente-cinq degrés, forte chaleur ; le marquis de Monteynard, quinze degrés, chaleur très-tempérée ;

M. l'abbé du Terray, vingt-cinq degrés, temps sec;
M. Bertin, dix degrés, temps couvert; M. le duc de
La Vrillière, un degré, promesses de dégel; M. de
Maupeou, trente degrés, chaleur, tonnerre et tempête.

Un Bossuet au petit pied. — Mot du duc de Richelieu. — Le ballet d'*Endymion*. — Madame de Monrable. — Les dépenses. — Satire de Cajus Lucilius, poëte romain.

14 avril 1773.

Je n'aime pas beaucoup les philosophes, j'aime encore moins les économistes, mais je hais particulièrement les prédicateurs. Les philosophes parlent au nom de la raison, ce sont des fous; les économistes parlent au nom de je ne sais quelle science et quelle morale politiques, ce sont des aveugles; les prédicateurs parlent au nom de la Divinité, ce sont des menteurs. Or, on excuse la folie et l'aveuglement, mais est-il un homme de sens et de cœur qui consente à pardonner le mensonge?

Si je proclame ainsi mes sentiments à l'égard des prédicateurs, c'est que, ce carême, nous avons été condamnés à écouter un certain petit abbé de Beauvais, qui a juré bien certainement de se faire pendre, embastiller ou coiffer de la mitre épiscopale. Le jeune drôle réussira. Le roi le veut faire nommer évêque de Sénez, malgré la mauvaise volonté du grand aumônier, M. de la Roche-Aymon. Ce petit abbé, qui se croit un Bossuet pour le moins, nous a prêché tout le temps du

carême sur les déportements du vieux roi Salomon
en particulier, et de tous les vieux paillards en général.

Son dernier sermon surtout a été très-violent. En
sortant de la chapelle de Versailles, Sa Majesté dit au
duc de Richelieu, lequel avait écouté très-attentive-
ment un sermon sur les vieillards qui virent Susanne
au bain : « Eh bien, Richelieu, il me semble que le
prédicateur a jeté bien des pierres dans votre jardin? »
Le vieux maréchal sourit : « Oui, Sire, et si fortement
qu'il en est rejailli jusque dans le parc de Versailles. »

Pour faire oublier au roi les sermons de l'abbé,
madame Du Barry a demandé de nouveaux divertissements au *diou de la danse*. Le diou se fit un peu prier,
par habitude, et il composa un ballet héroïque sur les
amours d'Endymion. Le roi prit grand plaisir à la représentation de ce ballet, et les grandes colères sacrées
du prédicateur furent chassées par les tendres accents
de Diane amoureuse.

Madame Du Barry est un cœur d'or; sa prospérité
ne lui fait oublier ni sa famille, ni celle de son mari.
Le petit chevalier Du Barry est devenu marquis et capitaine des Cent-Suisses du roi; la mère de madame
Du Barry est retirée dans le couvent de Sainte-Élisa-
beth, où on lui donne le titre de marquise de Monrable. Madame Du Barry va tous les quinze jours rendre
ses devoirs à sa mère; celle-ci est traitée en reine dans
le couvent. Tout le monde est aux pieds de la mère de
la favorite, depuis la sœur tourière jusqu'à la supérieure. Celle-ci fait chanter sa nièce pendant le dîner,

quand la comtesse est là. La comtesse paye ces atten-
tions en bonnes et solides faveurs ; on prétend qu'elle
a déjà dépensé pour elle six ou sept millions du trésor
royal, et une douzaine de millions pour son beau-
frère. Ceux qui ont pu calculer cela me paraissent des
gens bien savants : ce qu'il y a de certain, c'est que
la comtesse ne sait pas ce qu'elle dépense, et que le
contrôleur général n'est pas beaucoup plus instruit
qu'elle à ce sujet. Il ne compte, lui, que quatre millions, ce qui fait une sensible différence.

Quel que soit le chiffre vrai des dépenses de madame
Du Barry, le luxe de sa maison a réveillé la verve des
satiriques. Il y a eu surtout un Romain de la décadence,
appelé *Cajus Lucilius,* qui nous a dit beaucoup de mal
de ce temps-là. Les plus fins prétendent que sa satire
romaine est envoyée à l'adresse de madame Du Barry ;
si cela est, la satire n'arrivera pas à son adresse. La
comtesse en a ri, et elle en a appris par cœur quelques
vers, qu'elle chante sur un air qu'elle a fait :

> Le faste a de l'État séché les réservoirs ;
> Le palais de Poppée insulte à nos misères :
> L'Amour a son trafic, et Vénus ses comptoirs ;
> La toilette d'Alcine est un bureau d'affaires....

« Comme ces Romains étaient de bons enfants ! »
dit-elle quelquefois. Et elle continue à chanter la satire
de Cajus Lucilius.

Le bureau de mariages. — Lettres de mademoiselle Dubois et
de M. Dauberval. — Le mariage du *gros père*. — Il faut
toujours épouser.

2 mai 1773.

Madame Du Barry a voulu que le vers

La toilette d'Alcine est un bureau d'affaires....

fût en tout une vérité. Elle s'est même imaginé de faire
de la toilette d'Alcine un bureau de mariages. La favorite aime beaucoup mademoiselle Dubois, de la Comédie française. Elle avait employé, il y a quelque temps,
l'influence qu'elle possède sur le duc de Richelieu, le
« maître du tripot », comme l'appelle M. de Voltaire,
pour obtenir la rentrée à la Comédie de mademoiselle
Dubois. Celle-ci se vit obligée de renoncer à sa rentrée, et l'on raconte qu'elle demanda à madame
Du Barry de s'employer à lui faire épouser le sieur
Dauberval, qui règle, de concert avec Vestris, les
divertissements que donne la comtesse. Il y a du vrai
là-dessous; madame Du Barry avait dit quelques mots
de son idée de faire un mariage entre les deux artistes.
C'est à ce propos qu'un plaisant a fait circuler ces deux
lettres, qui ont amusé tout le monde :

De mademoiselle Dubois, actrice de la Comédie française.

Paris, 25 avril 1773.

MADAME,

Par obéissance à vos ordres, je m'étais décidée à remonter sur le théâtre, et à tâcher de perfectionner mes faibles talents pour vous amuser encore : malheureusement je m'y suis prise trop tard ; mon rôle est distribué, et mes camarades m'ont fait sentir quel désordre j'allais occasionner parmi eux. Ils m'ont assuré que les gentilshommes de la Chambre s'étaient chargés de vous mettre sous les yeux un mémoire qui vous exposerait plus clairement l'impossibilité de ma rentrée actuelle. Puissiez-vous être convaincue par là, madame, de tout le zèle que j'ai mis dans mes sollicitations et de l'empressement que j'aurais eu à contribuer à vos plaisirs dans ces moments précieux où votre génie se repose des importantes occupations qui l'exercent !

Mais, madame, vos bontés m'enhardissent à vous en demander une autre. Permettez que mon cœur s'ouvre à vous : le vôtre est trop sensible pour n'avoir pas égard aux faiblesses de l'amour. Depuis plus de douze ans j'aime Dauberval : heureuse si sa passion pour moi avait été aussi soutenue que la mienne ! A combien d'autres l'infidèle n'a-t-il pas fait depuis les mêmes serments qu'à moi ! J'ai cependant un gage cher de notre union, un enfant, l'objet de ma tendresse maternelle. Je ne puis sans gémir faire réflexion à l'illégitimité de sa naissance : je voudrais la réparer par le mariage. Je suis riche aujourd'hui ; j'ai de quoi payer les dettes du perfide, je ne lui demande que du retour et sa main. Cette bonne action, madame, est digne de vous ; et quoique j'aie vécu dans le désordre, mon cœur a toujours eu des sentiments honnêtes. Vous savez ce que c'est que la jeunesse d'une fille qui a quelques attraits, que sa position met à portée d'être séduite par les hommages des seigneurs les plus aimables de la Cour. Le moyen qu'elle résiste à tant de corrupteurs ! Cependant, je

n'ai jamais été heureuse dans le tourbillon du théâtre; un fond
de religion m'est demeuré, j'ai une conscience timorée qui s'a-
larme aisément; les craintes de l'avenir m'ont troublée sans
relâche au sein des voluptés; la perte de mon dernier amant m'a
jetée dans une mélancolie profonde; sa fin sinistre à la fleur de
l'âge m'a fait trembler pour moi. Voilà, madame, le principal
motif qui m'avait engagée à quitter la scène : vous avez désiré
que j'y reparusse; j'ai vaincu mes scrupules et ma répugnance.
Les circonstances s'opposent à votre volonté : daignez, madame,
compléter le bonheur que j'ai de voir que vous vous êtes occupée
quelques instants de moi, en m'accordant une protection que je
réclame, ou, pour mieux dire, une autorité qui ne peut jamais
être mieux employée. Je suis persuadée d'abord que Dauberval ne
pourra se refuser à un devoir qui sera dicté par vous, et j'aurai
une consolation de plus dans cet hymen : c'est que ne pouvant
plus vous délasser au théâtre dans tous vos nobles loisirs, je
contribuerai encore à vos amusements par un autre moi-même,
par un mari qui y sera dévoué, tant qu'il sera assez heureux
pour vous plaire.

Dubois.

Réponse de Dauberval.

A madame la comtesse Du Barry.

Madame,

Je ne connais pas l'amour aussi bien que mademoiselle
Dubois; mais s'il consiste à recevoir un homme dans son lit, il
est certain qu'elle en a eu beaucoup pour moi. Cependant,
comme je ne pouvais pas l'occuper tous les jours, et qu'il fallait, sans doute, qu'elle eût absolument de l'amour, elle donnait
souvent la place à d'autres; et nous nous relayions ainsi tour à
tour, quatre ou cinq, et quelquefois plus. De tout ce mélange,
il est résulté un petit garçon. Elle m'a fait la faveur de m'en
nommer le père; je l'ai reçue avec d'autant plus de reconnais-

sance qu'elle pouvait lui en choisir un bien plus distingué, soit
entre plusieurs seigneurs de la cour, soit parmi les gens de la
haute robe, ou dans le clergé, ou parmi les matadors de la
finance. Quoi qu'il en soit, j'ai accepté cet honneur et je consen-
tais à prendre soin de l'enfant. Mais sa mère, qui le regardait
comme un joujou créé exprès par la Providence pour l'amuser,
a voulu s'en emparer et en faire son passe-temps. Je lui ai alors
déclaré que je ne l'entendais pas ainsi et que je renonçais à la
paternité. Aujourd'hui que le hochet n'est plus si plaisant, ni si
docile, qu'il l'embarrasse et lui pèse sur les bras, elle voudrait
bien s'en décharger et me le renvoyer. Mais elle a eu le bénéfice, il faut qu'elle ait la charge, d'autant qu'elle est très-con-
forme à la vie bourgeoise qu'elle veut mener, aux sentiments
maternels dont elle sent ses entrailles émues, ainsi qu'à ceux de
la religion qu'elle affiche à présent. Je sais qu'elle a la tête très-
faible; je craindrais que le mal ne me gagnât, et qu'elle ne fît
tourner la mienne. Elle a peur du diable, et moi aussi; c'est ce
qui m'empêche de l'épouser. C'est un démon incarné, qui fait
enrager père, mère, sœur, amants; jugez ce qu'il arriverait du
pauvre mari!

A l'égard de mademoiselle de Raucour, dont vous avez bien
voulu me proposer le mariage au défaut de mademoiselle Dubois,
c'est encore un effet bien neuf, qui doit nécessairement entrer
dans le commerce, et dont je ne me soucie pas d'être le premier
signataire, ni même l'endosseur. Quand il aura circulé, nous verrons à qui il restera.

Je suis avec un profond respect, madame,

> Votre très-dévoué serviteur,
>
> DAUBERVAL.

Ce ridicule projet de mariage, attribué à la comtesse
Du Barry, me paraît être l'épigramme de sa médiation
entre M. le duc d'Orléans et le roi. Le prince désire
épouser madame de Montesson, sa maîtresse, ou plu-

20

tôt c'est madame de Montesson qui désire être duchesse
d'Orléans. Madame Du Barry voudrait voir ce mariage
s'accomplir; ce serait un précédent dans la famille
royale. Le roi pourrait bien l'épouser de la main gauche, si le duc d'Orléans épousait madame de Montesson de la main droite. C'est le fond de toute la politique
de madame Du Barry, car elle ne renonce pas encore
à la main du roi. Aussi, pour offrir à Louis XV un
exemple à suivre, elle pousse le duc d'Orléans à faire
d'abord un mariage secret : « Épousez toujours, gros
père; nous verrons à vous contenter mieux ensuite.
Je suis fortement intéressée à vous seconder. Épousez
toujours ! »

« Épousez toujours ! me disait ce matin le duc
d'Ayen; voilà le mot de passe à la cour. Épousez toujours! voilà notre consigne! » Et nous avons cherché
qui nous pourrions bien épouser. Ma foi, nous avons
tant trouvé de filles à chaperonner, que nous avons
renoncé à la consigne.

Le mariage du vicomte Adolphe. — Un mot du Dauphin. —
Présentation de la vicomtesse. — La chanson du comte Jean.
— Le jeu de Vestris.

28 mai 1773.

Toute la famille Du Barry se voue au mariage; il n'y
a que le comte Jean qui ne se marie pas, il est vrai
que c'est lui qui marie les autres. Son fils, le vicomte
Adolphe, vient d'épouser mademoiselle de Tournon,
et l'on parle du prochain mariage de son frère, le chevalier Du Barry, qui sera fait marquis. Toute la cour
s'est occupée du mariage du vicomte. Il avait été question de lui donner mademoiselle de Saint-André, fille
naturelle du roi; mais Yon, gouverneur de cette demoiselle, a rappelé au roi qu'elle était promise au marquis
de La Tour-du-Pin-la-Chorce. Il y a un petit roman
caché là-dessous, dont le bonhomme Yon a assuré
l'heureux dénoûment. Après de longues négociations,
on a donné au vicomte mademoiselle de Tournon, belle
Normande de dix-sept ans, alliée aux Rohan-Soubise et
aux Condé. Le roi s'est chargé de la dot et de la corbeille. Le mariage a eu lieu à Saint-Roch. Nous étions
alors à Compiègne; après la bénédiction nuptiale, les
nouveaux époux sont partis incontinent pour Compiègne, où devait avoir lieu la présentation de la nouvelle
vicomtesse.

20.

Madame Du Barry fut la marraine. Le roi reçut la
nouvelle venue avec une faveur marquée, d'où les mauvaises langues ont conclu que Sa Majesté voulait en
faire sa maîtresse. Il est assez certain que le comte Jean
a laissé entrevoir au prince de Condé, parmi les avantages que lui procurerait l'alliance des Du Barry, l'influence qu'il pourrait avoir sur l'esprit du roi par la
nouvelle mariée. Madame la comtesse Du Barry, à qui
de bons conseillers parlaient de leurs craintes à ce
sujet, leur a répondu en riant : « Eh bien! si la vicom-
» tesse devient la favorite du roi, tout sera pour le
» mieux, la place ne sortira pas de la famille! »

On a voulu faire précéder ce mariage d'une réconciliation générale des Du Barry avec les princesses
royales. Madame de Narbonne, dame d'atour de
Madame Adélaïde, s'était chargée des négociations et
avait répondu du succès. Déjà elle avait déterminé sa
maîtresse et ses sœurs à paraître à un grand dîner où
seraient invitées mesdames Du Barry. La Dauphine
aussi s'y était engagée, mais M. le Dauphin a arrêté
court le succès de madame de Narbonne. Le prince a
déclaré « qu'une dauphine n'était point faite pour manger publiquement avec une catin. » Notre seigneur le
Dauphin est un homme d'humeur bizarre : il est aussi
faible de résolution que le roi, mais il cache sa faiblesse sous une brusquerie et une franchise d'honnêteté qui promettent un règne peu glorieux pour les
dames. Ce futur roi-là n'inventera jamais une galanterie; sa cour ne sera pas une cour d'amour.

Lorsque madame Du Barry est venue, selon le cérémonial, lui présenter la nouvelle vicomtesse, le prince
était auprès d'une fenêtre à jouer du tambour sur les
vitres. Le gentilhomme de service l'avertit que mesdames Du Barry attendaient qu'il remplît l'étiquette de
la présentation. Le prince ne répondit mot et continua
de jouer sur les vitres la marche du Royal-Dauphin.

Mesdames Du Barry méritaient bien pourtant qu'il
les regardât. Elles sont belles toutes deux, mais d'une
beauté différente : la vicomtesse est belle comme
la jeune Hébé, la comtesse est belle comme Vénus
génitrix. Mais M. le Dauphin s'inquiète peu de cela,
s'il est vrai, comme on le prétend, qu'il regarde à
peine la belle Dauphine. Ce qui est sûr, c'est qu'il est
le plus adroit chasseur de chats qui soit à Versailles.

Si le comte Jean avait fondé sa fortune sur la faveur
de la vicomtesse Du Barry, il doit être déçu maintenant
de ses espérances. Le roi a trouvé la vicomtesse très-
jolie; il le lui a dit au grand souper qui vient d'être
donné à la Muette (pendant que la famille royale était
à Versailles), mais je ne crois pas qu'il essaie de le lui
prouver. Au reste, je n'ajoute aucune créance aux propos tenus sur le comte Jean. Je sais que madame
Du Barry a refusé de lui donner vingt mille louis qu'il
avait perdus au jeu; je sais que le contrôleur général
et le banquier de la cour ont reçu l'ordre pendant un
temps de refuser ses bons; je sais qu'il a été répri-
mandé pour ses inconséquences, pour le bruit qu'il
aime à faire en public, pour l'irrévérence avec laquelle

il a parlé maintes fois du roi et de la favorite, et surtout pour sa passion du jeu, mais il n'a jamais été
question entre lui et la comtesse d'une rupture
sérieuse. Des envieux ont fait courir une chanson très-
originale et très-grossière, qu'ils lui ont attribuée ;
mais je crois le comte incapable de trouver des vers
comme ceux-ci, bien qu'on les intitule *la Chanson du
comte Jean* :

> Drôlesse !
> Où prends-tu donc ta fierté ?
> Princesse !
> D'où te vient la dignité ?
> Si jamais ton teint se fane ou se pèle,
> Au train
> De catin·
> Le cri du public te rappelle.
> Lorsque tu vivais de la messe
> Du moine, ton père Gomard,
> Que la Ramson vendait sa graisse,
> Pour joindre à ton morceau de lard,
> Tu n'étais pas si fière,
> Et n'en valais que mieux ;
> Baisse ta tête altière,
> Du moins devant mes yeux :
> Écoute-moi, rentre en toi-même,
> Pour éviter de plus grands maux :
> Permets à qui t'aime, qui t'aime,
> De t'offrir encor des sabots.
> Drôlesse !
> Mon esprit est-il baissé ?
> Princesse ?
> Me souvient-il du passé ?

Le comte Jean est un gros joueur, mais il n'est pas

assez bel esprit ni assez mal élevé pour faire de pareilles chansons. On me racontait ce matin que le comte Jean avait admis à son jeu Vestris, *le diou,* et qu'il avait commencé par perdre quinze cents louis. Le diou était enchanté, mais il n'osait se retirer du jeu, par crainte d'offenser le comte Jean, qui le traitait en égal. Cependant le comte regagne cinq cents louis, mais il s'aperçoit que la joie du diou se transforme en douleur aiguë. Le comte se lève et dit au danseur : « Monsieur Vestris, en voilà assez ; je vous dois mille louis, je vous les enverrai demain matin. » Un joueur qui se conduit aussi royalement avec un baladin n'écrit pas de libelles, surtout des libelles en vers !

Deux lettres de M. de Voltaire. — Mariages et parlements. —
M. le duc de Cossé-Brissac.

2 octobre 1773.

M. de Voltaire continue de faire sa cour à madame
Du Barry, malgré la girouette de M. de Choiseul. Il
paraît que le patriarche s'est fait horloger, mais il n'en
continue pas moins son petit commerce de vers. Il vient
d'envoyer deux lettres dont les copies courent toutes
les mains; la première fut écrite à l'occasion du voyage
de La Borde, un des quatre premiers du roi, qui est
allé à Ferney pour faire entendre au patriarche la
musique qu'il a faite sur le poëme de *Pandore*.
Madame Du Barry l'avait chargé de « donner deux baisers de sa part » à M. de Voltaire. Celui-ci se hâta de
répondre à cette aimable avance :

Ferney, 20 juin 1773.

MADAME,

M. de La Borde m'a dit que vous lui aviez ordonné de m'embrasser des deux côtés de votre part :

Quoi! deux baisers sur la fin de ma vie!
Quel passe-port vous daignez m'envoyer!
Deux! C'en est trop, adorable Égérie!
Je serais mort de plaisir au premier.

Il m'a montré votre portrait. Ne vous fâchez pas, madame, si j'ai pris la liberté de lui rendre les deux baisers.

> Vous ne pouvez empêcher cet hommage,
> Faible tribut de quiconque a des yeux.
> C'est aux mortels d'adorer votre image;
> L'original était fait pour les dieux.

J'ai entendu plusieurs morceaux de la *Pandore* de M. de La Borde; ils m'ont paru dignes de votre attention. La faveur donnée aux véritables talents est la seule chose qui puisse augmenter l'éclat dont vous brillez. Agréez, madame, le très-profond respect d'un vieux solitaire dont le cœur n'a presque plus d'autre sentiment que celui de la reconnaissance.

VOLTAIRE,

GENTILHOMME ORDINAIRE DE LA CHAMBRE DU ROI.

Trois mois plus tard, l'horloger Voltaire écrivit cette deuxième lettre :

20 septembre 1773.

MADAME,

M. le maréchal de Richelieu a bien voulu m'écrire il y a quelques mois qu'il acceptait plusieurs montres fabriquées dans les manufactures de Ferney, pour les présents destinés aux personnes qui accompagneraient madame la comtesse d'Artois. Il m'a mandé depuis que vous aviez eu la bonté de vous charger de ces présents. Je prends donc la liberté respectueuse, madame, de vous adresser un essai des travaux de la colonie que j'ai établie dans ma terre. Cette montre est ornée de diamants, et ce qui vous surprendra, c'est que les sieurs Cérit et Dufour, qui l'ont faite sous mes yeux, n'en demandent que mille livres. Vous protégez tous les arts en France, madame, et j'ose espérer que vous protégerez nos efforts. Je me croirai bien récompensé d'avoir établi des artistes industrieux, d'avoir acquis à Sa Majesté plus de six cents nouveaux sujets, d'avoir changé un petit hameau

pauvre en une petite ville, si nos soins ont le bonheur de vous
plaire.

La montre que j'ai l'honneur de vous présenter, madame, n'est
pas malheureusement à répétition; mais si vous en vouliez une
non-seulement à répétition, mais enchâssée de rubis, vous seriez
étonnée qu'elle coûtât un tiers de moins qu'à Paris. Ce serait
une consolation pour ma vieillesse, si je pouvais me flatter qu'il
sortît quelque chose de Ferney qui ne fût pas indigne de vos
regards et de votre protection.

J'ai bien des choses à me conter : d'abord le mariage
du chevalier Du Barry, aujourd'hui comte d'Harcourt
et mari de mademoiselle de Fumel; encore un accroc
à la bourse du roi! Puis la rivalité du duc d'Aiguillon
et du chancelier. C'est un pays bien singulier que la
cour! « On n'y peut rester amis que le temps de dire
un *Ave*. » C'est le duc d'Ayen qui prétend cela, et il a,
ma foi, presque raison. Cela n'empêche pas la cour
d'être un pays amusant, bien au contraire. Ainsi cela
m'amuse de voir ce pauvre chancelier en butte aux
poursuites du duc d'Aiguillon, qui veut ramener les
anciens parlementaires. Il est vrai qu'ils ont promis au
duc, s'ils revenaient, de revoir son procès et de rendre
le ministre plus blanc et plus pur que l'hermine.
Madame Du Barry fut chargée de pressentir le roi à ce
sujet : « Moi, rappeler l'ancien parlement! s'est écrié
le roi; par Dieu, ces gens-là ne veulent que faire et
défaire. Mais moi me voilà tranquille, j'y veux rester.
Ce que de Maupeou a fait a été bien fait. Son parlement
marche à ravir et fait ce qu'on veut, pourquoi l'irais-je
changer? »

J'ai déjà dit que le duc d'Aiguillon était ministre.
On est parvenu à faire sauter ce pauvre marquis de
Monteynard, que le roi aimait et estimait beaucoup.
Mais, comme l'avait dit le roi : « Il faudra qu'il suc-
combe, puisqu'il n'y a que moi qui le soutienne. »
Comme ce mot peint bien le caractère indolent de notre
bien-aimé !

J'aurais encore à me conter les commencements de
la passion qu'éprouve M. le duc de Cossé-Brissac pour
madame Du Barry, et les témoignages de retour qu'a
donnés la comtesse au beau duc, mais ceci est encore
un secret. On chuchote, on cherche, on devine, on
espionne, on invente, on raconte, mais qui sait bien
l'histoire de ces nouvelles amours? Personne, pas
même le roi, pas même peut-être la comtesse. Ce que
les mieux informés peuvent dire, et j'ai la prétention
d'être des mieux informés, c'est que le duc de Cossé-
Brissac est un beau seigneur dont la jeunesse a le rare
mérite de posséder tous les dons que les dames
aimaient tant jadis. Il est beau, il est jeune, il est cour-
tois, il est discret, il possède toutes les vertus chevaleresques. Bref, en fait de galanterie, il est le contre-
pied de M. le Dauphin. On peut ajouter que madame
Du Barry n'a pas vu sans quelque émotion « un si rare
assemblage », comme dit je ne sais plus quelle héroïne
de Molière. Je suis bien convaincu que l'Égérie de M. de
Voltaire ne restera pas insensible à tant de qualités,
mais je ne donnerais pas mon poing au bourreau pour
soutenir qu'elle en a fait ou qu'elle en fera son amant.

Un extrait de gazette. — Le mariage du comte d'Artois. — Le
chanteur Chassé. — Le bal masqué de Versailles. — Le libé-
rateur Quinquet.

20 novembre 1773.

Les gazettes se sont occupées du procès de MM. de
Bellegarde et de Monthieu ; comme toujours, les
gazettes ont parti de là pour vilipender ce pauvre chancelier, qui a bien assez à faire du côté de madame
Du Barry et du duc d'Aiguillon, qui le poursuivent de
près. Les gazetiers n'ont pas manqué non plus de parler de M. de Choiseul, « le sauveur de la monarchie. »
Sans doute parce qu'il la voulait vendre à l'Autriche ?
Je ne sais où sont les espions de ces maudits gazetiers ; toujours est-il qu'ils sont parfaitement au courant de certaines anecdotes que le commun des courtisans ignore quelquefois. En voici une qui a été
racontée par le journal manuscrit d'un chevalier de
Morande, et qui est très-vraie. On m'en envoie ce matin
une copie que voici :

12 octobre 1773.

« On rapporte que M. le duc de Gontaut, revenu depuis peu
de Chanteloup, où il était allé voir le duc de Choiseul son beau-
frère, n'a pas manqué de rendre, en arrivant, ses hommages à
madame la comtesse Du Barry. Celle-ci lui a demandé des nou-

velles de l'exilé : « Car, s'est-elle écriée avec ses grâces ordinaires, je n'ai jamais été son ennemie personnelle, quoiqu'il l'ait
cru; je me sentais même disposée à être son amie, s'il l'eût
voulu. » M. de Gontaut ayant satisfait à ces premières questions,
la comtesse en a fait une autre. Elle a ajouté : « Que pense-t-il du
conseil de guerre des Invalides? » Le seigneur s'est excusé sur
ce qu'il ne pouvait répéter ce qu'avait dit M. de Choiseul. « Mais
pourquoi donc? il n'y a pas de secret pour moi. — Je ne puis
pas absolument. — Vous l'a-t-il donné sous le sceau de la con-
fession? — Point du tout. — Cela étant, je veux que vous me
l'appreniez. — Madame, cela n'est pas possible; je ne puis vous
manquer de respect à ce point-là. — N'est-ce que cela? ne vous
gênez pas; dites toujours. — Vous me l'ordonnez donc, madame?
— Oui. — Eh bien, madame, il m'a dit qu'il s'en f...iche ». Et la
comtesse de se tenir les côtes de rire. Le roi arrive, et la trouve
en ses goguettes. « Ah! Sire, si vous saviez comme Choiseul
s'exprime sur le conseil de guerre des Invalides; il est toujours
le même. » Sa Majesté empressée veut savoir ce dont il s'agit.
« Sire, il dit qu'il s'en f...iche. — Et vous, madame? » répond le
monarque. « Et moi aussi. — Nous sommes donc trois, » s'écrie-
t-il. Cette anecdote, répétée par M. de Gontaut, amusa beaucoup
de courtisans. On voit avec quelle aimable gaieté se traitent en
France aujourd'hui les affaires les plus graves, et quel est
l'esprit du gouvernement actuel, depuis qu'aucun corps ne
peut réveiller le prince, et lui mettre sous les yeux les lois et
les formes sagement établies. »

Ce ne sont pas les gazetiers qui ont le plus préoccupé
la cour ces temps passés, mais bien le mariage de
M. le comte d'Artois. Il a été célébré le 16 octobre dernier. C'est madame Du Barry qui a nommé à presque
tous les emplois de la maison du prince. A propos de
ce mariage, le chanteur Chassé a été le héros d'une
petite aventure qui ne le corrigera pas de sa présomp-

tion. Madame Du Barry l'ayant mandé pour chanter chez elle, il répondit qu'il ne se dérangerait que sur un ordre du roi. On lui envoya l'ordre. Il vint un soir chez la comtesse, et quoiqu'il ait soixante-dix à soixante-quinze ans, sa voix charma tellement le roi, que Sa Majesté lui dit qu'elle le retenait pour les fêtes du mariage de M. le comte d'Artois, et qu'on monterait *Roland* exprès pour lui. Le lendemain, madame Du Barry lui envoya de la part du roi une boîte d'or de cinquante louis, ce qui n'a pas empêché ce baladin de se refuser aux désirs du roi et de ne pas paraître aux fêtes du mariage. Ce vieux fat se croit encore au temps où les femmes étaient assez folles pour se battre en duel pour lui, tandis qu'assis sur une chaise longue il recevait les compliments de tous les petits-maîtres de la ville.

C'est le 14 novembre, c'est-à-dire il y a six jours, qu'a eu lieu, à Choisy, la réception de madame la comtesse d'Artois. Il y a eu un souper public de cinquante-quatre couverts, où assistèrent toute la famille royale, les princes et princesses du sang. Le roi avait à sa droite le Dauphin et les princes, à sa gauche la Dauphine et les princesses. En face de Sa Majesté était madame Du Barry, plus belle et plus parée qu'aucune de celles qui se trouvaient là. Au bal masqué, il y a eu tant de monde que madame Du Barry s'est trouvée prise dans une bagarre où elle aurait été étouffée sans la vigueur d'un grand masque, qui la sortit de là et vint la remettre entre les bras du roi. Ce masque fit

beaucoup de difficultés de dire qui il était. Il répondait
sans cesse aux instances du roi et de madame Du Barry
qu'il n'était rien, qu'il ne voulait rien. On obtint qu'il
se démasquât, et on vit une fort jolie figure de vingt
ans. On sut enfin que c'était un clerc de procureur,
nommé Quinquet. La comtesse l'a fait venir hier à Versailles et lui a donné une pension sur sa cassette. Ce
jeune homme a dix-neuf ans, il est pauvre, et un penchant impérieux l'entraîne vers les sciences. La comtesse compte dans sa ménagerie d'artistes, d'écrivains
et de gens de toute sorte, un animal de plus. Du moins
on ne dira pas de celui-là qu'il n'a pas rendu de services. On prétend que des filous qui en voulaient aux
diamants de la comtesse sont la cause du désordre qui
est survenu dans la fête, mais j'ai idée que certain
parti n'a point été étranger à ces furieuses ondulations
de la foule dans la fête du 14 novembre.

Épître à Margot. — Les rois Cotillon. — La consultation
du duc de Lauraguais. — Les cordons bleus.

18 février 1774.

Voici une année qui s'annonce mal. Le roi s'ennuie et les ennemis de la comtesse ne se sont pas
apaisés. Il a paru, au commencement de l'année,
une *épître à Margot*, qu'on a attribuée à Laclos, au
chevalier de Boufflers et surtout à Dorat, mais personne n'a eu le courage de s'en reconnaître l'auteur.
Mon ami Boufflers m'a juré ses grands dieux qu'il n'y
était pour rien, et Dorat a fait une espèce de réfuta-
tion en vers qui ne valent pas ceux-ci, je suis bien
forcé de l'avouer.

> Pourquoi craindrais-je de le dire?
> C'est Margot qui fixe mon goût.
> Oui, Margot. Cela vous fait rire!
> Que fait le nom? la chose est tout.
> Je sais que son humble naissance
> N'offre point à l'orgueil flatté
> La chimérique jouissance
> Dont s'enivre la vanité;
> Que née au sein de l'indigence,
> Jamais un éclat fastueux,
> Sous le voile de l'opulence,
> N'a pu dérober ses aïeux;

Que sans esprit, sans connaissance,
A ses discours fastidieux
Succède un stupide silence :
Mais Margot a de si beaux yeux,
Qu'un seul de ses regards vaut mieux
Que fortune, esprit et naissance.
Quoi! dans ce monde singulier
Irai-je consulter d'Hozier?
Non, l'aimable enfant de Cythère
Craint peu de se mésallier :
Souvent, pour l'amoureux mystère,
Ce Dieu, dans ses goûts roturiers,
Donne le pas à la bergère
En dépit des seize quartiers.
Et qui sait ce qu'à ma maîtresse
Garde l'avenir incertain?
Margot, encor dans sa jeunesse,
N'est qu'à sa première faiblesse :
Laissez-la devenir catin ;
Bientôt peut-être le destin
La fera marquise ou comtesse....

Il n'est pas jusqu'au roi de Prusse qui ne nous
envoie ses lourds quolibets. On sait que, causant avec
l'un de ses ministres d'une négociation qu'on avait
dû entamer avec la France, il rectifia ainsi une erreur
de date : « Vous vous trompez, la chose n'a pas eu
lieu sous le règne de Cotillon Ier, mais bien au commencement de Cotillon II. » Ce prince athée divise le
règne du roi de France en trois règnes : celui de
madame de Châteauroux, celui de madame de Pompadour, et celui de madame Du Barry, qu'il appelle les
trois rois Cotillon. Le roi est fort mécontent de cette

grossière plaisanterie de son cousin de Prusse, que
les parlementaires ont colportée en tous lieux.

Le comte de Lauraguais est revenu d'Angleterre
aussi fou qu'il était parti d'ici. Il n'y a pas quatre
mois qu'il est de retour, et il recommence déjà ses
folies. Ces jours derniers il a envoyé la question suivante à la Faculté de Médecine : « Messieurs de la
Faculté sont priés de donner en bonne forme leur
avis sur toutes les suites possibles de l'ennui sur le
corps humain, et jusqu'à quel point la santé peut en
être altérée. »

On a formé une consultation de quatre médecins,
qui ont répondu par écrit que l'ennui pouvait rendre
les digestions difficiles, empêcher la libre circulation,
donner des vapeurs, et qu'à la longue il pouvait pro-
duire le marasme et la mort.

Muni de cette pièce signée des quatre médecins
consultants, le comte de Lauraguais est allé chez un
commissaire. Il l'a contraint à recevoir sa plainte
« comme quoi il se porte dénonciateur envers le
prince d'Hénin qui tue d'ennui Sophie Arnould,
depuis cinq mois et plus qu'il n'a bougé de chez elle.
En conséquence, il y requiert qu'il soit enjoint au dit
prince de s'abstenir de toute visite, jusqu'à ce que
cette actrice, sujet précieux au public, et dont, en son
particulier, il désire la conservation, soit parfaitement
rétablie de la maladie d'ennui dont elle est atteinte,
et qui la tuerait, suivant la décision de la Faculté. »

Le roi a montré encore une fois la fermeté de

son caractère, dans une circonstance assez importante.
Il avait donné sa parole que l'ambassadeur de Sa
Majesté Catholique serait nommé chevalier de ses
ordres à l'époque ordinaire des nominations de cordons bleus, c'est-à-dire à la Chandeleur. Mais madame
Du Barry s'est opposée à la nomination du comte
d'Aranda, qui est l'ambassadeur d'Espagne près le
roi de France, parce que le comte a constamment
persisté à ne pas venir travailler chez elle avec le roi,
comme font les ministres. Pour se tirer d'embarras,
le roi fit comme il a l'habitude en pareil cas, il ne
nomma personne, bien qu'il y eût douze vacances.
J'en sais plus d'un qui a murmuré de cette décision,
j'en sais même plus de douze !

Une quête par madame Du Barry. — Le mémoire du duc d'Ayen.
— Lettre de Dauberval.

12 avril 1774.

Le chanteur Dauberval, étant criblé de dettes, avait
accepté l'offre de la czarine, qui l'appelait à sa cour
et lui offrait de grands avantages. Mais tous les ama-
teurs d'opéra jetèrent les hauts cris; madame Du Barry
elle-même vit ce départ avec regret. Pour empêcher
son chanteur favori de s'exiler, elle s'imagina de faire
payer ses dettes par tous ceux qui voulaient le conserver. On estima qu'il fallait pour cela une somme
de cinquante mille livres. La comtesse fit dresser une
liste des cotisations pour la cour, et elle fixa elle-
même le montant de chaque cotisation. La moindre
était de cinq louis, mais il y eut des courtisans taxés à
vingt, vingt-cinq et même à cinquante louis. Ce fut
elle-même qui fit la quête.

Il est arrivé que cette bonne action en fit naître une
autre. Le duc d'Ayen, qui est au fond un cœur
charitable, profita de l'occasion pour obtenir une
grâce qu'il n'eût probablement pas eue dans un autre
temps. Il dit que les vingt-cinq louis auxquels il avait
été taxé étaient destinés à un pauvre gentilhomme,
officier réformé et chargé de famille, lequel sollicitait

depuis plusieurs années une pension de retraite. Pour
appuyer ce qu'il avançait, il remit à la comtesse un
long mémoire où tout était détaillé. Il ajouta qu'il ne
doutait pas que madame Du Barry ne sût dédommager
ce pauvre officier des vingt-cinq louis qu'il lui retirait
pour les donner à Dauberval. La comtesse ne se fâcha
point de cette leçon détournée, elle fit avoir une
bonne pension à l'officier protégé par d'Ayen.

Pour en finir avec Dauberval, quand ses dettes
furent payées par les soins de la comtesse, il lui
envoya cette lettre de remerciement :

MADAME,

Quelles obligations ne vous ai-je pas? et comment les reconnaître? Investi, couvert, accablé de vos bienfaits, je viens
d'éprouver de votre part une faveur unique, et dont il n'est
aucun exemple en France à l'égard d'un simple homme à talent.
J'étais abîmé de dettes; l'inconduite trop ordinaire dans notre
état, la dissipation dans laquelle nous vivons, le luxe où nous
entraîne la société brillante qui nous recherche, le gros jeu,
devenu un besoin général, étaient les causes naturelles de mon
dérangement. Cela me donnait peu de droit à l'indulgence
publique. Aussi, tourmenté par mes créanciers, ne sachant
comment les satisfaire, j'avais pris le parti de m'expatrier, d'aller
en Russie, où l'on m'appelait, et dont le ciel tout rigoureux
qu'il soit, aurait eu pour moi moins d'inclémence. Vous n'avez
point voulu, madame, qu'une terre étrangère s'enrichît d'une
perte, bien faible sans doute, et que vous avez daigné exagérer.
Vous avez prétendu qu'il serait honteux que pour cinquante mille
livres on laissât partir un danseur aussi précieux (ce sont vos
termes, et je rougirais de les rapporter si l'on pouvait être
modeste, honoré d'un suffrage comme le vôtre) : mais ce qui

ferait tourner une tête plus forte que la mienne, c'est votre
empressement à faire participer la cour entière au rétablissement de ma fortune. Assurément vous pouviez seule me sauver
du naufrage; c'eût été un filet d'eau échappé d'un grand
fleuve; il eût été plus doux pour mon cœur de n'avoir qu'une
protectrice. Que dis-je! Je n'en ai qu'une en effet; et c'est à
vous que je dois rapporter les bontés de tant d'illustres personnages. Vous avez prétendu que tous étant mes admirateurs, tous
devaient concourir à me garder. Vous avez établi une souscription; et vous sembliez n'ouvrir votre porte qu'en proportion du
zèle qu'on mettait à s'y inscrire. C'était une taxe véritable, dont
vous greviez ceux qui venaient vous rendre leurs hommages.
Autrefois madame la marquise de Pompadour, cette femme charmante, qui vous a devancée dans la carrière brillante où vous
entrez, que les arts ont rendue immortelle, parce qu'elle les a
toujours accueillis et soutenus, fit faire une loterie pour Geliotte :
on a donné des bals pour Grandval, une représentation pour
Molé, grands hommes, infiniment supérieurs à moi, et par leur
talent, et par l'excellence à laquelle ils l'ont porté. Il vous était
réservé, madame, d'envisager ma perte comme une calamité
générale, et d'avoir recours, pour me conserver, à un de ces
impôts extraordinaires que le patriotisme alarmé s'empresse de
payer à l'envi. Mon dévouement, plus absolu que jamais à vos
amusements, est la seule manière dont je puisse vous témoigner
ma reconnaissance. C'est aux artistes, c'est aux gens de lettres
de vous célébrer plus dignement. Qu'est-ce que le génie ne doit
pas attendre d'une divinité aussi tutélaire, si vous daignez faire
tant de choses à l'égard d'un homme à talent, uniquement
recommandable par le bonheur qu'il a de contribuer à vos plaisirs? Déjà la peinture, la sculpture, la gravure, se sont disputé
la gloire de transmettre à l'Europe étonnée les grâces sédui-
santes de votre figure. Déjà les muses vous ont couronnée de
leurs guirlandes. Déjà le patriarche de la littérature, le prince
de nos poëtes et de nos philosophes, le vieillard de Ferney, s'est
abaissé à vos genoux, et vous a rendu en sa personne les adorations, et du Parnasse, et du Portique. Puisse son exemple encou-

rager ceux dont le respect captivait la langue; qu'il s'élève un concert général de vos louanges; et que le sceptre des arts et de la philosophie, tombé des mains de la marquise adorable qu'ils pleurent encore, passe dans vos mains, et leur rende en vous une autre Minerve! Je suis avec un profond respect votre reconnaissant chanteur ordinaire.

DAUBERVAL.

Paris, ce 10 avril 1774.

Ce Dauberval met de la vanité jusque dans les bienfaits qu'il reçoit!

Le Gazetier cuirassé. — Le sieur Caron de Beaumarchais. —
Dévotion du roi. — Nouveaux projets de mariage. — La mort
à la cour. — La destruction de Ninive. — La prédiction de
l'almanach.

30 avril 1774.

Nous vivons dans un triste temps, si triste que je
ne me sens plus le courage de continuer ces notes.
Je les avais commencées dans l'espoir de m'amuser
plus tard par leur lecture, mais j'ai tant de choses
fâcheuses à dire, et j'en prévois tant encore par la
suite, que je renoncerais volontiers à ces tristes nouvelles. Après tout, c'est le devoir d'un historien de
tout dire, et quoique je ne sois qu'un historien au
petit pied, je remplirai ce devoir pour ma propre
satisfaction.

J'ai déjà mentionné le chevalier de Morande, auteur
du *Gazetier cuirassé.* Ce libelliste, cet Arétin, ce
chevalier d'égout, a imaginé de se faire des revenus
en pêchant dans l'eau trouble des consciences timo-
rées. De Londres, où il est exilé, il a écrit à plusieurs personnages de la cour qu'il avait sur leur
compte des anecdotes scandaleuses; qu'il se proposait
de les publier; que, par honnêteté de conscience,
il devait les prévenir qu'en lui envoyant telle
somme, il leur épargnerait la honte de voir leur vie

secrète divulguée au public. J'en sais plus d'un qui
s'est laissé prendre à cette abominable ruse. Ses premiers succès lui ayant démontré l'excellence de sa
méthode, le sieur de Morande a eu la hardiesse
d'écrire à madame Du Barry dans le même style.
La comtesse s'est plainte au duc d'Aiguillon, qui en
a fait des remontrances à l'ambassadeur anglais. Celui-
ci en a écrit à sa cour, et on lui a répondu : « qu'on
ne s'opposerait point à ce qu'on vînt enlever dans les
États de Sa Majesté Britannique, y noyer dans la
Tamise, ou y étouffer ce monstre, pourvu que l'intrigue se conduisît dans le plus grand mystère, et sans
blesser à l'extérieur les droits de la nation anglaise. »
Sur cette réponse on envoya le sieur Bellanger, officier de fortune, pour s'emparer du Morande. Il manqua son coup par la maladresse des employés de
police qu'il avait pris avec lui. Le sieur de Morande
publia dans les papiers publics qu'on était venu de
France, au mépris des droits du peuple anglais, pour le
rendre victime d'une odieuse violence. Le sieur Bellanger n'eut que le temps de se rembarquer, lui et ses
suppôts, pour échapper à la colère du peuple de Londres. Un singulier peuple, qui prend, sous prétexte
de liberté, fait et cause pour tous les bandits de
l'Europe!

Madame Du Barry n'avait pas autorisé cette expédition du sieur Bellanger. Elle n'est ni vindicative
ni rancunière : « Qu'on achète le Morande, dit-elle
en riant, avec quelques milliers d'écus tout sera dit. »

Le sieur de Chemilly, sous prétexte d'aller acheter des
chevaux pour la maréchaussée, dont il est le trésorier,
alla offrir quarante mille livres au sieur de Morande ;
mais celui-ci avait fixé dans sa lettre la rançon de
madame Du Barry à cinq cents louis comptant et
quatre mille livres de pension, réversibles sur la
tête de sa femme et de son fils. Il ne voulut pas
démordre de ses prétentions ; de Chemilly revint sans
avoir rien conclu.

Dans ce même temps, on s'entretenait beaucoup du
sieur Caron de Beaumarchais. Cet homme de lettres,
dans un procès qu'il soutenait, avait voulu suborner
son juge, le sieur Goëzman, en donnant de l'argent
à sa femme ; du moins le juge s'est plaint, et un
procès scandaleux s'en est suivi. Ce procès a été jugé
le 26 janvier, et il a été singulièrement jugé, puisque
les deux parties l'ont perdu. M. Goëzman a été mis
hors de cour, et Beaumarchais a été blâmé, ses
Mémoires lacérés et brûlés par le bourreau. Ces
Mémoires avaient fait rire toute la ville et la cour.
On avait joué devant la cour une petite pièce de lui
intitulée : *Le meilleur n'en vaut rien,* et l'on aurait
donné une comédie appelée *le Barbier de Séville,* si
madame Du Barry, pour faire pièce à la Dauphine, ne
s'y était opposée. Il y avait aussi sur lui une histoire
de volée de bois vert administrée par les laquais du
duc de Chaulnes, lequel avait trouvé le sieur de
Beaumarchais avec sa maîtresse, la Mesnard. Malgré
cela, après le jugement de son procès avec Goëzman,

M. le prince de Conti et M. le duc de Chartres ont
reçu Beaumarchais avec bonté. Bref, on parlait de
Caron de Beaumarchais autant que du chevalier Gluck,
ce qui n'est pas peu dire. Voulant lever l'interdit
mis sur sa pièce par madame Du Barry, Beaumarchais
se fit proposer par M. de Sartines pour mener à
bonne fin les négociations avec le chevalier Morande,
dont le vrai nom est Thévenot. On accepta l'offre de
l'auteur des *Mémoires,* et le roi se le fit présenter.
Ce Caron de Beaumarchais est un esprit plein de
ressources et de finesse, qui ne parle jamais que par
sarcasmes, et qui en remontrerait, sur la science des
affaires, à maître Voltaire lui-même, l'homme du
monde qui entend le mieux ses intérêts.

Il alla donc à Londres et il parvint à museler cette
bête féroce de Thévenot. Il en a coûté plus d'un écu,
bien que personne ne l'eût donné pour la peau de ce
misérable.

Voilà ce que j'avais de moins triste à dire ; voici ce
qui s'est passé à la cour ce mois-ci.

Le roi, comme tous les ans, a fait ses Pâques.
Mais sa mauvaise santé et les conseils de madame
Louise ont rendu la dévotion du roi plus grande que
de coutume. Madame Du Barry ne s'inquiète pas
assez des dispositions du maître : « Si Sa Majesté fait
ses Pâques, eh bien ! je ferai les miennes, » a-t-elle
dit en riant, sans s'apercevoir que l'humeur du roi
devient sujette à de grands changements. On parle,
ou plutôt on reparle sérieusement de marier le roi à

une archiduchesse. Il est vrai que Sa Majesté a répété
plusieurs fois au duc d'Aiguillon : « Je sais bien que
si l'on me reparle de mariage, c'est pour me dire
que je suis vieux ; que si l'on me dit de prendre une
femme, c'est pour me faire entendre que je ne dois
plus avoir de maîtresse. » Mais cela n'empêche pas le
roi de laisser prendre à madame Louise, c'est-à-dire
au parti jésuitique, une grande influence sur son
esprit. On le tourne vers les réflexions sérieuses.

Malgré une petite aventure avec la baronne de
Neukerque, cette belle Allemande qui s'appelait
madame Pater il y a une dizaine d'années ; malgré
l'intérêt qu'il prend au chevalier Gluck, en dépit de
madame Du Barry, qui veut faire venir Piccini d'Italie
pour prouver que Gluck n'est qu'un sauvage ; malgré
les assurances de ses médecins, le roi fait de l'amour
platonique avec la comtesse de Servan, le roi a peur,
le roi se convertit. Or, la conversion du roi, c'est la
chute de madame Du Barry, c'est le rappel des jésuites
et des parlements, c'est la fin des soupers et des fêtes
galantes, c'est le mariage avec une Autrichienne,
c'est la tristesse des derniers jours de Louis XIV.
Louis XV voit lui-même tout cela dans sa future
conversion, et le pauvre roi soupire, et dit quelquefois : « Est-ce qu'il est réellement temps ? » Oui, lui
répondent les ennemis de notre bonheur. Et ils montrent au roi la mort qui habite Versailles ; ils lui rappellent que l'ambassadeur de Gênes est mort subitement, que d'Armentières est mort, que l'abbé de la

Ville est mort au petit lever, le jour qu'il venait remercier le roi de sa place de directeur des affaires étrangères. Ils lui font voir le marquis de Chauvelin, qui était encore appuyé il y a si peu de temps sur le fauteuil du roi, quand Sa Majesté jouait avec madame Du Barry; ils lui rappellent que ce fidèle ami est mort auprès de lui en le regardant jouer avec la favorite. Notre pauvre monarque se sent troublé à la vue de la mort. On ne lui laisse plus un instant de sérénité. En chaire, ce maudit abbé de Beauvais lui dit, le jour de Pâques : « Encore quarante jours, et Ninive sera détruite. » Et le roi compte les jours, car Ninive c'est lui, c'est sa vie, ses amours, sa royauté. Dans son palais, ses médecins le poursuivent d'ordonnances, ses favoris le harcèlent de demandes *in extremis,* ses enfants le prêchent, ses évêques le menacent, ses amis le quittent, ses ennemis le condamnent. Madame Du Barry elle-même, malgré son insouciance d'enfant, sent comme une menace planer dans l'air. C'est en vain qu'elle a fait disparaître tous les exemplaires de cet *Almanach de Liége* qui disait : « Dans le mois d'avril, une dame des plus favorisées jouera son dernier rôle », elle n'en tremble pas moins. Et il arrive souvent que le roi et sa maîtresse se regardent en soupirant et disent ensemble : « Quand donc ce maudit mois sera-t-il passé ? »

Maladie du roi. — Les sacrements. — Le curé de Versailles. —
   Amende honorable du roi. — Le lit de madame d'Aiguillon.
   — Les courtisans à Ruel. — Offre du prince des Deux-Ponts.

9 mai 1774.

L'avant-dernier jour d'avril, après avoir soupé à
Trianon et veillé jusqu'à deux heures du matin, avec
le prince de Soubise, les ducs d'Aiguillon, d'Ayen et
de Duras, et mesdames de Mirepoix, de Forcalquier,
de Flamarens et la comtesse Du Barry, le roi se retira
dans ses appartements et ne se coucha qu'au jour. Le
lendemain, on apprit que le roi était malade; deux
jours après, ses médecins déclarèrent qu'il avait la
petite vérole. On prétend qu'il l'a gagnée avec la fille
d'un menuisier, certains disent que c'est avec la fille
de M. de Montvallier; il y en a d'autres qui assurent
que c'est avec une vachère de Trianon. Je ne puis rien
dire à ce sujet, car je n'étais point du souper de Trianon. Madame Du Barry elle-même a ignoré que le roi
ne se fût pas couché; tous ceux qui ont dû être du
secret, s'il y a eu secret, n'ont rien voulu faire
connaître.

Le roi est très-mal; Mesdames Royales ne le quittent
pas, non plus que madame Du Barry. Malgré la volonté
de la comtesse, le chirurgien Lamartinière a fait trans-

porter le roi à Versailles. Ce voyage l'a tué à demi.
L'archevêque de Paris est venu pour l'administrer; il
y a eu à ce sujet une discussion singulière. Les partisans de Choiseul voulaient que le roi fût administré,
afin d'obtenir l'expulsion de la comtesse, que l'archevêque réclamait préalablement; les amis de la comtesse
s'opposèrent à l'administration des sacrements. Ainsi,
dans « cet agiotage et ce trafic de la conscience du
roi », comme a dit M. de la Roche-Aymon, les philosophes tenaient pour les sacrements, et les alliés des
jésuites, tels que d'Aiguillon, Maupeou, Bertin, les
ducs de Fronsac et de Richelieu, tenaient contre. C'est
que tous les intérêts se rapportaient alors à la favorite.
Le curé de Versailles ayant appris que monseigneur
de Beaumont était retourné à Paris sans avoir administré le roi, vint jusque dans la chambre royale.
Comme on le menaçait de le jeter par la fenêtre, il
répondit : « Si vous ne me tuez pas du coup, je ren-
trerai par la porte, car c'est mon droit. »
    Après bien des consultations, des tergiversations,
des conciles et des pourparlers, il a bien fallu dire au
roi qu'il avait la petite-vérole et une ou deux autres
maladies aussi dangereuses. L'étiquette veut que tout
membre de la famille royale reçoive l'extrême-onction
aussitôt qu'il est reconnu attaqué de la petite vérole.
Le grand-aumônier a donc dû administrer le roi. Dès
le matin, Louis XV avait fait dire à madame Du Barry
qu'il voulait qu'elle se rendît à Ruel chez madame
d'Aiguillon, « afin d'éviter les scènes de Metz. » Avant

de donner l'hostie au roi, le grand aumônier déclara au nom du roi, trop faible pour parler, « que Sa Majesté était fâchée d'avoir causé du scandale à ses sujets, et qu'elle ne voulait vivre désormais que pour le soutien de la foi et de la religion et le bonheur de ses peuples. »

A Ruel, la comtesse a trouvé le lit de la duchesse d'Aiguillon trop dur, et elle a fait venir son coucher de Luciennes. Elle ne désespérait pas de la position. Hier encore, un monde de courtisans est allé lui rendre visite ; mais je crois que Ruel sera bien désert demain.

Le ministre du prince Auguste des Deux-Ponts est venu rappeler à madame Du Barry que Son Altesse Sérénissime lui offrait toujours un asile à Deux-Ponts, « où l'amitié s'efforcerait de faire oublier à la comtesse le séjour de France. » Madame Du Barry n'a pas accepté cette offre ; je crois que c'est un tort : le Dauphin, qui sera demain le roi, pourra bien lui donner un plus triste asile.

Le roi est mort, vive le roi! — Mot du roi. — La châsse de
Sainte-Geneviève. — Faut-il y aller en habit noir ou en habit
violet? — Mot du curé de Sainte-Geneviève. — Lettre du nouveau roi. — Le cadavre de Louis XV. — Un quatrain. — Mot
de Sophie Arnould.

11 mai 1774.

« Le roi est mort, vive le roi! » Ce cri traditionnel
s'est fait entendre hier, 10 mai. Aussitôt une bougie
éteinte placée sur une fenêtre a annoncé au Dauphin
qu'il était roi. Louis XVI, la reine, Monsieur et son
frère, ainsi que Mesdames, sont partis pour Choisy-le-
Grand. Les filles de Louis XV sont restées près du
cadavre de leur père, dont l'infection était telle, que
tous les assistants s'enfuirent sans tourner la tête, aussitôt que le médecin Lemonnier eut dit, en mettant sa
main sur le cœur du roi : « Messieurs, le roi est mort. »
  Dans son délire, le roi a voulu rappeler plusieurs
fois madame Du Barry, qu'il regrettait d'avoir éloignée.
Il l'a aimée jusqu'à son dernier souffle. Comme on lui
disait qu'elle était partie : « Ah! elle est partie!... il
faut donc que nous partions! »
  Il recommanda de prier à Sainte-Geneviève. Le duc
de la Vrillière écrivit au parlement, qui a seul le droit
de faire ouvrir ou fermer la châsse de la sainte. Elle

22

fut ouverte et descendue hier seulement. Le clergé de
Paris est allé en procession à Sainte-Geneviève. Malgré
la gravité du moment, messieurs du clergé se sont dis-
putés une heure pour savoir s'il convenait d'y aller en
habit noir ou en habit violet. Je ne sais quelle couleur
on a adoptée. On me raconte que ce matin, en apprenant la mort du roi au curé de Sainte-Geneviève, quelqu'un plaisanta le curé sur l'efficacité de la relique :
« De quoi vous plaignez-vous? a-t-il répondu. N'est-il
pas mort? » Un philosophe aurait-il trouvé mieux?

Aussitôt arrivé à Choisy, le nouveau roi a écrit à
l'abbé du Terray :

> Monsieur le contrôleur général, je vous prie de faire distri-
> buer aux pauvres des paroisses de Paris, deux cent mille livres
> pour prier pour le roi. Si vous trouvez que c'est trop cher,
> retenez-les sur nos pensions, à madame la Dauphine et à moi.
>
> LOUIS-AUGUSTE.

Tout le monde admire le sublime dévouement des
filles du feu roi, qui n'ont pas craint de le garder, malgré la contagion. Le cadavre était tellement putréfié
qu'il a fallu le renfermer tout de suite dans un cercueil
de plomb. On a dû recourir aux plus vils des manou-
vriers pour faire cette besogne. Il a fallu remettre le
premier cercueil dans une caisse en bois garnie d'aro-
mates, et renfermer celle-ci dans une autre boîte de
plomb, ce qui n'empêche pas l'odeur de s'exhaler
encore.

Ce matin, avant la nouvelle positive de la mort du roi, on faisait courir déjà ce quatrain :

> Remplissant ses honteux destins,
> Louis a fini sa carrière.
> Pleurez, coquins; pleurez, catins,
> Vous avez perdu votre père.

On prétend que ces vers ont été inspirés par un mot de Sophie Arnould. Cette courtisane aurait dit, en faisant allusion à la mort imminente du roi et à l'exil certain de la comtesse : « Eh bien! nous allons donc être orphelines de père et de mère? »

22.

La lettre de cachet. — L'exil. — La complainte des *Cinq Ponts*.
— Milord Goys.

20 mai 1774.

Deux jours après la mort du roi Louis XV, un exprès
vint de Versailles à Ruel signifier à madame la comtesse Du Barry une lettre de cachet, signée du duc de
La Vrillière. Par cette lettre, il était ordonné à madame Du Barry, pour raison d'État, de se rendre à
l'abbaye du Pont-aux-Dames. « Le beau f.... règne,
qui commence par une lettre de cachet! » s'est écriée
la comtesse en recevant l'ordre du roi Louis XVI.

Le jour même, madame Du Barry s'était rendue à
Pont-aux-Dames. C'est un séjour peu riant, où la
pauvre comtesse aura plus d'un sujet de regretter son
pavillon de Luciennes. Hélas! qu'il y a loin, en effet,
de cette sombre retraite bâtie par les rois carlovin-
giens, à ce boudoir mythologique, à ce temple élevé
à l'amour par une Vénus moderne!

Toute la famille des Du Barry a quitté la cour. Le
comte Jean, qui est le plus compromis aux yeux du
public, s'est réfugié en Suisse. Les deux belles-sœurs
sont retournées à Toulouse. Mademoiselle de Tournon,
la femme du marquis Du Barry, parle de reprendre

son nom de famille; en attendant, elle a remplacé la
livrée des Du Barry par un surtout gris que portent
déjà tous ses gens. Les ennemis de la comtesse, ou
pour mieux dire les amis de M. de Choiseul, (car cette
pauvre comtesse ne peut avoir d'ennemis, puisqu'elle
n'a jamais fait de mal à personne,) ceux-là font déjà
courir mille bruits ridicules : « Les tonneliers auront
de l'occupation, disent-ils, car tous les barils fuient. »

On chante dans les rues cette odieuse complainte,
dite des *Cinq Ponts :*

> Les ponts ont fait époque dans ma vie,
> Dit *l'Ange* en pleurs dans sa cellule en Brie,
> Fille d'un moine et de Manon Giroux
> J'ai pris naissance au sein du *pont aux Choux ;*
> A peine a lui l'aurore de mes charmes,
> Que le *pont Neuf* vit mes premières armes ;
> Au *pont au Change* à plaisir je fêtais
> Le tiers, le quart, soit noble, soit bourgeois ;
> L'art libertin de rallumer les flammes
> Au *pont Royal* me mit le sceptre en main ;
> Un si haut fait me loge au *Pont-aux-Dames*
> Où j'ai bien peur de finir mon destin.

On raconte partout ce mot d'un bouffon, le sieur
Goys, connu de toute la ville pour son talent à contre-
faire l'Anglais, ce qui l'a fait surnommer milord Goys.
C'était un ami du comte Jean. Lors de la mort de
Louis XV, le *Roué* alla trouver le milord et lui demanda
conseil sur ce qu'il avait à faire. L'autre se frotte le
front : « Ma foi, mon cher comte, l'écrin et des chevaux de poste ! — Quoi ! vous me conseillez de fuir

comme un coquin? C'est impossible! » L'autre se
refrotte le front : « Vous avez raison, prenez des chevaux de poste et l'écrin! »

Voilà de quelles plaisanteries s'amuse la canaille.

Pour nous, il est évident que le nouveau règne ne
s'annonce pas sous de gais auspices; je crois qu'il me
faudra bien un jour ou l'autre déménager d'ici; la cour
menace de devenir ennuyeuse comme une pastorale.

Madame Du Barry à Pont-aux-Dames. — Lettre à M. de Maurepas.
— Réponse du ministre. — L'amour au couvent.

20 janvier 1776.

Madame Du Barry vient de quitter l'abbaye de Pont-
aux-Dames. Cet exil était devenu presque cher à la
comtesse dans ces derniers temps, mais « l'ennui
naquit un jour de l'uniformité ». Madame Du Barry
avait obtenu, depuis longtemps déjà, d'avoir de la
compagnie à Pont-aux-Dames. Son architecte lui avait
même bâti un diminutif de Luciennes; et elle avait
retrouvé autour d'elle toutes les meilleures amitiés de
sa splendeur. Nous allions la voir; sa belle-sœur Chon
restait avec elle; ses femmes de chambre la paraient
presque comme en ses beaux jours de royauté; les
religieuses ne négligeaient pas sa table, qui était servie
comme à Versailles; mais, malgré tout cela, la règle
du couvent pesait toujours sur cette folle tête, si bonne
d'ailleurs. Elle s'est soumise à toutes les exigences de
la règle monastique; les sœurs parlaient d'elle avec
respect. « Qu'il y a loin de ce que nous voyons aux
petits levers de Versailles! » me disait M. de Brissac
un matin que nous venions d'accompagner la comtesse
à la première messe. Madame Du Barry dissimulait

mal l'ennui qui la rongeait; aussi s'est-elle décidée
dernièrement à écrire à M. de Maurepas, qui rem-
place le duc d'Aiguillon, cette lettre simple et digne :

Pont-aux-Dames, 7 janvier 1776.

MONSIEUR LE COMTE,

On m'a fait l'honneur d'une lettre de cachet après la mort du
feu roi, afin de ne pas exposer les secrets de l'État. Si j'en ai
connu quelques-uns, je les ai oubliés avec cette légèreté qui
m'est naturelle. Il n'y a que trois choses dont j'ai conservé un
plein souvenir, les bontés du feu roi, mes torts envers madame
la Dauphine et la générosité de la reine pour les oublier. J'ai
fait peu de mal, j'ose le dire; j'ai rendu des services; je ne m'en
ferai cependant pas un droit ni un titre. Je tiens à tout obtenir
de votre courtoisie, vous êtes trop spirituel pour voir en moi
une personne à craindre, et trop galant pour vous refuser à
rendre une femme heureuse. Je demande la permission d'habiter
Luciennes; je vous assure, monsieur le comte, que je ne suis
pas dangereuse, et la rigueur même la plus juste doit avoir
un terme.

COMTESSE DU BARRY.

Le comte de Maurepas a répondu, courrier par
courrier :

MADAME LA COMTESSE,

Vous m'avez charmé en vous adressant à moi. Oui, sans
doute, votre exil doit avoir un terme; votre douceur, la réserve
que vous avez gardée dans la disgrâce, vous ont donné droit à
une auguste indulgence; tout mon mérite a été de la provoquer.
Vous pouvez demeurer à Luciennes et êtes libre d'aller à Paris.
Veuillez accepter mes remerciements de la bonne opinion que je
vous ai inspirée.

COMTE DE MAUREPAS.

La comtesse s'est empressée, à la réception de cette
lettre, de faire ses adieux aux habitantes de Pont-aux-
Dames et d'aller s'installer à Luciennes, à son « cher
Luciennes! »

Parmi les plus assidus pèlerins qui venaient à Pont-
aux-Dames, on pouvait remarquer le beau duc de
Cossé-Brissac. Ce seigneur nourrit depuis longtemps
déjà une profonde passion pour madame Du Barry. La
comtesse ne m'a pas paru insensible à la galanterie,
au dévouement, à l'enthousiasme du duc; d'un autre
côté, le silence et les méditations de sa longue retraite
ont dû la porter vers l'amour. Madame Du Barry est
encore jeune, elle est plus belle que jamais, et son
cœur n'a jamais été, à ce que je pense, bien occupé
par l'amour du feu roi. J'ai entrevu là un joli sujet de
roman : « L'amour d'une proscrite. » Un amour timide,
réservé, caché, honnête, chevaleresque, un véritable
amour de héros du temps de madame de Scudéry.
Quel beau livre je ferais, si j'avais le talent de mon
ami le chevalier de Boufflers, qui raconte si bien les
histoires amoureuses !

Le cœur de la femme. — Les mensonges de madame de Grammont.
— Saint-Vrain. — Amour.

12 décembre 1778.

Que le cœur des femmes est difficile à connaître !
Je viens de relire la note que j'ai écrite au commencement de l'avant-dernière année : comme je me trom-
pais ! Ce n'est pas de M. de Cossé-Brissac que madame
Du Barry est devenue amoureuse, c'est d'un de ses
voisins, lord Seymour. Et quelle passion romanesque !
quelle douceur ! quelle vivacité ! quels transports ! Ce
fut un vrai drame amoureux, avec des élégies, des
pastorales et des églogues à ravir l'homme du monde
le moins sentimental. J'en suis encore tout ahuri. Qui
aurait attendu cela de cette petite l'Ange, qu'on appelait jadis une créature, et que madame de Grammont
nous avait donnée comme une pensionnaire de la
Gourdan ! Cette duchesse de Grammont, avec ses notes,
m'a fait dire bien des sottises dans le temps ; j'en ai
maintenant les preuves. Ou la police de M. de Sartines
était ignorante, ou la duchesse avait tout imaginé à
plaisir. Je rétablirai bien des faits un jour ou l'autre.

Quelque temps après sa sortie de Pont-aux-Dames,
madame Du Barry acheta la terre de Saint-Vrain, près

Arpajon. Elle y alla demeurer et y passa toute la saison.
Là, elle voulut d'abord secouer toutes les tristesses du
couvent : elle se jeta à corps perdu dans les folies de
Versailles : dîners, jeux d'enfer, fêtes de nuit, achats
de magots et fantaisies royales. Le jeu surtout la
mordait au cœur. Puis un beau jour toute cette folie,
cette vivacité, ce bruit, ce désordre, ce train de favorite, tout est tombé. Elle s'en est revenue à Luciennes,
pensive, pâlie, triste, comme si le couvent l'avait res-
saisie. Quelques mois après, elle était éperdument
amoureuse de lord Seymour ! Aujourd'hui ce bel
amour n'a pas encore éteint toutes ses flammes,
quoiqu'on ait parlé d'un projet de mariage avec un
Américain. Je ne comprends rien à tout cela, je
l'avoue. J'avais toujours vu dans la comtesse une
bonne fille, folle de tête et de cœur, légère, frivole et
coquette à l'excès, mais jamais, au grand jamais, je
n'aurais cru découvrir en elle un esprit romanesque,
un cœur ardent, une héroïne à la Jean-Jacques. Ce
qui me prouve qu'on ne sait jamais le dernier mot du
cœur féminin, en admettant toutefois qu'on en con-
naisse jamais le premier.

Le bonheur à Luciennes. — Madame Du Barry à l'Académie et
au bal de l'Opéra. — Son épigramme au duc de Chartres. —
Un roi qui veut dormir.

15 août 1779.

Ce n'est point une retraite monacale que le petit
château de Luciennes : on y vit gaiement, on reçoit
bonne compagnie, on chante l'opéra, on joue des pro-
verbes, on rit, on danse, on aime! C'est un séjour que
je préférerais à la cour, si mon devoir ne me retenait
pas à cette cour un peu froide, qui affecte d'être vertueuse et qui tourne à l'élégie champêtre. Dans son
exil, madame Du Barry peut se comparer au duc de
Choiseul après sa chute : comme lui elle a conservé
ses amis, comme lui elle en a acquis de nouveaux.
Elle a une vraie petite cour à Luciennes; malheureusement pour moi, je ne puis m'y rendre que de loin
en loin. Mes notes deviendront rares; mais, à part
quelques anecdotes amusantes, qu'aurai-je à dire?
sinon le calme, la gaieté, l'insouciance, l'amour qui
règnent à Luciennes. Le bonheur tranquille, le bonheur qui se cache, le bonheur vrai ne se raconte pas,
et la comtesse est heureuse de ce bonheur-là.

Cela n'empêche pas madame Du Barry de se mêler
de temps en temps aux préoccupations de la vie pari-

sienne. Au mois de janvier dernier, elle n'a pas manqué de se faire inscrire d'avance pour assister à la réception de M. Ducis à l'Académie. Elle a même été plusieurs fois, pendant le carnaval, au bal de l'Opéra, où elle a trouvé l'occasion de se moquer du duc de Chartres, dont la bravoure à Ouessant a fait rire ici tout le monde. Elle s'est bien gardée de perdre cette occasion. Comme elle passait en domino, au bras du duc de Cossé, qui était aussi en domino, devant M. le duc de Chartres, le comte de Genlis se trouvant près du prince lui fit remarquer l'élégance et la noblesse du plus petit de ces deux dominos : « Ce doit être une jolie fille, » dit le mari de madame de Genlis. Le prince alla regarder impertinemment le masque. « Elle se cache bien, dit-il; ce doit être une beauté passée. — Oui, monseigneur, tout comme votre renommée guerrière, » répliqua madame Du Barry en s'enfuyant au bras de son cher domino.

Madame Du Barry n'a rien perdu de cette gaieté qui fit les délices du roi Louis XV. Si on a pu craindre un moment que cette aimable vivacité de repartie qui distingue son esprit fût anéantie par les malheurs passés, on ne peut plus conserver cette crainte. La comtesse est plus vive et plus follement spirituelle que jamais. J'en ai eu il y a deux jours une nouvelle preuve. On venait de raconter que le roi, mécontent de voir son auguste compagne faire chaque jour des parties de nuit, soit à la comédie, soit au bal, et rentrer très-tard, avait donné l'ordre de ne laisser entrer aucune

voiture dans la grande cour passé onze heures du soir.
Le jour même où cet ordre avait été donné, la reine
était partie, comme de coutume, avec son beau-frère
M. le comte d'Artois. N'étant rentrée qu'à une heure du
matin, elle s'était vu refuser l'entrée, et fut obligée de
faire un long détour pour rentrer par la petite porte du
château. Le roi dit le lendemain matin qu'ayant l'habitude d'être couché à onze heures, il ne voulait pas
de bruit dans la cour pendant la nuit. « Bon, dit madame Du Barry, les rôles sont changés; de mon temps
c'était le roi de France qui courait la nuit, et c'était
lui qu'on laissait quelquefois à la porte; il paraît
maintenant que c'est le roi qui dort et les autres qui
veillent. »

Mot du maréchal de Richelieu. — Pèlerinage à Ermenonville. —
Vers du duc de Nivernois. — Mot sur le jeu de la reine.

5 décembre 1780.

Je rage de voir comme je néglige mes notes, cela
tient à la rareté forcée de mes visites à Luciennes. Si
j'avais le bonheur d'y demeurer auprès de la comtesse,
j'aurais chaque jour un joli mot ou une anecdote à
raconter; mais je n'ai jamais à dire que les aventures peu ou point du tout amusantes de la cour. Voici
un mot qui remonte au commencement de cette
année; je l'enregistre parce qu'il est d'un ami de
madame Du Barry, et qu'il lui a donné l'occasion
d'un joli trait que j'ai pu entendre.

Le maréchal de Richelieu ayant été malade, le roi
le félicita un jour sur son rétablissement : « Vous
n'êtes pas jeune, dit Louis XVI, car vous avez vu trois
siècles. — Pas tout à fait, Sire, je n'ai vu que trois
règnes. — Soit ! mais qu'en pensez-vous ? — Sire,
sous Louis XIV on ne disait mot; sous Louis XV on
parlait tout bas; sous Votre Majesté on parle tout
haut. »

Comme on racontait cela devant madame Du Barry,
elle s'écria : « Quand les rois parlent haut, tout le

monde se tait ; quand ils ne disent rien, tout le
monde parle haut. Si Sa Majesté a un fils de son
caractère, il n'y aura que lui qui ne soufflera mot
dans son royaume. »

Pendant tout cet été la mode a été aux pèlerinages
à Ermenonville ; la reine elle-même a visité le château,
le parc et le tombeau de Jean-Jacques Rousseau.
Madame Du Barry, qui a toujours professé une grande
admiration pour l'auteur de la *Nouvelle Héloïse,* a
voulu faire comme tout le monde ce pèlerinage philosophique. M. le duc de Nivernois s'est rencontré avec
elle dans l'île des peupliers, et voici les vers qu'il a
écrits sur ce voyage :

> Je ne traiterai plus de fables ,
> Ce qu'on nous dit de ces beaux lieux,
> Où les mortels devenus presque dieux,
> Goûtent sans fin des douceurs ineffables.
> De l'Élysée où tout est volupté,
> Je regardais le favorable asile
> Comme un beau rêve à plaisir inventé ;
> Mais je l'ai vu, ce séjour enchanté,
> Oui, je l'ai vu : je viens d'Ermenonville.

On a chanté, de retour à Luciennes, le *Devin de
village* chez madame Du Barry. La comtesse ne joue
pas sur son petit théâtre, mais en revanche elle
applaudit fort. On ne pourra dire d'elle ce qu'un
spectateur du théâtre de la cour a dit en parlant du
jeu de la reine : « C'est royalement mal joué, » mais
on pourra dire : « C'est royalement dirigé. » Les meil-

leurs acteurs de la Comédie française viennent quelquefois à Luciennes, ceux de la Comédie italienne y viennent souvent. Les décors sont plus beaux que ceux de Versailles et de Trianon; on donne même des ballets, et, ce qui est d'un mérite inexprimable, on n'y connaît pas de censure!

La Redoute chinoise. — Le jardin des Tuileries. — Naissance
d'un Dauphin.

24 octobre 1781.

Madame Du Barry quitte quelquefois Luciennes
pour venir se mêler aux spectacles de Paris. Les
années dernières déjà, elle avait assisté aux premières
représentations de plusieurs opéras; elle avait vu,
dans le plus grand secret, les débuts de mademoiselle
Contat; elle avait même assisté à une séance de l'Académie. Cette année, elle a voulu aller voir la *Redoute*
chinoise, dont on s'entretient beaucoup depuis quelque
temps. C'est une espèce de Colysée ou de Vaux-hall,
où les filles abondent, ce qui a fait dire à l'abbé
Arnaud :

> La voilà donc cette Redoute,
> Qu'à bon droit tout sage redoute :
> Charmant et funeste réduit
> Où, pour peu qu'on s'arrête en route,
> Infailliblement il en coûte,
> Et le plus souvent il en cuit!

Madame Du Barry l'a visitée incognito : « C'est le
double-fond de la boîte de Pandore », a-t-elle dit en
sortant, « on y doit trouver le mal prodigieusement
mêlé au bien. »

La comtesse a été visiter aussi les démolitions du
Palais-Royal, et elle est allée, comme tout le monde,
jusqu'au jardin des Tuileries. « C'est une Redoute
découverte, dit madame Du Barry. — Elle n'en est
que plus dangereuse, » répondit le duc de Cossé-
Brissac, qui lui donnait le bras.

Il n'a été parlé ces jours-ci que de la naissance du
Dauphin. La comtesse, qui garde toujours dans son
intimité une petite amertume pour le roi, s'est écriée
en apprenant l'heureuse nouvelle : « Voilà qui fera
taire désormais les mauvais propos. Si le feu roi
vivait, il serait bien surpris d'avoir un petit-Dauphin,
lui qui n'y comptait plus. »

Un drame de mademoiselle Raucourt. — Ouverture de la nouvelle salle du Théâtre-Français. — Le comte du Nord. — Une
fête chez le duc d'Orléans. — Madame Du Barry et madame
de Montesson.

                                        28 juin 1782.

Au mois de mars de cette année, on a donné aux
Français un drame de mademoiselle Raucourt, intitulé
Henriette. L'auteur n'a pas oublié d'envoyer une loge
à sa première protectrice; madame Du Barry n'a pas
manqué de venir applaudir sa protégée. Il a été
question de jouer à Luciennes le drame de mademoiselle Raucourt; elle aurait rempli le rôle d'Henriette.
Mais je crois que ce projet sera abandonné, les gentilshommes de la chambre ayant manifesté l'intention
de s'y opposer, on ne sait pourquoi.

Ce mois de mars a été un perpétuel voyage de
Luciennes aux théâtres de Paris. Madame Du Barry
était à la première représentation d'*Orphée*, de Gossec;
elle a vu tomber les *Deux Fourbes*, elle a ri à l'*Éclipse
totale* et à l'*Amour et la Folie*. Comme je lui demandais d'où venait cette grande assiduité au théâtre :
« C'est que je suis à la piste des bonnes choses de
Paris dont je pourrai régaler mes paysans de Luciennes.
Je fais comme les directeurs de troupes de province,

qui sont plus souvent dans les coulisses de Paris que
sur leur théâtre. »

La comtesse n'a pas manqué l'ouverture de la
nouvelle salle du Théâtre-Français, au faubourg Saint-
Germain, le 9 du mois de mars. Elle y assista en
compagnie de deux de ses amis, en loge couverte.
Quelqu'un du parterre l'ayant reconnue et ayant dit
tout haut : « Voilà madame Du Barry, » tous les lor-
gnons se sont dirigés vers sa loge. La comtesse, qui
ne peut entièrement renoncer aux plaisirs du monde,
mais qui veut éviter de se faire voir en public, s'est
vue obligée de quitter la place. La célébrité a ses
inconvénients.

Les héritiers présomptifs des rois de l'Europe continuent le rôle de Télémaque. Au mois d'avril dernier,
un de ces princes voyageurs est venu à Paris, mais
au lieu d'avoir avec lui un sévère Mentor, il était
accompagné de la plus charmante princesse qui se
fût voir. Je veux parler du prince impérial de Russie,
qui est venu à Paris avec sa jeune femme, sous le
nom de comte du Nord. Madame Du Barry voulut
voir ce prince, et surtout elle voulut s'assurer si la
beauté de la princesse russe était aussi resplendissante
qu'on le disait. Comme elle a conservé d'assez étroites
relations avec madame de Montesson, qui lui doit
d'être duchesse d'Orléans (en mystère et de la main
gauche, il est vrai), madame Du Barry se fit inviter
à la fête qu'on devait donner aux illustres voyageurs
chez le duc d'Orléans. Madame de Montesson désirait

de les avoir à dîner, mais le comte et la comtesse
ayant déclaré qu'ils ne mangeraient chez aucun
particulier, la duchesse anonyme d'Orléans ne put
obtenir d'eux de changer l'étiquette établie. Il fallut
se contenter d'avoir les Altesses Impériales au spectacle. Mais ce spectacle même fut encore troublé par
un singulier incident. On avait invité tant de monde,
que le duc d'Orléans, regardant par le trou de la
toile, en fut effrayé; il craignit qu'il n'y eût plus de
place pour le comte et la comtesse du Nord, ni
même pour lui. Il en prit tant d'humeur qu'immédiatement il cria à tout le monde de se retirer. Il avait
dit « tout le monde » pour ne blesser personne en
particulier, mais tout le monde fut blessé. Après un
moment d'hésitation, tout le monde voulut obéir au
prince et s'en aller. M. le duc d'Orléans entra en
pourparlers avec ses invités, et sa politesse ordinaire fit bien vite oublier son mauvais compliment.
Cette petite scène amusa madame Du Barry plus que
deux comédies. Elle était auprès de madame de
Montesson. « Oh! mon Dieu! s'écria-t-elle, est-ce
que le gros père devient méchant? c'était un ange de
douceur. — Un ange bouffi, répondit la duchesse
in partibus, mais cela ne l'empêche pas de vouloir
faire le tigre; heureusement que son embonpoint le
ramène bien vite à sa tranquillité naturelle. Ah! quel
bon roi il ferait! » Et l'ambitieuse de Montesson
soupira bien fort. « Bah! consolez-vous, lui dit
madame **Du Barry,** s'il n'est pas roi, vous n'en régnez

pas moins! » Ce compliment prouva à madame de
Montesson que, malgré son exil et les calomnies
qui l'ont tant poursuivie, madame Du Barry est toujours cette excellente créature dont le cœur n'a jamais
gardé sérieusement rancune à ses ennemis les plus
acharnés ; qu'elle a toujours pour ses amis cette
vivacité d'amitié et cette franchise de langage qui
l'avaient fait appeler avec tant de vérité « une fille
bon garçon. »

L'opéra d'*Atys*. — Piccini. — Mot de madame Du Barry.

26 janvier 1783.

On a représenté *Atys* à l'Opéra. Le poëme a été légèrement changé dans le dénoûment, mais on n'a pas touché à la délicieuse musique de Piccini. Le succès de cette reprise a été complet. C'était hier la dixième représentation : il y avait plus de monde et il a reçu plus d'applaudissements encore qu'à la première. Madame Du Barry n'a pas manqué de venir à ce triomphe de son protégé. Elle avait pris la défense de Piccini, dans le temps, un peu par caprice, beaucoup pour faire pièce à la reine, alors Dauphine. Aujourd'hui que dans sa retraite amoureuse elle cultive les arts avec plus de soin, aujourd'hui qu'elle a le goût sûr et éclairé du duc de Cossé-Brissac, sa légère préférence pour la musique italienne est devenue un culte presque savant, son engouement pour Piccini est devenu un enthousiasme réel. Aussi fallait-il la voir hier à l'Opéra : c'était elle qui triomphait des bravos du public plus encore que le musicien. « Je savais bien, disait-elle, que l'on y viendrait, le pauvre Jean-Jacques avait bien été forcé de le reconnaître. Les Français ont l'esprit plus fin que les oreilles; il n'y avait qu'à les leur ouvrir : voilà que c'est fait. Le chevalier Gluck peut aller s'enterrer au Rameau. La cour elle-même se convertira au dieu Piccini. »

Le spectacle et l'amour. — Le théâtre chez M. le duc d'Orléans.
— La *Comtesse de Bar*, tragédie en vers de madame de
Montesson. — *Didon*, mot de la comtesse. — Le *Faux lord*.
— Les deux Piccini.

8 décembre 1783.

La prédiction de madame Du Barry s'accomplit à la
lettre. La cour est convertie à Piccini. Piccini père,
Piccini fils, on n'entend plus parler que de Piccini.
Nous vivons dans tous les enchantements du théâtre.
Je ne sais si cela plaît fort à Sa Majesté, lui qui disait,
lors des fêtes du mariage de *Monsieur :* « Enfin voilà
donc tous les spectacles finis, nous allons pouvoir
nous amuser! » Mais la reine adore la comédie, elle
la joue tant bien que mal, plutôt mal, et elle veut
que tout le monde la joue autour d'elle. *Madame*
s'étant refusée à satisfaire ce désir, il y a eu à ce sujet
une petite brouille, que le comte d'Artois a terminée
en y employant toute son affabilité et toute sa chevaleresque galanterie.

Madame Du Barry partage avec la reine ce goût
décidé pour le théâtre. Elle ne manque pas une première représentation, et il ne se passe point de semaine
qu'on ne joue chez elle. Avec la toilette et quelques
parties de pharaon, cela forme les seules distractions
qu'elle apporte à son amour. Le duc de Cossé n'a pas,

lui, d'autres distractions que celles de son service.
Chaque jour, Maussabré, son aide de camp favori,
galope de Versailles ou de Trianon à Luciennes, portant un billet pressé qui dit toujours ce mot que les
amants ne se lassent pas de dire : « Je t'aime. » Tous
les amis de la comtesse ont d'abord souri de cette belle
passion, mais on commence à la respecter autour
d'elle, car on voit bien que rien n'est plus sérieux
des deux côtés.

Après tout cela je n'ai pas besoin de dire que madame
Du Barry était à l'ouverture de la nouvelle salle des
Italiens, la salle Favart, qui s'est faite au mois de mai.
Elle n'a pas manqué d'assister à la reprise de *Venise
sauvée* et à celle de *Jeanne de Naples,* « deux reprises
perdues » a-t-elle dit en sortant de la deuxième.
Ce n'est pas sa faute si le *Mariage de Figaro* a été
défendu : ah ! si elle avait encore été la reine de
France, comme M. de Beaumarchais aurait trouvé le
chemin aplani ! Mais pour voir le *Mariage* il a fallu
aller chez le baron de Vaudreuil.

Je ne finirais pas si je disais toutes les pièces
nouvelles qu'on a données cette année et qu'elle
a voulu voir. On ne s'occupe autour de moi que de
théâtre, je n'entends parler que de tragédies, de ballets, d'opéras, de drames ! j'en ai les oreilles rompues.
Jamais je ne m'étais tant occupé des histrions ; mais
puisque c'est la mode !

Un fait théâtral que je ne passerai pas sous silence,
c'est la représentation sur le théâtre de M. le duc

d'Orléans d'une tragédie en cinq actes et en vers de
madame de Montesson. La *Comtesse de Bar* a été jouée
par les comédiens du roi; madame Vestris a été
superbe, Molé a été beau comme toujours, mademoiselle Sainvalle a fait pleurer. Cette représentation a
porté aux nues, dans le cercle du prince, le mérite de
madame de Montesson. Madame Du Barry a été la première à la féliciter de son succès : « Je ne vous dirai
pas, ma chère belle, que vous êtes la dixième muse,
car vous réunissez en vous les dons précieux des neuf
sœurs de Parnasse. »

J'ai perdu de vue les Piccini et la prophétie de
madame Du Barry. Elle s'est pourtant réalisée : on a
joué au mois de septembre *Didon,* tragédie-opéra de
Marmontel et Piccini. « Quel malheur, a dit madame
Du Barry, que ce soit Marmontel qui fasse les paroles
de la musique de Piccini : il me semble voir un rossi-
gnol chargé de monter au ciel avec une tortue attachée
à la patte ! »

Mais là où le triomphe des Piccini a été complet,
c'est au Théâtre-Italien, avant-hier samedi. On a donné
une comédie en deux actes, le *Faux lord,* dont les
paroles sont le premier essai de Piccini fils. Le succès
de la musique a été des plus grands : on a rappelé les
auteurs, et madame Du Barry, toute fière de voir sa
prophétie se réaliser chaque jour, n'a pas été celle qui
a le moins applaudi. Elle va faire jouer le *Faux lord*
à Luciennes. Les deux Piccini assisteront à la répétition générale.

Les rois chez madame Du Barry. — Joseph II et Gustave III. —
Les *Noces de Figaro*.

6 juin 1784.

C'est une mode reçue chez tous les souverains de
l'Europe qu'un voyage en France; il y a même parmi
les princes du Nord une espèce de maladie qui consiste
à vouloir venir à Paris. « Voir Paris et mourir! » disent-
ils, comme jadis les Maures exilés en parlant de Gre-
nade. Sa Majesté le roi de Suède, après avoir accompli
dans ses États la plus étonnante révolution qui se soit
vue depuis des siècles, le roi de Suède, victorieux et
tout-puissant, a désiré n'être encore une fois que le
comte de Haga, pour pouvoir revivre quelques jours à
Paris.

Déjà, il y a quelques années, l'empereur Joseph
n'avait pas voulu visiter les puissances et les beautés
de Paris sans rendre hommage à la comtesse Du
Barry, puissance tombée, mais beauté toujours jeune
et triomphante. Joseph II passa toute une journée à
Luciennes; comme un Renaud chevaleresque, il par-
courut les jardins de notre Armide, en donnant le bras
à cette belle fée qui sut faire oublier tant de fois au
vieux roi de France les soucis et les dangers du trône.
Pendant tout son règne, la comtesse n'eut peut-être

jamais un jour de triomphe aussi complet. L'empereur
fut galant et affable comme un grand seigneur de la
cour de Louis XIV; aussi madame Du Barry, au moment du départ, ne tarissait pas sur l'expression de
sa reconnaissance : « Je suis pénétrée d'admiration,
disait-elle, pour les bontés que daigne avoir pour une
pauvre recluse un empereur si justement célèbre par
sa puissance et la grandeur de ses États. — La beauté,
madame, est toujours reine, répondit Joseph II, et
son empire est le monde entier. Les plus puissants ne
doivent être que ses plus dévoués admirateurs. »

Le comte de Haga a voulu marcher sur les pas de
l'empereur. Lui aussi est venu rendre visite à madame
Du Barry. Il n'a pas manqué de lui rappeler que, s'il
avait vaincu ses ennemis, c'était grâce au secours que
lui avait prêté la comtesse : « Sans vous, madame, le
roi Louis XV n'eût jamais osé me soutenir de son
influence; grâce à vous il m'a prêté son appui, et j'ai
pu vaincre. Le roi de Suède vient vous remercier de
ce que vous avez fait pour le duc de Sudermanie. »
Une autre fois Gustave III dit encore à madame
Du Barry : « Vous êtes regardée, à Stockholm, comme
la déesse bienfaisante de la Suède. »

Le roi de Suède voyage sous le nom de comte de
Haga; il a voulu assister à la réception académique
du marquis de Montesquiou. Madame Du Barry, qu'il
avait prévenue de cette résolution, n'a pas manqué de
se rendre à cette cérémonie, « afin de voir encore une
fois, a-t-elle dit, le prince le plus hardi, le plus sage

et le plus voyageur » qu'elle ait jamais connu. L'assemblée était brillante, et le discours du marquis a été très-applaudi. Il a fait l'éloge de son prédécesseur, le bon vieux évêque de Limoges, ce qui n'était pas un sujet brillant; mais le nouvel académicien n'a pas manqué de faire le panégyrique du roi et de ses frères, les élèves de l'évêque, et il a fini par une allusion directe aux princes « qui parcourent des pays étrangers par amour du bien public. » Tout le monde s'est tourné vers le roi de Suède, qui a été salué d'immenses acclamations à sa sortie de l'assemblée. « Voilà un beau jour pour moi, a dit madame Du Barry; il me prouve que les déclamations des philosophes et des auteurs comiques n'ont pas encore éteint l'amour et le respect qu'on doit aux rois. »

Par auteurs comiques, madame Du Barry faisait allusion à Caron de Beaumarchais, dont on a joué le mois dernier la fameuse comédie des *Noces de Figaro*. Il y a deux ans que cette comédie est sur le tapis. La censure, l'archevêque, le roi, l'ont tour à tour défendue, mais cet intrigant de Beaumarchais est parvenu à surmonter tous les obstacles. Cet homme a une volonté qui ne recule jamais. Nous assistâmes à la première représentation, qui fut donnée à la fin d'avril, le 27, je crois. Nous étions, madame Du Barry, le duc de Cossé-Brissac (qui ne la quitte pas plus que son ombre, et qui partage toujours son dévouement entre la comtesse et le service du roi), le duc de Richelieu et moi, dans la loge particulière de madame de Montesson. Cette dame était avec le duc d'Orléans, cachés dans une avant-scène. Ce fut un tumulte, un brouhaha impossibles; ce fut une émeute, presque une révolution. Cette pièce est remplie de méchancetés sur la cour, les grands, les magistrats, et en général sur tout ce que ne peut atteindre le sieur Caron. Le parterre applaudissait à tout rompre. Cependant il y avait des mots tellement grossiers que le parterre lui-même en demanda bruyamment la suppression. Le Beaumarchais a fait œuvre de courtisan du peuple, il a accordé tout de suite au parterre ce qu'il n'a jamais voulu donner depuis deux ans aux sollicitations et aux représentations de ses amis et de ses protecteurs : il a fait des coupures. « Ce maraud-là devrait être embastillé, a dit le duc de Cossé-Brissac. — Pourquoi donc? a répondu madame Du Barry; c'est un drôle adroit; vous verrez que ceux dont il se moque seront les premiers à l'applaudir. — Oh! cela n'a rien qui puisse surprendre : nos gentilshommes lisent les encyclopédistes, et ils croient aux rêveries creuses des économistes comme M. Necker! » La prédiction de la comtesse s'est réalisée : depuis les coupures, les jeunes, et jusqu'aux vieux seigneurs, applaudissent les *Noces de Figaro,* qu'on devrait faire brûler par la main du bourreau.

L'esprit prophétique de la comtesse reçoit chaque jour un nouvel encouragement. Ainsi, elle avait prédit que la musique de Piccini deviendrait la musique de la cour; cela a été, ainsi que je l'ai dit. On ne jure

plus que par Piccini, et j'apprends qu'en l'honneur
du roi de Suède, qui va tous les soirs au spectacle, on
jouera prochainement à Fontainebleau, lors du voyage
de la cour, un nouvel opéra, le *Dormeur éveillé,* dont
la musique sera du célèbre Italien. Malheureusement
les paroles seront de Marmontel!

Le baquet magique. — Une vision de l'avenir.

10 novembre 1784.

Depuis cinq ou six ans on parlait d'un sieur Mesmer, venu de Vienne, et qui a inventé une nouvelle manière de guérir les maladies par ce qu'il appelle « le *magnétisme animal* ». Les uns disent que c'est un charlatan, et c'est le plus grand nombre ; les autres, et parmi ceux-ci on cite le héros de la guerre d'Amérique, M. de La Fayette, et MM. de Noailles, de Puységur, de Montesquieu ; les autres le représentent comme le bienfaiteur de l'humanité, comme un sage de la sage Égypte, comme un esprit bienfaisant venu pour nous délivrer de l'ignorance mortelle des médecins. J'avoue, pour ma part, que je n'ai pas plus de confiance dans les cures mesmériennes que dans les cures de la Faculté, mais cela tient probablement à ce que je ne connais ni le grec ni le magnétisme.

Madame Du Barry a voulu voir Mesmer ; elle a voulu voir surtout ce fameux baquet magique dont lui parlaient toutes les femmes qui viennent encore la visiter. Elle a vu tout cela et s'en est revenue enchantée. Mais le fameux magnétiseur lui ayant dit qu'il pourrait lui faire voir l'avenir, si elle consentait à se laisser magnétiser, elle est retournée chez lui après quelques hésitations. Je ne sais pourquoi elle se souvenait toujours

24

de la prédiction de ce jeune sorcier qui lui avait dit :
« Après votre élévation, rien ne sera plus étonnant
que votre fin. » J'assistai à cette expérience avec le
duc de Cossé-Brissac, qui haussait les épaules. Après
avoir assis la comtesse commodément dans un grand
fauteuil, Mesmer lui prit la main et lui demanda si elle
avait confiance en lui. « Oui, » répondit la comtesse.
Alors ce petit homme sec ouvrit des yeux effarés qui
demeurèrent fixés sur les yeux de madame Du Barry,
et il se mit à faire de grands bras et à promener ses
doigts devant le visage de la comtesse. Cela dura si
longtemps que j'en avais les yeux rouges et une cour-
bature dans les bras, rien qu'à le regarder faire. Tout
à coup la comtesse ferma ses beaux yeux et parut dormir. Tout son corps tressaillait, comme si elle avait
eu une attaque de nerfs. L'homme sec suait à grosses gouttes, mais il sourit d'un air triomphant, et il
nous dit : « Madame est endormie et voit présentement
tout ce qui l'intéresse dans l'avenir, car je le veux
ainsi. » Le duc de Cossé me regarda en riant; j'avais
envie d'aller réveiller madame Du Barry, mais le sorcier s'en aperçut, il m'arrêta par le bras en s'écriant :
« Gardez-vous-en bien, vous la tueriez ! » Je m'arrêtai
fort stupéfait. « Dépêchons! » dit le duc qui n'avait
plus envie de rire. Mesmer prit la main de la comtesse,
et lui dit : « Voyez-vous? — Je vois confusément »,
répondit-elle d'une voix qui nous fit peur, tant elle
était changée. Le sorcier refit deux ou trois grands
gestes, posa son doigt indicateur sur le front de la

comtesse et lui dit : « Voyez, je le veux ! — Je vois...
— Voulez-vous nous dire ce que vous voyez ? demanda
le duc. — Madame ne vous entend pas, dit le sorcier,
ce n'est qu'à moi qu'elle répondra. » Et il répéta ainsi
la demande du duc de Cossé : « Dites-moi ce que
vous voyez. » La comtesse parut se recueillir ; puis elle
poussa un grand cri et se tordit les bras : « Ah !
mon Dieu ! un échafaud.... une reine.... moi.... du
sang !... » Et elle ouvrit de grands yeux qui nous
effrayèrent ; elle semblait en proie au plus violent
délire. « Finissons, monsieur, » dit durement le duc.
Le magnétiseur recommença ses gestes bizarres, et
bientôt madame Du Barry fut réveillée. Elle nous
regarda en souriant : « Eh bien, dit-elle, qu'ai-je vu ?
Le savez-vous ? pour moi je ne m'en souviens pas. »
Nous n'osâmes pas lui répéter ses paroles, mais le
bourreau de Mesmer, mécontent sans doute des façons
du duc de Cossé, les lui dit sur-le-champ. « Je ne
sais ce que cela veut dire, nous disait la comtesse en
revenant, mais j'éprouve une peur vague. Cet homme
sait plus de choses qu'il ne m'en a voulu dire. Quant
à moi, je ne sais rien, il me semble que j'ai vu effectivement une scène horrible, mais cela me paraît
remonter à bien loin, bien loin dans mes souvenirs. »
La comtesse demeura pensive tout le reste de la
journée ; elle cherchait à se rappeler. Pour nous,
nous avons donné de grand cœur le Mesmer au diable ; il est évident que ses gestes et ses regards
étranges ont causé une attaque de nerfs à la comtesse.

Chute de la *Comtesse de Chazelles*. — Le duc d'Orléans
et madame de Montesson.

7 mai 1785.

Depuis plus de six mois, aucun événement important n'est venu troubler la cour, j'entends des événements qui puissent toucher de près ou de loin à mon
héroïne; mais en voici un. Depuis deux jours on ne
parle que de la *Comtesse de Chazelles*, de sa chute et
du courage de madame de Montesson. La *Comtesse de
Chazelles* est une comédie en cinq actes et en vers,
qu'on a jouée jeudi dernier, 5 de ce mois, à la Comédie française. Le public ignorait le nom de l'auteur,
et les courtisans eux-mêmes n'en étaient pas informés.
Il n'y avait que quelques amis particuliers de madame
de Montesson qui sussent que cette pièce était d'elle.
Mais le public savait vaguement que la nouvelle comédie était de haut lieu, et une espèce de cabale fut
organisée pour la faire tomber. Les gens de la cour
surtout se donnèrent ce malin plaisir. « Comme ils
sont heureux, disait la comtesse Du Barry au milieu
du bruit des sifflets, comme ils sont heureux de pouvoir siffler impunément ce qu'ils applaudiraient si
c'était au théâtre de la cour ! » Le *gros père* était là,

il souffrit beaucoup de cette soirée. Il est constant que l'intention de faire tomber la pièce était universellement prise avant le lever du rideau. Madame de Montesson est arrivée à Paris le lendemain ; elle s'est déclarée l'auteur de cette pièce, « que je n'aurais pas avouée, a-t-elle dit, si elle eût eu du succès ; mais comme elle est tombée, je ne veux pas qu'on en accuse un autre. » Malgré cette humble déclaration et les coupures que l'on a faites à la pièce, elle a encore été impitoyablement huée ; ce soir, madame de Montesson va la retirer et la livrer à l'impression. Pour se consoler, elle a invité ses amis à venir écouter sur son théâtre l'opéra chinois de *Panurge dans l'île des Lanternes;* quelqu'un a dit, en faisant allusion aux sifflets de ce soir et au fameux tambour sur lequel frappent deux Chinois : « Madame de Montesson veut que ce qui vient de la flûte retourne au tambour. »

Mort du duc d'Orléans. — Ses oraisons funèbres.

22 février 1786.

Le duc d'Orléans vient d'avoir quatre oraisons funèbres. Il n'y a pas quinze jours que ce prince est mort,
et si l'on en fait du bruit, c'est surtout à propos de la
maladresse de ses panégyristes. Le premier a été l'abbé
Maury, qui a dit en pleine cathédrale de Notre-Dame :
« Peut-être en est-il plus d'un parmi vous assez pré-
venu pour me plaindre de la tâche que je me suis
chargé de remplir. Je n'ai en effet à vous présenter
aucun de ces caractères, aucune de ces actions éclatantes qui semblent prêter le plus au pouvoir de l'éloquence. » Les autres discours ont été dits, l'un dans
l'église des Dames de Belle-Chasse, par l'abbé Bourlet
de Vauxcelles, lecteur du comte d'Artois; l'autre par
l'abbé Fauchet, à Saint-Eustache. Ils sont moins
lourds que le premier, mais ils ne sont pas plus dignes du prince. Le quatrième est le meilleur; c'est
madame Du Barry qui l'a prononcé. Il se divise en
deux parties; l'une a été dite devant moi, le jour même
de la mort du prince : « C'était un bon bourgeois qui
n'avait qu'un défaut, celui d'être prince du sang. »

La deuxième partie a été prononcée aujourd'hui : elle a été adressée à madame de Montesson, qui est venue à Luciennes chercher quelques consolations : « Vous avez beaucoup perdu, madame, lui a dit la comtesse, mais la France entière et les pauvres de Paris partagent votre douleur, car ils perdent autant que vous. »

L'assemblée des notables. — La politique à Luciennes.

25 janvier 1787.

J'ai les oreilles assourdies des discussions sur les parlements, le droit des peuples, les notables, les réformes, les finances, les économies, les constitutions anglaise, américaine, les édits, les progrès, la civilisation, la barbarie, l'aristocratie, les républiques, les États libres, la philosophie, la liberté, que sais-je ? Vive Dieu ! si le roi Louis XV était de ce monde, ce ne serait pas une *assemblée de notables* qu'on convoquerait, mais deux ou trois compagnies de beaux mousquetaires. Qu'allons-nous devenir avec tous ces bavards ? On vient de publier le *Procès-verbal de l'assemblée des notables, tenue aux Tuileries en* 1626. Comme on était parolier déjà du temps de Louis XIII ! Ce qui m'effraye, c'est que la manie de parler de tout, à tort et à travers, n'a fait que toujours croître et embellir depuis la mort de Voltaire et de Jean-Jacques, ces deux fameux bavards. A quoi tout cela nous mènera-t-il ?

Que n'ai-je la liberté d'aller vivre à Luciennes ! C'est un séjour de sages et d'heureux. On y donne la comédie, on y joue un jeu raisonnable, on y fait l'amour du matin au soir et du soir au matin, on y reçoit bonne

compagnie, et on n'y parle jamais des peuples libres
d'Amérique! La belle politique que la politique de
Luciennes! Malheureusement je ne suis pas le maître
d'y aller enterrer ma vieillesse, car me voilà déjà
vieux; j'ai ma charge, j'ai mes devoirs de gentilhomme
et de serviteur du roi, et je ne suis pas assez philosophe pour tout sacrifier à la paix et aux douceurs de
la retraite. Je m'en plains à moi-même, mais qu'y
puis-je faire?

Piccini vivant et Gluck mort. — Mot de madame Du Barry.

15 décembre 1787.

Voilà un bel exemple de vraie philosophie chez un
grand homme! Le chevalier Gluck meurt à Vienne au
mois de novembre dernier; Piccini, son rival, son
émule, son maître, Piccini l'apprend, et aussitôt il
écrit, dans le *Journal de Paris,* l'éloge de Gluck! Mais
cela ne satisfait pas encore sa belle âme : il propose
une souscription pour fonder à perpétuité, en l'honneur du chevalier, un concert annuel exécuté le jour
de sa mort, et qui ne devra être composé que de sa
musique. N'est-ce pas le plus glorieux hommage que
le chevalier Gluck ait jamais reçu? « L'éloge de Gluck
par l'Italien Piccini, est le plus bel opéra du chevalier »,
a dit madame Du Barry en apprenant la mort de l'un
et l'hommage de l'autre.

Calamités et solitude. — Une lettre de madame Du Barry
à la reine Marie-Antoinette.

8 octobre 1789.

En me faisant l'historiographe de madame Du Barry,
je ne me suis pas fait, Dieu merci! historiographe de
France. Quels bouleversements! Qui eût jamais osé
prédire cela du temps du feu roi? Je viens de voir la
majesté royale traînée, avilie, raillée, méconnue par
une multitude furieuse, que n'arrête plus aucun frein.
Je viens de voir... Mais je laisse à d'autres plus dignes
le soin de retracer ces scandales et ces abominations,
qui forment la lamentable histoire des temps où nous
sommes!

Je voudrais fuir ce malheureux royaume, où une
vile populace menace d'égorger son souverain, le
meilleur, le plus paternel, le plus faible des rois! Mais
ce n'est pas à l'heure des périls qu'un bon serviteur
abandonne son maître. Tout au plus puis-je permettre
à mon esprit, fatigué des horreurs inouïes qui se com-
mettent au grand jour, de retourner un peu dans cette
douce et paisible solitude de Luciennes. « Le bonheur
seul ne compte pas les jours », a dit je ne sais quel
poëte. Ces onze dernières années ont été onze beaux
jours de bonheur, d'amour, d'oubli et de calme pour

la comtesse Du Barry. La comtesse ne compte plus dans sa vie que son amour pour le duc de Cossé-Brissac, et son dévouement pour notre jeune et malheureuse reine. Madame Du Barry n'a pas craint de venir témoigner en faveur de sa bienfaitrice, dans cette si triste affaire du *collier :* cette démarche n'est-elle pas la plus belle preuve de la noblesse de son cœur et de la grandeur de ses sentiments? Cette pauvre comtesse! je ne songe pas sans frémir à l'isolement complet où vont bientôt la mettre les événements. Déjà la mort a frappé ses plus intimes amis : le duc d'Aiguillon, le chancelier Maupeou, le duc de Richelieu, le prince de Soubise, sont morts; les autres sont tous dispersés. Le roi, la reine, qui sont ses protecteurs, vont peut-être bientôt fuir ce pays maudit; mon devoir m'obligera de les suivre, de les précéder même pour leur ouvrir la seule voie de salut qui leur reste : l'appui des souverains étrangers. Il n'y aura plus que le duc de Cossé-Brissac qui restera près d'elle, sacrifiant tout à son amour. Si tous deux voulaient nous suivre! Mais la comtesse aime tant cette solitude de Luciennes! puis, elle ne voit rien de dangereux pour elle dans l'avenir : « Ne suis-je pas morte et oubliée depuis la mort du roi Louis XV? » dit-elle quelquefois en soupirant. Dieu veuille qu'elle ait raison! Mais on parle d'elle, elle n'est pas morte dans le souvenir des envieux et des lâches. L'héroïsme dont elle vient de faire preuve ne sera pas oublié par ceux dont elle a bravé la colère, pas plus qu'il n'a été méconnu par la charmante sou-

veraine que menace cette colère. Madame Du Barry a
recueilli et soigné quelques-uns des gardes du corps
qui ont pu échapper à l'épouvantable boucherie qui
vient d'avoir lieu dans le palais du grand roi, sur le
seuil de ce Versailles où les peuples venaient adorer
la majesté royale. La reine a fait remercier madame
Du Barry; la comtesse a écrit immédiatement cette
lettre à Marie-Antoinette, son ancienne ennemie, dont
elle est devenue par reconnaissance la plus dévouée
sujette :

> Ces jeunes blessés n'ont d'autres regrets que de n'être point
> morts pour une princesse aussi digne de tous les hommages que
> l'est Votre Majesté. Ce que je fais pour ces braves est bien
> au-dessous de ce qu'ils méritent. Je les console, et je respecte
> leurs blessures, quand je songe, Madame, que, sans leur
> dévouement, Votre Majesté n'existerait peut-être plus.
>
> Luciennes est à vous, Madame; n'est-ce pas votre bienveil-
> lance qui me l'a rendu? Tout ce que je possède me vient de la
> famille royale; j'ai trop de reconnaissance pour l'oublier jamais.
> Le feu roi, par une sorte de pressentiment, me força d'accepter
> mille objets précieux avant de m'éloigner de sa personne. J'ai eu
> l'honneur de vous adresser ce trésor du temps des notables; je
> vous l'offre encore, Madame, avec empressement. Vous avez
> tant de dépenses à soutenir et de bienfaits sans nombre à
> répandre! Permettez, je vous en conjure, que je rende à César
> ce qui est à César.

Qu'ajouterai-je à cette lettre? Ne peint-elle pas sous
un nouveau jour toute l'âme de madame Du Barry?

Pauvre comtesse! pauvre reine! j'ai hâte de les voir
toutes deux dans quelque pays hospitalier, car l'avenir
m'apparaît bien redoutable.

Ici finissent les notes manuscrites, auxquelles est jointe la lettre suivante :

Paris, ce 10 décembre 1793.

Dans votre dernière lettre, vous me priez, mon cher ami, de vous mander quelques détails sur madame Du Barry. J'ai attendu jusqu'à ce jour pour répondre à ce désir : d'abord, parce que je ne savais rien que vous ne connussiez déjà ; plus tard, parce que je voulais voir la fin du drame qui vient d'être joué par les bourreaux, avant de vous en donner avis. Maintenant, tout est fini. Hélas ! dans quel abîme sommes-nous tombés, et qui nous en sortira ? Ce que j'ai à vous apprendre est affreux, et me pénètre d'horreur. Bien que j'aie été témoin oculaire des scènes que je vais essayer de vous retracer, mon esprit veut encore ne pas croire à leur réalité. Et vous, mon pauvre ami, pourrez-vous me lire jusqu'au bout ?

Vous vous rappelez que lors de votre départ, en 1790, pour la cour de Vienne, où vous nous avez rendu de si réels services, il était déjà bruit publiquement de la liaison intime de madame Du Barry et du duc de Brissac. Cette liaison était si bien connue, que l'infortuné Louis XVI ne voulut pas qu'on mît M. de Brissac dans la confidence de sa fuite, qui malheureusement s'arrêta à Varennes. « Le duc ne pourrait s'empêcher d'en parler à madame Du Barry », avait dit le roi. Cette liaison est la première cause de la catastrophe qui vient d'avoir lieu ; l'autre cause est l'avidité insatiable de ces monstres qui guillotineraient sans pitié leur propre mère pour en recueillir la succession. Vous savez que M. le duc de Cossé-Brissac, grand panetier de France, capitaine-colonel des cent-gardes de la garde du roi, gouverneur de Paris, était à tous ces titres mal vu des féroces séides de la République naissante. L'envie, la haine, la rage, faisaient bonne garde autour de lui : c'est vous dire qu'elles surveillaient Luciennes, et s'habituaient à envelopper la comtesse Du Barry dans les mêmes projets de meurtre et de pillage. Vous avez appris, sans étonnement je crois, la belle mort de notre ami : à une époque comme la nôtre, où les plus charmants désœuvrés d'autrefois se font une gloire, comme vous mon cher ami, de risquer mille fois leur vie pour relever le trône abattu, la mort héroïque du duc de Brissac n'a rien qui surprenne. Mais c'est là que doivent finir vos informations particulières en ce qui touche madame Du Barry. Tout au plus savez-vous que le 10 août 92 une bande de brigands vint jeter une tête sanglante dans le salon de Luciennes, en poussant des clameurs de cannibales et en disant : « Tiens, voilà la tête de ton amant! » Était-ce réellement cette noble tête du duc de Brissac, ou était-ce celle du fidèle Maussabré, son aide de camp. C'est un doute que je n'ai pu éclaircir.

Quoi qu'il en soit, cette terrible menace fut bientôt suivie d'exécution. Déjà, au commencement de 1791, les *Révolutions de Paris* avaient publié un article ou plutôt un réquisitoire contre madame Du Barry, à propos du vol de ses bijoux. Elle avait fait coller sur tous les murs de Paris une affiche où on lisait : « Deux mille louis à gagner : diamants et bijoux perdus », puis suivait une longue énonciation des objets volés. Ce fut une grave imprudence. Cette affiche attira l'attention de la cupidité; les patriotes pensèrent qu'il serait beau de s'emparer de ces richesses au nom de la République. On espionna la comtesse dans les différents voyages qu'elle fit à Londres pour y retrouver les objets volés et poursuivre le procès des voleurs. L'espion Blache rapporta que la comtesse n'avait fréquenté que des émigrés, qu'elle avait été reçue par Pitt, et qu'elle avait assisté en grand deuil au service funèbre célébré à Londres, le 25 janvier, pour le repos de l'âme du roi de France, assassiné le 21 du même mois.

On conclut de là que le vol de diamants était simulé; que madame Du Barry avait été à Londres pour entamer des négociations avec les princes, afin d'amener une contre-révolution.

C'est ici, mon cher ami, que s'est montrée dans toute sa perversité l'âme vile de ces êtres pour lesquels on a inventé les *droits de l'homme*, et qui ne sont pourtant que les singes malfaisants de l'humanité. Ce furent tous ceux que la charmante comtesse avait comblés de ses bienfaits, ce furent Salenave, son ancien chef d'office, Frémont, son ancien jardinier, et même Zamore, ce négrillon que vous haïssiez d'instinct, ce Zamore, l'esclave trop aimé peut-être de la maîtresse d'un roi, ce furent ceux-là qui jurèrent la perte de madame Du Barry. Il ne manqua même pas à cette liste d'ingrats assassins le nom d'Henriette! Oui, mon ami, cette Henriette si fêtée, si adulée par les courtisans de la comtesse, cette Henriette qui depuis vingt-trois ans était la confidente, l'amie plutôt que la servante de madame Du Barry, cette Henriette dont le long dévouement paraissait être à l'épreuve, n'a pas su résister à la crainte d'une dénonciation de complicité, peut-être même à l'appât d'une part dans les dépouilles de sa chère maîtresse condamnée.

Mais je me laisse trop entraîner à mon indignation; je vais m'efforcer de vous raconter succinctement les forfaits qui ont amené la perte de notre chère comtesse.

Pendant son dernier séjour en Angleterre, les scellés furent mis à Luciennes; il fallut que madame Du Barry adressât une réclamation aux administrateurs du district de Versailles, pour obtenir l'entrée de son habitation : c'est ce qu'on appelle le régime de la liberté. Cela se passait en février dernier. Il y avait alors à Luciennes un nommé Greive, qui signe pompeusement : *défenseur officieux des braves sans-culottes de Louveciennes, ami de Franklin et de Marat, factieux et anarchiste de premier ordre, et désorganisateur du despotisme dans les deux hémisphères depuis vingt ans.* Ce Greive est un élève des philosophes; il s'intitule en outre homme de lettres, vous l'avez sans doute déjà deviné. Au mois de juin, cet anarchiste de premier ordre, attiré par l'espoir d'un pillage, alléché par le récit des richesses que contenait le château de Luciennes, ce soi-disant ami de Franklin se mit à la tête des anciens domestiques de la comtesse, et fit rédiger par le club dont il était l'âme une adresse aux *citoyens administrateurs*. Dans cette adresse, on se servait des dépositions d'un nommé Blache, espion qui avait surveillé madame Du Barry en Angleterre. On y dénonçait une chaîne d'aristocrates des deux sexes qui, du département de Seine-et-Oise, tendait la main à l'insurrection royaliste d'Eure-et-Loir. On demandait aux citoyens administrateurs la publication de la loi du 2 juin : cette loi, comme vous savez, c'est l'horrible loi *des suspects*. Armés du texte de cette loi de cannibales, que les administrateurs s'empressèrent d'accorder aux désirs des « bons citoyens de Luciennes », les membres de la commune se hâtèrent de dresser une liste de suspects. On mit en tête madame Du Barry. Celle-ci, instruite de ce qui se passait, dépêcha son valet de chambre, Morin, avec Labondie, auprès des membres de l'administration. Ces fidèles serviteurs plaidèrent si bien la cause de leur maîtresse, qu'au moment où le maire et les municipaux, ayant Greive à leur tête, venaient pour arrêter madame Du Barry, le citoyen Boileau, membre du district, arrivait chargé de réprimander la municipalité et de réinstaller la comtesse chez elle. La loi du 2 juin devait subir des modifications restrictives, mais si peu de chose ne pouvait arrêter le zèle du sans-culotte Greive. Il rédigea une autre adresse, la fit signer par tout son club, et le 3 juillet il traînait le maire et les municipaux de Louveciennes à la barre de la Convention. Là, il lut sa nouvelle dénonciation, dans laquelle il appelait l'attention de la « sage assemblée » sur une femme qui avait su, « par ses richesses et ses caresses apprises à la cour d'un tyran crapuleux », échapper à la déclaration des droits de l'homme. « Cette femme, disait-il, a fait de son château le centre des projets liberticides contre Paris, commencés par Brissac; elle insulte par son luxe aux souffrances des malheureux dont les époux, les pères, les frères et les enfants versent leur sang pour l'égalité. » Cette femme, c'était « la Du Barry, dont l'arrestation est indispensable pour détruire les vestiges d'une fausse grandeur qui fascine les yeux des bons et simples habitants des campagnes, et pour mettre en pratique les principes de l'égalité. »

Thuriot, le digne président des régicides, répondit à cette

adresse que la Convention applaudissait à ces nouvelles preuves de patriotisme données par la commune de Louveciennes. « Les faits, ajouta-t-il, que vous venez de dénoncer contre une femme trop longtemps célèbre pour le malheur de la France, sont des faits trop graves pour que la Convention ne s'en émeuve point. S'ils sont prouvés, soyez sûrs que sa tête tombera sur l'échafaud. »

Aussitôt Greive et ses acolytes vinrent arrêter madame Du Barry et la renfermèrent dans la maison d'arrêt de Versailles. Ce fut en vain que le procureur-syndic, Goujon, voulut s'opposer à cette arrestation, opérée contre le vœu des habitants de Luciennes ; ce fut en vain que tous les habitants présentèrent une contre-adresse au comité de sûreté générale pour obtenir la liberté de madame Du Barry. Ce fut encore en vain que le comité renvoya la comtesse devant le département, qui ordonna sa mise en liberté. L'anarchiste Greive et ses amis étaient trop altérés de pillage pour lâcher une si belle proie. Greive fit publier aussitôt un pamphlet : *L'égalité controuvée,* dans lequel il accuse Lavalerie, membre du département, de vouloir parer, par des motifs personnels, « les coups qui menacent la tête *à demi sacrée* de cette ancienne distributrice des grâces de la cour. » J'ai sous les yeux cette abominable production, qui est pour ainsi dire l'histoire du procès de madame Du Barry. C'est là où j'ai pu puiser les tristes renseignements que je vous ai donnés jusqu'ici. C'est au risque de payer de ma vie mon ardente curiosité, que j'ai su en détail ce qui va suivre.

Dans l'écrit de Greive, madame Du Barry fut fort étonnée de trouver des renseignements domestiques qui n'avaient pu être fournis que par des gens de sa maison. Déjà elle avait eu à se plaindre des fréquentations de Zamore ; ses soupçons tombèrent sur lui et elle le chassa. Hélas ! tous les siens la trahissaient déjà. Ceux qui avaient voulu lui rester fidèles avaient été dénoncés et arrêtés. C'étaient Gouy, son concierge, Prétry, Morin, le chirurgien Devray, envers lesquels le farouche *ami de Marat* se vantait d'avoir exécuté la loi avec « une fermeté républicaine. »

Que vous dirai-je ? Après avoir fait dénoncer par son club trois membres du département, Lavalerie en tête ; après avoir fait une

nouvelle pétition au comité de sûreté générale, après être parvenu à se procurer un état montant à six millions payés par
Beaujon à madame Du Barry, dans le temps de sa faveur,
le sans-culotte Greive obtint enfin du comité de Versailles
l'ordre d'arrêter la comtesse. Ce fut le 22 septembre que cet
ordre reçut son exécution. Pour mieux narguer sa victime,
Greive ayant trouvé près de Marly le cabriolet du chevalier
d'Escourt, y monta seul avec la comtesse, en ordonnant aux
gendarmes de suivre dans la voiture qui les avait amenés. Peut-
être cet indomptable anarchiste, ce vertueux sans-culotte, cet
incorruptible ami de Franklin et de Marat, essaya-t-il de se laisser acheter par la comtesse à certaines conditions inconnues.
Madame Du Barry n'essaya pas ou refusa tout accord avec ce
monstre, car elle fut enfermée à Sainte-Pélagie. Là, elle se vit
obligée d'emprunter deux cent cinquante livres, pour ne pas se
voir manquer de tout. Ah! mon ami, quel siècle que le nôtre,
où l'on peut voir de pareilles infortunes! Un roi assassiné juri-
diquement; une reine, belle, jeune, parée de tous les charmes
et de toutes les vertus, languir dans un cachot jusqu'à ce que sa
tête tombe sous le couteau des bourreaux; un roi, un enfant,
soumis à la plus affreuse des tortures; tout ce que la France
a vu de noble, de beau, de jeune, devenu la proie d'une populace avide de sang; une femme, la toute-puissante favorite d'un
roi tout-puissant, poursuivie par la haine et la rapacité de ses
valets, traînée à l'échafaud, elle dont tout le crime est d'avoir
été trop aimée par un roi, et d'avoir trop aimé le plus beau et le
plus chevaleresque des gentilshommes!

Cependant les habitants de Louveciennes adressaient une nouvelle pétition en faveur de madame Du Barry. Cette pauvre
comtesse! elle était si bonne, si généreuse, si prodigue de bienfaits, si aimée, que toute une commune s'exposait à se voir
déclarée *suspecte* pour la sauver! Ces généreux efforts ne ser-
virent qu'à redoubler la haine de ceux qui enviaient les débris
de sa fortune. Le dossier de madame Du Barry avait été remis
à un membre du comité de sûreté générale appelé Héron. Ce
Héron était un ennemi des banquiers de madame Du Barry, les

Vandenyver. Le misérable profita de ce rapprochement; il fit arrêter les banquiers hollandais comme complices de la comtesse. Ces honnêtes et loyaux Vandenyver furent perdus pour avoir été les banquiers « de l'Aspasie du Sardanapale français », comme l'a nommée cet odieux Fouquier-Tinville.

Pour subir son jugement, madame Du Barry fut transférée à la Conciergerie. Par un singulier rapprochement, elle y occupa la chambre de l'infortunée Marie-Antoinette. La République ne distingue ni reines ni favorites : dans tout ce qui a été grand, elle ne voit qu'un ennemi.

Ce fut le 6 de ce mois que madame Du Barry, le vieux Vandenyver et ses deux fils, comparurent devant le tribunal criminel révolutionnaire. Je ne vous dirai rien de l'acte d'accusation dressé par Fouquier-Tinville contre ces quatre victimes vouées d'avance à l'échafaud; je ne vous redirai pas les accusations tour à tour odieuses, ridicules, stupides, haineuses des Greive, des Blache, des Salenave; ni même celles des Zamore, des Henriette, des Thénot, des Marie Lamault, ces serviteurs de la comtesse, ces monstres d'ingratitude qui payaient leurs dettes de reconnaissance avec la mort de leur bienfaitrice.

Le lendemain, 7 décembre, on rendit l'arrêt, après une délibération de cinq quarts d'heure. Le voici, tel qu'il a été vendu dans les rues :

« Le tribunal, d'après la déclaration du juré de jugement, faite à haute voix, portant : qu'il est constant qu'il a été pratiqué des machinations et entretenu des intelligences avec les ennemis de l'État et leurs agents, pour les engager à commettre des hostilités, leur indiquer et favoriser les moyens de les entreprendre et diriger contre la France, notamment en faisant à l'étranger, sous des prétextes préparés, divers voyages pour concerter ses plans hostiles avec ses ennemis, en leur fournissant, à eux ou à leurs agents, des secours en argent;

» Que Jeanne Vaubernier, femme Du Barry, demeurant à Luciennes, ci-devant courtisane, est convaincue d'être l'un des auteurs ou complices de ces machinations et intelligences;

» Que Jean-Baptiste Vandenyver, banquier hollandais, domicilié à Paris, Edme-Jean-Baptiste Vandenyver, banquier à Paris, et Antoine-Augustin Vandenyver, banquier à Paris, sont convaincus d'être les complices de ces machinations et intelligences;

» Ouï l'accusateur public en ses conclusions sur l'application de la loi :

» Condamne ladite Jeanne Vaubernier, femme Du Barry, lesdits Jean-Baptiste Vandenyver, Edme-Jean-Baptiste Vandenyver et Antoine-Augustin Vandenyver, à la peine de mort, conformément à l'article premier de la première section du titre premier de la deuxième partie du code pénal.

» Déclare les biens desdits femme Du Barry, Jean-Baptiste-Edme et Augustin Vandenyver, acquis au profit de la République, conformément à l'article 11 du titre II de la loi du 10 mars 1793.

» Ordonne qu'à la diligence de l'accusateur public le présent jugement sera exécuté dans les vingt-quatre heures sur la place de la Révolution de cette ville, imprimé et affiché dans toute la République. »

A la lecture de ce jugement madame Du Barry s'évanouit. Jusqu'alors la pauvre comtesse s'était imaginé que la révolution n'en voulait qu'à ses biens : pourquoi aurait-elle cru que la République voulait sa mort? Cette pensée de la mort la rendit folle. Jamais jusqu'au dernier moment elle ne put penser que sa vie pût appartenir à la République. Aussi, le lendemain matin, le matin de son supplice, elle doute, elle espère, elle croit encore que c'est seulement à sa fortune qu'on en veut. Elle déclare tout ce qu'elle possède, les objets précieux qu'elle a enterrés, ceux qu'elle a cachés. Elle entraîne dans sa chute, sans le vouloir, ses fidèles dépositaires, Morin son jardinier, la femme Deliant et Montrouy. Déjà elle avait, dans son procès, été la cause involontaire de la perte du chevalier d'Escourt, qui avait déclaré avoir touché deux cent mille livres des Vandenyver pour les remettre à M. de Rohan-Chabot. Il fallut toutes les hontes, toutes les expiations et toutes les amertumes à cette femme qui n'avait été coupable que de faiblesse. La peur de la mort la fit dénonciatrice sans qu'elle pût se sauver; l'approche du supplice la fit si gémissante, si pitoyable, que le peuple s'émut à la voir, elle qu'on

avait connue si joyeuse, si insouciante, si folle jadis, mais si
détestée aujourd'hui.

Avant-hier, dimanche, 8 décembre ou 18 frimaire an II,
comme disent les bourreaux dans leur nouvelle manière de
compter leurs jours sanglants, trois charrettes et dix-huit victimes sortirent à quatre heures de la Conciergerie. Dans la seconde
étaient un Vendéen trahi, un officier et un conventionnel, condamnés par l'envie, les trois Vandenyver et madame Du Barry.
Le Vendéen priait, les trois banquiers hollandais souriaient à la
foule, l'officier demandait un pistolet, le représentant consolait
les autres. Seule, madame Du Barry ne voyait rien, n'entendait
rien, ne songeait à rien, ne demandait rien. Les chevaux allaient
vite, car le représentant proscrit et la comtesse honnie faisaient
scandale, et vous savez que Fouquier-Tinville ne veut pas que
ses assassinats fassent scandale. Je suivais les charrettes. Quand
elles passèrent près de la barrière des Sergents, je vis sur un
balcon toutes les ouvrières d'une maison de modes qui se mon-
traient la comtesse : cette maison c'était celle du successeur de
Labille, où jadis avait travaillé madame Du Barry. Les amies des
tricoteuses jetèrent en passant de grossières invectives aux jeunes
modistes qui saluaient cette grande infortune. Le bruit des voix
enrouées de la populace réveilla madame Du Barry, elle leva les
yeux et vit ces jeunes filles qui s'inclinaient devant elle et que le
peuple menaçait. Elle vit aussi l'enseigne : *Bertin, successeur de
Labille*. Elle jeta un grand cri, ses yeux s'inondèrent de larmes,
et jusqu'au dernier moment elle ne fit plus que sangloter et crier.
Le peuple lui-même, ce peuple habitué aux boucheries, parut
s'émouvoir aux cris de la victime. Quelques-uns autour de moi
murmurèrent : « Ce n'est pas un criminel d'État qui va mourir,
c'est une femme qu'on égorge ! » Hélas ! à quatre heures et demie,
madame Du Barry montait l'escalier humide de sang de la guillotine. Je l'entendis crier : « A moi ! à moi ! » Je détournai
les yeux....

On a prétendu qu'elle a dit aussi : « Grâce, monsieur le bourreau, encore un moment ! » comme si le bourreau attendait
jamais ! Mais je ne l'ai pas entendu.

Un homme sûr vous remettra cette longue et lamentable épître. Au nom du ciel, cher ami, hâtez l'expédition projetée, pressez nos princes. Il est temps qu'ils viennent arracher la France aux mains rouges de sang qui l'oppriment ; il est temps qu'ils la sauvent des fureurs d'une populace ivre, en rétablissant l'ancien ordre de choses qu'attendent avec impatience tous les bons Français qui n'ont pu les suivre.

Recevez mes souhaits ardents pour la réussite de votre négociation *.

---

* Cette lettre, jointe au manuscrit du comte de ***, était déchirée à la signature.

APPENDICE HISTORIQUE.

L'auteur inconnu des *Nouvelles à la main* déclare quelque
art qu'il lui faudra, un jour ou l'autre, réparer toutes les
ottises qu'il a dites, d'après les notes de madame de Grammont,
ur la jeunesse aventureuse et peu connue de madame Du Barry.
l paraît que la révolution l'a empêché d'exécuter cette pro-
esse, qu'il se faisait si naïvement à soi-même. Ce n'était pas
ins raison qu'il voulait corriger ses *Nouvelles*, car la jalousie
c madame de Grammont et le dévouement trop absolu de la
olice de M. de Sartines, ont fourni à notre auteur des rensei-
nements par trop anecdotiques. Ce Dangeau du roi Louis XV
est fait souvent l'innocent écho des bruits qui coururent à la
our avant la présentation de la comtesse. La plupart de ces
ruits furent dus à madame de Grammont, plusieurs furent
ccrédités par la nouvelle famille de mademoiselle Vaubernier,
uelques-uns même furent mis en circulation par les intimes
u roi. C'est ainsi que toute la cour, comme l'auteur des *Nou-
elles,* a toujours ignoré la vraie naissance de madame Du Barry.
es pamphlets et les mémoires du temps ont dit beaucoup de
ioses là-dessus, sans avoir dit la vérité. Personne alors ne
savait, personne ne l'a jamais sue à la cour, pas même le
oi, pas même peut-être madame Du Barry. Ce n'est que de
os jours que la vérité de ce temps-là ose se faire voir dans
ute sa nudité, tantôt entre les feuillets d'un vieux registre
église de village, tantôt dans l'ombre mystérieuse où ver-
ssent les archives de l'empire. Il est au moins aussi difficile
e l'aller trouver là que de la tirer de son puits mythologique.

Mais notre siècle est un siècle de chercheurs ; il a la prétention de recomposer les siècles qui l'ont précédé, il fait l'impossible pour justifier cette prétention. Il secoue pieusement la
poussière des vieux ossements, il en rassemble les débris avec
la fervente ténacité d'un antiquaire-artiste qui ramasse les
morceaux d'une Vénus antique, il souffle son esprit sur les
restes des générations précédentes, et les voilà qui passent
jeunes et souriantes devant nos yeux charmés. Jamais, en
aucun temps, l'amour de la vérité historique n'a été aussi
ardent ni aussi universel ; jamais aussi les reconstructeurs
du passé n'ont eu à leur disposition autant de ressources,
autant de documents officiels, autant de vives lumières.
Aussi notre époque est-elle par excellence une époque palin-
génésique.

Si l'on voulait reconstruire pas à pas l'histoire vraie de
madame Du Barry, ce ne seraient pas les documents qui
manqueraient, sans parler ici des études un peu humouris-
tiques de MM. Loëve-Veimars, Jules Janin, Arsène Houssaye.
La *Revue de Paris* a publié, de 1826 à 1840, une curieuse
correspondance du comte Jean Du Barry, ainsi qu'un recueil
de lettres communiqué par M. de Choiseul, le descendant
du célèbre ministre. La Société des sciences morales, belles-
lettres et arts de Seine-et-Oise a mis en plein jour une série
de pièces authentiques d'une valeur inappréciable. Cette
Société a aussi publié les travaux d'un de ses membres,
M. Leroy, qui ne laissent guère de points obscurs dans l'histoire secrète des maîtresses de Louis XV. La collection des
manuscrits du Louvre renferme des richesses non encore
connues, de volumineux recueils tels que le journal manuscrit de Hardy, — un bourgeois qui fut aussi curieux que
l'auteur des *Nouvelles à la main*, et qu'il faudrait feuilleter
page à page. On devrait aussi consulter les *Mémoires inédits* de
Maupeou, la *Correspondance* de madame du Deffand, les

Mémoires du duc de Choiseul et ceux de Dumouriez, les *Mémoires secrets*, l'*Espion anglais*, la *Correspondance secrète* de Métra, le *Dictionnaire* de Barbier, les *Mémoires de Lebrun*, duc de Plaisance, le *Journal de Bachaumont*, édition originale, le *Bulletin de Paris*, le *Recueil manuscrit* de Maurepas, — une histoire en chansons que l'on doit au jeune ministre pendant son exil à Pontchartrain. On devrait enfin puiser à toutes les sources qui demeurent cachées dans les silencieuses profondeurs des archives impériales.

Mais sans vouloir refaire en entier, jour par jour, l'histoire vraie de madame Du Barry, je me contenterai de revenir ici sur les erreurs les plus importantes et sur les oublis principaux des *Nouvelles à la main*. Déjà nous devons à MM. de Goncourt de nombreuses révélations. Leur curieux livre des *Maîtresses de Louis XV* a jeté sur la vie réelle de madame Du Barry le grand jour de l'histoire. MM. de Goncourt sont les premiers historiens de madame Du Barry qui aient publié des pièces officielles.

De tout ce qui a été dit sur la naissance de madame Du Barry, voici la vérité, une vérité nue, brutale, sans grâces et sans fard, une vérité d'état civil :

« *Jeanne*, fille naturelle d'Anne Béqus, dite *Quantigny*, est née le dix-neuvième août de l'an mil sept cent quarante-trois, et a été baptisée le même jour; elle a eu pour parrain Joseph Demange, et pour marraine Jeanne Birabin, qui ont signé avec moi.

» JEANNE BIRABIN.   L. GALON,
                                » VICAIRE DE VAUCOULEURS.

        » JOSEPH DEMANGE. »

Cet extrait de l'état civil de la paroisse de Vaucouleurs, délivré à Saint-Mihiel le 25 septembre 1827, met donc à néant toutes les relations de parrainage du financier Billard du Monceau. Mais ce qui est certain, c'est qu'en sa qualité de fournisseur des vivres de l'armée, du Monceau se trouvait, à la suite de l'armée, de passage à Vaucouleurs dans le temps que venait d'y naître celle que madame de Grammont appelle la *nouvelle Jeanne d'Arc*.

Jeanne vint à Paris avec sa mère chercher un remède à la pauvreté. M. du Monceau fit bientôt entrer la petite Jeanne au couvent de Sainte-Aure. C'était un asile ouvert rue Neuve-Sainte-Geneviève, où l'on recevait les filles que la médiocrité de leur fortune pouvait conduire à mal. Il suffisait de payer « dix livres pour le lit, d'être fournie de deux paires de draps et de six serviettes » et d'un petit trousseau à l'avenant, pour y être admise.

La règle de la communauté était sévère. Il fallait s'astreindre à un travail « manuel » ; se défendre « des badineries, des petits airs délicats, des ris outrés, de toute phrase plaisante, du ton railleur, » qui ne pouvaient convenir à ces jeunes recluses pour qui le vœu de pauvreté était de première obligation. On voit combien sont apocryphes les prétendues amours de la petite Jeanne-Marie au couvent de Sainte-Aure, ainsi que les lettres qui en font foi : madame de Grammont et ses amis avaient de l'imagination.

De Sainte-Aure, par le crédit de son oncle, qui peut bien avoir été son père, la petite Jeanne alla chez madame de La Garde, à Courneuve. A partir de ce moment, la vie de Jeanne-Marie Bécus appartient davantage à l'histoire. Aimée des deux fils de madame de La Garde, elle est obligée de revenir à Paris, où on la retrouve bientôt fille de boutique chez Labille, marchand de modes rue Saint-Honoré. Rien ne dément ses liaisons avec Duval, le beau commis à la marine, ni avec Lamet le galant coiffeur. Sa présence dans la maison de jeu de madame Duquesnoy est réelle. C'est là que le comte Du Barry, gentilhomme toulousain, mal venu du duc de Choiseul, vit pour la première fois la petite Jeanne, qui s'appelait alors Lançon, du nom de son beau-père. Le comte Du Barry était un ambitieux échoué. Il avait voulu entrer dans les affaires étrangères; le cardinal de Bernis avait promis de l'employer dans le cercle de Franconie, mais le duc de Choiseul n'aimait point ses allures impatientes. Il lui fit entendre clairement qu'il ne serait jamais mûr pour les affaires. Le comte Jean, ainsi chassé des affaires·politiques, se retourna vers les finances. Il sut obtenir un intérêt dans les fournitures de la marine, dans celles de la guerre, et dans celles de la Corse. Mais il n'oublia point le mépris que le duc de Choiseul avait fait de ses talents diplomatiques, et il sut bien s'en venger plus tard. Ses grandes manières au jeu, ses gasconnades d'avenir, sa figure hautaine, séduisirent un peu la petite grisette, qui se laissa prendre surtout à l'appât d'une vie facile et luxueuse. Du Barry parla de sa nouvelle maîtresse à son ami Le Bel, qui en parla au roi. Le duc de Richelieu la vit dans le même temps, il en parla de son côté au maître, dont il connaissait les goûts. Le roi voulut voir cette beauté que prônaient ainsi son proxénète ordinaire et son proxénète honoraire. Il assista à un souper chez Le Bel, où mademoiselle Lançon ravit le roi par la liberté de ses propos, la folie de ses manières, la gaieté de son esprit. Tout le reste, tel qu'il est raconté dans les *Nouvelles à la main,* est au fond d'une vérité exemplaire.

Madame Du Barry n'eut donc pas cette jeunesse orageuse, éhontée, pleine de bruit et de scandales, que les pamphlétaires gagés de madame de Grammont se sont accordés à lui donner. Tout au plus eut-elle la jeunesse amoureuse de la grisette, cette jolie folie d'amour et de coquetterie qui rend si aimable l'inconstante Manon Lescaut. Madame Du Barry fut toute sa vie une autre Manon. Quand l'exil et l'abandon seront venus, elle sera encore jeune, elle sera encore coquette, de cette savante et délicate coquetterie qui la fit la plus belle d'une cour galante où resplendissaient tant de fières et éclatantes beautés. Mais elle sera surtout et toujours amoureuse! Son cœur n'était pas celui d'une courtisane. Si elle en eut l'esprit, la légèreté, l'imprévoyance, la folie, elle eut au moins trois fois dans sa vie le cœur d'une héroïne passionnée.

Son aventure avec Duval n'est-elle pas une page arrachée à *Manon Lescaut?* Si ce Duval ne fut qu'un fat maladroit, faut-il s'en prendre au cœur de la fille de modes? Je ne crois pas à son amour pour le roi, je ne crois pas à son amour pour le duc d'Aiguillon ; la vanité et l'intérêt furent les seuls liens qui l'attachèrent à ces deux hommes. Et encore ce fut le comte Jean, qu'elle craignait, qui noua lui-même ces liens puissants. Mais comme elle aima lord Seymour! Avec quelle tendresse, avec quelle humilité de grisette, avec quelle douceur de fille repentante elle exhale ses plaintes lorsqu'elle se sent abandonnée! Et plus tard, lorsque le duc de Cossé-Brissac, ce dernier chevalier français, cet amoureux des temps chevaleresques, lorsqu'à force de constance et de dévouement il aura conquis le cœur de l'ancienne favorite du roi, comme l'amour lui rendra doux l'exil et l'oubli! Comme elle ne songera guère à ces fêtes royales où elle régnait en souveraine! Comme elle abdiquera, en faveur de son beau et grave chevalier, sa folie, ses grâces de jolie fille, ses caprices de favorite, ses airs évaporés de grisette, ses volontés de sultane, pour se faire la sujette soumise et dévouée de la reine, que son amant servira jusqu'à la mort! Elle-même, la favorite méprisée, se livrera aux vengeances de la révolution pour avoir voulu sauver le fils de la reine. Et pourtant cette reine a été la Dauphine, l'ancienne rivale de madame Du Barry. Mais la reconnaissance et l'amour parlent plus haut dans le cœur de la dernière favorite du roi Louis XV, que la jalousie et le ressentiment. Comparée à la dure et sèche Pompadour, qui n'eut jamais d'autre passion que l'orgueil, madame Du Barry est un ange, — un ange qui aida

ruiner le trésor public, je le sais bien, mais qui du moins
ne fit jamais remplir les prisons d'État.

Après sa première entrevue avec le roi, lorsqu'il fut connu que Louis XV s'était épris de la nouvelle venue, on voulut
en détacher en lui représentant qu'elle n'était ni mariée ni
rée. Le gros grief des Choiseul, c'est que la nouvelle favo-
rie n'était point de la famille ni de ses alliances. Le roi donna
ordre de la marier. Le comte Jean écrivit à son frère Guillaume, qui vint aussitôt à Paris après s'être fait donner par sa
mère l'autorisation suivante :

« Par-devant le notaire royal de la ville de Toulouse et témoins bas-
nommés, fut présente dame *Catherine Delacaze,* veuve de noble *Antoine
du Barry,* chevalier de l'ordre militaire de Saint-Louis, habitant de
cette ville;

» Laquelle a fait et constitué pour son procureur général et spécial
» Jean Gruel, négociant rue du Roule, à Paris, auquel elle donne
pouvoir de, pour elle et en son nom, consentir que noble Guillaume
du Barry, son fils, ancien officier d'infanterie, contracte mariage avec
le personne qu'il jugera à propos, pourvu toutefois qu'elle soit ap-
prouvée et agréée par ledit sieur procureur constitué, et que la bénédiction nuptiale lui soit départie suivant les constitutions canoniques par
premier prêtre requis, sans cependant que ladite dame constituante
tende rien donner à son fils dans son contrat de mariage; voulant, en
tre, que les présentes vaillent nonobstant surannotation, et jusqu'à
rocation expresse, promettant, obligeant, renonçant.

» Fait et passé audit Toulouse, dans notre étude, le quinzième jour
mois de juillet avant midi, l'an 1768, en présence des sieurs Bernard-
seph Fourmont et Bonaventure Calvet, praticiens habitant cette ville
ssignés, avec ladite dame constituante et nous notaire.

» *Signé :* DELACAZE, DU BARRY, FOURMONT,
» B. CALVET, et SANS, notaire. »

On dressa aussitôt le contrat de mariage; mais pour satis-
ire à la fois la vanité des Du Barry et la malignité de la cour,
a donna un faux acte de naissance, auquel prêta les mains
a des aumôniers du roi, Gomard de Vaubernier. On fit de

l'un de ses frères le père de Jeanne Béqus. Voici cet acte de naissance, certifié par L. P. Dubois, curé de la paroisse de Vaucouleurs, visé par le commissaire enquesteur-examinateur de la ville et prévôté de Vaucouleurs, et daté de la fin de juillet 1768.

« Extrait des registres de baptême de la paroisse de Vaucouleurs, diocèse de Toul, pour l'année mil sept cent quarante-six.

» Jeanne, fille de Jean-Jacques Gomard de Vaubernier et d'Anne Bécu, dite *Quantigny,* est née le dix-neuf août mil sept cent quarante-six, a été baptisée le même jour, a eu pour parrain Joseph De Mange, et pour marraine Jeanne De Birabin, qui ont signé avec moi.

» JEANNE DE BIRABIN.   L. GALON,
                          » VICAIRE DE VAUCOULEURS.

» JOSEPH DE MANGE. »

Ce fut le 23 juillet 1768 qu'on passa le contrat de mariage entre le comte Guillaume Du Barry et Jeanne Gomard de Vaubernier. Je le cite presque entièrement, car tous les articles m'en ont paru curieux :

« Par-devant les conseillers du Roi, notaires au Châtelet de Paris, furent présents :

» Haut et puissant seigneur messire Guillaume comte Du Barry, chevalier, capitaine des troupes détachées de la marine, demeurant à Paris, rue Neuve des Petits-Champs, paroisse Saint-Roch, majeur, fils de défunt messire Antoine, comte Du Barry, chevalier de l'ordre royal et militaire de Saint-Louis, et de dame Catherine Delacaze son épouse, actuellement sa veuve, demeurant à Toulouse, contractant pour lui et en son nom ;

» Sieur André-Marie Gruel, négociant à Paris, y demeurant, rue du Roule, paroisse Saint-Germain l'Auxerrois, au nom et comme fondé de la procuration spéciale à l'effet du mariage dont va être parlé, de ladite dame Du Barry mère, passé devant *Sans,* notaire royal à Toulouse, en présence de témoins, le 15 juillet présent mois, dont l'original dûment contrôlé et légalisé est, à la réquisition, demeuré annexé à la minute des présentes, préalablement de lui certifié véritable, signé et paraphé en présence des notaires soussignés ;

» Ledit sieur Gruel, audit nom, assistant et autorisant autant que de besoin ledit seigneur comte Du Barry d'une part;

» Et sieur *Nicolas Rançon*, intéressé dans les affaires du Roi, et dame *Anne Becu*, son épouse, qu'il autorise à l'effet des présentes, demeurant à Paris, rue du Ponceau, paroisse Saint-Laurent, ladite dame auparavant *veuve du sieur Jean-Jacques Gomard de Vaubernier*, intéressé dans les affaires du Roi, stipulant pour *mademoiselle Jeanne Gomard de Vaubernier*, fille mineure de ladite dame Rançon et dudit feu sieur Gomard de Vaubernier, *son premier mari*, demeurant avec eux, à ce présente et de son consentement pour elle et en son nom;

» Lesquels, dans la vue du mariage proposé et agréé entre ledit sieur comte Du Barry et ladite demoiselle Gomard de Vaubernier, qui sera célébré incessamment en face de l'Église, ont pris par ces présentes, volontairement fait et rédigé les clauses et conditions civiles dudit mariage ainsi qu'il suit, en la présence et de l'*agrément* du haut et puissant seigneur *messire Jean Du Barry-Ceres*, gouverneur de Levignac, frère aîné dudit seigneur futur époux, et de *Claire Du Barry*, demoiselle majeure, sœur dudit seigneur futur époux.

ARTICLE PREMIER.

» Il n'y aura point de communauté de biens entre ledit seigneur et demoiselle future épouse, dérogeant à cet égard à la coutume de Paris; et au contraire ils seront et demeureront séparés de biens.

ARTICLE II.

» La demoiselle future épouse se marie avec les biens et droits qui lui appartiennent et qui lui appartiendront par la suite, *à tel titre que ce soit et dont elle aura l'administration*, comme il est ci-devant dit. Et son mobilier consiste en la somme de 30,000 livres, composé de bijoux, diamants, habits, linge, dentelles et meubles à son usage, le tout provenant *de ses gains et économies*, et dont, pour éviter la confusion avec le mobilier dudit seigneur futur époux, il a été fait et dressé un état, transcrit sur les deux premières pages d'une feuille de papier à lettre, lequel est, à leur réquisition, demeuré annexé à la minute des présentes, après avoir été desdites parties contractantes, certifié véritable, signé et paraphé en présence des notaires soussignés.

ARTICLE III.

» Tous les meubles et effets qui se trouveront dans les maisons qu'occuperont les futurs époux tant à Paris qu'à la campagne, autres que ceux désignés dans l'état ci-devant annexé, seront censés appartenir, et appar-

26

tiendront en effet audit seigneur futur époux; et si dans la suite ladite demoiselle future épouse fait quelque achat de meubles et effets, elle sera tenue de retirer quittances et par-devant notaire du prix d'iceux.

ARTICLE IV.

» Tous les biens appartenant aux demoiselle et seigneur futurs époux, et ceux qui leur échoiront pendant le mariage, à tel titre que ce soit, tant en meubles qu'immeubles, seront réputés propres à chacun d'eux et aux leurs, de côtés et lignes respectivement.

ARTICLE V.

» Ledit seigneur futur époux a doué et doue la demoiselle future épouse de 1,000 livres de rente de douaire préfix, dont le fonds, au denier 25, demeurera propre aux enfants à naître dudit mariage.

ARTICLE VI.

» Arrivant le décès de l'un des futurs époux, le survivant aura et prendra sur les biens du prédécédé, par forme de gain de survie, en meubles et effets prisés sans crue, la somme de 10,000 livres ou ladite somme en deniers comptants, au choix dudit survivant.

ARTICLE VII.

» Il est convenu que ladite demoiselle future épouse *demeurera chargée seule de la conduite et de toutes les dépenses du ménage,* tant pour la nourriture que pour les loyers et appartements qu'ils occuperont, gages de domestiques, linge de table, ustensiles de ménage, entretien d'équipages, nourriture de chevaux et *toutes autres dépenses quelconques sans exception,* tant envers ledit seigneur futur époux, qu'envers les enfants à naître dudit mariage, qu'elle sera tenue d'élever et de faire éduquer à ses frais, à la charge par le seigneur futur époux, ainsi qu'il s'y oblige, de payer à ladite demoiselle future épouse la somme de 6,000 livres de pension, pour tenir lieu de sa moitié dans lesdites dépenses et entretien de ménage, par chaque année, de six mois en six mois et toujours d'avance, en sorte que les six premiers mois seront exigibles le lendemain de la célébration du mariage.

» C'est ainsi que le tout a été convenu et arrêté entre les parties promettants, obligeant, renonçant.

» Fait et passé à Paris en la demeure dudit seigneur comte Du Barry, futur époux susdésigné, l'an 1768, le 23 juillet après midi; et ont signé : J. Gomard de Vaubernier, le chevalier Du Barry, Gruel, le comte Du Barry-Ceres, A. Becu, C. F. Du Barry, Rançon.

Je ne dirai rien de l'inventaire qui accompagne ce contrat, bien qu'il soit assez remarquable par cette mention que le trousseau est le « résultat des gains et des économies de la demoiselle future épouse. » Il y a entre autres un collier de diamants fins évalué huit mille livres ; une aigrette et une paire de boucles d'oreilles en girandoles, évaluées au même prix ; trente robes et jupons de « soie, or et argent, de toutes saisons » , des dentelles d'Angleterre, d'Arras, de Bruxelles et de Valenciennes ; des chemises en toile de Hollande ; tout un trousseau de fille noble et richement dotée. Ce qui semble prouver qu'en ce temps-là les demoiselles de modes pouvaient faire de bien jolis « gains et économies » !

Le 1er septembre 1768 eut lieu le mariage religieux, dont voici un certificat :

« Le 1er septembre 1768, après publication de trois bans sans empê- chement, en cette paroisse Saint-Laurent et en celle de Saint-Eustache, les 24, 25 et 31 juillet dernier, vu la procuration donnée par la mere de l'epoux à M. Jean Gruel, negociant a Paris, rue du Roule, auquel elle donne pouvoir de, pour elle et en son nom, consentir au present mariage ; vu pareillement la procuration des beaux pere et mere de l'epouse, donnee a messire *Jean Baptiste Gomard*, pretre, aumonier du Roi, auquel ils donnent pouvoir de les representer lors de la celebra- tion de ce mariage, les fiançailles celebrées aujourd'hui, ont été par nous mariés messire Guillaume, comte Du Barry, ancien capitaine, et demoi- selle Jeanne Gomard de Vaubernier, agée de vingt-deux ans, fille de Jean Jacques de Vaubernier, interessé dans les affaires du Roi, et d'Anne Becu dite Cantigny. »

Quelle jolie comédie que ce mariage, et comme notre cour- tisan nouvelliste se garde bien d'appuyer là-dessus ! Du reste, c'est un historien bizarre : il recueille avec amour, comme de Maurepas à Pontchartrain, la plupart des vers, des ponts- neufs, des vaudevilles, des épigrammes qui se rapportent à « son héroïne » , mais il ne dit pas un traître mot des influences qui décidèrent de l'élévation de madame Du Barry. « Au diable la politique! » dit-il, et sous cette belle exclamation il cache toute une grande page d'histoire. Ce *curieux* me paraît avoir été plus prudent que curieux. En tout il a la prudence d'un courtisan, et la paresse d'écrire d'un pair du temps de Charlemagne. Pourtant il eût été bon de montrer les jaloux du duc de Choiseul, le duc de Richelieu à leur tête, cherchant pour le roi une maîtresse qui n'eût rien de l'esprit tyrannique de la Pompadour, pour s'en faire un instrument de domination sur l'esprit du maître. Il eût été réellement dans le rôle d'un curieux de rechercher pourquoi le duc de Choiseul ne fit pas tomber le crédit naissant de la Du Barry, comme il avait anéanti les espérances de la petite madame d'Esparbès. Un persiflage du ministre avait pourtant suffi pour dégoûter le roi de cette jolie d'Esparbès, « qui avait la plus belle paire de mains qui se fût vue à la cour. » Pourquoi le duc de Choiseul, si puissant sur Louis XV, ne réussit-il point à chasser la nouvelle maîtresse, cette petite fille de la rue qu'on venait de nommer madame Du Barry? Notre curieux se tait : au diable la politique! Il est vrai que c'était un ami du duc de Richelieu, — mais il était bien avec le duc d'Ayen, ce bel esprit frondeur : pourquoi ne l'a-t-il pas imité?

Ce serait un étrange monument des petitesses humaines que le livre qui dévoilerait toutes les intrigues, toutes les menées, toutes les ambitions qui s'agitèrent autour de la nouvelle maîtresse du roi. L'affaire de la présentation de madame Du Barry serait à elle seule le sujet d'un volume. Il y faudrait montrer l'intérêt que prenait à cette présentation le duc de Richelieu, le courtisan par excellence, qui espérait depuis vingt ans devenir premier ministre; il faudrait y raconter les vastes projets que nourrissait déjà de Maupeou, que le duc de Brissac appelait *la Bigarade* à cause de son teint verdâtre, de Maupeou que raillaient les courtisans, et qui fut peut-être le seul, dans

cette cour frivole et stupide, qui devinât et voulût prévenir la
future révolution. Et de Maupeou savait bien que le roi
Louis XV n'était roi que dans ses amours. Comme il voulait
sauver la monarchie malgré le roi, il aida de ses conseils la
future favorite, qui devait faire du roi de France un simple
amoureux, un Renaud enchaîné aux pieds d'Armide, un
Henri IV endormi sur les genoux de Gabrielle, sans crainte
d'un Harlay qui vienne le réveiller. Le Harlay de Louis XV, ce
serait lui, Maupeou, lui qui se chargeait de gagner la bataille
livrée par les parlements à l'autorité du roi, pendant que le
roi sommeillerait dans les bras de sa maîtresse. Il faudrait un
autre volume pour raconter cette grande victoire remportée
par l'irascible chancelier sur l'esprit de liberté qui soufflait la
rébellion au sein des parlements. Mais notre auteur ne voulait pas écrire tant de gros volumes sérieux, et ce n'est pas à
moi de me mettre à sa place.

On trouve plus d'une curieuse contradiction dans l'histoire
du règne de madame Du Barry. En voici une entre mille :
Madame Du Barry, qu'on accusait publiquement de sortir des
plus mauvais lieux, devint le plus grand appui de la Société
de Jésus. Mais elle avait commencé par être l'adversaire des
ordres religieux. On a prétendu que le duc de Choiseul,
discutant avec elle sur la nécessité des moines dans un État,
et se trouvant battu sur tous les points, finit par lui dire :
« Vous conviendrez au moins, madame, qu'ils savent faire
de beaux enfants. » Le ministre faisait allusion au moine
Gomart de Vaubernier, qu'on donnait pour père à madame
Du Barry. Il est vrai qu'elle entoura toujours des plus grands
soins le moine Gomart, devenu aumônier du roi. Plus tard
le duc de Choiseul, le protecteur des philosophes, l'ami de
Voltaire, de d'Alembert et de Diderot, se montrera le plus
zélé partisan de l'Église. Ses amis plaideront la cause du
clergé au lit de mort de Louis XV, pour avoir le plaisir de

voir chasser la favorite, mais ce seront les dévots amis de la royauté qui renverront l'archevêque de Paris et voudront jeter par la fenêtre le curé de Versailles. N'est-ce pas aussi curieux de voir les jésuites s'appuyer sur le crédit de celle qu'on appelait une courtisane, que de voir le protecteur de l'Encyclopédie faire communier le roi? Si notre *curieux* l'avait voulu, il aurait pu nous développer ces comédies, dont le mot est celui de toutes les comédies humaines : — l'intérêt personnel. Mais il n'en fait rien, pas plus qu'il n'a voulu nous apprendre le motif secret des poursuites dirigées contre le duc d'Aiguillon, lequel, plus tard, voudra rappeler les parlements qui l'ont déclaré déchu de la pairie et entaché d'honneur. A peine s'il nous dit quelques mots sur les inimitiés de madame Du Barry et du duc de Choiseul; tout au plus se permet-il une phrase sur la faiblesse de résolution du roi Louis XV. Et pourtant voyez comme à chaque pas le roi hésite entre sa maîtresse, dont il ne peut se séparer, et son ministre, qu'il croit indispensable. Il essaye de les réunir, il prêche à celle-là la douceur et la concorde, à celui-ci il écrit en désespoir de cause :

« Comment pouvez-vous croire que M. d'Aiguillon puisse vous remplacer? Je l'aime assez, il est vrai, à cause du tour que je lui ai joué il y a bien longtemps. Haï comme il l'est, quel bien pourroit-il faire? Vous faites bien mes affaires, je suis content de vous; mais gardez-vous des entours et des donneurs d'avis; c'est ce que j'ai toujours haï, et que je déteste plus que jamais. Vous connoissez madame Du Barry; ce n'est assurément point M. de Richelieu qui me l'a fait connoître, quoiqu'il la connût, et il n'ose pas la voir; et la seule fois qu'il l'a vue un moment, c'est par mon ordre exprès. J'ai pensé la connoître avant son mariage. Elle est jolie, j'en suis content, et je lui recommande tous les jours de prendre garde aussi à ces entours et donneurs d'avis; car vous croyez bien qu'elle n'en manque pas. Elle n'a nulle haine contre vous; elle connoît votre esprit, et ne vous veut point de mal. Le déchaînement contre elle a été affreux, à tort pour la plus grande partie. L'on seroit à ses pieds si... Ainsi va le monde.

» Elle est très-jolie, elle me plaît, cela doit suffire. Veut-on que je prenne une fille de condition? Si l'archiduchesse étoit telle que je la désirerois, je la prendrois pour femme avec grand plaisir; mais je voudrois la voir et la connoître auparavant. Son frère en a été chercher une, et il n'a pas réussi. Je crois que je verrois mieux que lui, car il faudra bien faire une fin; et le beau sexe autrement me troublerait toujours; car très-certainement vous ne verrez pas, de ma part, une dame de Maintenon. En voilà, je pense, assez pour cette fois-ci. »

Ce ne fut que par la crainte de la guerre qu'on put vaincre l'irrésolution du roi. On sut lui prouver, par un vieux secrétaire du bureau des affaires étrangères, l'abbé de La Ville, que le duc de Choiseul n'était pas indispensable, et qu'il préparait sous main la guerre avec l'Espagne à propos de la prise de l'île de Falkland. Le roi, convaincu par le refus du duc de Choiseul d'écrire immédiatement au roi d'Espagne que le roi de France voulait absolument la paix, envoya cet ordre au duc de La Vrillière, le 24 décembre 1770 :

« Le duc de La Vrillière remettra les ordres suivants à MM. de Choiseul, et me rapportera leurs démissions. Sans madame de Choiseul, j'aurois envoyé son mari autre part, à cause que sa terre est dans son gouvernement; mais il en sera comme s'il n'y étoit pas, il n'y verra que sa famille et ceux à qui je pourrai permettre d'y aller. »

A cette lettre était jointe la lettre de cachet ci-après. Le texte en est authentique, ainsi que celui de la lettre précédente au duc de Choiseul. Toutes deux font partie des lettres communiquées à la *Revue de Paris*.

« J'ordonne à mon cousin le duc de Choiseul de remettre sa démission de sa charge de secrétaire d'État et de surintendant des postes entre les mains du duc de La Vrillière, et de se retirer à Chanteloup jusqu'à nouvel ordre de ma part.

» LOUIS.

» A Versailles, ce 24 décembre 1770. »

Ce n'est pas tout à fait le modèle des copies qui coururent
à la cour lors de la chute du ministre. L'auteur des *Nouvelles
à la main*, comme tous les nouvellistes de son temps, n'a pu
donner que la version controuvée.

Notre auteur glisse trop rapidement encore, à mon sens,
lorsqu'il s'agit de la prodigalité inouïe, du luxe féerique, des
dépenses fabuleuses de son héroïne. Après avoir occupé à
Versailles toute la rue de l'Orangerie, la maison de madame
Du Barry était devenue si importante, qu'on se vit obligé de
louer l'hôtel de Luynes pour loger ses gens. Bientôt, l'hôtel
ne suffisant pas encore, on acheta un grand terrain sur l'avenue
de Paris, et on y fit construire un hôtel et un petit pavillon
pour le valet de chambre Binet, proche parent de la Pompadour. Plus tard l'architecte de Luciennes, Ledoux, ajoutait
une chapelle au grand hôtel de l'avenue de Paris, et on nommait un aumônier de la favorite ! Pour donner une idée des
dépenses de la comtesse, il faudrait transcrire ici tous les mémoires de ses fournisseurs, conservés aux archives de Seine-
et-Oise, et déjà publiés par M. Leroy dans les Mémoires de
la Société des sciences morales. La description détaillée des
richesses artistiques, des fantaisies impossibles, des meubles,
des bronzes, des étoffes, des bijoux entassés dans ce boudoir
de Luciennes, formerait à elle seule l'objet d'une encyclopédie, — une encyclopédie du luxe, des modes, des arts et des
hochets de la fantaisie, sous le règne de la plus voluptueuse
des favorites.

Ce Luciennes ! c'était le temple de l'amour et du caprice,
un petit temple que Beaujon et l'abbé Terray trouvaient bien
grand, car les millions puisés à leur caisse y disparaissaient
l'un après l'autre avec une rapidité effrayante. C'était un gouffre
que ce petit pavillon, un joli gouffre carré, avec cinq croisées
sur tous les côtés, avec un péristyle dont le fond montrait une
bacchanale d'enfants sculptée en bas-relief par Lecomte.

C'était un gouffre aux murs revêtus de marbre blanc et de bronzes dorés. C'est Lecomte, Moineau, Pajou, qui en sculptent les lampadaires; Métivier et Feuillet en fouillent les arabesques qui relient les pilastres en bronze. Les dessus de porte y sont peints par Fragonard; Vien y raconte en quatre tableaux l'histoire de l'Amour des jeunes filles; Briard y chante l'amour de la campagne, — en peinture.

Il y a, au Louvre, une aquarelle de Moreau, représentant un grand dîner au pavillon de Luciennes : je renvoie à cette aquarelle ceux qui voudront voir cette belle salle à manger, toute ruisselante de lumières, toute peuplée de grands cordons bleus et de femmes en habits de gala. Un monde de grands valets, les uns en livrée jaune paille, les autres en habit de velours cramoisi, aux parements, au col et aux poignets bleus, aux retroussis blancs sur des guêtres blanches, tricorne en tête et l'épée au côté, va, vient au milieu des curieux admis à contempler le souper. Ceux-ci servent les convives, ceux-là apportent les mets sur des plats signés Roettiers. Quatre tribunes, ordinairement occupées par la musique de madame Du Barry, — car la favorite avait sa musique, de même qu'elle avait son aumônier, — sont remplies de femmes accoudées sur les balcons. Il n'est pas jusqu'à ce petit singe de Zamore qu'on ne retrouve dans l'aquarelle de Moreau. Il est tout rayonnant, ce négrillon, avec son turban à plumes, son collier d'or, ses boucles d'oreilles, — deux perles énormes, — sa veste et sa culotte de soie rose ! Je ne sais même pas si l'on ne voit point quelque part la fameuse perruche couleur feu, que madame Du Barry paya d'une croix de Saint-Louis à un sieur Dabbadie, commissaire de la marine, dont ce fut la seule conquête maritime.

Si la cage était féeriquement somptueuse, l'oiseau s'en montrait digne. Rien de merveilleux comme les comptes de fournitures faites à madame Du Barry. La favorite s'occupa bien plus, quoi qu'on en ait dit, de ses robes et de ses coiffures, que des jésuites et des parlements. Se faire belle, plaire au roi et jeter l'argent du royaume par les vingt fenêtres de Luciennes, ce fut sa plus grande affaire, son unique occupation. Lire ces quatre volumes de comptes de la Bibliothèque impériale, c'est lire l'inventaire de la fée *Caprice*, du génie *Dissipateur*, de la déesse *Folle Beauté*. Voici quelques extraits de ces mémoires de fournisseurs, déjà publiés par MM. de Goncourt :

Fournitures faites à madame la comtesse Du Barry par Roettiers père et fils, orfèvres ordinaires du Roy :

Le 23 septembre 1769.

Deux petits chandeliers de toilette perlés. . . . . . . 236 liv. 18 s.

Le 20 janvier 1770.

Fourni en vaisselle perlée et chantournée :
10 douzaines d'assiettes,
8 plats ovals,
Plus 12 flambeaux avec leurs bassinets . . . . 30,174 liv.

Le 8 janvier 1771.

Fourni 4 flambeaux à girandoles très-riches et sur modèles nouveaux représentant les quatre Éléments enrichis de testes de béliers à guirlandes de lauriers . . . . 11,837 liv.

Le 4 may 1771.

Fourni un pot au lait d'or orné de son chiffre entouré de guirlandes de fleurs sur le pourtour de toute la caffetière, bec orné de canneaux d'ornements et de canneaux creux dans lesquels sont des montants de feuilles de myrthe; le couvercle à gaudrons saillants est terminé à baguettes ornées de feuilles de persil qui les entrelassent; sur le dessus est un groupe de roses; la charnière est aussy très-ornée, ainsy que l'anse qui porte le manche et le bouton.
Façon au plus fini et porté au plus haut degré pour le poly.   2,687 liv.

Le 13 août 1771.

Fourni deux pots à oille, plateaux et cuilliers des deux services, plateaux et fourchettes au plus riche étant ornés d'enfants tenant des guirlandes;

les quatre couvercles surmontés de quatre sujets différents. Les armes de relief en bas-relief, les pieds ornés de têtes de béliers, de trophées de fleurs et carquois, le tout fini avec le plus grand soin. . 24,000 liv.

Façon de toute la vaisselle plate en modèles nouveaux, ornée de feuilles de lauriers et à agraphes dans tous les contours, à 24 livres le marc, étant cizelée et finie avec le plus grand soin . . . . 20,259 liv.

Du 4 mars 1773.

Avoir payé un compagnon orphèvre pendant trois mois, qui sont décembre, janvier et février 1773, qui travailloit tous les jours jusqu'à minuit et deux heures du matin, pourquoy conter quatre mois et demi des journées à 5 livres . . . . 675 liv.

Du 5 mars 1773.

Deux cuillers à sucre d'or très-riches, ornées d'Amours tenant des guirlandes de roses, de chutes de guirlandes de lauriers, rozettes, et une guirlande de feuilles de vigne, le tout exécuté avec le plus grand soing, ainsi que le poly. . . . . 2,054 liv.

Du 1er juillet 1773.

Un moutardier, son plateau double fond et cuiller en or, orné de bas-reliefs et les armes aussy en relief. . . . . 5,184 liv.

Du 4 avril 1774.

Pour la pomme de canne du coureur de madame Du Barry. 546 liv. 9 s.
Du 23 septembre 1769 au 20 janvier 1770, le premier mémoire de Roettiers père et fils monte à . . . . 34,795 liv.
Les trois autres mémoires du 30 novembre 1770 au 3 novembre 1773 montent à. . . . . 305,291 liv.

État des ouvrages de sculpture faits pour madame la comtesse Du Barry par Le Comte, sculpteur ordinaire du Roi, d'après ses ordres, dirigés par M. Le Doux, architecte du Roi, commencés en 1771 :

Une figure de quatre pieds et demi de proportion en marbre, pour servir de torchère dans la salle à manger du pavillon de Luciennes, tant pour le modèle que pour l'avoir fait mouler, couler des plâtres et l'avoir exécutée en marbre, dix mille livres . . . . 10,000 liv.

Pour un petit modèle de girandole composé de deux figures
de femmes, de dix-huit pouces de proportion, portant
des branches de fleurs pour recevoir les bougies, tant
pour le modèle que pour en avoir réparé des talcs, huit
cents livres   800

Pour son hôtel à Versailles. Le fronton de dessus la porte
d'entrée composé de ses armes, support, accessoires, et
deux figures allégoriques de six pieds de proportion,
exécuté sur place en pierre de Tonnerre, tant pour le
modèle, moulage, exécution, voyages, etc., sept mille
quatre cents livres.   7,400

· *Idem*. Dans les angles deux centaures de neuf pieds de haut;
bas-relief exécuté en pierre de Conflans, tant pour les
modèles et exécution, voyages, etc., deux mille six cents
livres.   2,600

Idem. Pour la niche de l'abreuvoir, une figure de sept pieds
de proportion devant être exécutée en plomb, ainsi convenu, d'après l'esquisse représentant Hercule qui combat
l'Hydre, destiné à servir de fontaine pour remplir et
renouveler l'eau de l'abreuvoir. Le modèle et le creux
faits prêts à fondre pour cet objet, fini et mis en place.
Quatre mille huit cents livres.   4,800

TOTAL. . . . . . 25,600 liv.

M. Paul Mantz indique dans les *Archives de l'art français*
une quittance de 960 livres pour le bas-relief du fronton de
Louveciennes ; un *Bacanal* d'enfants de vingt-deux pieds de
long sur quatre de haut, *moulé et jeté en talc*.

Voici maintenant les comptes de l'architecte Ledoux et de
quelques autres fournisseurs de la comtesse :

Pavillon de Louvecienne dont j'ai fait les dessins, conduit les ouvriers,
réglé les mémoires et fait les voyages.

Pour les bronzes de M. Goutier, dont j'ai fait les dessins en grand,
conduit les modèles et l'exécution : les mémoires réglés par M. Roettiers.

Relevé des différents articles qui composent ce mémoire :

La salle à manger . . . . 1,794 liv.

Le vestibule 698

Le salon quarré 19,706

Le salon ovale 31,272

Le salon en cul-de-four 6,660

Antichambre et garde-robe 1,109

Les piédestaux, un chapiteau, le tout non réglé, estimé
à 20,000

Ce qui forme un total de . . . . . . 81,239 liv.

État de quatre pièces de tapisseries, sujets des amours des Dieux, d'après les tableaux de MM. Vanloo, Boucher, Pierre et Vien, à faire en haut lisse en la manufacture des Gobelins pour madame la comtesse Du Barry, d'après les mesures données par M. Le Doux, architecte, lesquelles pièces seront exécutées par les sieurs Cozette et Audran (du 1er novembre 1772).

Carle Vanloo : *Neptune et Amimonne*, 2 aunes 11 batons 8 dixièmes . . . . 3,534 liv. 14 s. 5 d.

Pierre : l'*Enlèvement d'Europe*. . . . . Id.

Boucher : *Vénus et Vulcain*. . . . . Id.

Vien : *Pluton et Proserpine* . . . .

TOTAL. . . . . . 13,856 liv.

Du 20 may 1774.

Mémoire de trois pièces de tapisseries faites par le sieur Cozette, entrepreneur de la manufacture royale des Gobelins, à 488 liv. 5 s. l'aune carrée l'une dans l'autre, à cause de la pièce de *Vénus* qui est extrêmement chargée de figures et ouvrages difficiles, ce qui en rend le déboursé pour l'ouvrier et les étoffes de soyes par la variété des tons fort chers; pour les trois dites pièces, la somme de . . . . . . 12,496 liv.

Par ordre de madame la comtesse, donné aux ouvriers qui travaillent sur lesdites pièces 72

Le sieur Cozette a l'honneur de représenter que, pour de pareilles pièces, feu madame de Pompadour luy donna, en 1752, pour récompense et honoraires, par chacune pièce 50 louis, ce qui fait pour les trois 3,600

Le 10 juin 1775.

Vénus et Vulcain. — Girard, ouvrier tapissier, 87 semaines
à 24 liv.; 3 ouvriers en plus, 9 liv.

Pluton et Proserpine. — Ostendé, 50 semaines à 18 liv.;
2 ouvriers à 12 liv.

Enlèvement d'Europe. — Roby, 33 semaines avec deux
jeunes ouvriers sous luy; 36 liv. pour les trois; puis 48 semaines à deux.

Donné pour boire aux ouvriers la dernière fois que madame Du Barry est venue aux Gobelins   72

Total. . . . . . 16,799 liv.

*Mémoire des ouvrages de sculpture statuaire que le sieur Pajou, pro-
fesseur de l'Académie royale et pensionnaire de Sa Majesté, a
faits pour madame la comtesse Du Barry pendant le cours des
années 1770, 1771, 1772, 1773 et le commencement de cette présente année 1774.*

ARTICLE PREMIER.

Le portrait en terre de madame la comtesse de grandeur naturelle fait à
Versailles vers les faistes de Pâques de l'année 1770 et exposé au salon
du Louvre, le 25 août de la même année (ce buste est chez moi et je
suis prait à le livrer); pour ce . . . .   1,200 liv.

ARTICLE II.

Un autre buste de madame la comtesse, de la moitier plus
petit que le précédent, ordonné pour aitre exécuté en
porcelaine à la manufacture de Sèvres, lequel a été fourni
et exécuté pour le 1er de l'année 1771; pour ce   600

ARTICLE III.

Un autre buste de madame, de même proportion, ordonné
et fourni à la manufacture de Sèvres, ajustée et coifféc
differament que le précédent, et qui est exécuté en porcelaine, pour ce.   600

ARTICLE IV.

Un autre buste de madame qu'elle me demanda aitre coiffée
dans le goût de la begneuse de Falconet, lequel, après
avoir été fait et m'avoir employer de mon temps, aubligé

à plusieurs voyages à Versailles et dans les autres maisons royales, n'a pas eu l'avantage de plaire et a été supprimé, pour ce   600

ARTICLE V.

Un autre buste de madame à grandeur naturrel differand des autres par l'attitude et l'ajustement, lequel est exécuté en marbre blanc de la même grandeur par les ordres de madame la comtesse et a été exposé au salon du Louvre, le 25 août de l'année 1773, et livré à madame la comtesse étant à Versailles (payé), pour ce y compris la matiaire et le pied qui est de marbre de couleur brèche d'Alep   6,000

ARTICLE VI.

Un médaillon du portrait de madame, lequel a été fait pour le pavillon de Louvecienne et pelacé au-dessus d'une porte, pour ce   96

ARTICLE VII.

Une figure en marbre blanc de quatre pieds deux pouces de proportion, représentant une jeune fille tenant une corne d'abondance, laquel etoit destinée à porter des lumiaires et decorer une salle du pavillon de Louvecienne (la salle à manger). Elle vient d'y aitre transporté deux jours avant la maladie du feu roi. Le prix de cette figure est de la some de   10,000

Si madame trouve ce prix trop cher, je demande de reprandre ma figure parce que je crois que ma demande est juste. Je ne serai point embarassé de trouver des acheteurs à ce prix.

ARTICLE VIII.

Un buste en platre reparé avec soin et fourni à une manufacture de porcelaine etablit dans le Faubourg du Temple pour aitre executé de la même matiaire de la grandeur naturelle, lequel a été fait et presenté a madame la comtesse qui l'a reçu et dont elle a fait presant à mademoiselle Du Barry, pour ce.   96

TOTAL. . . . . .   19,192 liv.

Mémoire des ouvrages de peinture commandés par madame la comtesse Du Barry à Drouais, peintre du Roy, premier peintre de Monsieur, et à son épouse, à commencer en décembre 1768.

En 1768.

Le portrait de madame la comtesse Du Barry en Flore sur un oval toille de vingt sans mains envoyé à Toulouse . . . .　1,290 liv.

En 1769.

Le second portrait de madame la comtesse en habit de
chasse sur un oval toille de vingt sans mains envoyé en
Angleterre. . . . .　1,200

Une copie du portrait de madame la comtesse en Flore, sur
un oval toille de vingt sans mains, envoyé en Angleterre.　360

Un tableau d'un petit garçon tenant une pomme . . . . . .　720

En 1770.

Du dimanche 24 juin livré à madame la comtesse quatre
dessus de portes pour l'ancien pavillon de Louvecienne,
l'un représentant les Graces, l'autre l'Amour qui embrase
l'Univers, l'autre Vénus et l'Amour, et l'autre la Nuit. Ces
quatre dessus de portes peints par Fragonard, peintre du
Roy. Ils ont été achetés par madame la comtesse au sieur
Drouais, à qui ils appartenoient . . . .　1,200

Selon l'ordre de madame la comtesse avoir fait remettre sur
toille, trois des dessus de portes ci-dessus, les avoir
r'agrandis fait reprendre et accorder les aggrandissages;
argent déboursé . . . .　420

Le troisième portrait, représentant madame la comtesse
dans sa première jeunesse sur un oval, toille de vingt
avec les mains. . . . .　1,200

Une copie du portrait de madame la comtesse dont la tête a
été faite deux fois en différents temps et de deux manières
différentes, et dont l'habillement en Flore avec les mains
a été entièrement fait d'après nature pour M. Baugeon .　1,200

Du vendredi 31 août livré deux dessus de porte pour l'ancien pavillon de Louveciennes, l'un représente le portrait
de mademoiselle Betzi, l'autre un enfant tenant un nid
d'oiseaux . . . .　2,400

Du samedy 8 septembre livré le portrait de Mirza. 300

Du dimanche 9 décembre livré le portrait de mademoiselle
Luxembourg, couronnant Mirza 720

En 1771.

Du 1er janvier livré à madame la comtesse son portrait en
miniature de forme ovale. 600

Du samedy 2 février, livré à madame la comtesse le portrait de mademoiselle Betzi, jouant avec un chat 720

Du lundy 7 octobre livré à madame la comtesse une copie
en miniature du Roy forme ovale. 288

Une copie du portrait de madame la comtesse pour le roy
de Suède. L'habillement de ce portrait en robe de cour
a été entièrement fait d'après nature, sur un oval, toille
de vingt. 672

En 1772.

Du 1er août livré à madame la comtesse, quatre dessus
de portes pour le pavillon neuf de Louveciennes; l'un
représente mademoiselle Betzi jouant du triangle; l'autre
un petit garçon s'enfuyant avec des raisins; l'autre mademoiselle Laroque présentant des roses, et l'autre un petit
garçon jouant du tambour de basque 2,880

Lors des premiers ouvrages faits pour madame la comtesse,
l'on avait promis au sieur Drouais de lui fournir les voitures nécessaires aux différens voyages et transports
exigés; mais les difficultés momentanées ont déterminé
madame la comtesse à prescrire au sieur Drouais de
prendre à ses frais les voitures qui lui seroient nécessaires et d'en tenir notte pour en être remboursé. Selon
l'état exact qu'il en a fait depuis le 13 décembre 1768
jusqu'au 24 septembre 1772, ces frais se montent à. . . 1,758

Le quatrième portrait de madame la comtesse en pieds,
représentant une Muse sur toile de six pieds et demie
de haut sur quatre pieds cinq pouces de large.

*L'auteur prie que l'on ait en considération que ce tableau
a d'abord été entièrement fini dans un caractère d'habillement accepté par madame la comtesse dans toutes
les gradations de la première ébauche au fini total,
et que l'auteur pour satisfaire au désir de madame la*

27

comtesse qui a voulu que l'habillement fut totalement
changé y a substitué celui qui y est présentement, ce
qui l'a forcé à un double employ de temps et à des
peines infinies 15,000

En 1773.

Le cinquième portrait de madame la comtesse en Flore
sur toille de vingt avec les mains. 1,200

Une copie du portrait de madame la comtesse, en Flore,
retouché d'après nature pour M. le maréchal de Soubise.
Il est à noter que madame la comtesse a fixé toutes les
copies qui seroient faites d'après ce tableau et retouchés
d'après nature a 600 livres chacune 600

Pour la bordure dudit tableau argent deboursé 60

En 1774.

Une copie du portrait de madame la comtesse en Flore,
retouche d'après nature pour M. le duc d'Aiguillon. . . 600

Pour la bordure dudit tableau argent deboursé 120

Du mardy 8 février, livré à madame la comtesse une copie
en miniature du portrait de M. le duc d'Aiguillon commandée par madame la comtesse pour faire présent à
madame la duchesse d'Aiguillon 288

Le portrait de madame la vicomtesse Du Barry sur un oval
avec les mains commandé par madame la comtesse. . . 720

Pour la bordure dudit tableau argent deboursé 60

Une copie du portrait de madame la comtesse en Flore
retouché d'après nature pour mademoiselle Du Barry . . 600

Pour la bordure dudit tableau argent deboursé 60

Une copie du portrait de madame la comtesse en Flore,
retouchée d'après nature pour M. le prince des Deux-
Ponts 600

Pour la bordure dudit tableau argent deboursé 60

Une copie du portrait de madame la comtesse en Flore,
retouchée d'après nature pour madame de Montrapt
(Montiable). 600

Pour la bordure dudit tableau argent deboursé 60

Une copie du portrait en pieds de madame la comtesse
représentant une Muse, sur toile de six pieds et demie

de haut sur quatre pieds cinq pouces de large, le prix de
cette copie qui a été faite pour le langrave de Hesse-
Cassel, a été fixé par madame la comtesse à 1,000

Pour les frais de voyage et transports faits depuis le 27 septembre 1772 jusqu'à ce jour selon l'état exact des
deboursés qui en a été fait se montent à 894

TOTAL. . . . . . 40,360 liv.

*L'auteur ne serait pas fâché que l'on observât que dans l'employ du
temps qu'il a fallu pour les séances, il a bien perdu à attendre la
valeur de quatre bons mois de son temps et que madame la comtesse,
appercevant le très-grand dérangement que cela lui causoit, lui avoit
promis de l'en dedommager.*

Madame Du Barry écrivit sur un double de ce mémoire que
possède M. Pichon :

A retrancher pour voyage non à payer. . . 1,750 liv.
Plus 894 pour même objet 894

TOTAL. . . . . . 2,652 liv.

Je dois si-devant pour le compte si-dessus. 33,268 liv.
2,652

TOTAL. . . . . . 30,616 liv.

Je dois à Drois. . . . . 30,616 liv.
Il a reçu à conte 15,000
Il lui reste dû 15,616
Réduire cette somme à 15,000

*Lui payer 5,000 contant m'obliger de paier les 10,000 restant à la
fin de l'année prochaine. Drois sera contant de cet arrangement.
Le portrait de Zamor se fera en buste et Drois remetera tous mes
tableaux à Louvesienne.*

La comtesse DU BARRY.

Il y a encore le mémoire « des avances faites par le sieur
Allegrain, sculpteur du roy, pour l'établissement de la statue

27.

de Diane, commandée par madame la comtesse Du Barry. »
Ce mémoire monte à 7,250 livres, sur lesquelles Allegrain reconnaît avoir reçu 4,000 livres en deux payements. Il y a un
joli *nota* à ce mémoire : « Le sieur Allegrain observe qu'il a
été occupé un an entier, sans distraction, à faire le modelle
en terre, qu'il a passé trois mois à réparer la figure en plâtre
pour être en état d'être vue par madame la comtesse et des
personnes qui sont venues de sa part. Le sieur Allegrain ne
peut mettre fin à cet ouvrage que lorsqu'il sera assuré qu'il
luy sera payé sur le pied de dix-huit mille livres, en y com-
prenant les sept mille deux cent cinquante livres d'avances et
les deux mille livres de gratifications convenues avec le sieur
Ledoux, architecte de madame la comtesse. »

Tous les sculpteurs et tous les peintres ont travaillé pour
madame Du Barry, ainsi qu'on le peut voir en parcourant ces
quatre gros volumes de mémoires. Il y a Monot, sculpteur,
pour une somme de 8,000 livres ; Feuillet et Métivier,
sculpteurs, pour 37,676 livres ; Caffiéri, sculpteur, pour
3,000 livres ; Guichard, sculpteur, pour 6,409 livres. Puis
viennent les peintres : c'est Vernet « pour reste d'un tableau »
4,000 livres ; Vien, 16,000 livres ; Musson, 6,120 livres ;
Greuze, 2,800 livres ; Forty, 288 livres, et La Vallée, peintre
en équipages, 10,960 livres.

Il y a encore les mémoires de Vente, relieur à Paris, à
raison de 15 livres le volume. La bibliothèque de Versailles
possède plus de deux cents de ces jolis volumes ayant appar-
tenu à madame Du Barry, reliés à ses armes avec la devise :
« *Boutez en avant!* » Il y a le mémoire du musicien de la
chapelle, Rostenne, qui réclame 1,512 livres ; puis celui de
Duvivier, entrepreneur de la manufacture de la Savonnerie,
montant à 9,087 livres ; et jusqu'à la note de Boileau, « marchand de tableaux, pour commissions et déboursés », montant
à 651 livres.

Madame Du Barry ne payait pas toujours sans compter, ainsi qu'on l'a pu voir déjà par son annotation sur le mémoire de Drouais. En voici une autre que l'on doit également aux recherches de M. Pichon. Loiré, entrepreneur de la manufacture de porcelaine allemande établie rue Fontaine-au-Roi, « dont les produits sont marqués de deux flèches », avait été chargé d'exécuter en porcelaine le buste en plâtre de Pajou. Loiré demanda 12,000 livres; madame Du Barry écrivit sur son mémoire : « M. de Montvallier s'informera avec l'homme de la manufacture allemande : il n'a fourni qu'un buste ; on les vend à Sèvres six louis et il demande 12,000 livres... par accommodement madame Du Barry donnera dix louis. » M. de Montvallier était l'intendant de la comtesse, on retrouve souvent son nom dans les quatre gros volumes de mémoires de la Bibliothèque impériale.

Mais, dans tout cela, le plus éblouissant c'est la garde-robe de madame Dubarry. Jamais notre curieux ne nous donne la description de ces *grands habits* mordorés, soutachés d'or et relevés de broderies ; jamais il ne nous parle des *robes sur le panier*, des *robes sur la considération*, ni des robes de toilette. Il faut lire les mémoires des marchands de soieries, et surtout ceux de madame Sigly, la bonne faiseuse, et ceux de Davaux, « brodeur de madame la comtesse », et ceux de Pagelle, le *modiste* de la rue Saint-Honoré, à l'enseigne des « Traits galants! » Hélas! maris qui vous plaignez des vingt mètres d'étoffe que demandent les robes sur crinoline, que diriez-vous à la vue de ces robes « fond argent semé de bouquets de plumes », de ces robes « rayées de grosses lames d'or courant dans des fleurs et des œillets », de ces robes « fond blanc guirlandé de roses », de ces robes « fond mosaïque guilloché d'or et encadré de myrte », de ces robes de 1,000, 2,000, 3,000, 5,000 livres! Que diriez-vous, amazones qui vous promenez le matin au bois de Boulogne en simple robe flot-

tante de casimir noir, de ces robes « de gourgouran blanc »
qui coûtent 6,000 livres, sans compter « les brodures et garnitures. » Voilà des manchettes à 200, à 400, à 600 livres ;
voilà des garnitures de peignoir du matin à 2,500 livres, des
déshabillés d'Angleterre à 4,000 livres, des coiffes de point à
l'aiguille de 1,400 livres, des toilettes de point d'Argentan à
9,000 livres. On compte à peine les petits agréments, les
« chicorées relevées et repincées avec du jasmin », les blondes
d'argent, les guirlandes, les pompons, les glands de cœur,
toutes ces petites « fanfreluches » qui font d'une robe de
3,000 livres une robe de 10,000 livres !

Et les Benvenuto Cellini de ce temps-là, les Rœttiers père
et fils, associés avec Germain, comme ils avaient de belle
besogne ! Ah ! si nos Froment-Meurice en avaient de sem-
blable ! Quel beau règne pour les modistes et les joailliers !
Lisez cette affiche qu'on ne craignit point de placarder sur
tous les murs de Paris, en pleine révolution, et dites si jamais
luxe égala celui-ci. Les fameux diamants volés de Rachel ne
paraissent que de l'eau claire à côté des mille feux que pro-
jettent ces diamants, ces perles, ces saphirs, ces girandoles
« d'une valeur de 120,000 livres », ces mines de Golconde
étalées sous les regards des sans-culottes ; lisez plutôt :

DEUX MILLE LOUIS A GAGNER.

DIAMANTS ET BIJOUX PERDUS.

« Il a été volé chez madame Du Barry, au château de Luciennes, près
Marly, dans la nuit du 10 au 11 janvier 1791, les diamants et bijoux
ci-après : Une bague d'un brillant blanc, carré long, pesant 35 grains
environ, montée en cage ; une dite d'un brillant, pesant environ 50 grains ;
une dite d'un brillant de 26 à 28 grains ; une dite d'un saphir carré
long, avec un Amour gravé dessus, et deux brillants sur le corps ; un
baguier en rosette verte, renfermant 20 à 25 bagues, dont une de
grosse émeraude ; pendeloque montre à jour pesant environ 36 grains,

d'une belle couleur, mais très-jardineuse, ayant beaucoup de dessous ; une d'un onyx représentant le portrait de Louis XIII, dont les cheveux et les moustaches sont en sardoine ; une d'un César de deux couleurs, entourée de brillants ; une d'une émeraude carré long, pesant environ 20 grains ; une d'un brun puce, pesant 14 à 16 grains ; une d'un Bacchus antique, gravée en relief sur une cornaline brûlée ; une d'une sardoine jaune, gravée par Barrier, représentant Louis XIV entouré sur le corps de roses de Hollande fort vilaines, une d'un gros saphir en cœur, montée à jour et entourée de diamants sur le corps et sur la moitié de l'anneau ; le saphir en cœur de Louis XIII et l'émeraude carrée sont montés de même et garnis de diamants, de roses, de brillants. Plus dans ce baguier il y a un *bonus eventus* antique, gravé sur un onyx sur le papier ; un brillant blanc, pesant 29 grains ; un dit pesant 25 grains ; un dit forme pendeloque, pesant 28 grains ; un dit rond, pesant 23 grains ; un dit *idem*, pesant 24 grains ; un dit qualité inférieure, carré long, pesant 23 grains ; trois dits *idem*, pesant chacun 28 grains et demi ; un brillant en épingle, forme longue, pesant 30 grains ; un brillant, forme losange, pesant 35 grains ; deux brillants très-beaux en boutons d'oreilles, pesant chacun 50 grains ; deux brasselets ensemble de 24 grains, pesant 15 à 16 grains chaque ; une rose montée à jour de 528 brillants blancs, dont un gros au milieu, cristallin, pesant 24 grains environ ; un collier de 24 beaux brillants montés en chaton à jour, de 15 à 20 grains chaque ; huit parties de rubans en bouillon, chacune de 21 brillants à jour, chaque brillant pesant depuis 4 grains jusqu'à 8 ; une paire de boucles de souliers de 84 brillants, pesant 67 karats un quart ; une croix de 16 brillants, pesant 8 à 10 grains chaque ; soixante-quatre chatons, pesant 6 jusqu'à 10 grains ; une belle paire de girandoles en gros brillants, de la valeur de 120,000 livres ; une bourse à argent en soie bleue avec ses coulands, ses glands et leurs franges, le tout en petits brillants montés à jour ; un esclavage à double rang de perles avec sa chute, le tout d'environ deux cents perles, pesant 4 à 5 grains chaque ; un gros brillant au haut de la chute, pesant 25 à 26 grains, et au bas un gland à franges et son nœud, le tout en brillants montés à jour ; une paire de brasselets à six rangs de perles, pesant 4 à 5 grains chaque ; le fond du brasselet est une émeraude surmontée d'un chiffre en diamants en deux L pour l'un et d'un D et B pour l'autre, et deux cadenas de quatre brillants, pesant 8 à 10 grains. Un rang de cent quatre perles enfilées, pesant 4 à 5 grains chaque ; un portrait de Louis XV peint par Massé, entouré d'une bordure d'or à feuilles de laurier ; ledit portrait de 5 à 6 pouces de haut ; un autre portrait de

Louis XV peint par le même, plus petit, dans un médaillon d'or; une montre d'or simple de Romilly; un étui d'or à une dent émaillée en ver, avec un très-gros brillant au bout, pesant environ 12 grains, tenant sur le.tout par une vis; une paire de boutons de manches d'une émeraude, d'un saphir, d'un diamant jaune, d'un rubis, le tout entouré de brillants couleur de rose, pesant 36 à 40 grains, montés en boutons de cou; deux bandes de cordons de montres, composés de seize chaînons à trois pierres, dont une grande émeraude et deux brillants de 3 à 4 grains de chaque côté, et trois autres petites bandes de deux chaînons chaque, pareils à ceux ci-dessus. Une barrette d'un très-gros brillant, carré long, pesant environ 60 grains, avec trois grosses émeraudes dessous, pesant 8 à 10 grains, avec deux brillants aux deux côtés, pesant 1 grain chaque, montés à jour; il est à observer que cette barrette n'est pas polie; une bague d'un brillant d'environ 26 grains, montée à jour, avec des brillants sur le corps; deux girandoles d'or formant flambeaux montés sur deux fûts de colonne d'or, émaillées en lapis, surmontées de deux tourterelles d'argent, de carquois et de flèches faites par Durand; un étui d'or émaillé en ver, au bout duquel est une petite montre faite par Romilly, entourée de quatre cercles de diamants, et de l'autre des armoiries; deux autres étuis d'or, l'un émaillé en rubans bleus, et l'autre en émaux de couleur et paysages; dix-sept diamants démontés de toute forme, pesant depuis 25 jusqu'à 30 grains chacun, dont une pendeloque montée, pesant 36 grains; deux autres barrières de bracelets détachées également de quatre diamants chacune, pesant le même poids ci-contre; soixante-quatre chatons dans un seul fil, formant collier, pesant 8, 9 et 10 grains chacun, en diamants montés à jour; deux boucles d'oreilles de coques de perles avec deux diamants au bout; un autre portrait de Louis XIV de Petitot; un autre portrait de feu Monsieur, tous les deux en émail, ainsi qu'un portrait de femme également de Petitot; une écritoire de vieux laque superbe, enrichie d'or et formant nécessaire, tous les ustensiles en or; deux souvenirs, l'un en laque rouge et l'autre en laque fond d'or à figures, l'un monté en or et l'autre monté en or émaillé; deux petits flambeaux d'argent de toilette, perlés et armoriés; une boîte de cristal de roche, couverte d'une double boîte travaillée à jour; pièces d'or portugaises; guinées et demi-guinées d'Espagne; une dite des Noailles, des Louis XV, frappées à peu près dans cette forme : dans chaque angle de cette pièce sont des fleurs de lis; une de M. Bignon, de M. de La Michaudière, de M. Caumartin, aux armes de la ville; une de la régence; plus quarante diamants, pesant un karat chaque; deux lorgnettes, l'une émaillée en bleu, l'autre en rouge avec le portrait du feu roi, toutes deux montées en or; un souvenir en émail bleu avec des peintures en grisaille, représentant d'un côté une offrande et de l'autre côté une jardinière avec un petit chien à longues oreilles; un reliquaire d'un pouce environ, d'un or très-pur, émaillé en noir et blanc; une petite croix montée dessus assez gothiquement, et une perle fine de la grosseur d'un pois au bas, et plusieurs autres bijoux d'un très-grand prix.

» S'adresser à Luciennes, près Marly, chez madame Du Barry; et à Paris chez M⁰ Rouen, notaire, rue des Petits-Champs, à M. Rouen, marchand orfèvre joaillier, rue Saint-Louis, au Palais; et au clerc du bureau, rue des Orfèvres. — Récompense honnête et proportionnée aux objets que l'on rapportera. »

N'êtes-vous pas éblouis? Pourtant ce n'est point tout; la déclaration « faite entre deux guichets de la Conciergerie, par madame Du Barry, après le jugement qui la condamnait à la peine de mort », vous indiquera encore des richesses impossibles. Cette pauvre courtisane! elle croyait séduire la révolution en lui disant ses richesses; elle croyait se racheter, comme si le club de Luciennes, Zamore en tête, n'était pas là pour accepter sa succession, sans inventaire!

Voici cette pièce du procès, disparue aujourd'hui avec plusieurs autres des archives impériales, et publiée en 1802 dans les *Mémoires historiques de Jeanne Gomart de Vaubernier* :

« Ce jourd'hui, 18 frimaire, l'an second de la république française, une et indivisible, dix heures du matin; sur ce qui nous a été annoncé que Jeanne Vaubernier, femme Du Barry, avait des déclarations importantes à faire;

» Nous, François-Joseph Denisot, juge au tribunal révolutionnaire; assisté de Claude Royer, substitut de l'accusateur public près ledit tribunal, et de Jean-Baptiste Tavernier, commis-greffier, nous nous sommes transportés en la maison de justice de la Conciergerie, où nous avons trouvé le citoyen Dangé, administrateur de police, et ladite Jeanne Vaubernier, femme Du Barry, laquelle nous a dit :

» 1° Que dans l'endroit où l'on resserre les instruments du jardinage, en face de sa glacière, à Luciennes, se trouve enterré un nécessaire d'or, composé d'un plateau de porcelaine, monté en or, une théière en or, une boulloire, un réchaud à l'esprit de vin, un pot au lait, une grande cafetière à chocolat, une autre petite cafetière, une écuelle sous couvert et son assiette, trois petites cuillères, une petite passoire à théière, cent jetons à ses armes et au chiffre D B ; le tout d'or et d'un travail très-précieux ; observant que les manches desdits sont en jaspe sanguin et montés en or.

» 2º Dans une boîte ou corbeille enterrée dans le même endroit, quinze cent trente et un louis d'or de vingt-quatre livres chaque ; une chaîne de diamants avec ses deux glands et la clef montée à jour ; deux chaînes d'oreilles, composées chacune de neuf ou dix pierres, celles de devant fort grosses ; trois anneaux, un de diamants blancs, un en rubis et en diamants blancs, un en émeraude et diamants blancs ; une très-belle pierre gravée, montée avec chaînes d'or pour collier ; deux colliers de corail, dont l'un monté en or ; un collier de perles fines ; des chaînes d'oreilles aussi en perles fines ; un collier de perles d'or et deux ou trois chaînes d'or pour cou ; un portrait de Louis XV entouré d'un cadre d'or.

» 3º Dans une petite boîte de sapin, remise à l'épouse du nommé Deliant, frotteur, demeurant à Luciennes, une montre à répétition enrichie de diamants ; un petit paquet de quatorze ou seize diamants de 5 à 6 grains chaque ; un paquet de petits rubis ; deux petits diamants plats pour monter en bagues ; un autre portrait de Louis XV, dans un laboratoire, monté et plaqué en or ; un petit enfant en forme de tire-lire, en or émaillé bleu ; seize demi-guinées neuves et deux guinées enveloppées dans du papier ; une paire d'éperons d'or avec des chiffres appartenant à feu M. de Brissac ; une petite boîte de carton renfermée dans celle ci-dessus, dans laquelle est une chaîne en émeraude en diamants, dont un grand pesant 50 grains ; les glands de laquelle chaîne se trouvent dans la boîte énoncée au deuxième article ; observant que dans l'article deuxième ou troisième il se trouve un crayon d'or enrichi de diamants ; une boîte pareillement remise à la femme Deliant, renfermant un moutardier d'or, un petit plateau et deux gobelets d'or, et plusieurs autres objets qui ne reviennent pas à sa mémoire ; deux caves remplies de flacons de cristal de roche, dont l'une lui appartient et l'autre à feu Brissac ; lesdits flacons garnis en or ; un autre gobelet de cristal avec un couvercle d'or, appartenant audit feu Brissac ; une petite écuelle de vermeil avec son plateau.

» 4º Un coffre de velours bleu garni en argent doré, placé sous un escalier, dans une chambre formant garde-robe, à côté de celle qu'elle occupait, dans lequel coffre il y a une douzaine de couverts d'or armoriés, quatre cuillères à sucre, deux cuillères à olives, une cuillère à punch, le tout d'or ; un étui renfermant douze cuillères à café en or ; plusieurs portraits de femmes ; deux cachets d'or, dont un de bureau et un petit; trois médailles, une représentant le Pont de Neuilly, la seconde l'École de Chirurgie, et la troisième l'Hôtel des Monnaies; deux autres médailles, représentant les mariages des ci-devant princes, aussi en or; une très-grande médaille d'or appartenant au feu Brissac, et quelques autres effets qu'elle ne peut désigner; plus deux poignards turcs, montés en rubis et autres pierres.

» 5° Dans la chambre à côté de celle à coucher, servant de passage, dans la commode, une paire de boucles en or, garnies en perles; une petite boîte d'or unie; une boîte d'écaille blonde, montée en or, avec le portrait d'une religieuse; un bouchon de flacon d'or émaillé en bleu, avec un gros diamant.

» 6° Dans une commode, dans la chambre à coucher, un pot à eau et sa cuvette de cristal de roche garnie en or; deux coupes de jaspe sanguin montées en or; un bracelet antique monté en or, composé de différentes pierres; un gobelet de cristal de roche et deux carafes et le plateau, le tout monté en or; vingt et une ou vingt-deux bagues de différentes pierres gravées, montées en or; une boîte montée en cage d'or, avec le portrait de l'épouse de Brissac; un portrait de la fille de ce dernier, monté en or; un portrait du fils du même, aussi monté en or; un autre de son frère; une boîte d'écaille blonde montée en or, avec une très-belle pierre blanche gravée, où est le portrait de Brissac et de la déclarante; une boîte de jaspe montée en or, émaillée; une autre boîte de nacre de perles, montée en or; un portrait en émail de la grand'mère de Brissac; deux tasses d'or avec leurs manches de corail et quelques autres objets appartenant à Brissac.

» 7° Dans la cave à usage ordinaire, sous l'escalier, un grand seau, neuf douzaines et sept assiettes, dix-huit flambeaux, dont trois à deux branches; une douzaine de casseroles; une grande et une petite marmite, le tout en argent; dix-neuf grandes cloches d'argent; soixante-quatre plats aussi d'argent, et autres objets d'argenterie dont l'état est chez elle.

» 8° Plusieurs figures de différentes espèces et en bronze. Une partie doit être dans un des bosquets près le pavillon; une autre au-dessus du pavillon; le tout légèrement couvert de terre.

» 9° Dans le jardin de Morin, valet de chambre, se trouvent cachés onze sacs de 1,240 doubles louis rapportés de Londres à son dernier voyage; une boîte d'écaille montée en or, sur laquelle est le portrait de Marie-Antoinette fait par Sauvage, dans laquelle se trouve une médaille d'or et quelques autres objets qui sont à la connaissance de Morin, qui a été chargé par elle de cacher tous lesdits objets contenus dans le présent article.

» 10° Observe qu'elle en a dépôt chez Morlan, A. Moncelet et Ramson et compagnie, banquiers, à Palmer, à Londres, tous les articles relatifs au vol, excepté ceux soulignés en marge et portés en l'imprimé de la récompense promise pour la découverte du vol en général, lequel a été paraphé par elle et par nous, ainsi que par le citoyen Dangé.

» 11° Qu'elle a confié au citoyen Montrouy une seringue d'argent et trois canons aussi d'argent, une petite demi-aune pliante en or; une bague nommée *atriodes;* un portrait de Brissac; deux couteaux à ôter la poudre, à lame d'or, avec deux petits cercles de diamants et manches noirs; un autre couteau émaillé, en or; une montre d'or et un petit cachet d'or avec une émeraude; observant qu'elle a reçu dudit Montrouy 250 ou 300 livres à titre de prêt, ainsi que le coucher dont elle a fait usage pendant sa détention et jusqu'à ce jour.

» Lecture faite des déclarations ci-dessus, a dit icelle contenir vérité et n'avoir autre chose à déclarer; ajoutant que si c'est le bon plaisir du tribunal, elle écrira à Londres, et que, sans difficultés, elle recouvrera les objets concernant son vol, en payant toutefois les frais qu'a occasionnés le procès; et a signé avec nous, Denisot, juge; Royer, substitut de l'accusateur public; Jeanne Vaubernier Du Barry; Dangé, administrateur de police; Tavernier, commis-greffier. »

L'auteur des *Nouvelles à la main* est trop paresseux pour nous raconter ces mille féeries, ces mille caprices de toilette d'une jolie femme, ces mille fantaisies d'une courtisane qui aime l'or, les bijoux, les dentelles, les soieries, tout ce qui reluit, tout ce qui plaît, tout ce qui charme, tout ce qui attire, tout ce qui est richesse et lumière, bruit et chatoiement, splendeur et volupté, amour et coquetterie. Soit qu'il dédaigne ces puérilités, soit que sa position d'intime à la cour de madame Du Barry l'ait assez habitué à ces prodigalités pour qu'il ne s'en étonne plus, il songe à peine à nous en dire un mot. C'est là pourtant qu'est toute la vie de madame Du Barry. Ceux qui en ont voulu faire une femme politique se sont trompés : elle ne fut toujours qu'une « fille entretenue. » Si elle sert les vues du duc d'Aiguillon et du chancelier Maupeou, c'est bien malgré elle et sans y songer. Il faut lui dicter ses discours, ses demandes et ses réponses. Si elle amène le roi

à exiler de Choiseul, à sauver d'Aiguillon en perdant les parlements, il faut que d'Aiguillon soit son amant, et que sa
position à elle soit compromise à la cour par ses ennemies,
qui sont souvent ses rivales. Ce n'est qu'à regret qu'elle occupe
le roi des affaires de l'État. Plaire, amuser, rire et faire oublier, voilà tout ce qu'elle veut pour le roi; être belle et faire
enrager les duchesses à tabouret, les vieilles, et surtout les
jeunes, voilà tout ce qu'elle ambitionne pour elle-même. La
vie de madame Du Barry fut le rêve réalisé d'une fille, rien
de plus. Ce fut un beau rêve, un rêve qui dura cinq années,
et que la mort du roi put à peine dissiper. Mais le réveil fut
terrible; ce fut la vilaine et fausse grimace du duc de la Vrillière
qui frappa les premiers regards de madame Du Barry. Cette
grimace, c'était une lettre de cachet :

« A Versailles, le 12 may 1774.

» J'espere, Madame, que vous ne douterés pas de toute la peine que
je ressens d'etre obligé de vous annoncer une deffense de paraître à la
cour; mais je suis obligé d'exécuter les ordres du Roi qui me charge de
vous marquer que son intention est que vous n'y veniés pas jusqu'à nouvel
ordre de sa part. Sa Majesté, en même temps, veut bien vous permettre
d'aller voir madame votre tante à l'abbaye du Pont-aux-Dames, et je
vais ecrire en conséquence à madame l'abbesse afin que vous n'eprouviés
nulle difficulté. Vous voudrés bien m'accuser la réception de cette lettre
par celui qui vous la remettra, afin que je puisse justifier à Sa Majesté
de l'exécution de ses ordres.

» J'ai l'honneur d'etre, avec respect, Madame, votre très-humble et
très-obéissant serviteur.

» Le duc DE LA VRILLIÈRE.

Cette lettre est la copie textuelle d'une lettre manuscrite
faisant partie de la collection Leber, bibliothèque de Rouen.

A Pont-aux-Dames, madame Du Barry, pendant dix-huit
mois, vécut de la vie d'une Madeleine pénitente, mais d'une
Madeleine qui a, dans le désert, deux cent mille livres de

rente, des femmes de chambre, des cuisiniers, des officiers
et un architecte!

A Saint-Vrain, en sortant de son exil, madame Du Barry se
fit joueuse, pour retrouver en une soirée toutes les émotions
qu'elle n'avait pas eues dans ses dix-huit mois de retraite. En
une seule soirée elle perdit, contre le chevalier de Langles, une
bagatelle de quatre-vingt-dix mille livres. Pendant quinze jours
elle fit des économies sur les dépenses ménagères et parla de
réformer sa maison. Mais elle avait deux femmes de chambre :
l'une était toujours enceinte, l'autre ne pouvait jamais digérer ;
elle ne put jamais se résoudre à les mettre à la porte, par
égard pour leur position. De projets de réformes en projets de
réformes, elle devint amoureuse de son voisin, lord Seymour.
Cet amour fut le second, peut-être le premier amour vrai de
madame Du Barry. Voici ce roman en lettres, publié pour la
première fois par MM. de Goncourt, à qui ces lettres ont été
communiquées par M. François Barrière. Je respecterai l'ortho-
graphe de ces lettres, ce que j'ai cru ne pas devoir faire jusqu'à présent, car il est quelquefois fatigant d'être trop con-
sciencieux dans les reproductions d'autographes ; mais ici il
me semble que le sentiment y perdrait je ne sais quelle
primeur de naïveté et de franchise.

Lord Seymour avait sa fille malade, madame Du Barry lui
écrit à ce sujet.

« Je suis bien touchée, Monsieur, de la cause qui me prive du plaisir
de vous voir chez moi, et je plains bien sincèrement mademoiselle votre
fille du mal qu'elle souffre ; je juge que votre cœur est tout aussi malade
quelle même, et je partage votre sensibilité.

» Mademoiselle Du Barry est aussi sensible que moi pour tout ce qui
vous touche, et me charge de vous en assurer de sa part.

» Notre voyage a été très-heureux. Cornichon ne vous oublie pas et
parle sans cesse de vous. Je suis charmée que le petit chien puisse distraire un instant mademoiselle votre fille.

De Louveciennne, samedi à 6 heures.

Les petits soins « entretiennent l'amitié », dit madame
Du Barry au commencement d'un de ses billets, et les petits
soins, non plus que les prévenances, ne manquent au voisin
lord Seymour. On lui envoie « une pièce de monnaie pro-
diguée fort mal à propos au mince jeu de loto. » Elle est du
temps de Louis XIV, les dames de Louveciennes en font hommage à lord Seymour, qui « est grand admirateur de ce siècle
si fégont en merveille. Elles s'en privent parce qu'elles savent
bien que M. Seymour sentira le prix du sacrifice, et cera
bien persuadé que les dames voudrez trouver des ocations plus
essentielles à lui marquer leur amitié. »

Enfin l'amour vient, il est venu, il a vaincu !

« Les assurances de votre tendresse, mon tendre ami, fon le bonheur
de ma vie, croyez que mon cœur trouve ces deux jours bien long, et
que s'il étoit en son pouvoir de les abréger, il naures plus de peine ; je
vous attands samedi avec toute l'inpatiance d'une ame entierement avous
et jespere que vous ne desirerais rien. Adieu, je suis à vous.

» Ce jeudi, a deux heures. »

« Vous n'aurez qu'un mot de moi et qui cerais de reproche si mon
cœur pouvez vous en faire, je suis si fatigué de quatre grande lettre que
je viens décrire que je nai la force que de vous dire que je vous aime.
Demain je vous dirai ce qui m'a empéché de vous donner de mes nouvelles, mais croyez, quoique vous en disiez, vous serais le seul ami de
mon cœur. Adieu, je n'ai pas la force de vous en dire davantage.

» Vendredi a 2 heure. »

Mais l'amour qui a vaincu si rapidement, s'en retourne de
même. Bientôt madame Du Barry écrira :

« Ce mercredi a minuit.

» Il est inutile de vous parler de ma tendresse et de ma sensibilité,
vous la connoisé. Mais ce que vous ne connoissés pas ce son mes peines,
vous navez pas daigné me rassurer sur ce qui affecte mon ame. Ainsi je
croit que ma tranquillité et mon bonheur vous touche peu, c'est avec

regret que je vous en parle, mais c'est pour la dernière foit. Ma tête est
bien, mon cœur souffre. Mais avec beaucoup d'attention et de courage,
je parviendrai a le dompter; louvrage est penible et douloureux, mais il
est nécessaire, cest le dernier sacrifice quil me reste a lui faire, — mon
cœur lui a fait tous les autres. C'est a ma raison a lui faire celui cy.
Adieu, croiie que vous seul occuperai mon cœur. »

Non, ce ne fut pas lord Seymour qui occupa seul le cœur
de madame Du Barry. Il y avait déjà longtemps que le duc de
Brissac faisait sa cour et aimait en silence. Pendant ces jours
d'amour avec l'Anglais, le duc de Cossé-Brissac se tint à
l'écart, mais lorsque lord Seymour alla marier sa fille à
Londres, il redevint plus assidu au pavillon de Luciennes.

Ce fut un amour entier, absolu, romanesque au plus haut
point. Le duc de Cossé-Brissac reste à deux genoux devant son
idole, il l'aime, il l'encense, il lui rend le culte passionné
qu'on ne trouve que dans les vieux romans de chevalerie. Cela
durera dix ans. Son aide de camp, Maussabré, sera toujours
par les chemins : avant de songer à ses devoirs de gouverneur
de Paris et de colonel des cent-gardes du roi, le grand panetier de France écrira à son idole, il se plaindra de la rareté
des courriers, il parlera de la bonté du froment avec lequel on
lui fait de mauvais pain, il n'oubliera pas de se mettre aux
genoux de la belle-sœur de celle dont « la beauté et bonté et
douceur et cette parfaite égalité d'humeur » le remplissent
d'amour et d'admiration.

Il prévoit sa mort, et il fait son testament dans lequel il
recommande à sa fille « une personne qui m'est bien chère et
que les malheurs des temps peuvent mettre dans une grande
détresse. » Et il écrit ce codicille :

« Je donne et legue a madame Du Barry, de Louveciennes, outre et
par-dessus ce que je lui dois, une rente viagère et annuelle de 20,000 livres,
quitte et exempte de toute retenue, ou bien l'usufruit et jouissance pendant sa vie de ma terre de la Rambaudiere et de la Graffiniere en Poitou,
et des meubles qui en dependent, ou bien encore une somme de

mon Dieu, mon unique ami, que le jour qui finit, cette que
j'ai le bonheur de passer avec vous, fut triste, et avec quelle
joie j'en vois arriver le moment qui doit vous rapprocher de moi.
je n'irai point à Paris aujourd'hui; parce que la personne que je
devais aller voir et même midi, comme vous savez, de partir;
je n'aide me font un embarras; car je crois que vous en êtes l'objet,
adieu, je vous attend avec une patience, d'un coeur, tout à vous
et qui ne l'que vos injustices, vous bien, quelques peut pas être, à
Continue je pense à vous; vous le dis et vous le répète, et ne
d'autre, ne que que d'être, preuve de vous, le dire à chaque instant

La Comtesse du Barry

De Louveciennes, à midi.

300,000 livres une fois payée en argent, le tout a son choix., d'autant qu'après qu'elle aura opté pour l'un desdits trois legs, les deux autres seront pour non avenus. Je la prie d'accepter ce faible gage de mes sentiments et de ma reconnaissance, dont je lui suis d'autant plus redevable que *j'ai ete la cause involontaire de la perte de ses diamants*, et que si jamais elle parvient a les retirer d'Angleterre, ceux qui resteront egarés, ou les frais des divers voyages que leur recherche aura rendus necessaires, ainsi que ceux de la prime a payer, s'eleveront au niveau de la valeur effective de ce legs. Je prie ma fille de le lui faire accepter. La connaissance que j'ai de son cœur m'assure de l'exactitude qu'elle mettra à l'acquitter, quelles que soient les charges dont ma succession se trouvera grevée par mon testament et mon codicille, ma volonté etant qu'aucun de mes autres legs ne soient délivrés que celui-ci ne soit entierement accompli.

» *Signé* Louis-Hercule-Timoleon DE COSSE BRISSAC. »

Après la séance du 29 mai 1792, le duc de Cossé-Brissac est décrété d'accusation devant la haute cour d'Orléans. Le roi et la reine se sont levés la nuit pour lui envoyer les moyens de fuir; lui, il ne songe qu'à écrire une longue lettre à madame Du Barry, et il se laisse arrêter. Des prisons d'Orléans, il écrit chaque jour à sa chère comtesse : Maussabré passe sa vie sur la grande route à remplir ses messages. Quelques jours avant sa mort, c'est à peine si le duc a le temps d'écrire :

« J'ai reçu ce matin la plus aimable lettre de celle qui depuis longtemps absorbe toutes mes émotions; je vous en remercie. Oui, vous serez ma dernière pensée. Je gémis, je frissonne; adieu, cher cœur. » \

La mort du duc de Cossé-Brissac sera le signal des poursuites dirigées sur madame Du Barry. On trouvera Maussabré dans la cachette que la comtesse lui a procurée à Luciennes, et sa tête décapitée ira rouler dans le salon, aux pieds de la comtesse évanouie. Bientôt ce sera son tour de rendre compte de sa vie aux terribles niveleurs. L'auteur de la *Lettre* annexée aux *Nouvelles à la main* raconte la triste histoire de ce procès avec des détails qui me dispensent de revenir sur

28

ce sujet. Je ne puiserai donc pas, dans les documents conservés aux archives, les interrogatoires de la comtesse, ni les
dépositions de ces témoins que la crainte de la mort ou l'appât
du pillage fait mentir à plus de vingt ans de services et de
bienfaits. Les dix dernières années de la vie de madame
Du Barry, si bien remplies par un amour vrai, dévoué, inaltérable, qui ne se démentit jamais et qui fut la première cause
de sa perte, ces dix années de solitude amoureuse ne doivent-
elles pas obtenir, pour la femme, le pardon que la Terreur
a refusé à la dilapidatrice « courtisane du tyran Louis XV »?
A notre époque de réhabilitation des filles de marbre en
plâtre, n'est-il pas de la justice la plus élémentaire de donner
un peu de pitié et de sympathie à cette belle Jeanne Vaubernier,
qui n'avait été que beauté et volupté, et qui devint tout cœur
et tout amour? L'auteur des *Nouvelles à la main* glisse sur les
causes qui rappelèrent madame Du Barry à Luciennes. On
sent, en le lisant, que cela ne l'étonne pas, qu'il est habitué
à ce spectacle des dévouements, aussi n'en parle-t-il qu'en
courant. Madame Du Barry crut, comme tant d'autres, sauver
la reine par les émigrés : elle servit d'intermédiaire entre
Londres et le Temple. Par respect pour la mémoire du duc
de Cossé-Brissac, elle voulut continuer ce rôle après la mort
du duc. Elle paya de sa tête ce beau dévouement. La lâcheté
de sa mort empêche la Du Barry d'être une héroïne, mais
son supplice a légitimé son titre de reine de la main gauche,
et a jeté un voile sanglant sur les folies de la courtisane.

ÉMILE CANTREL.

TABLE.

FIN DE LA TABLE

29

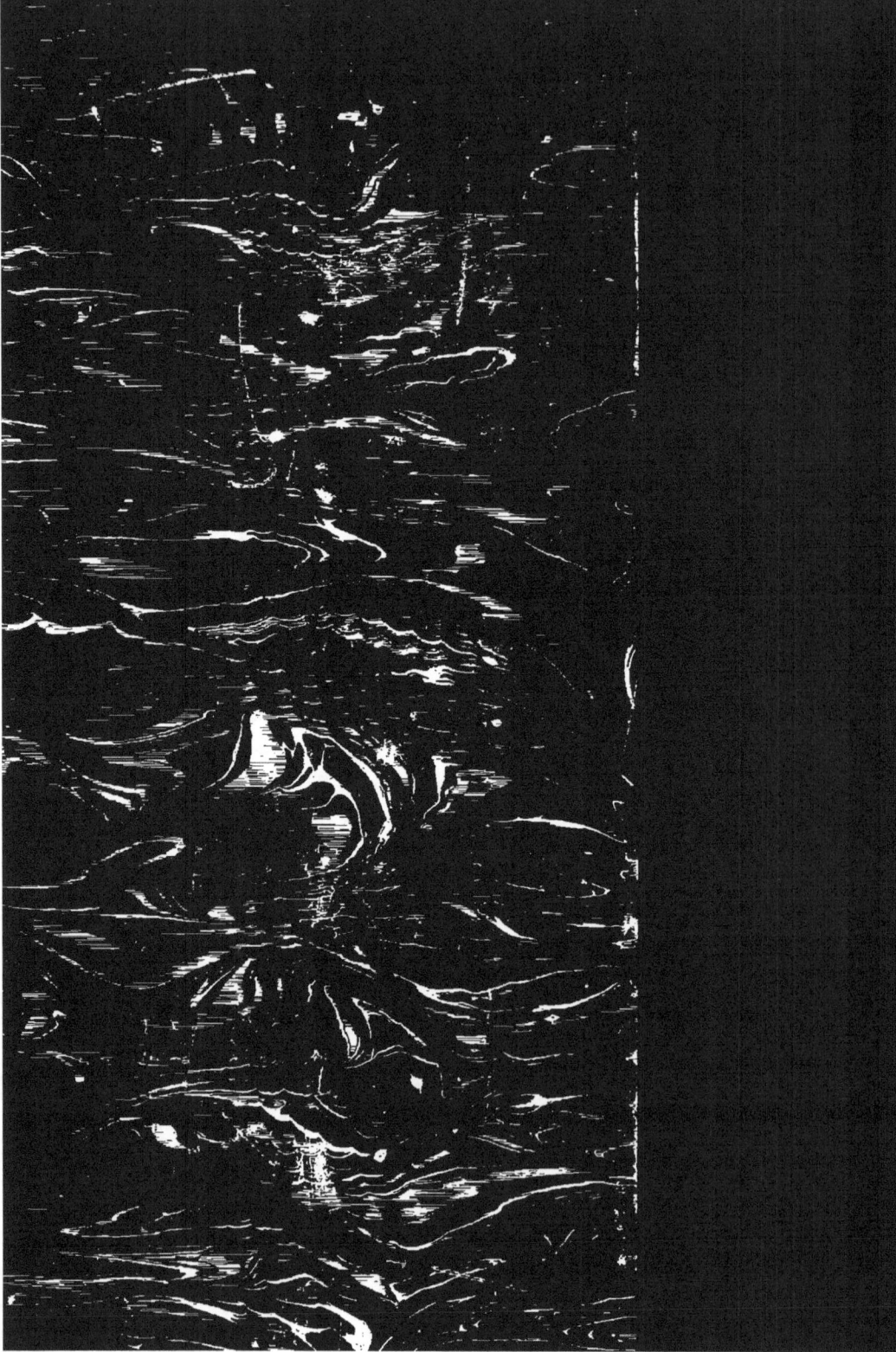

www.ingramcontent.com/pod-product-compliance
Lightning Source LLC
Chambersburg PA
CBHW061039030726
47504CB00002B/437